BARBARA LONGLEY

An der Seite des HIGHLANDERS

ROMAN

Aus dem Amerikanischen von Freya Gehrke

amazon crossing

Die Originalausgabe erschien 2014 unter dem Titel
»True to the Highlander« bei Montlake Romance, Seattle.

Deutsche Erstveröffentlichung bei
AmazonCrossing, Amazon Media E.U. Sàrl
5 Rue Plaetis, L-2338, Luxembourg
November 2015

Umschlaggestaltung: bürosüd° München, www.buerosued.de
Umschlagmotiv: www.buerosued.de
Lektorat: Agentur Libelli
Satz: Monika Daimer, www.buch-macher.de
Printed in Germany
By Amazon Distribution GmbH
Amazonstraße 1
04347 Leipzig, Germany

ISBN: 978-1-503-95390-1

www.amazon.com/crossing

Dieses Buch ist für euch Träumer rund um den Globus. Ihr alle, die ihr eure Zweifel vergessen und alles für möglich halten könnt, hört niemals auf damit.

Kapitel 1

New York, Gegenwart

Alethia Goodsky pflegte um alles übernatürlich Angehauchte einen großen Bogen zu machen – und Madame Giselle verströmte Magie förmlich aus jeder Pore. Doch oft schien die alte Wahrsagerin sie auf dem Gelände des historischen Markts geradezu zu verfolgen, tauchte unvermittelt auf, wann immer Alethia eine Pause machte – beobachtete sie ständig. In der Nähe dieser Frau überkam Alethia unwillkürlich Unbehagen. Argwöhnisch behielt sie das grün-weiß gestreifte Zelt der Wahrsagerin im Auge, während sie überlegte, welchen Weg sie einschlagen sollte. Die längere Strecke zum Parkplatz bedeutete einen Marsch über das gesamte Gelände des New Yorker Mittelaltermarkts, bergauf und zudem in voller Montur. Der kürzere Weg war nur halb so lang, aber dafür würde sie direkt vor Madame Giselles Zelteingang vorbeigehen müssen.

Ein Windstoß wirbelte ihr eine Staubwolke ins Gesicht, sodass ihr die Augen brannten. Bei dem säuerlichen Müllgestank, den die Brise mit sich trug, musste sie würgen. Erschöpfung drängte sie zu der kürzeren Route. So sehr sie ihren Job auf dem Mittelaltermarkt auch liebte, die wochenlange Arbeit rund um die Uhr forderte ihren Tribut.

Sie rückte noch einmal den Trageriemen ihrer Leinentasche zurecht, wo er ihr in die Schulter schnitt, und machte sich auf den Weg bergab. Mit jedem Schritt stieß ihr der Geigenkoffer gegen die Hüfte. Als sie sich dem Zelteingang näherte, raffte sie den Rock ihres Gewands und schlich sich auf Zehenspitzen vorbei.

Gedämpftes Schluchzen ließ sie innehalten. *Weint da jemand?*

Hin- und hergerissen lauschte sie einen Moment, bevor Mitgefühl ihren gesunden Menschenverstand überkam. Sie schlug die Zeltklappe beiseite und spähte ins Innere. »Hallo. Alles in Ordnung da drinnen?«

»Nein, ist es nicht.« Madame Giselle hatte ihr Kostüm abgelegt und trug eine Stoffhose, einen Kaschmirpullover und einen Blazer aus Veloursleder. Wie sie so in ihrer Designerhandtasche wühlte, wirkte sie ungefähr so unheimlich wie eine wohlsituierte Großmutter. Sie holte ein Stofftaschentuch hervor und wandte sich Alethia zu. »Schön, dass du vorbeischaust. Komm herein.«

Alethia wollte wirklich nicht in dieses Zelt gehen, aber sie war die Idiotin, die nachgesehen hatte, und sie brachte es nicht über sich, sich einfach respektlos von der älteren Frau abzuwenden. Widerstrebend trat sie einen Schritt vor. »Was ist denn los?«

»Ach.« Giselle putzte sich mit dem feinen Taschentuch die Nase. »Jemand, der mir am Herzen liegt, ist in großer Gefahr. Ich würde alles tun, um ihm zu helfen.« Mit geröteten, geschwollenen Augen sah sie Alethia an. »Würdest du das nicht auch, wenn es jemand aus deiner Familie wäre?«

»Doch, Ma'am, das würde ich.«

»Das habe ich mir gedacht.« Durch ihre Tränen hindurch leuchtete Giselles Gesicht auf, und sie lächelte Alethia an. Dunkle Augen voller Scharfsinn und etwas Tiefgründigerem fixierten Alethia. »Du bist im Reservat deines Vaters aufgewachsen, nicht wahr? Nahe der kanadischen Grenze?«

»Woher um alles in der Welt wissen Sie das?« Das altbekannte Prickeln, das sie überlief, wann immer Madame Giselle in der Nähe war, schlich sich ihr Rückgrat hinauf.

»Nicht alles, was ich hier tue, ist Show.« Giselle hob eine Augenbraue. »Gerade dir sollte das klar sein.«

»Ich weiß nicht, was Sie meinen.« Bei der Lüge stieg Alethia Hitze in die Wangen.

»Na komm, bei mir kannst du ehrlich sein. Du hast … gewisse Gaben, nicht wahr?«

Gaben? Mit diesem Wort hätte sie ihre Fähigkeiten nicht beschrieben. Alethia konnte die Aura anderer lesen und wusste immer, ob jemand log oder die Wahrheit sagte. Sie hatte alles über außersinnliche Wahrnehmung gelesen, was sie in die Finger bekommen konnte. So einzigartig war ihr Talent gar nicht. Trotzdem sorgte diese sogenannte *Gabe* zusammen mit ihrer in zwei Kulturen wurzelnden Herkunft dafür, dass es noch schwerer für sie war, ihren Platz zu finden. »Ich habe keine …«

»In dir schlummern noch ungenutzte Kräfte«, fügte Giselle wie zu sich selbst hinzu. »Du könntest überall überleben.« Ihre Augen wurden schmal. »Du hast Pläne für die Zukunft? Einen sorgfältig durchdachten Weg, der bereits in Arbeit ist?«

Von ungenutzten Kräften wusste sie nichts, aber zumindest ihre Pläne schienen sicheres Terrain zu sein. Alethia nickte. »Nächstes Frühjahr mache ich meinen Abschluss an der Juilliard School, und danach wartet schon eine Stelle in

Los Angeles auf mich.« Stolz erfasste sie. »Ich werde in einem Orchester in Hollywood spielen, das Soundtracks für Kinofilme aufnimmt.«

»Das hört sich wundervoll an.« Giselle erwiderte ihr Lächeln. »Setz dich doch einen Augenblick. Diese Tasche sieht schwer aus.«

»Ich kann nicht bleiben. Mein Taxi wartet.« Alethia wich einen Schritt zurück, und unvermittelt lag eine fremdartige Spannung in der Luft im Zelt. *Magie.* Giselles Erscheinung verschwamm und verschob sich, als sei sie über eine andere Gestalt gelegt, ätherischer und weniger greifbar. Alethias Herz klopfte heftig gegen ihre Rippen wie eine in einem Marmeladenglas gefangene Fliege.

Sie blinzelte, und das Bild der gewöhnlichen Großmutter in ihrer Stoffhose wurde wieder klarer. *So was ist gar nicht möglich. Das ist nur die Erschöpfung, mehr nicht.* Alethia holte tief Luft und atmete langsam wieder aus.

»Bleib noch einen Augenblick.« Giselle wies auf einen klapprigen Stuhl an einem ebenso schäbig aussehenden Tisch. »Ich habe über dich nachgedacht, während ich dabei war, meine Sachen zu packen.«

Stirnrunzelnd ertappte Alethia sich dabei, wie ihre Beine sie zu dem Stuhl trugen. Sie wollte sich nicht setzen, wollte überhaupt nicht hierbleiben, aber irgendwie schien es ihr nicht möglich zu sein, sich umzudrehen und durch die Zeltklappe nach draußen zu marschieren. »Sie haben über mich nachgedacht?«

»O ja. Ich denke schon sehr lange über dich nach.«

»*Lange?* Das ist der erste Markt, auf dem wir beide arbeiten, und wir haben uns noch nicht mal unterhalten. Wie …«

»Zeit ist relativ, Alethia, und für jemanden wie mich ist sie völlig frei formbar.«

Was zum Teufel soll das denn bedeuten? Trotz des Drangs, augenblicklich die Flucht zu ergreifen, blieb Alethia wie angewurzelt stehen, wo sie war. Giselle murmelte in sich hinein, während sie in einem Plastikkorb mit ihren Wahrsagerequisiten kramte. Beim Zuhören lief Alethia ein Schauer über den Rücken.

»Ah, da ist es.« Als Giselle sich umwandte, baumelte von ihrer Hand eine Goldkette. Der Anhänger war eine Tiergestalt aus keltischen Knoten, in deren Mitte ein grüner Stein eingefasst war. »Wirklich nett von dir, dass du hier hereingeschaut hast, um mich aufzumuntern, auch wenn du mich gar nicht kennst. Das möchte ich dir schenken.« Sie legte Alethia die Kette um.

Überrascht fuhr Alethia mit der Fingerspitze über das filigran ausgearbeitete Schmuckstück. Die Knoten ergaben die Gestalt eines Kranichs. Im Volk ihres Vaters, den Anishinaabe, gehörte sie zum Clan des Kranichs. »Das ist wunderschön, aber ich kann es unmöglich annehmen.« Sie hob die Kette über ihren Kopf und wollte sie zurückgeben. »Das muss ein Vermögen wert sein.«

»Es gehört dir.« Giselle umfing ihre Hände und legte die Kette wieder um Alethias Hals. »Es wurde vor Äonen in den schottischen Highlands gefertigt. Da ist es nur passend, dass es in deinen Besitz übergeht. Findest du nicht auch?«

Ihre Mutter war Schottin gewesen, eine MacConnell, aber wie konnte Giselle so viel über ihr Leben wissen? Unnatürlich warm ruhte die goldene Kette auf Alethias Haut. All ihre Instinkte mahnten sie, hier schleunigst zu verschwinden. Sofort. »Danke. Darf ich Ihnen die Halskette bezahlen? Ich hab nicht wirklich was getan, womit ich sie verdient hätte.«

»Ah, aber das wirst du.« Giselle lachte. »Ich will dein Geld nicht. Der Anhänger ist ein Geschenk.«

Alethia sammelte ihre Sachen vom Boden auf, erleichtert, dass ihr Körper endlich wieder ihrem Gehirn gehorchte. »Ich hoffe, mit Ihrer Familie wird alles gut.«

»Da bin ich mir sicher. Geh, Kind. Dein Schicksal erwartet dich bereits.«

Offensichtlich hatte Giselle deutlich zu lange die fahrende Wahrsagerin gespielt. Mit Schicksal hatte Alethias Zukunft nicht das Geringste zu tun, sondern mit harter Arbeit, Entschlossenheit und sorgfältiger Planung.

Alethia machte einen Schritt in Richtung Ausgang, und plötzlich sträubten sich ihr die Haare. Eine unheimliche elektrische Spannung lud die Luft im Zelt auf, begleitet von einem deutlichen Ozongeruch. Sämtliche vertrauten Geräusche, die mit dem Ende des Marktes einhergingen, verklangen. Ein lautes Knacken in ihren Ohren, und alles wurde flach, auf eine unmögliche, zweidimensionale Art und Weise.

Ein machtvoller Sog zerrte an ihr, und sie stolperte vorwärts. Es kostete sie all ihre Kraft, ihre Habseligkeiten festzuhalten, und nur mit größter Anstrengung konnte sie sich unter der unsichtbaren Macht, die von allen Seiten auf sie einwirkte, aufrecht halten. In Mikrosekunden huschten Farben und Lichter an ihr vorbei, und vor Übelkeit und Druck fiel ihr das Atmen schwer. Sie rang nach Luft, und ein reißender Schmerz fuhr durch ihren Körper. Gott, es war, als würde sie zerrissen. *Ich sterbe. Ich will nicht sterben!*

Schwärze drohte sie zu überwältigen, während sie darum kämpfte, bei Bewusstsein zu bleiben. Doch es hatte keinen Zweck. Der Strudel zog sie in die Tiefe.

* * *

Nördliches Schottland, A. D. 1423

Malcolm lehnte sich in seinem Sattel vor und starrte finster auf die gut gekleidete Fremde hinab, die schlafend auf dem Boden lag. Auf *MacKintosh*-Boden. Bei dem wichtigen Sendschreiben, das er seinem Vater persönlich zu überbringen hatte, blieb ihm keine Zeit für die Probleme anderer Leute. »Was ist das für eine Teufelei?«

»Sie sieht eher wie ein Engel denn wie ein Teufel aus«, bemerkte sein Cousin Robley. »Wer mag sie sein?«

»Eine *Sassenach* ist sie nicht. So viel ist sicher. Dazu ist ihre Haut viel zu dunkel. Vielleicht Italienerin oder Baskin.« Malcolm warf einen Blick in Richtung Unterholz.

»Aye, Engländerin ist sie mit Sicherheit nicht. Vielleicht eine Angehörige des Feenvolks. Auf jeden Fall ist sie ein lieblicher Anblick«, murmelte Angus. »Bezaubernd.« Er räusperte sich, und sein Gesicht wurde beinahe so rot wie sein Haarschopf.

»Nein. Das lichte Volk hat immer helle Haut«, argumentierte Galen. »Darum heißen sie ja das *lichte* Volk.«

Nachdenkliche Laute waren aus den Reihen seiner Männer zu hören, während sie die Möglichkeiten abwogen, und Malcolm behielt wachsam den Wald im Auge. Das Mädchen trug Kleider und Schmuck, die von Adel kündeten. Wo waren ihre Diener und ihre Eskorte? Irgendetwas stimmte nicht, und das ließ seine ohnehin schon schlechte Laune noch düsterer werden. Zweifellos war diese schlafende Erscheinung nur ein weiterer Stolperstein, den ihm das Schicksal, das sich gegen ihn verschworen zu haben schien, in den Weg zu legen suchte. Bei den endlosen Ränken des Comyn-Clans, der gierigen, skrupellosen Herrschaft ihres Regenten und der Erwartung seiner Eltern, er solle eine vorteilhafte Ehe schließen, war es ein Wunder, dass er nachts überhaupt noch Ruhe fand.

War ein bisschen Frieden denn zu viel verlangt? Stirnrunzelnd blickte er auf die schlafende Frau hinab – noch eine Komplikation, die er weder brauchte noch wollte. Sein Wallach reckte den Hals, um die Kuriosität am Boden zu beschnuppern, und eine zierliche Hand hob sich, um den Störenfried fortzuschieben. Mit schläfrig-verwirrtem Blick richtete das Mädchen sich auf und schaute sich um, sprang jedoch unvermittelt auf, als sie ihn und seine Männer auf ihren Pferden im Kreis um sie herumstehen sah.

»Wer seid Ihr, Lady? Woher kommt Ihr?«, fragte Malcolm barsch.

Bei seinen Worten wandte sie sich ihm zu und starrte mit weit aufgerissenen Augen zu ihm empor. »Heilige Scheiße.«

Seine Mundwinkel zuckten. »Wo sind Eure Wachleute und Diener?«

Sie straffte die Schultern und hob das Kinn. »Die sind … im Wald.«

Aufmerksam musterte Malcolm sie. Ihre Augen hatten die Farbe des Meers an einem stürmischen Tag. Ein schwarzer Zopf, seidig glänzend wie kostbarer Zobel, reichte ihr bis über die Taille. Für einen Moment verlor er sich in der Fantasie, wie dieses herrliche Haar ihr offen um die Schultern fiel. Sie war atemberaubend.

Malcolm schüttelte den Kopf. Ihr Aussehen hatte nicht die geringste Bedeutung. »Tatsächlich? Und was haben die in *meinem* Wald zu suchen?«

Ihr Blick huschte zum Waldrand. »Ähm … Sie haben … Dinge zu erledigen.«

Aus den Reihen seiner Männer ertönte leises Lachen. Sie war eine furchtbare Lügnerin und offensichtlich allein am Wegesrand zurückgelassen worden. Das konnte nur eins bedeuten: Schwierigkeiten. Und noch mehr Schwierigkeiten konnte er wirklich nicht gebrauchen. »Was denn für *Dinge*?«

* * *

»Sehr wichtige Dinge«, murmelte Alethia. Der Wüstling vor ihr war definitiv der Anführer von diesem Barbaren-Sixpack, bei all der Arroganz und Autorität, die er ausstrahlte. Goldenes, von der Sonne gebleichtes Haar fiel ihm bis auf die Schultern, sein markantes Kinn bedeckte ein rötlicher Dreitagebart. Er trug lediglich eine Bahn Wollstoff in gedecktem Schottenkaro um den Körper drapiert, dazu weiche halbhohe Lederstiefel.

Wo zum Teufel war sie? In einer Art *Braveheart*-Paralleluniversum? *Was hat diese alte Hexe mit mir gemacht?* In ihrem Kopf hallten Giselles Worte wider: *»Zeit ist relativ, Alethia, und für jemanden wie mich ist sie völlig frei formbar.« O mein Gott. Hat sie mich in der Zeit zurückgeschickt?* War so etwas überhaupt möglich? Ihr dröhnte der Kopf, so heftig pochte ihr Herz, und ihr Mund war ganz trocken. Nichts von alledem war möglich, und sie würde jeden Moment aufwachen, und alles wäre wieder normal.

Finster funkelte der Anführer sie an, und sein breiter, sinnlicher Mund bildete einen schmalen Strich, der seine Verärgerung förmlich hinausschrie. Tja, sie war auch nicht gerade glücklich.

Bei einem Blick auf seine restliche Truppe konnte sie nicht umhin, die riesigen Schwerter zu bemerken, die sie auf den Rücken geschnallt trugen, und all die Dolche, die in ihren Gürteln und Stiefeln steckten. Sie atmete scharf ein und richtete sich noch etwas gerader auf. Die Anishinaabe waren immer ein friedliebendes Volk gewesen, doch furchtlos, wenn es nötig war. Auch sie würde jetzt tapfer sein, oder zumindest so tun als ob, und sie verschränkte die zitternden Hände vor dem Körper. »Und jetzt macht bitte Platz, wenn es recht ist«, sagte sie und räusperte sich, in der Hoffnung, damit das verräterische Beben aus ihrer Stimme zu verdrängen, »dann mache ich mich auch wieder auf den Weg.«

Einer der Männer trieb sein Pferd vorwärts. Dieser war so dunkelhaarig wie der Anführer hell, und er hatte eine unangenehme Ausstrahlung. So verängstigt sie auch war, sein böswilliges Wesen war für sie deutlich spürbar.

»Ich kann sie dir abnehmen, Malcolm. Sie ist eine Fremde und ohne Schutz unterwegs. Damit ist sie Freiwild.«

»Nein!« Adrenalin schoss durch ihre Blutbahn, und hektisch suchte sie nach einer Lücke in der Wand aus Pferden und Männern. Wie weit würden ihre zitternden Beine sie tragen? »Ich bin für mich selbst verantwortlich und ganz sicher kein *Wild*, weder frei noch sonst irgendwas.«

»Sie befindet sich auf meinem Land, Hugh«, antwortete der Kerl namens Malcolm. »Damit obliegt mir die Verantwortung für sie.«

»Meine Leute warten schon auf mich«, bluffte sie, »und sie sind schwer bewaffnet.«

Malcolm schnaubte nur amüsiert und hob sie kurzerhand hoch wie einen Sack Getreide. Kommentarlos setzte er sie vor sich und trieb dann sein Pferd die Straße hinunter. Seine Männer reihten sich hinter ihm ein.

»Lass mich runter! Mit euch geh ich ganz sicher nirgendwohin.« Sie versuchte, sich aus seinem Griff zu befreien.

»Und ich lasse Euch ganz sicher nicht allein in der Wildnis zurück.« Malcolm schlang den Arm noch etwas fester um ihre Taille.

Blinzelnd kämpfte sie gegen Tränen der Angst und Frustration und setzte sich weiter gegen seine Umklammerung zur Wehr. Es war zwecklos. Wahrscheinlich wog er doppelt so viel wie sie, und sein Körper war wie aus Granit. Sie blickte zurück zu ihrer Geige und der Tasche. Die einzigen Verbindungen zu ihrem früheren Leben lagen noch immer am Straßenrand und wurden mit jeder Sekunde kleiner. »Meine Sachen. Lass mich wenigstens meine Sachen …«

»Nein, wir haben es eilig. Ich werde die Tiere nicht mit *noch mehr* nutzlosem Ballast beladen.«

Verflucht sollte die Träne sein, die ihr über die Wange rollte. »Ich hab nicht darum gebeten, dass ihr mich mitnehmt. Um nichts von all dem hier hab ich gebeten.«

Keine Panik jetzt. Denk nach. Sie atmete tief durch und ließ für einen Moment den Blick schweifen. Ihre Gedanken rasten auf der Suche nach einem Ausweg aus diesem Schlamassel. Gott sei Dank hatten ihre Freundinnen darauf bestanden, dass sie auch an einem Selbstverteidigungskurs teilnahm, nachdem eine ihrer Mitstudentinnen überfallen worden war.

Sie zwang sich, in seine Umklammerung zu sinken. Sein Griff lockerte sich. Sofort griff sie nach hinten und legte ihm zu beiden Seiten die Hände an den Hals. Mit den Daumen fand sie seine Halsschlagadern und drückte zu. In Sekundenschnelle erschlaffte sein Körper. Rasch warf sie seinen Arm von ihrer Taille, glitt vom Pferd und rannte los, sobald ihre Füße den Boden berührten. Hinter ihr prallte ihr Entführer mit einem dumpfen Laut auf den Boden.

Alethia schnappte sich ihre Habseligkeiten und lief in Richtung Wald, der um die ausgewaschene Landstraße herum wuchs, auf der sie sich bewegten. Von hinten näherten sich in rasender Geschwindigkeit donnernde Hufschläge. Sie schlug sich in die Büsche und warf einen Blick über die Schulter. *Verflucht.* Der Dunkelhaarige war hinter ihr her – derjenige, der sie als Freiwild betrachtete. Panisch sah Alethia sich nach einem Versteck um.

* * *

Am Boden liegend kam Malcolm zu sich und sah seine Cousins auf sich herabstarren. »Was zum Teufel ist passiert?«

»Das Mädchen, sie … äh …«, stammelte Liam.

Robley streckte ihm die Hand hin und grinste. »Die kleine Zauberin hat dich in den Schlaf versetzt. So was hab ich noch nie gesehen.«

Malcolm nahm die Hilfe an und zog sich hoch. »Wo ist Hugh?«

»Der ist ihr nachgeritten«, antwortete Angus.

»Gottverdammt!« Er funkelte seine Männer an, die sich unter seinem Blick wanden. »Ich behalte Hugh nicht so dicht bei mir, weil ich ihn so gern habe. Ihr wisst, wie ich über ihn denke, und trotzdem lasst ihr ihn diesem Mädchen nachjagen, ohne einen Gedanken an ihre Sicherheit zu verschwenden?« Er schwang sich auf den Rücken seines Wallachs. »Liam, du hast das Kommando. Reitet voraus und schlagt am Born das Lager auf. Ich suche Hugh und das Mädchen.«

Das Letzte, woran er sich erinnerte, waren ihre weichen Hände an seinem Hals. Im nächsten Moment hatte er sich flach auf dem Rücken im Dreck wiedergefunden. An Zauberei glaubte er nicht. Er wusste, dass sie etwas Körperliches mit ihm angestellt hatte. Trotzdem – was hatte sie mit ihm gemacht, und wie konnte sie es wagen?

Hughs breiter Spur zu folgen war leicht, doch von der Frau war nichts zu entdecken. Malcolm holte Hugh ein und trieb sein Pferd vor ihn, um ihm den Weg abzuschneiden. »Kehre zurück zu den anderen, Hugh«, befahl er. »Sie sind schon vorausgeritten und schlagen das Lager auf.«

»Die ist doch für dich ohne jede Bedeutung. Überlass sie mir.«

»Nein. Sie bleibt unter meiner Obhut, bis ich sie wieder in den Schutz ihrer Familie übergeben kann.«

»Womöglich ist sie eine Spionin, die absichtlich auf unserem Weg platziert wurde.«

»Womöglich bist du das auch.« Unwillkürlich packte Malcolm die Zügel fester, und angespannt tänzelte sein Wallach unter ihm. »Die MacKintoshs haben nichts zu verbergen. Unsere Treue gilt und galt schon immer König und Vaterland.«

»König und Vaterland?« Hugh lächelte abfällig. »Was ist mit unserem Regenten, dem Duke of Albany?«

»Was soll mit ihm sein? Was willst du uns unterstellen?« Von Anfang an hatte Malcolm den Verdacht gehegt, dass Hugh ein Spion war, aber er hatte keine Beweise. Höchstwahrscheinlich hatte er sich ihnen einzig und allein zu dem Zweck angeschlossen, Informationen an den hinterhältigen Roten Comyn zu verkaufen, dem der Regent sein Ohr lieh. Sollte es dazu kommen, würde Malcolm ihn ohne jede Reue mit seinem Claymore durchbohren. Hugh war ein Fraser und hatte einige Zeit als Ziehsohn bei den MacKintoshs verbracht. Als Jugendlicher war er mürrisch, grausam und boshaft gewesen. Als Mann war er nur noch verdorbener geworden.

Vor vierzehn Tagen war Hugh nach Moigh Hall gekommen und hatte um Aufnahme in ihre Truppe gebeten. Wäre es Malcolms Entscheidung gewesen, er hätte ihn wieder fortgeschickt.

Jetzt zog er sein Schwert und näherte sich dem anderen. »Stellst du etwa meine Autorität oder meine Loyalität infrage? Wenn ja, dann zieh dein Schwert. Lass uns die Sache gleich hier und jetzt regeln.«

Finster starrte Hugh ihn an. »Ich reite zurück zu den anderen, wenn das dein Befehl ist.«

»Ist es.« Malcolm beobachtete seinen Abzug, um sicherzugehen, dass er nicht umkehrte, und begann dann seine Suche nach der Frau. Er kehrte an die Stelle zurück, an der die

Jagd begonnen hatte, stieg ab und betrachtete prüfend den Waldboden. Ihm fiel eine baumbestandene Senke ins Auge. Am Rand gab es Spuren auf der Erde und am Blätterwerk. Hier hatte sie sich versteckt, bis Hugh vorbeigeritten war. Kluges Mädchen.

Er folgte ihrer Spur, und wenig später erspähte er sie, vornübergebeugt und nach Atem ringend. Ihre wenigen Habseligkeiten lagen neben ihr am Boden. Malcolm band sein Pferd an und trat durch das Unterholz, das ihn von ihr trennte. Sofort fuhr sie herum, mit hektisch umherhuschendem Blick, höchstwahrscheinlich schon wieder auf der Suche nach dem nächsten Fluchtweg. Reglos blieb er vor ihr stehen und hielt beide Hände dort, wo sie sie sehen konnte. »Ich will Euch nichts Böses.«

Sie richtete sich auf und funkelte ihn wütend an. Ihre Unerschrockenheit erheiterte ihn, beinahe hätte er gelacht, doch das würde er niemals tun. Es wäre eine schwere Beleidigung für ihre Tapferkeit gewesen.

»Du hast kein Recht, dich in mein Leben einzumischen, und keine Ahnung, was ich heute schon durchgemacht habe.« Mit einem leicht zittrigen Schnauben hob sie ihre Besitztümer auf, wandte ihm den Rücken zu und marschierte davon.

Malcolm ließ sie gerade so weit kommen, wie ihr Zopf reichte.

Mit einem knurrenden Laut ließ sie ihre Last aus den Fingern rutschen. Mit einer Hand packte sie sein Handgelenk, wirbelte herum und griff sich mit der anderen seinen kleinen Finger. Mit gehörigem Druck bog sie ihn nach hinten und zwang Malcolm so nach unten.

»Aaah, bei allen Heiligen.« Vor Schmerz und Verwirrung ging er in die Knie. Zumindest war er geistesgegenwärtig genug, ihren Zopf weiter festzuhalten und sie mit sich hinunterzuzerren. Als sie mit einer Hand nach hinten griff, um ihr Haar zu befreien, packte er sie beim Arm und bog ihn ihr hinter dem Rücken nach oben. Befriedigt hörte er sie scharf Luft holen.

Hatte er sie wirklich für zart gehalten? Nun, da hatte er sie falsch eingeschätzt. Sie war eine Wildkatze. Eine in die Ecke gedrängte Wildkatze. Er versuchte, seine Hand aus ihrer Reichweite zu ziehen. »Törichtes Weib, ein gebrochener Finger bedeutet mir gar nichts.«

»Gut, dann breche ich ihn dir.« Hartnäckig hielt sie ihn fest und verstärkte den Druck. »Wenn du mir nichts Böses willst, dann lass mich los.«

»Nein.«

»Lass. Los.«

»Ihr zuerst.« Bei dem Gefühl, wie ihr Busen sich an seiner Brust hob und senkte, begann sein Blut zu brodeln. Sein Blick glitt über ihr Gesicht und blieb an ihren vollen Lippen hängen, die sie entschlossen zusammenpresste. Ihm kam ein Gedanke. Grinsend begegnete er ihrem Blick.

Ihre Augen weiteten sich, dann wurden sie schmal. »O nein.«

Ohne viel Federlesens drückte er seine Lippen auf ihre. Als sie nach Luft schnappte, nutzte er die Gelegenheit, vertiefte den Kuss und zog sie enger an sich. Sie saugte seine Unterlippe in den Mund, und ihn durchströmte eine so übermächtige Woge des Begehrens, dass es ihn in die Knie gezwungen hätte, wäre er dort nicht bereits gewesen.

Dann biss sie ihn. *Verflucht noch mal!*

Noch nie hatte er sich in einer absurderen Zwangslage wiedergefunden. Wie zum Teufel hatte eine einzige winzige Frau es ihm so zeigen können? Dem Schmerz nach zu urteilen hatte sie nicht vor, loszulassen. Also gut. Genauso wenig würde er nachgeben. Zur Vergeltung für seinen verletzten Stolz bog Malcolm ihr den Arm noch etwas weiter nach oben.

Ein Schmerzenslaut entwich ihr durch die zusammengebissenen Zähne, und ein Stich der Schuld zwang ihn, seinen Griff zu lockern.

Sie steckten in einer Pattsituation.

Bei Gott, zum Glück wurde keiner seiner Männer Zeuge dieser Würdelosigkeit. Sie glich keiner anderen Frau, die ihm je begegnet war, und er konnte ihre Unverfrorenheit kaum fassen. Was würde der Earl denken, wenn er seinen einzigen Erben in einer so lächerlichen Zwickmühle sähe?

Aus seiner Brust stieg ein tiefes Grollen empor und barst als lautes, überschwängliches Lachen hervor, das die zierliche Kriegerin erschreckte. Er ließ sich nach hinten fallen und zog sie mit sich, sodass er flach auf dem Rücken lag, sie auf ihm. Wunder über Wunder: Als sie versuchte, sich von ihm loszuwinden, ließ sie von seinem Finger und seiner Lippe ab. Er schlang ihr die Arme um die Taille und hielt ihre Beine mit seinen gefangen. Mit den Händen stemmte sie den Oberkörper hoch und starrte auf Malcolm herab, als hätte er völlig den Verstand verloren.

Was zweifellos stimmte.

Lange würde dieses schöne Mädchen nicht brauchen, um den nächsten Fluchtversuch zu unternehmen. Er rollte sich mit ihr herum und setzte sich rittlings auf sie. Aus seiner Kilttasche holte er ein Lederband hervor und band ihr die Handgelenke zusammen. »Ihr habt nichts zu befürchten«, versicherte er ihr in beruhigendem Tonfall. »Auch wenn ich bezweifle, dass Ihr mir auch nur ein Wort abnehmt: Ich will Euch nur helfen.«

»Genau.« Mit funkelnden Augen hob sie die gefesselten Hände. »Wie soll mir das denn bitte schön *helfen*?«

»Ach, Mädchen«, erklärte er und zog sie vom Boden hoch, »innerhalb weniger Stunden habt Ihr mich meiner

Sinne beraubt, mich in die Knie gezwungen und mich blutig gebissen.« Er zwinkerte ihr zu. »Die Fesseln sollen *mir* helfen.«

Sie schnaubte, dann veränderte sich ihr Gesichtsausdruck. »Das hab ich tatsächlich alles gemacht, oder? Meine Onkel und Cousins wären stolz auf mich.«

Ständig überraschte sie ihn aufs Neue, und angesichts ihrer verwunderten Miene musste er schon wieder laut lachen. »Wenn man sich Euch so ansieht, müssen sie ein blutrünstiges Völkchen sein.«

»Das sind sie.« Mit finsterem Blick wartete sie nur darauf, dass er es wagte, ihr zu widersprechen.

Er hielt sie mit einem Arm fest, während er sein Reittier losmachte. Immer noch leise lachend setzte er sie auf das Pferd und achtete darauf, dass die Zügel nicht in ihre Reichweite gelangten. Er sammelte ihre Habseligkeiten zusammen, befestigte den kleineren Kasten hinter seinem Sattel und ließ ihr die größere Tasche in den Schoß fallen. Selbst wenn ihre Hände gefesselt waren, war es sicher klüger, ihr etwas zu tun zu geben. Er schwang sich hinter ihr in den Sattel und lenkte seinen Wallach in Richtung Straße.

»Wohin bringst du mich?«

»An einen sicheren Ort.«

»Wo sind wir jetzt?«

»Wir sind auf MacKintosh-Land.«

»MacKintosh. Ist das Irisch oder Schottisch?«

Malcolm runzelte die Stirn über ihre seltsamen Fragen. Vielleicht war sie von Briganten überfallen worden und hatte einen Schlag auf den Kopf abbekommen. »Ihr seid in Schottland. Und jetzt still. Nicht dass mich noch mehr Ärger findet, der womöglich in diesen Wäldern lauert.«

Sie schnappte nach Luft und legte besitzergreifend die Hände über ihre Tasche. Es war unübersehbar, dass sie vor

Erschöpfung den Tränen nahe war und sich die größte Mühe gab, es sich nicht anmerken zu lassen.

Wie war sie allein auf gerade diesen Abschnitt der Straße geraten, genau zu dem Zeitpunkt, als er vorbeigeritten war? Wer war sie? Was würden seine Familie und sein Clan von ihr halten? Jede Frage zog eine weitere nach sich, bis ihm der Schädel dröhnte.

Antworten konnten sie auch morgen noch fordern, und sein Vater würde darauf bestehen, sie persönlich zu verhören. Fürs Erste würde er sie in Ruhe lassen.

Kapitel 2

Die Sonne war untergegangen, und obwohl die Frau in der kühlen Nachtluft fröstelte, lehnte sie sich hartnäckig so weit von Malcolm weg, wie es im Sattel nur eben möglich war. Er nahm sich das Plaid von der Schulter und hüllte ihre schmale Gestalt darin ein. Sie warf ihm den Stoff ins Gesicht.

Mehrmals nickte sie ein und schrak abrupt hoch, wenn sie vom Pferd zu rutschen begann. Ihre sture Weigerung, die angebotene Hilfe anzunehmen, frustrierte ihn. Eine Weile ließ er sie allein kämpfen – bis er es nicht länger ertrug.

Malcolm wartete, bis sie erneut einschlief, dann zog er sie an sich. Es hielt sie fest und wickelte sie in den Wollstoff seines Plaids ein. Als er ihre vollen Brüste auf seinem Unterarm ruhen spürte, begann sein Puls zu rasen. Ihr Haar roch nach Sonne und Wildblumen. Eng hielt er sie an sich gedrückt, bettete ihren Kopf an seine Schulter und atmete tief ein, nahm ihren süßen weiblichen Duft in sich auf. Seufzend rückte sie sich zurecht, ohne aufzuwachen. So sehr genoss er es, sie in seinen Armen zu halten, dass er sein Pferd im Schneckentempo vor sich hin trotten ließ.

Der Geruch von gebratenem Fleisch und der warme Schein des Lagerfeuers hinter den schattenhaften Silhouetten der Kiefern wiesen Malcolm den Weg zum Lager. Auf einen leisen Pfiff hin kam der Jüngste aus ihrem Trupp zu ihm geeilt. »Galen, nimm sie mir ab.«

Er ließ die Frau in die Arme des anderen gleiten, bevor er abstieg. Rasch machte er ihr einen Schlafplatz zurecht, und Galen legte sie auf das dicke Schaffell und deckte sie mit einer Wolldecke zu. Stumm gestikulierte Malcolm zu den anderen hinüber, die sich vorsichtig entfernten, um die Frau nicht aufzuwecken.

Als er seinen Platz am Feuer einnahm, stellte Malcolm erleichtert fest, dass Hugh sich bereits in einiger Entfernung in seinen Plaid gewickelt und für die Nacht hingelegt hatte. Mit neugierigen Blicken beobachteten seine Männer, wie er sich das getrocknete Blut von der verletzten Lippe rieb.

»Was ist mit deinem Mund passiert?« Robley reichte ihm ein großes Stück gebratenes Wild.

»Sie hat mich gebissen.« Als er an ihren absurden Kampf zurückdachte, lachte er auf. Schockiert starrten seine Männer ihn an, worüber er nur noch mehr lachen musste. »Aye, es stimmt.« Malcolm sah keinen Bedarf, das weiter auszuführen, und wandte sich seinem Essen zu.

»Wie ist denn deine Lippe zwischen ihre Zähne geraten?«, hakte Robley mit spitzbübischem Grinsen nach.

»Ich habe sie geküsst.«

»Du hast sie geküsst?« Liam warf einen Blick zu der schlafenden Silhouette ihres mysteriösen Gasts hinüber. »Während sie auf der Flucht war?«

Malcolm beugte sich vor und bedeutete den anderen, es ihm gleichzutun. Wieder lachte er in sich hinein und erzählte ihnen in leisem Ton die ganze Geschichte, ohne irgendetwas zu beschönigen. Schließlich erklärte er: »Ich hatte gehofft, durch den Kuss würde sie vor Überraschung loslassen.« Er rieb sich die verletzte Unterlippe. »Da habe ich meine Gegnerin unterschätzt. Lasst das uns allen eine Lehre sein.« Grinsend sah er zu, wie die anderen das verdauten.

»Die ist insgesamt nicht mal so dick wie dein Oberschenkel«, murmelte Angus. »Kaum zu glauben.«

»Sie hat dich in die Knie gezwungen?« Robley lachte prustend. »Für diesen Anblick hätte ich ein kleines Vermögen bezahlt.«

»Ein kleines Vermögen wäre es wert, wenn wir wüssten, wer sie ist und wie sie uns allein in den Weg geraten ist«, fügte Liam hinzu. Die anderen nickten.

Malcolm schickte Angus und Galen zur wohlverdienten Nachtruhe und bat seine Cousins, noch zu bleiben. Müßig starrte er ins Feuer und zog mit einem Stock Kreise in den Sand, während er über das Geschehene nachdachte.

»Was beschäftigt dich, Malcolm?«, fragte Liam.

»Bis wir wissen, wer das Mädchen ist und zu wem sie gehört, wäre es klug, sie im Auge zu behalten.« Malcolm blickte von Liam zu Robley. »Verbreitet unter unseren Leuten, dass sie unter meinem Schutz steht. Was Hugh angeht, kennt ihr meine Bedenken, und es ist gut möglich, dass sie Ärger mit sich bringt.«

Verwundert schüttelte Malcolm den Kopf. »Sie spricht die Sprache der *Sassenach*, aber auf eine Art, wie wir sie noch nie gehört haben, mit einem fremdartigen Akzent. Das Gewand, das sie trägt, ist kostbar. Zweifellos ist sie eine Dame von Stand. Ihre Hände sind weich, frei von Schwielen.« Er runzelte die Stirn. »Bis auf die Fingerspitzen an einer Hand. Seltsam.«

»Allerdings seltsam«, zog Liam ihn auf. »Du hast ihre Fingerspitzen untersucht?«

»Aye«, gestand Malcolm mit einem Grinsen, »während ich ihr die Hände gefesselt habe, damit sie mir nicht noch mehr Verletzungen zufügt. Robley, heute Nacht werden wir beide sie bewachen.« Malcolm warf den Stock ins ersterbende Feuer und erhob sich, um seine müden Muskeln zu strecken. »Liam, du hast die erste Wache, für die zweite weck Galen. Wenn wir bis zur Sext auf Moigh Hall sein wollen, haben wir einen harten Ritt vor uns. Ruhen wir uns aus.«

* * *

Im Morgengrauen erwachte Alethia und fand sich zwischen den breiten Rücken zweier Männer eingezwängt. Wie Mauern erhoben sie sich zu beiden Seiten, strahlten Hitze ab und rochen nach Pferd, Holzrauch und Schweiß. Einer gehörte zu Malcolm, dem Alpha-Idioten.

Ihre Hände waren noch immer gefesselt. Kein gutes Zeichen. Ihr wurde die Kehle eng, bis sie kaum noch Luft bekam. Wer waren diese Männer, und was hatten sie mit ihr vor? *Was zum Teufel soll ich tun, und wie zum Teufel komme ich zurück nach Hause?* Rasch drängte sie die Panik zurück in die Kiste, aus der sie wie ein Springteufel geschnellt war, und zwang sich, Ruhe zu bewahren. Sie brauchte einen Plan.

Sie fischte die Kette aus ihrem Unterkleid hervor. Mit diesem Ding hatte Giselle sie hierhergeschickt, es musste also einen Weg geben, es für die Reise in die andere Richtung zu benutzen. Sie musterte die verschlungene Tiergestalt und grübelte, wie das funktionieren mochte. Versuchsweise umklammerte sie das Schmuckstück fest, schloss die Augen, schlug dreimal die Hacken aneinander und murmelte: »Ich will wieder nach Hause. Ich will wieder nach Hause. Ich will wieder nach Hause.« Angespannt wartete sie darauf, dass etwas geschah. Nichts passierte.

Vielleicht würde sie einen Hinweis entdecken, wenn sie noch einmal alles durchging, was Giselle gesagt hatte. Jemand war in Gefahr. Wer? Giselle würde alles tun, um demjenigen zu helfen, und Alethia hätte ungenutzte Kräfte und könne überall überleben.

Wenn Giselle alles tun würde, um zu helfen, warum steckte *sie* dann nicht in der Mitte dieses Barbaren-Sandwichs? *Warum ich?*

Alethia warf einen Blick auf Malcolms Rücken, und vor ihrem inneren Auge blitzte ihr gestriger Kampf auf. Als er auf ihr gesessen hatte, war seine Körperwärme deutlich durch ihr Gewand zu spüren gewesen. Diese Intimität war verstörend gewesen, noch mehr sein Kuss. Er war ein Riese mit beeindruckender Körperkraft, und seinen Geruch hätte man genauso gut als *Eau de Testosteron* verkaufen können.

Sie musste hier weg. Sie musterte den Knoten in dem Lederband um ihre Handgelenke. Dann machte sie sich daran, ihn mit den Zähnen zu lösen. Wenn ihre Hände erst frei waren, würde sie sich zwischen den Männern herauswinden, sich ihre Sachen schnappen und versuchen, die Straße zu finden. Die tiefen Fahrrinnen waren ein sicheres Zeichen, dass sie vielgenutzt war. Bald würde eine andere Reisegruppe vorbeikommen, und diesmal hoffentlich mit einigen Frauen.

Sie zog, und der Knoten rutschte ihr aus den Zähnen. Abrupt schnellten ihre Hände nach vorn und stießen genau zwischen den Schulterblättern an Malcolms Rücken. Sie erstarrte, hielt den Atem an und wartete. Als er sich nicht rührte, ließ sie langsam die Luft entweichen, hob den Knoten wieder an den Mund und machte sich erneut daran, ihn aufzukriegen.

Malcolm drehte sich um und starrte auf sie herab. Augen von dem leuchtendsten Blau, das sie je gesehen hatte, fixierten das Leder zwischen ihren Zähnen. *Erwischt.* Mühsam versuchte Alethia, sich aufzurichten, schaffte es schließlich und hielt ihm ihre gefesselten Hände entgegen. »Bist du nicht der

Meinung, das ist ein bisschen übertrieben? Also ich jedenfalls bin's.«

»Das kann ich nicht sagen.« Er rieb sich die malträtierte Unterlippe und hob eine Augenbraue. »Könnt Ihr denn die Finger von mir lassen?«

Alethia sah das amüsierte Funkeln in seinen Augen, und ihre Wangen wurden heiß. Sie konnte an ihrer Situation nichts Erheiterndes finden. Wortlos wandte sie sich ab und starrte in den Wald, während sie sich auf die Lippe biss, um nicht in Tränen auszubrechen. Diese vorgetäuschte Tapferkeit war echt anstrengend.

Er stand auf und zog sie mit sich hoch. Dann holte er einen kleinen Dolch hinter seinem Gürtel hervor und schnitt das Leder um ihre Handgelenke durch. Er ging zu ihrer Violine und der Tasche hinüber und schlang sie sich über die Schulter. »Auf die hier passe ich auf, solange Ihr Euch wascht. Der Born führt zu einem kleinen Wasserfall, wo Ihr ungestört seid.«

»Was ist ein Born?« Sie rieb sich die Handgelenke und bemerkte, dass Malcolms Begleiter ihren Wortwechsel mit brennendem Interesse verfolgten.

»Der kleine Fluss.« Mit dem Kinn deutete Malcolm auf den Bach am Rand des Lagers. »Wie nennt Ihr so etwas?«

»Einen Bach«, murmelte Alethia, bevor sie aus dem Lager flüchtete und dem Wasserlauf in den Wald folgte. Im Unterholz verschaffte sie sich Erleichterung, dann spürte sie die Stelle auf, von der Malcolm gesprochen hatte. Wäre sie nicht so aufgewühlt gewesen, hätte sie den kleinen Wasserfall herrlich gefunden, eingerahmt von dichten Kiefern, Tannen und Wacholder. Das Rauschen des Wassers war Balsam für ihre angeschlagenen Nerven, und der frische, herbe Geruch erinnerte sie an zu Hause. Vor Sehnsucht tat ihr das Herz weh. Sie musste einen Weg finden, dorthin zurückzukehren, wohin sie gehörte. Aber wie? Wie reiste man durch die Zeit?

Alethia spähte in die Schatten, um sich zu vergewissern, dass sie allein war, trank etwas und legte dann für eine rasche Dusche ihre Kleider ab. Als sie unter den Wasserfall trat und das eiskalte Wasser über ihren Körper lief, keuchte sie auf. Nachdem sie sich gewaschen hatte, ging sie zurück zu dem moosbedeckten Felsen, auf dem sie ihre Sachen ausgebreitet hatte. Gerade wischte sie sich mit den Handflächen das Wasser von der Haut, als sie einen Zweig knacken hörte. Hastig schnappte sie sich ihr Untergewand, zerrte es sich über den Kopf und band mit zitternden Fingern die Schnüre auf der Vorderseite zusammen.

Aus dem Unterholz trat Hugh. »Ich bitte vielmals um Verzeihung, Mylady. Mir war nicht klar, dass hier jemand ist.«

Er strahlte Hinterlist aus. Wahrscheinlich hatte der schmierige Perversling sie beim Waschen beobachtet. Adrenalin strömte durch ihren Körper, und ihr Herz raste. »Nichts passiert.« All ihre Instinkte schrien nach Kampf oder Flucht. Hauptsächlich Flucht.

»Es ist nicht zu übersehen, dass Ihr in eine missliche Lage geraten seid. Ihr seid weit weg von zu Hause und Euren Verwandten.« Hugh versperrte ihr den Weg zurück ins Lager. »Für eine Frau ist es nicht sicher, allein und ohne Schutz zu reisen. Darf ich Euch meine Dienste anbieten?« Er legte sich die rechte Hand aufs Herz, während sein Blick mit einem lasziven Glitzern in den Augen über ihren Körper glitt. »Ich wäre mehr als bereit, als Euer persönlicher Beschützer zu dienen, bis Ihr wieder in die liebenden Arme Eurer Familie übergeben werden könnt.«

Nach Hughs Musterung hätte sie am liebsten gleich noch einmal gebadet, und er verströmte Bösartigkeit. Fahrig griff sie sich ihr Gewand und kämpfte sich hinein, verschnürte die Bänder, so schnell es irgend ging. »Danke für das Angebot. Ich werde mit Sicherheit darüber nachdenken.« *Im Leben nicht!* Doch das konnte sie nicht sagen. Er hatte die Oberhand und wusste es. Am besten provozierte sie ihn nicht.

»Wenn ich so kühn fragen darf: Zu wem gehört Ihr? Wird es für Eure sichere Wiederkehr womöglich ein Lösegeld geben?«

Während sie in ihre Lederslipper schlüpfte, hielt sie Ausschau nach einem Wildwechsel am Bachufer. *Augenblick.* Angesichts ihrer vorherigen Fluchtversuche hoffte er wahrscheinlich darauf, dass sie tiefer in den Wald laufen würde. Klüger war es wohl, wenn sie sich zurück in Richtung Lager bewegte. »Ich gehöre zu mir. Es gibt kein Lösegeld.«

Hugh lachte leise und finster. »Eine Dame von edlem Blut, offensichtlich hochwohlgeboren, und Ihr behauptet, Ihr würdet Euch allein gehören? Wie köstlich geheimnisvoll. *Niemand* ist auf der Suche nach Euch, Mylady?«

Scharf holte Alethia Luft, als ihr ihr Fehler bewusst wurde. Wenn sie niemanden hatte, nirgendwohin gehörte, hätte er keinen Grund, ihr keinen Schaden zuzufügen. »Ich meinte …«

»Ich weiß wohl, was Ihr meint. Ihr seid zweifellos auf der Flucht vor jemandem. Armes Mädchen. Hat Euer Vater Euch an irgendeinen reichen alten Bock verheiratet, den Ihr abstoßend findet?«

Sie hielt die Lippen fest zusammengepresst und kämpfte darum, Ruhe zu bewahren.

»Ach, was soll's, es ist nur eine Frage der Zeit, bis ich die Wahrheit herausfinde. Bis dahin hoffe ich sehr, Ihr nehmt mein Angebot an, für Euren Schutz zu sorgen.«

Sein Blick wanderte von der goldenen Kette um ihren Hals abwärts über ihr Gewand und zurück zu dem Anhänger, als würde er im Kopf den Wert zusammenrechnen. Innerlich schüttelte es Alethia. Er war der Letzte, an den sie sich wenden würde, egal womit. »Wie gesagt, ich werde

Euer freundliches Angebot mit aller gebührenden Aufmerksamkeit in Erwägung ziehen.« Sie schlug durchs Unterholz einen Bogen um ihn und hastete zurück zum Lager. Wie zum Teufel sollte sie aus diesem Schlamassel nur wieder herauskommen?

* * *

Malcolm sah die Frau zurück ins Lager kommen. Auf ihren Wangen lag eine frische Röte, und das seidige Haar fiel ihr in glänzenden feuchten Wellen um die Schultern. Der Anblick versetzte ihn beinahe in Trance. Auch seine Männer waren wie gebannt. »Fertigmachen zum Aufbruch«, befahl er und brach den Zauber.

Aus dem Augenwinkel beobachtete er, wie auch Hugh wieder ins Lager schlich. Bei der Vorstellung, er könnte in der Nähe herumgelungert haben, während die Dame sich gewaschen hatte, lief es Malcolm kalt den Rücken hinunter. Irgendetwas war vorgefallen, dessen war er sich sicher. Er hätte einen seiner Männer in sicherem Abstand hinterherschicken sollen. Nein. Er hätte *persönlich* für ihre Sicherheit sorgen sollen.

»Robley.« Über die Schulter sah er zu seinem Cousin und deutete auf die Frau. »Sorg dafür, dass sie etwas zu essen bekommt. Liam, reite eine Wegstunde zurück und vergewissere dich, dass uns niemand folgt.« Malcolm band ihren kleinen Kasten hinten an seinen Sattel. »Angus, du reitest vor und stellst sicher, dass wir nicht in einen Hinterhalt geraten. Wir treffen uns, wo die Straße nach Inverness abzweigt.«

»Aye, Malcolm.« Angus gab seinem Pferd die Sporen und verschwand im Galopp. Liams Blick glitt von Hugh zu dem Mädchen und zurück zu Malcolm. Mit einem leichten Nicken gab er Malcolm zu verstehen, dass er ihre Angst bemerkt hatte und Malcolms Verdacht teilte. Dann verließ er das Lager in entgegengesetzter Richtung.

Lächelnd reichte Robley ihr ein Stück Trockenfleisch und einen Haferfladen. »Habt Ihr einen Namen, Mylady?«

»Natürlich habe ich das. Vielen Dank, dass Ihr fragt. Ich bin Lady Alethia Goodsky.«

»Sky, wie der Himmel? Ein schöner Name. Mich nennt man Robley, und der Jungspund dort drüben ist Galen. Angus und Liam sind die beiden, die losgeritten sind, um unseren Weg zu sichern. Das ist Hugh«, erklärte er und wies auf die andere Seite des Lagers, »und damit bleibt nur noch mein Cousin Malcolm übrig.«

Malcolm runzelte die Stirn. »Aletheia« war das griechische Wort für Wahrheit. Seine Gedanken flogen zurück zu seinem dreizehnten Sommer. Zusammen mit seinen Cousins war er auf einen Jahrmarkt in Inverness gegangen, voller Übermut und Schabernack im Sinn. Sie alle hatten eine alte Wahrsagerin gefürchtet, die dort ihre Dienste anbot. Als Mutprobe hatte er sich bereiterklärt, sich von ihr die Zukunft vorhersagen zu lassen. Konnte diese schöne Fremde die »Wahrheit« sein, von der das alte Weib wie von einer Person gesprochen hatte?

Er wandte sich um und betrachtete Alethia. War sie genau so platziert worden, dass er sie hatte finden müssen? Kopfschüttelnd wischte er den Gedanken beiseite und wandte sich wieder seiner Ausrüstung zu. Zufall und alberner Aberglaube, mehr steckte nicht dahinter, und er war stolz darauf, ein Mann mit sehr modernen Ansichten zu sein.

Schließlich schwang er sich in den Sattel und erteilte weitere Anweisungen. »Galen, du nimmst die größere Tasche der Lady. Hugh, du reitest vorn, und Robley, du übernimmst die Nachhut.« Malcolm hob Alethia hoch und setzte sie vor sich auf den Sattel.

»Hey«, protestierte sie, als ein Stück von ihrem Fladenbrot abbrach und zu Boden fiel. »Wenn du nichts dagegen hast, würde ich lieber mit Robley reiten.«

Robley warf den Kopf in den Nacken und lachte. Galen grinste.

»Ich habe *durchaus* etwas dagegen. Aufbruch«, kommandierte er. Malcolm wartete, bis Hugh außer Hörweite war, dann lehnte er sich vor und flüsterte: »Was ist da im Wald passiert?«

»Du hast an meinem Zopf gezogen. Ich hab dir in die Lippe gebissen«, gab sie ebenso leise zurück. »Schon vergessen?«

»Wie könnte ich?«, erwiderte er belustigt und rieb sich die verletzte Lippe. »Ich meinte heute früh.«

»Ich glaube, Hugh hat sich im Wald versteckt und mich beim Baden beobachtet, aber ich kann es nicht beweisen.«

»Warum habt Ihr nicht um Hilfe gerufen?«

»Ich wusste nicht, dass er da war, bis er aus seinem Versteck gekommen ist, und er hat mir in keiner Weise Schaden zugefügt. Außerdem, wen hätte ich denn rufen sollen? Dich?« Alethia wandte sich um und funkelte ihn böse an. »Du bist mit roher Gewalt auf mich losgegangen und hast mir die Hände gefesselt.«

»Das war etwas anderes.«

»Da ich keinen von euch kenne, sehe ich da keinen Unterschied.« Sie zuckte die Achseln. »Hätte ich um Hilfe gerufen, wäre ich womöglich in noch schlimmere Schwierigkeiten geraten als ohnehin schon.«

»MacKintosh-Männer würden niemals einer Frau ein Leid zufügen.« Ihre Worte verletzten sein Ehrgefühl und seinen Stolz. »Wir beschützen und verehren sie.«

»Ha! Nachdem ihr sie fein säuberlich verschnürt und gegen ihren Willen verschleppt habt, meinst du?«

»Ihr habt eine ziemlich spitze Zunge.«

»Ach ja? Tja, und du riechst genau wie dein Pferd.«

Malcolm wusste nicht, ob er sich die Haare raufen oder lachen sollte. Langsam verstand er, warum sie zurückgelassen worden war.

* * *

Seit ihrer allzu kurzen Pause waren sie bereits wieder Stunden geritten. Alethias Oberschenkel schmerzten, und im Hintern hatte sie schon vor einer Ewigkeit jedes Gefühl verloren. Wahrscheinlich war das auch besser so.

Wie viel Zeit würde sie noch auf dem Rücken eines miefenden Pferdes verbringen müssen, viel zu dicht bei diesem Alpha-Idioten? Gerade als ihr dieser Gedanke durch den Kopf ging, erreichten sie eine Hügelkuppe und hielten an. Unter ihnen lag ein Dorf am Ufer eines Sees. Mitten im See befand sich eine Insel, auf deren Steilküste eine respekteinflößende Burg erbaut worden war. Mit offenem Mund starrte Alethia darauf hinab.

Felder mit reifendem Getreide verwandelten das umliegende Tal in einen Flickenteppich aus Grün und Gold. Über die Hügel verstreut grasten zottige, gehörnte Rinder, zusammen mit Schafen, stämmigen Ponys und größeren Pferden, wie auch sie sie ritten.

»*Lock Moigh!*«, schrie Malcolm aus voller Kehle.

Alethia zuckte zusammen und hielt sich die Ohren zu, gerade rechtzeitig, als seine Männer den Ruf wiederholten und zwei warnende Hornstöße scharf aus dem Dorf emporhallten. Zwischen den Bauernhäusern strömte ein Dutzend berittene Krieger mit gezogenen Schwertern hervor und hielt mit halsbrecherischer Geschwindigkeit direkt auf sie zu. *Nein!*

Als um sie herum das Singen von Schwertern ertönte, die aus ihren Scheiden gezogen wurden, duckte sie sich, und ein furchteinflößender Schrei zerriss die Luft. Ein Schlachtruf? Malcolm hieb seinem Pferd die Fersen in die Flanken, bis es in vollem Lauf hügelabwärts raste, geradewegs dem Feind entgegen. Alethia drehte sich der Magen um, und ihr Herz machte einen Satz bis in ihre Kehle. Sie klammerte sich mit aller Kraft in die Mähne des Pferdes und schloss fest die Augen.

Ich werde sterben!

Kapitel 3

Alethia gedachte, ihrem Tod furchtlos ins Auge zu sehen, wie es ihre Vorfahren getan hätten, doch so sehr sie sich auch bemühte, weder das eine noch das andere Lid wollte sich heben. Ohne Zweifel würden Malcolms Feinde ihre Schwerter geradewegs durch sie hindurchstoßen, um ihn zu erwischen. Und sollten sie wie durch ein Wunder beide überleben, hatte sie vor, ihn höchstpersönlich und mit bloßen Händen umzubringen.

Schwerter klirrten und Männer brüllten, als die Gruppen aufeinandertrafen. Mit angehaltenem Atem wartete sie auf den Treffer, der ihrem erbärmlich kurzen Leben ein Ende bereiten würde. Gelächter durchdrang die Wolke der Angst, die sie einhüllte.

Gelächter?

Alethia öffnete die Augen. Die Schwertkämpfe lösten sich in freundliche Grüße und allgemeines Schulterklopfen auf. Sämtliche Furcht und Panik in ihr verwandelte sich in rotglühenden Zorn. Sie wollte runter von diesem verdammten Pferd, und sie wollte weit weg von diesem Barbaren, der beinahe dafür gesorgt hätte, dass ihr das Herz in der Brust explodierte. Und das alles möglichst sofort.

Malcolm schob sein Claymore zurück in die Scheide und legte ihr wieder den Arm um die Taille. Aufgebracht stieß sie ihn von sich, schwang das Bein über den Sattelknauf und glitt vom Pferd, um prompt in einem würdelosen Haufen Samt und Seidenbrokat am Boden zusammenzuklappen. Sofort stemmte sie sich wieder hoch, ballte eine Hand zur Faust und hieb sie Alpha-Idiot mit aller Kraft, die sie noch aufbringen konnte, auf den Oberschenkel. »Du hättest mich auch runterlassen können, *bevor* ihr hügelabwärts stürmt, du Hornochse!«

Auf wackligen Beinen marschierte sie davon, bis sie ein Stück weiter im Gras auf die Knie fiel. Sie bekam keine Luft, und ihr tanzten Sterne vor den Augen. Schon zweimal war sie sich nun sicher gewesen, sie würde sterben, und das war ihrer Meinung nach zweimal zu viel. Das hier war kein sicherer Ort, und mehr als alles andere wünschte sie sich zurück nach Hause.

* * *

Verblüfft rieb Malcolm sich den Oberschenkel und sah Lady Alethia im Gras in die Knie gehen.

»Unser Gast dachte, du würdest mit ihr als Schild in die Schlacht reiten«, bemerkte Liam, der sein Pferd neben ihn lenkte. »Sie weiß nicht, dass wir hier zu Hause sind. Sie muss vor Angst halb wahnsinnig gewesen sein.«

»Sie steht unter meinem Schutz.« Malcolm runzelte die Stirn. »Warum sollte ich einen solchen Schwur ablegen und dann ihr Leben in Gefahr bringen?«

Liam grinste. »Hast du ihr auch gesagt, dass sie unter deinem Schutz steht?«

»Verdammt. Ich habe ihr meine Hilfe angeboten, wie ich es bei jedem Reisenden getan hätte, aber nicht speziell meinen

Schutz. Das hole ich wohl besser nach.« Malcolm stieg ab und ging zu ihr. Als sie ihn kommen sah, rappelte sie sich auf und marschierte in die entgegengesetzte Richtung. Er beschleunigte seine Schritte und holte sie ein, legte ihr eine Hand auf die Schulter, um sie umzudrehen.

Sie schüttelte ihn ab und wich zurück, außer Reichweite. »Verschwinde und lass mich in Ruhe.«

Unbeirrt trat er ihr in den Weg, doch sofort wandte sie ihm wieder den Rücken zu. Dieser seltsame kleine Tanz setzte sich fort, bis er nur noch hilflose Frustration verspürte. »Haltet still, kleiner Zankteufel. Ihr wart zu keinem Zeitpunkt in Gefahr.«

Sie fuhr herum und starrte ihn mit großen Augen an. »Ihr habt die Schwerter gezogen und … und Schlachtgeheul ausgestoßen. Woher hätte ich denn bitte schön wissen sollen, dass ich nicht in Gefahr bin?«

»Solange Ihr Euch auf MacKintosh-Land befindet, steht Ihr unter meinem Schutz.« In Malcolm zog sich etwas zusammen. Sie stieß einen ungläubigen Laut aus, aber wenigstens verwandelte sich die Verletztheit, die er in ihren Augen entdeckt hatte, in etwas, das mehr nach Wut aussah. Mit Wut konnte er umgehen. »In Zukunft werdet Ihr mir vertrauen.«

»Da kannst du warten, bis du schwarz wirst.« Sie schnaubte. »Bist du nicht derselbe Typ, der mich davongeschleift und meine Violine zurückgelassen hat? Hast du auch nur den blassesten Schimmer, was damit passieren würde, wenn es regnet? Du hast keine Ahnung, was mir dieses Instrument bedeutet«, endete sie mit brechender Stimme.

»Ich weiß von niemandem namens Typ, und von Violinen weiß ich noch viel weniger. Ich hätte jemanden nach Euren Sachen geschickt, sobald wir zu Hause angekommen wären.«

»Und woher genau hätte ich das wissen sollen?« Sie verschränkte die Arme vor der Brust und durchbohrte ihn mit Blicken. »Du hast mir die Hände gefesselt – nicht gerade eine vertrauenerweckende Geste.«

»Mit denen habt Ihr mich bewusstlos werden lassen. Ich hatte keine andere Wahl.« Malcolm ging einen kleinen Schritt auf sie zu.

»Du hast mich an den Haaren gezogen.« Alethia warf die Hände in die Luft. »Wer macht denn bitte so was?«

»Mein Finger schmerzt noch immer von der Verletzung, die Ihr mir zugefügt habt.« Noch ein Schritt. »Genau wie meine Lippe.«

»Was hast du erwartet? Du hast mich *geküsst.*«

»Vielleicht küsse ich Euch gleich noch mal, um Euch endlich zum Schweigen zu bringen.«

Ungläubig blinzelnd schnappte Alethia nach Luft. »Weil du entsprechende Wunden auch noch an der Oberlippe haben willst?«

Malcolm biss sich von innen auf die Wange, um nicht loszulachen. »Ihr habt nicht die geringste Furcht vor mir, oder, Mädchen?« Stirnrunzelnd starrte sie zu ihm hoch. Malcolm fühlte sich, als würde sie bis auf den Grund seiner Seele blicken, und fragte sich, was sie dort wohl sehen mochte.

»Nein. Schätze, die hab ich nicht.« So, wie sie die Worte sagte, klang es, als sei sie überrascht. »Es war die Wahrheit, als du gesagt hast, du willst mir nichts Böses, und du hast ernst gemeint, was du über den Umgang der MacKintoshs mit Frauen erzählt hast.« Sie schüttelte den Kopf. »Aber das bedeutet nicht, dass ich dir traue.«

»Dass Ihr mich nicht fürchtet, soll für den Anfang reichen.« Malcolm zog sie in seine Arme und küsste sie, wich allerdings schnell genug zurück, um einen weiteren Biss zu vermeiden.

Mit beiden Händen stieß sie ihn von sich. »Warum machst du das immer?«

Ihre Wangen färbten sich rot, und ihm stockte der Atem. Sie war wie die Wildrosen in den Tälern, wunderschön und gleichzeitig voller Dornen. »Weil es mir gefällt.«

Empört stieß sie die Luft aus, wandte ihm den Rücken zu und eilte zu dem Trupp, der sich bereitmachte, über den See zu setzen. »Tja, *mir* gefällt es aber nicht«, rief sie zurück.

Malcolm betrachtete ihren Hüftschwung und ihren im Rhythmus schwingenden Zopf. Lachend warf er den Kopf in den Nacken. Bei allen Heiligen, ihre Wortgefechte erheiterten ihn auf eine Weise, wie er es noch nie erlebt hatte. Lady Alethia aufzustacheln könnte leicht zu seinem liebsten Zeitvertreib werden. Scharfe Zähne und ein scharfer Verstand – wahrhaft eine Frau, wie es sie nur selten gab.

* * *

»Robley, Liam, ihr kommt mit zu meinem Vater.« Malcolm legte Alethias Habseligkeiten auf dem langen Tisch im großen Saal ab und fasste sie an der Schulter. »Bleibt hier, bis ich jemanden nach Euch schicke.«

»Wohin sollte ich denn auch sonst gehen?«

Malcolm gefiel der verlorene Unterton in ihrer Stimme nicht. Ihr Blick schweifte durch die Halle, als hätte sie etwas Derartiges nie zuvor gesehen. Vielleicht lebten die Menschen dort, wo sie herkam, anders. Schon seit er sie zum ersten Mal gesehen hatte, nagte die Neugier an ihm, doch jetzt war nicht der Zeitpunkt für Fragen. Sein Vater wartete.

Zwei Stufen auf einmal nehmend eilte er die schmale Steintreppe empor, seine Cousins dicht auf den Fersen. Nachdem er am Privatgemach seines Vaters angeklopft hatte, wartete Malcolm noch einen Moment an der Tür und trat dann ein. William erhob sich von dem Tisch, an dem er mit seinem Bruder gesessen hatte, Malcolms Onkel Robert.

»Mein Sohn, meine Neffen, es ist schön, euch gesund und wohlbehalten wieder bei uns zu haben.« Nach einer kurzen Umarmung für Malcolm bedeutete er ihnen, sich zu setzen. »Was gibt es Neues vom alten Archibald?«

Malcolm holte ein ordentlich zusammengefaltetes Pergamentbündel aus seiner Kilttasche, bevor er sich niederließ und von Robley ein Ale entgegennahm. Auf der Versiegelung des Päckchens prangte das Wappen der Douglas. »Die Gerüchte stimmen. James soll eine *Sassenach* heiraten, Joan Beaufort, die Tochter des Earl of Somerset. Da unser König in die englische Aristokratie einheiratet, sind sie endlich empfänglich für Verhandlungen über seine Freilassung.«

»Im Geheimen hat Archibald die Ablöse für James arrangiert. Er will eine Gruppe schottischer Adliger zusammenstellen, um das Abkommen spruchreif zu machen.« Malcolm schob das versiegelte Pergament über den Tisch zu seinem Vater. »In diesem Sendschreiben stehen die Einzelheiten. Der Earl of Douglas wünscht, dass du dich der Delegation anschließt, die noch diesen Monat nach London aufbricht. Sobald alles vorbereitet ist, schickt er Nachricht.«

Sein Vater brach das Siegel und las das Pergament durch.

»Gehst du mit ihnen?«, fragte Malcolm.

»Ja.« William reichte das Schreiben an seinen Bruder weiter. »Robert, ich möchte, dass du mich begleitest.«

»Wer soll in meiner Abwesenheit meine Aufgaben übernehmen?«, wollte Robert wissen.

»Deine Jungs haben schon von klein auf bei dir auf dem Schoß gesessen und alles Notwendige gelernt. Es wird Zeit, ihnen Gelegenheit zu geben, ihr Können zu beweisen.« Grinsend wandte er sich Liam und Robley zu. »Malcolm, du nimmst meinen Platz ein, solange ich fort bin.

Neffen, ich verlasse mich darauf, dass ihr beide die Pflichten eures Vaters übernehmt. Achtzehn Jahre lang war unser König in der Gefangenschaft der *Sassenach*. Achtzehn Jahre lang standen wir unter der skrupellosen Fuchtel unseres selbsternannten Regenten, des Duke of Albany. Höchste Zeit, dass unser König heimkommt und die Herrschaft übernimmt.«

»Aye, und dann wird der Clan Comyn endlich als der verräterische Haufen entlarvt, der er schon immer war.« Auch Malcolm grinste. »Wo wir gerade bei den Comyns sind, habt ihr in unserer Abwesenheit noch mehr von denen hier herumschleichen sehen?«

»Nein, nicht seit wir mehr von unseren Kriegern im Dorf einquartiert haben.«

»Gut. Nimmst du Mutter mit nach London?«, fragte Malcolm.

»Nein, die Unruhe in Britannien seit König Henrys Tod ist Grund genug, sie hierzulassen. Im Palast muss es nur so brodeln vor Intrigen und Verrat. Sein Erbe, der junge Henry, ist seiner Amme noch nicht entwöhnt. Ginge es nicht um James und Schottlands Zukunft, würde ich auch selbst nicht freiwillig hinreisen.« Er schüttelte den Kopf. »Davon abgesehen weißt du doch, dass deine Mutter für diesen Sündenpfuhl nichts übrig hat, und noch weniger fürs Reisen.« Malcolms Vater fixierte ihn mit einem bedeutsamen Blick. »Was ist mit der Nichte des Earl of Douglas?«

»Sie ist keine passende Wahl«, gab Malcolm kurz angebunden zurück.

»So langsam habe ich es satt, auf Enkel zu warten, und du brauchst Erben, Malcolm. Als ich dir gestattet habe, dir deine Braut selbst zu wählen, war das unter der Voraussetzung, dass du es auch in angemessener Zeit tust.« Sein Vater musterte ihn eingehend. »Was ist mit deiner Lippe passiert?«

»Onkel William«, schaltete sich Robley ein und grinste bis über beide Ohren, »du musst Malcolm fragen, was wir auf der Heimreise am Wegesrand aufgegabelt haben.«

»Was hat das denn mit meiner Suche nach einer Ehefrau zu tun?« Malcolm bedachte seinen Cousin mit einem finsteren Blick.

* * *

Staunend betrachtete Alethia den weitläufigen Saal. Am einen Ende des Raums befand sich ein Kamin, der groß genug war, um darin ein Wildschwein am Stück zu rösten, und an der gegenüberliegenden Wand prangte ein weiterer von denselben Ausmaßen. Die Akustik in diesem Saal musste herausragend sein. An den Wänden hingen kunstvoll gefertigte Teppiche mit Jagdszenen in leuchtenden Rot-, Gold-, Blau- und Grüntönen, umgeben von allerlei Waffen und Schilden mit zwei verschiedenen Wappen darauf. Aus ihrem Leben herausgerissen zu werden war beängstigend und entsetzlich gewesen, aber etwas wie diese Burg zu sehen, in dieser Zeit zu sein, nachdem sie schon jahrelang alles im Zusammenhang mit dieser historischen Epoche faszinierte – das erfüllte sie mit echter Ehrfurcht. Diese Erinnerung würde sie für den Rest ihres Lebens hüten wie einen Schatz, wenn sie erst wieder zu Hause war. Denn sie *würde* nach Hause zurückkommen.

Ein plötzliches Brennen in ihren Augen holte sie zurück zu praktischeren Angelegenheiten. Welche Rolle spielte Malcolm in all dem hier? Seine Arroganz und die Art, wie er durch den Burghof marschiert war, die ehrerbietigen Grüße, die ihm entrichtet worden waren, und die Art, wie er so unbekümmert die Treppe zu den Privatgemächern der Burg hinaufgestiegen war, konnten nur eins bedeuten: Alpha-Idiot musste zur Familie gehören. »War ja klar.«

Von dem Wunsch beseelt, die Akustik im Saal zu testen, zog Alethia ihren Geigenkoffer zu sich heran und sah sich nach dem vielversprechendsten Platz zum Spielen um. Ehrerbietig öffnete sie die Verschlüsse des Koffers und schlug den Deckel zurück. Ein Blick auf die deutsche Violine aus dem achtzehnten Jahrhundert mit ihrem rötlich-braunen Lack und den Rosenholz-Intarsien am Rand, und die Verbindung zu ihrem wahren Leben war sofort wieder da. Sobald sie das Instrument in Händen hielt, kam alles in ihr zur Ruhe. Ihre Geige, das letzte Geschenk, das sie von ihrem Vater bekommen hatte, spendete ihr immer Trost.

Sie stampfte mit dem Fuß auf und lauschte dem Widerhall. Langsam bewegte sie sich durch den Saal und wiederholte den Vorgang alle paar Schritte, bis sie sich für eine Stelle vor der erhöhten Plattform mit der Herrentafel entschied. Sie spannte und harzte den Bogen, dann schlug sie die Stimmgabel an der Tischkante an und stimmte mit geübter Präzision ihr Instrument.

Mit geschlossenen Augen rief sie sich die Partitur von Vivaldis »Vier Jahreszeiten« ins Gedächtnis und berührte mit dem Bogen die Saiten, legte all ihr Herz in die Musik.

»La primavera«, Allegro, Largo, Allegro: Wie in einem Film spielten sich Szenen ihres Lebens hinter ihren geschlossenen Lidern ab. Sie erinnerte sich an den Tag, an dem ihr Vater ihr die Violine geschenkt hatte. Sie war fünf Jahre alt gewesen. Auf dem Heimweg von einer Stammeskonferenz hatte er bei einer Haushaltsauflösung in Duluth, Minnesota, Halt gemacht und das Instrument für einen lächerlichen Preis erstanden. Später hatten sie herausgefunden, dass diese Geige ein Vermögen wert war. Alethia besaß ein Ohr für Musik, eine natürliche Begabung, und eine große Liebe für die Violine, die ihr Vater ihr geschenkt hatte.

»L'estate«, Allegro non molto, Adagio, Presto: Die Aufnahme an der Juilliard School hatte ihr alles bedeutet. Sie hatte einen Solopart für das Frühjahrskonzert ergattert und hart gearbeitet, um der Ehre gerecht zu werden. Ihr ging das Herz auf, als ihr Bilder von ihrer Familie durch den Kopf gingen. Jeans, perlenbesetzte Medizinbeutel und Schlüsselketten, lange schwarze Zöpfe und braune Haut. Augen von der Farbe der fruchtbaren schwarzen Erde strahlten vor Stolz aus dem Meer von Gleichheit hervor, aus dem das restliche Publikum an jenem Tag bestanden hatte.

»L'autunno«, Allegro, Adagio molto, Allegro: Würde sie ihre Familie je wiedersehen? Was war mit ihren Träumen, ihren Plänen für die Zukunft? Ihre Großmutter, von Geburt an stocktaub – was würde sie jetzt tun, da auch ihre Augen sie im Stich ließen? Mehr als alles andere wollte Alethia für sie da sein, genau wie Gran für sie da gewesen war, als sie ihre Eltern verloren hatte.

»L'inverno«, Allegro non molto, Largo, Allegro: Ihre Erinnerungen wurden Teil der Musik, mit jeder Note verwob sie beides ineinander. Mit der Akustik hatte sie richtiggelegen. Noch nie waren die zarten Klänge ihrer Violine so hervorragend akzentuiert worden. Noch lange nach dem letzten Ton stand sie mit gesenktem Kopf da.

Jemand hustete, und Alethia blickte auf. Als sie zu spielen begonnen hatte, war sie allein gewesen, völlig vertieft in ihre Musik. Jetzt starrten sie dreißig Augenpaare an.

* * *

Musik wie diese hatte Malcolm nie zuvor gehört, und er war ein weitgereister Mann. Als Alethia ihr Spiel begonnen hatte, war der Klang für alle in Hörweite wie ein Magnet gewesen. Malcolms Vater, seine Mutter und seine Schwester waren gekommen, genau wie seine Cousins, sein Onkel und seine Tante sowie einige weitere Clanmitglieder, die ihre Magie gefangengenommen hatte. Auf Zehenspitzen hatten sie sich hereingeschlichen, um den Zauber nicht zu brechen.

Alethia ahnte nicht, dass sie sich soeben einen Platz in der Mitte des MacKintosh-Clans gesichert hatte. Seine Leute liebten gute Geschichten, gute Musik und ein großes Geheimnis, an dem sie sich die Wintermonate über die Zähne ausbeißen konnten. Hier waren alle drei Elemente in einer einzigen hübschen Frau vereint.

Malcolm hielt nach Beth Ausschau, der Dienstmagd, die er dazu bestimmt hatte, sich um ihren Gast zu kümmern, und ging zu ihr, um ihr weitere Anweisungen zu erteilen. »Ist die Kammer vorbereitet?«

»Aye, und ein Bad steht auch bereit, wie Ihr wolltet«, antwortete Beth mit einem Knicks.

»Begleite Lady Alethia in ihr Gemach. Kümmere dich um all ihre Bedürfnisse.«

»Aye, Mylord. Freut mich, dass ich der Lady dienen darf.« Lächelnd knickste sie erneut, bevor sie davoneilte, um seine Anweisungen auszuführen.

Auch wenn ihr Wohnturm modern genug war, um eine Badekammer zu besitzen, hatte er dafür gesorgt, dass man Alethia ein Bad auf ihr Zimmer brachte. Die Reise musste sie müde gemacht haben. Sicher würde sie seine aufmerksame Geste zu schätzen wissen.

Auch Malcolm wollte in diesem Augenblick nichts lieber als ein Bad und eine Rasur, bevor er mit Familie und Clan zu Abend essen würde. In ihm stieg erwartungsvolle Spannung auf. Was hielt seine Familie von der mysteriösen Besucherin? Seiner Einschätzung nach war sie in etwa so alt wie seine kleine Schwester. Würden die beiden sich anfreunden, wie es bei jungen Frauen oft der Fall war? Elaine gegenüber würde ihr Gast möglicherweise mehr preisgeben als vor ihm oder seinem Vater. Das würde die Zeit zeigen.

Er schloss zu seinem Vater auf und legte ihm eine Hand auf die Schulter. »Vater, das ist die Frau, die wir auf dem Heimweg aufgelesen haben.«

»Sie war allein, sagst du?« Stirnrunzelnd blickte sein Vater zu ihr hinüber.

»Aye. Da verlangen so einige Fragen nach Antworten. Ich hatte gehofft, du würdest heute Abend etwas Zeit finden, mit ihr zu sprechen.«

»Solange sie nicht verfolgt wurde, kann das warten. Habt ihr irgendwelche Hinweise auf Briganten entdeckt?«

»Nein, aber ...«

»Wir haben Wichtigeres, um das wir uns kümmern müssen, oder? Heute Nacht schmausen wir mit unserem Clan und verkünden die frohe Botschaft von der Rückkehr unseres Königs.« William schlug Malcolm auf den Rücken. »Lass das Mädchen erst mal ankommen. Dann reden wir. Eine Bedrohung ist sie wohl kaum, mein Junge.«

Hin- und hergerissen sah Malcolm seinem Vater hinterher, wie er zu seiner Mutter ging. Warten war noch nie seine größte Stärke gewesen.

* * *

Für den Augenblick hatte man sie allein gelassen, und Alethia musterte die Kammer, die man ihr gegeben hatte. Auch wenn der Raum klein war, wusste sie, dass man sie behandelte wie einen Ehrengast – nicht wie einen Niemand, der sich glücklich schätzen konnte, im großen Saal einen Platz auf dem Fußboden zu ergattern. Sie würde wohlüberlegt handeln müssen, um diesen Status nicht zu verspielen.

Eine Hand auf der kalten Steinmauer versuchte sie, die Realität zu verarbeiten, in die es sie verschlagen hatte. Eine waschechte Burg, inklusive Lords und Ladies! Schon immer hatte sie alles über das Mittelalter aufgesogen, was sie in die Finger bekommen konnte. Deshalb arbeitete sie auf verschiedenen Mittelaltermärkten überall in New York und den benachbarten Staaten. Und plötzlich fand sie sich in der Vergangenheit wieder, womöglich sogar mit Mittelalter selbst. Wie konnte das sein?

Vor einer kleinen Feuerstelle stand eine Kupferwanne mit dampfendem Wasser. An einer Wand waren Kleiderhaken direkt in den Stein getrieben, und darunter befand sich eine hölzerne Truhe. Den Großteil des kleinen Zimmers nahm das Bett ein. Als sie hinging, um es näher zu betrachten, stellte sie erfreut fest, dass es aus einer Federmatratze bestand, bedeckt mit einem Leinentuch und dicken Wolldecken. An der Außenwand war ein hohes, schmales Fenster eingelassen, dessen Läden offen standen und Licht und Luft hereinließen.

Sie leerte ihre Tasche auf dem Bett aus und machte eine Bestandsaufnahme. Abgesehen von dem, was sie am Leib trug, hatte sie noch ein Kleid dabei, dazu ein weiteres Untergewand. Sie betrachtete ihre Vorräte an Seife, Zahnpasta, Deo, Shampoo und Spülung und rechnete im Kopf durch, wie lange sie halten würden. Ganz unten steckten eine kleine Tüte getrocknete Cranberrys und ein Apfel, was sie ganz vergessen hatte. Triumphierend schnappte sie sich eine volle Schachtel Tampons und drückte sie an ihre Brust. »Bingo!«

Alles Futuristische – wie zum Beispiel ihr Handy und ihren Laptop – wickelte sie in ihre Straßenkleidung und stopfte das Bündel zurück in die Tasche. Selbst wenn jemand die Sachen entdeckte, würde derjenige nicht wissen, worüber er da gestolpert war, aber sie wollte keine Erklärungen abgeben müssen. Wenn sie ihren Gastgebern sagte, sie sei durch die Zeit zurückgeschickt worden … Beim Gedanken daran, wohin eine solche Enthüllung führen könnte, lief ihr ein

Schauder über den Rücken. Fürs Erste würde sie ihre elektronischen Geräte ganz unten in der Truhe verstecken. Ihre Perlen und das Nähzeug konnten problemlos obenauf liegen. Sie wickelte beides in das Stück gegerbten Hirschleders ein, das sie für ihre Perlenstickereien dabei hatte. Alles andere – Notenblätter, ihr Portemonnaie und einige Bücher – würde sie in die Mitte packen.

Alethia kleidete sich aus und ließ sich ins heiße Wasser sinken. Dankbar sandte sie einen stummen Gruß an die gute Seele, die ihr das Bad beschert hatte. Als sie mit dem Waschen fertig war, erhob sie sich und griff sich das große Stück Stoff, das über der Lehne des einzigen Stuhls im Raum hing. Sie trocknete sich ab und zog sich das sauberere ihrer zwei Gewänder an.

Sie strich die Falten aus dem granatroten Stoff. Das Oberteil hatte sie um den quadratischen Ausschnitt herum und an der Oberkante der abnehmbaren Ärmel mit schwarzem Onyx besetzt. Sie liebte es, ihre Kostüme für die Mittelalter-Veranstaltungen selbst herzustellen. Neben der Musik waren Nähen und Sticken ihre Lieblingsbeschäftigungen. Ihre Großmutter und ihre Tanten hatten ihr alles beigebracht, was sie wussten. Liebevoll strich sie mit den Fingern über die feine Perlenstickerei und fühlte sich verbunden mit all den Generationen von Goodsky-Frauen vor ihrer Zeit.

Gerade als sie sich vor dem Kamin niedergelassen hatte, um ihr wirres nasses Haar auszukämmen, klopfte es. Sie ging durch den Raum und öffnete die Tür einen Spaltbreit, den Fuß fest dagegengedrückt.

Draußen stand Beth, die junge Frau, die sie hergebracht hatte, und knickste lächelnd. »Heut Abend gibt's ein Festmahl, Mylady, und ich soll Euch helfen, Euch feinzumachen.«

»Oh, danke.« Alethias Anspannung löste sich etwas, und sie trat von der Tür zurück. »Ich komme schon zurecht.«

»Ach, das könnt Ihr sicher, aber der junge Herr hat seine Anweisungen erteilt, und ich lass mich nicht dabei erwischen, wie ich meine Pflichten schleifen lasse.« Beth bugsierte sie zum Stuhl und drückte sie sanft an den Schultern darauf hinunter. »Angezogen habt Ihr Euch ja schon, dann mach ich Euch die Haare.« Sie schnappte sich das Leintuch und begann mit Hingabe, Alethias Kopf damit zu bearbeiten. »Ist eine richtige Ehre, dass er mich ausgesucht hat, damit ich mich um Euch kümmere. Die andern Mägde sind erbsengrün vor Neid. Da enttäusche ich den Herrn ganz bestimmt nicht, sonst heißt es für mich wieder: Ab in die Küche.«

»Gefällt dir die Arbeit in der Küche denn nicht?«

»Nay, Mylady. Die Köchin ist so kratzig wie ein Distelzweig.«

»Oh.« Alethia konnte ein Lächeln nicht unterdrücken, während Beth so vor sich hin plauderte. Auch wenn sie sich mehr als einmal die Hand vor die Nase halten musste, während ihr das Haar zu einer komplizierten Flechtkrone um den Kopf arrangiert wurde. Ihrem Körpergeruch nach zu urteilen, badete Beth nur äußerst selten.

»Ihr habt wirklich wundervolles Haar, Mylady.«

»Dafür benutze ich eine spezielle Seife. Ich kann dir gern etwas davon abgeben.« Als sie sich umwandte, um die Reaktion des Mädchens zu sehen, entging ihr nicht der zweifelnde Ausdruck in ihren Augen.

»Machen wir uns lieber auf den Weg. Sie werden mit dem Auftischen warten, bis Ihr Euren Platz auf dem Podest eingenommen habt.«

Sie würde beim Laird und seiner Familie sitzen? Nun gut, ihr Gewand wies sie als Edeldame aus. Trotzdem – diese Leute hatten keine Ahnung, welchen Rang sie besaß, und eine edle Herkunft allein garantierte noch keinen Platz auf dem Podest. Aufgrund dessen, was die Familie glaubte, würde man sie gut behandeln, zumindest, bis die Wahrheit ans Licht käme.

Bei diesem Gedanken spürte sie ihr Herz flattern. Was sollte sie sagen, wenn es so weit war und sie doch noch begannen, ihr Fragen zu stellen? *Ach ja, übrigens, ich bin aus dem einundzwanzigsten Jahrhundert. Ta-da!* O nein, dieses kleine Detail würde sie für sich behalten. Auf keinen Fall sollte jemand sie mit Zauberei oder Hexenwerk in Verbindung bringen.

Beth scheuchte sie die enge Treppe hinab in den großen Saal. Für Alethia sah es aus, als hätte sich der gesamte Clan versammelt, oder zumindest alle, die auf der Insel lebten. Zusätzlich zu dem langen Tisch, den sie vorhin gesehen hatte, war ein weiterer aufgestellt worden, ganz schlicht aus Fässern mit darübergelegten Brettern. Resolut unterdrückte sie den Drang, die Beine in die Hand zu nehmen, und straffte die Schultern.

Das lenkte ihre Aufmerksamkeit zum Podest, von wo sie Malcolm mit eindringlichem Blick herüberschauen sah. Er hatte sich gewaschen, rasiert und ein sauberes Leinenhemd mit weiten Ärmeln angezogen, dazu einen Kilt in leuchtendem Rot, Dunkelgrün und Weiß. Das Haar trug er im Nacken zusammengebunden. Herr im Himmel, so zurechtgemacht war er ein echter Leckerbissen. Ihr blieb die Luft weg, und sie verlor die Fähigkeit, sich zu bewegen. Schließlich stupste Beth sie vorwärts. Einer von Alpha-Idiots Mundwinkeln hob sich.

An der Herrentafel saßen acht Personen, und mit dem mittelalten Mann auf dem Ehrenplatz in der Mitte des Tischs verband Malcolm eine augenfällige Ähnlichkeit. Das musste der Burgherr sein, und rechts von ihm war seine Gemahlin. Ein weiteres Paar mittleren Alters befand sich zur Linken des Burgherrn, dann kam eine bezaubernde junge Frau, die etwa in Alethias Alter sein musste. Neben Malcolm hatten sich

Liam und Robley niedergelassen. Zwei Stühle waren noch unbesetzt. Einer zwischen Malcolm und seinen Cousins und einer am gegenüberliegenden Ende bei der absolut harmlos wirkenden jungen Frau.

Malcolm erhob sich. »Vater, Mutter, das ist Lady Alethia Goodsky. Mylady, das sind mein Vater, der Earl of Fife, und meine Mutter, Lady Lydia. Liam und Robley kennt Ihr ja bereits, und das sind ihre Eltern, mein Onkel Robert und seine Gattin Rosemary. Zu Rosemarys Linken sitzt meine jüngere Schwester Elaine.« Er deutete auf den freien Platz neben sich. »Kommt. Ihr müsst hungrig sein.«

Verflixt. So viel zu ihrem Plan, sich zu Elaine zu setzen. Alethia vollführte einen perfekten Knicks, dankbar für viele Monate der Übung an all den Möchtegern-Höfen auf jedem Mittelaltermarkt, auf dem sie je gearbeitet hatte. »Vielen Dank für Eure großzügige Gastfreundschaft.«

»Wir alle haben Eure Musik vorhin sehr genossen, Mädchen.« Der Earl sah sie mit einem freundlichen Funkeln in den Augen an. »Ich würde mir wünschen, dass wir Euch heute Abend noch einmal spielen hören, wenn Euch das recht ist.«

»Es wäre mir ein Vergnügen.«

»Dann schicken wir jemanden nach Eurem Instrument.« Der Earl gestikulierte zu dem Platz neben Malcolm. »Kommt, setzt Euch. Es wird höchste Zeit, dass wir essen.«

Alethia wechselte ein schüchternes Lächeln mit Malcolms Schwester und machte sich auf den Weg zu dem Stuhl, den Malcolm für sie hervorgezogen hatte. Als sie sich setzte, streifte ihr Knie seinen Oberschenkel, und es durchzuckte sie wie ein Stromschlag.

»Senken wir die Häupter und sagen Dank für das Essen, das uns nun zuteilwird.« Klar hallte die Stimme des Earl durch den Saal. »Reicht euch die Hände.«

Na toll. Das fehlte ihr noch. Allerorten machten die Leute das Kreuzzeichen und Alethia ahmte ihre Bewegungen nach. Malcolm nahm ihre eine Hand und Liam umfasste die andere. Seltsam – die einzige Berührung, die sie fühlte, war die von Malcolm. Und die ganze Zeit während des lateinischen Gebets des Earl sandte die Wärme von Malcolms starker, schwieliger Hand alle möglichen pulsierenden Empfindungen durch ihren Körper. *Nicht gut.* Endlich kam das Dankgebet zum Ende, und sie zog ihre Hand zurück.

Mit funkelnden Augen blickte Malcolm zu ihr herüber, griff nach ihren Fingern und hielt sie fest. »Ich bin noch nicht fertig mit dem Bedanken.«

»Dafür braucht Ihr aber nicht meine Hand«, flüsterte sie und spürte ihre Wangen heiß werden.

»Oh, und wie ich die brauche. Euer sanftes Wesen, Mylady«, erklärte Malcolm und rieb mit ihren verschränkten Händen über seine malträtierte Unterlippe, »erfüllt mich mit dieser Ehrerbietung.« Er legte ihre ineinander verschlungenen Finger auf seinem Oberschenkel ab.

Ach du meine Güte. Ihr Gesicht musste flammend rot sein, und sie versuchte nach Kräften, sich aus seinem Griff zu befreien. »Und da hatte ich bei der Vorstellung tatsächlich für einen Augenblick gedacht«, setzte sie an und schaffte es endlich, ihm ihre Hand zu entziehen, »Ihr hättet Manieren.«

Er lachte laut auf, worin Robley und Liam einstimmten.

Innerlich kochte sie vor Wut.

»Würdet Ihr das Brot mit mir teilen, Lady Alethia?«, fragte Robley und deutete auf den Teigfladen, auf dem sie das Essen ablegen würden.

Sie schenkte ihm ihr reizendstes Lächeln. »Mit Freuden.«

Diener brachten voll beladene Servierplatten herein, und die am Tisch Sitzenden bedienten sich. Robley bot ihr gebratenes Lamm, Wurzelgemüse und dunkles Brot an. Wie sauber war die Küche hier? Und wo sie gerade dabei war, wie sauber mochte wohl die Köchin sein? Wenn man sich Beth so ansah, wahrscheinlich nicht besonders. Was war das größere Risiko: zweifelhaftes Essen zu sich nehmen oder ihre Gastgeber beleidigen? Zögerlich nahm sie einen Bissen und stellte zu ihrer Überraschung fest, dass das Fleisch zart und schmackhaft war. Schon seit zwei Tagen hatte sie nichts Anständiges mehr gegessen, und sie beschloss, dass dieses Festmahl das Risiko definitiv wert war. Um sie herum unterhielt man sich angeregt. Sie ließ ihre Aufmerksamkeit zu den Leuten auf den Plätzen unterhalb des Podests schweifen.

Eine kleine Unruhe nahe dem hinteren Ende des langen Tischs zog ihr Augenmerk auf sich. Unter den Speisenden, die am weitesten von der Herrentafel entfernt waren, war Bewegung zu erkennen – dort, wo die Dorfbewohner und Kleinbauern saßen. Die Leute drehten sich auf ihren Plätzen um und reichten kleine Stücke Brot, Fleisch oder Gemüse an eine schmale Gestalt hinter ihnen weiter. Einen Hund?

Nein, kein Hund. Ein kleiner Junge zupfte jeden am Hemdsärmel, bis man ihm einen Bissen zu essen gab, und zog dann weiter zum Nächsten, wenn er das Almosen entgegengenommen hatte. In seinen Lumpen und mit dem verfilzten Haar schien er zu ungefähr gleichen Teilen aus Dreck und Kind zu bestehen. Zwischen zwei raubeinig aussehenden Kerlen direkt hinter dem kleinen Bettler brach ein Tumult aus. Einer der beiden schrie den anderen an und knallte seinen Zinnhumpen auf den Tisch. Der Junge zeigte keinerlei Reaktion. *Er ist taub.*

Unfähig, wegzuschauen, umklammerte sie die Tischkante. Als könnte er ihren Blick spüren, sah er mit einer ernsten Miene zu ihr empor, die nicht zu seinem Alter passte. Ihr Herz flog ihm zu, und sie konnte nicht umhin, seine Einsamkeit und Isolation zu spüren. Am liebsten hätte sie ihn auf der

Stelle in die Arme geschlossen, sich um ihn gekümmert und ihm beigebracht, mit den Händen zu reden. Genau wie sie war er hilflos einer beängstigenden Welt ausgesetzt, in der es fast unmöglich war, sich zurechtzufinden.

* * *

Alethia lief in ihrer beengten Kammer auf und ab, bis sie sicher war, dass alle Burgbewohner zu Bett gegangen waren. Bei jedem Vorübergehen flackerte die einzelne Kerze, die auf dem Kaminsims brannte. Das taube Kind schien zu niemandem zu gehören. Niemand unter den Erwachsenen hatte ihm, abgesehen von den Almosen, irgendwelche Aufmerksamkeit geschenkt. Die Vorstellung, wie er allein und verängstigt im Dunkeln hockte, war für sie unerträglich. *Jemand sollte sich um ihn kümmern, und warum dann nicht ich?*

Sie nahm eine Decke von ihrem Bett, faltete sie zweimal und legte sie auf die Holzdielen nahe der Feuerstelle. Das würde als Schlafplatz für den Jungen reichen müssen, bis sie etwas Besseres auftreiben konnte. Sie durchquerte das Zimmer, hob den Riegel, der ihre Tür sicherte, und spähte in den Korridor. Aus dem großen Saal drang matter Feuerschein nach oben. Sie schlich sich zum Treppenaufgang und machte sich auf Zehenspitzen auf den Weg nach unten.

Die zusätzlichen Tische, die für das Festmahl aufgebaut worden waren, hatte man stehen lassen. Hunde schnüffelten in den Binsen am Boden nach übriggebliebenen Leckerbissen, und das Schnarchen und Grunzen der schlafenden Festgesellschaft erfüllte den Saal. Brennende Scheite in beiden Kaminen tauchten den weitläufigen Raum in goldenes Licht und tiefe Schatten. Behutsam tastete sie sich auf der Suche nach dem kleinen Bettler zwischen Schlafenden und Hunden entlang.

Zuerst überprüfte sie die am besten beleuchteten Stellen, dann arbeitete sie sich in die dunkleren Ecken vor. Unvermittelt schoss aus dem Schatten eine Hand hervor und packte sie, der Arm eines Mannes schlang sich um ihre Taille und zog sie nach hinten, an seine harte Brust.

»Sucht Ihr nach mir?«, flüsterte Hugh ihr ins Ohr und zerrte sie tiefer in die Dunkelheit. »Ich bin froh, dass Ihr zu mir gekommen seid, Mylady. Darf ich das als Zeichen nehmen, dass Ihr Euch entschieden habt, den angebotenen *Schutz* in Anspruch zu nehmen?«

»Nein.« Ihr hämmerte das Herz, und ihr Mund wurde trocken. Sie nahm seinen Arm von ihrer Taille und trat außer Reichweite. Seine Sprache war leicht verwaschen, und er verströmte den sauren Geruch von zu viel Wein. Fantastisch. »Ich habe beschlossen, dass ich Euren Schutz weder brauche noch will. Trotzdem danke.«

Einen Moment lang runzelte er die Stirn, bevor ihre Worte ganz zu ihm durchdrangen. Zorn verfinsterte seine Züge. Er packte sie am Handgelenk und riss sie wieder an sich. »Undankbares Weib. Ich bin der Sohn eines Earl. Wusstest du das? Denkst du, du wärst was Besseres als ich? Eine völlig Fremde in unserem Land, ohne auch nur einen einzigen Diener? So langsam kommt mir der Verdacht, du bist nichts weiter als eine Hure, die die Dame spielt. Auf solche Betrügereien steht ein hoher Preis, und den gedenke ich persönlich einzutreiben.« Er wirbelte sie herum, drückte sie an die Wand und presste mit brutaler Kraft seinen Mund auf ihren.

Panisch wand sie sich und versuchte, sich zu befreien. Ihre Bewegungen heizten ihn nur noch mehr an. Könnte sie sich nur weit genug von ihm lösen, um zu schreien, würde mit Sicherheit jemand im großen Saal aufwachen. Panik würde sie jedenfalls nicht retten. *Denk nach!* Sie würgte, als ihr die Galle hochkam. Mit einer Hand hielt er ihre Handgelenke über ihrem Kopf fest. Mit der anderen begann er, ihr die Röcke hochzuziehen. *Nein!*

Abrupt ließ sie ihren Körper erschlaffen und zwang ihn so, ihr Gewicht zu tragen, während sie an der Wand hinabsank, bis er sich vorbeugen musste, um mitzukommen. Fluchend ließ er von ihr ab, um nicht das Gleichgewicht zu verlieren. Sie kreischte, zog das Kinn an die Brust und stieß sich so fest ab, wie sie konnte. Mit einem befriedigenden Knacken krachte ihre Stirn auf seine Nase.

»Ah, du Metze!« Hugh stolperte zurück, wobei ihm das Blut in Strömen übers Gesicht lief.

Sie stieß sich von der Wand ab und schob ihn zurück, während sie einen Fuß hinter seine Fersen hakte. Schwer ging er zu Boden, und sie ergriff die Flucht – um geradewegs einem weiteren Mann in die Arme zu laufen.

Von einem Albtraum direkt in den nächsten! Schreiend wand sie sich und kämpfte um ihre Freiheit.

»Hört auf mit dem Gejaule. Haltet still.«

Malcolms Befehlston drang durch ihre Panik, und Erleichterung durchströmte sie. Sie sank an seine Brust und rang nach Atem.

»Was zum Teufel geht hier vor?«, verlangte er zu wissen.

Hugh rappelte sich vom Boden hoch. Blut quoll zwischen seinen vor die Nase gepressten Fingern hervor. »Sie ist zu mir in den Saal gekommen und hat sich mir angeboten. Ich habe ihr den Gefallen getan, und da hat die Metze sich gegen mich gewandt.«

Alethia richtete sich auf, jeder Muskel in ihrem Leib für einen weiteren Kampf angespannt. »Nicht mal ansatzweise hab ich so was gemacht, du verlogenes Stück …«

»Schweigt, Weib.«

»Aber ich …«

»Ihr habt hier unten zu dieser Stunde nichts verloren, Lady Alethia.« Malcolm packte sie kurz oberhalb des Ellbogens und bedachte sie mit einem Blick, mit dem er Glas hätte schneiden können. Dann wandte er sich an Hugh. »Nach deiner Verletzung zu urteilen würde ich vermuten, die Dame hat es sich anders überlegt.«

»Augenblick mal.« Sie riss sich von ihm los. »Ich bin *nicht* auf der Suche nach diesem Drecksack hier runtergekommen.«

»Wenn Ihr das sagt.« Hugh verbeugte sich in ihre Richtung. »Womöglich habe ich Eure Absichten falsch verstanden, Mylady. Bitte vergebt mir. Bis zum nächsten Mal …« Seine Stimme troff vor Bösartigkeit, und in der Luft hing ein Versprechen auf Vergeltung.

»Sieh zu, dass du in die Baracken kommst, Hugh. Es gibt für dich keinen Anlass, hier zu sein.«

Alethia wartete, bis der widerwärtige Bastard den Saal verlassen hatte, und wandte sich dann Malcolm zu. »Du glaubst ihm?« Es gelang ihr nicht, das Beben in ihrer Stimme zu unterdrücken.

»Was gäbe es sonst für einen plausiblen Grund für Euch, zu dieser Stunde hier unten zu sein?« Sein erzürnter Tonfall tat weh. »Wenn Ihr kein Stelldichein mit Hugh verabredet hattet, mit wem wolltet Ihr Euch dann treffen?«

Von seiner Anschuldigung verletzt schluckte sie die schneidende Erwiderung hinunter, die sie ihm nur zu gern entgegengeschleudert hätte. Wut kochte in ihr hoch, und sie ballte unwillkürlich die Fäuste. Also gut. Wenn er das glauben wollte, dann sollte er. Was machte es für sie schon für einen Unterschied? Morgen würde sie herauskriegen, wie dieser dämliche Anhänger funktionierte, und einen Weg zurück nach Hause finden, wo sie hingehörte.

»Ich begleite Euch auf Euer Zimmer.« Malcolm fasste sie am Handgelenk und zog sie zur Treppe.

Hoch erhobenen Hauptes marschierte sie hinter ihm her durch den Korridor. Sie würdigte ihn keines Wortes, als er ihre Tür aufwarf und sie nicht gerade sanft über die Schwelle schob.

»Bleibt, wo Ihr seid«, fuhr er sie an und schlug die Tür zu.

Sie legte die Stirn an das Holz und lauschte seinen verklingenden Schritten. »Du bist so ein Idiot.« Mit zittrigen Knien durchquerte sie das Zimmer, warf sich bäuchlings aufs Bett und drückte das Gesicht ins Kissen. Gnadenlos stürzten die Ereignisse der vergangenen zwei Tage auf sie ein. Überwältigt von Hilflosigkeit, Frustration und Angst gab sie auf und weinte sich in den Schlaf.

Kapitel 4

Es musste etwas geschehen. Alethia hatte es satt, sich vorzukommen wie ein *manidoo-wabooz,* ein ängstliches Kaninchen, das jedes Mal in seinen Bau flüchtete, sobald auch nur ein Schatten auf seinen Weg fiel. Davon abgesehen hatte sie schon seit fast einer Woche kein richtiges Bad mehr gehabt, und die spärlich befüllten Wassereimer, die Beth ihr jeden Tag brachte, reichten einfach nicht aus.

Seit dem Vorfall im Saal mit Hugh hatte sie sich alle Mühe gegeben, Malcolm auf ihren kurzen Ausflügen auf der Suche nach dem tauben Jungen aus dem Weg zu gehen. Außerdem hatte sie alles Erdenkliche versucht, um irgendwie die Magie umzukehren, die sie hierher versetzt hatte. Keine ihrer Bemühungen war von Erfolg gekrönt gewesen. Alpha-Idiot schien aufzutauchen, wo sie ging und stand. Ständig lungerte er in ihrer Nähe herum und starrte sie an, den Mund zu einem schmalen Strich des Missfallens verzogen. Und … sie war immer noch hier, steckte fest in dieser Zeit – welche es auch immer sein mochte.

Der einzige Lichtblick am ansonsten trüben Himmel war, dass sie keine Spur von Hugh entdeckt hatte, seit er sie belästigt hatte. Vielleicht hatten sie ihn fortgeschickt. Man durfte ja wohl noch hoffen.

Mit diesem aufmunternden Gedanken schnappte sie sich das Körbchen mit ihrer Seife und dem Shampoo vom Kaminsims. Sie fragte sich, wie lange ihre Vorräte wohl noch ausreichen würden. Damit würde sie von jetzt an besser sparsam umgehen. Einen Augenblick lauschte sie, ob jemand auf dem Korridor war, dann schlüpfte sie aus ihrer Kammer. Über die Hintertreppe lief Alethia nach unten, flitzte an der Küche vorbei, in der bereits emsig gearbeitet wurde, und schlüpfte durch die Tür zum Kräutergarten nach draußen. Dort blieb sie kurz stehen, um zu Atem zu kommen, und musterte aufmerksam die Umgebung, um sicherzugehen, dass niemand sie beim Verlassen der Burg sah.

Im Osten lag noch kaum ein zarter rosa Schimmer über dem Horizont, und sie hielt sich im Schatten. Immer wieder blickte sie sich um und vergewisserte sich, dass ihr niemand folgte. Nach ihrem Bad und einem anständigen Frühstück würde sie Malcolms Schwester ausfindig machen und sie um irgendeine Art von Waffe bitten. Sollte sie dann noch einmal Hugh oder sonst irgendwer in eine dunkle Ecke drängen, wäre sie mehr als in der Lage, sich zu verteidigen.

Sie stellte ihr Binsenkörbchen auf einem flachen Felsen ab und suchte am Ufer nach einer geeigneten Stelle, um ins Wasser zu gehen. Nach einem weiteren sichernden Blick in die Runde zog sie sich bis auf die Unterwäsche aus und watete hinein. In dem kalten Wasser bekam sie augenblicklich eine Gänsehaut – aber Herr im Himmel, tat es gut, sich endlich die Haare zu waschen. Ihr Atem formte Wölkchen vor dem Gesicht und mischte sich mit dem Nebel, der über dem See hing. Durch ihr Zittern breiteten sich in konzentrischen Kreisen Wellen um sie herum auf der Wasseroberfläche aus.

Stück für Stück kroch die Sonne über den Horizont. Alethia wollte zurück in der Burg sein, bevor allzu viele der Bewohner auf waren. Ein letztes Mal spülte sie ihr Haar aus, dann schwamm sie um einen Felsvorsprung herum in Richtung Ufer. Ihr rutschte das Herz in die Hose, und die Angst nahm ihr den Atem. Am Strand stand Hugh, ihre Kleider in den Armen und ein grausames Lächeln auf dem verfärbten, geschwollenen Gesicht. Verflucht. War er ihr hierher gefolgt? Dabei war sie so vorsichtig gewesen.

All der Stress und die Furcht, die sie in der vergangenen Woche durchgestanden hatte, brachen aus ihr hervor. »Lieber sterbe ich an Unterkühlung, als dass ich für dich hier aus dem Wasser steige, du primitives Stück Abschaum!«

»Irgendwann musst du rauskommen.« Er trat dichter ans Wasser, und sein verdorbenes Lächeln wurde breiter. »Und wenn es so weit ist, dann wirst du teuer bezahlen für meine gebrochene Nase.«

»Ich brech dir noch was ganz anderes, wenn du mich nicht in Ruhe lässt, du widerlicher Perversling!« In der Kälte begannen ihre Muskeln zu krampfen, und sie konnte ihr Zittern nicht mehr kontrollieren. Unterkühlung war eine sehr reale Gefahr. Hektisch suchte sie nach einem Ausweg und hoffte, jemand würde sie schreien hören und nachsehen, was hier vor sich ging.

* * *

Malcolm machte sich vom Turnierplatz auf den Rückweg zum Wohnturm. Beim Training war er ordentlich ins Schwitzen gekommen und hatte jetzt einen gesunden Appetit. Er freute sich auf sein Frühstück und ein Bad, gefolgt von den restlichen Aufgaben des Tages – einschließlich herauszufinden, wo Lady Alethia sich herumtrieb.

Wieder einmal beherrschte ihr seltsamer Gast seine Gedanken. Je mehr sie ihm aus dem Weg ging, desto besessener wurde er von ihr. Wen hatte sie im großen Saal treffen wollen? Unaufhörlich plagte ihn die Frage, nagte an ihm, bis er nicht mehr klar denken konnte. Gleich nach dem Frühstück würde er sie aufspüren und die Wahrheit von ihr einfordern. Dann würde alles wieder seinen gewohnten Gang gehen, und er würde sie sich ein für alle Mal aus dem Kopf schlagen können. *Wohl kaum, verflucht.*

Vor seinem inneren Auge blitzte der Anblick auf, wie sie aus dem Wald gekommen war, das seidige schwarze Haar offen um ihre Schultern schwingend. Ihre exotische Schönheit verfolgte ihn bis in seine Träume, machte ihn rastlos und hungrig. Je eher er herausfand, wer genau sie war und woher sie kam, desto eher konnte er für ihre sichere Rückreise sorgen. Und *dann* würde sein Leben wieder seinen gewohnten Gang gehen.

Schreie rissen ihn aus seinen Gedanken. Sofort erkannte er Alethias Stimme und dass sie in Schwierigkeiten steckte. Mit wild pochendem Herzen rannte er in die Richtung, aus der die Laute kamen. Mit gezücktem Dolch brach er durchs Unterholz und fand eine Szene vor, bei der ihm das Blut in den Adern gefror. Hugh hielt ihre Kleider in den Armen, während sie im See stand und ihre Blöße verbarg. Ihre Augen waren angstgeweitet.

»Was soll das hier werden, Hugh?«

»Ich will mir ein bisschen Spaß mit der Kleinen gönnen. Lass mich in Ruhe.« Für eine Sekunde glitt Hughs Blick zu Malcolm, bevor er sich wieder der im Wasser bebenden Alethia zuwandte. »Du kannst sie gern haben, wenn ich mit ihr fertig bin.«

Bei der Vorstellung, wie Hugh sie mit seinen schmutzigen Händen betatschte, sah Malcolm rot. Heftig riss er den anderen bei der Schulter herum, und seine Faust landete im Gesicht des Schurken, bevor ihm überhaupt klar war, dass er ihn schlagen wollte.

Mit einem Aufschrei stolperte Hugh rückwärts und ließ Alethias Sachen fallen. »Zum Teufel!« Mit dem Handrücken berührte er seine aufgeplatzte Lippe und funkelte Malcolm böse an.

Der machte noch einen Schritt auf ihn zu. »Das ist also deine Vorstellung von Spaß, ja? Eine wehrlose Frau zu bedrängen? Du hast Zeit bis Terz, um deine Habseligkeiten zusammenzusuchen und zu verschwinden. Wenn ich dich danach noch hier irgendwo erwische, ist dein Leben verwirkt.«

»Dafür wirst du bezahlen. Dafür bezahlt ihr beide.« Hughs Gesicht war hassverzerrt.

»Hör mir gut zu.« Grob stieß Malcolm ihn zurück. »Solltest du sie *jemals* anrühren«, schwor er und stieß den anderen noch einmal von sich, »dann ist es das Letzte, was du tust.« Mit dem abschließenden Stoß sandte er den Widerling rücklings in den Dreck.

Hastig rappelte Hugh sich auf und ergriff die Flucht. Malcolm sah ihm hinterher, bis er in sicherer Entfernung war, bevor er sich Alethia zuwandte. Nur ihr Kopf ragte über die Wasseroberfläche, und sie zitterte unkontrolliert. Er suchte ihre Sachen vom Boden auf und legte sie ans Ufer, dann ging er einige Schritte weg und wandte ihr den Rücken zu. »Ihr könnt jetzt herauskommen. Ich halte Wache.«

Er hörte leises Plätschern, als sie aus dem Wasser stieg, um sich ihre Kleider überzuziehen. Ein keuchendes Schluchzen entrang sich ihrer Kehle.

»Ich … Ich … w-will nach H-Hause«, weinte sie. »Ich. Will. Nach. Hause. Ich w-will meine G-Gran, eine heiße D-Dusche, W-Waschmaschine und Trockner … m-meinen F-Fön … und S-Steckdosen, verflucht noch mal. Z-Zentralheizung, Jeans und S-Sweatshirts.« Schniefend verstummte sie und bekam einen Schluckauf.

Ihre Worte ergaben keinen Sinn. Hatte sie unter all der Anspannung den Verstand verloren? Als er sich sicher war, dass sie bekleidet war, steckte Malcolm seinen Dolch ein und näherte sich ihr. Wasser tropfte ihr aus dem Haar auf das Kleid. Ihre Zähne klapperten, und ihre Lippen waren blau.

Bei ihrem Elend schnürte sich in ihm etwas zusammen. »Wo ist Euer Zuhause, Mädchen?«

»S-So weit w-weg, dass ich nicht w-weiß, wie ich je dahin z-zurückkommen soll«, schluchzte sie.

»Nichtsdestotrotz, wo wäre das?« Er nahm sein Plaid von der Schulter, wickelte sie darin ein und rieb ihr kräftig den Rücken und die Arme.

»H-Hinter dem Ozean.«

Ging es noch ausweichender? Doch jetzt war nicht der Moment, auf eine Antwort zu drängen. Nicht solange sie so aufgewühlt war. »Hugh wird Euch nicht mehr belästigen. Ich schwöre Euch, Ihr steht unter …«

»S-Sag's nicht. Sag nicht, ich st-stünde unter deinem Schutz, denn s-seit ich hier bin, h-hab ich mich alles andere als beschützt g-gefühlt.« Mit einem Zipfel seines Plaids wischte sie sich die Tränen fort. »In der N-Nacht, als Hugh versucht hat, mich zu v-vergewaltigen, hast du dich auf seine Seite gestellt.«

»Nein. Ich habe mich auf niemandes Seite gestellt.« Malcolm biss die Zähne zusammen und kämpfte darum, seine Emotionen unter Kontrolle zu bringen. »Wenn es nicht Hugh war, wessen Gesellschaft habt Ihr in jener Nacht gesucht, Mädchen?«

Sie warf sein Plaid ab und trat außer Reichweite. »Ich war auf der S-Suche nach dem tauben J-Jungen, der während des Festmahls um Almosen gebettelt hat.« Kämpferisch hob sie den Kopf, und ihr Zorn traf ihn tief. »Ich h-habe Erfahrung mit Tauben und Schwerhörigen. Ich d-dachte, vielleicht könnte ich mich um ihn k-kümmern. Er ist g-ganz allein.«

Ihr eigenes Leben war auf den Kopf gestellt worden, und trotzdem wollte sie einem völlig Fremden helfen. Eine Woge der Schuldgefühle überrollte ihn. »Warum seid Ihr wegen des Jungen nicht zu mir gekommen?«

»Zu d-dir? Du warst nicht gerade … Mir gegenüber hast du nichts anderes getan, als mich zu tadeln, zu schelten und dein Missfallen deutlich zum Ausdruck zu bringen.« Sie biss sich auf die Unterlippe und blickte starr zu Boden. »Warum sollte ich mit irgendetwas zu dir kommen?«

Malcolm legte ihr einen Finger unters Kinn und hob ihr Gesicht an. »Aus Euren Worten spricht die Wahrheit. Es ist offensichtlich, dass ich Euch keinerlei Anlass gegeben habe, mir zu trauen. Ist es nicht so?« Gottverflucht, bei ihrem winzigen Nicken fühlte er sich wie ein Schuft. In diesem Moment wurde ihm noch etwas klar. Ihre spitze Zunge und ihre Großspurigkeit waren nichts weiter als Tarnung, um zu verbergen, wie verängstigt sie in Wahrheit war. Am liebsten hätte Malcolm sie in die Arme geschlossen und fest an sich gedrückt. Stattdessen fuhr er sich mit den Fingern durchs Haar. »Ich bin ein unfassbarer Rüpel.«

»So ganz stimmt das auch nicht.« Unter ihren dichten Wimpern hervor blickte sie zu ihm auf. »Du hast mir ein Dach über den Kopf und zu essen gegeben, und für beides bin ich dankbar. Es ist ja nicht deine Schuld, dass ich auf euren Ländereien gestrandet bin.«

Da war er sich nicht so sicher. Sie musste ihm aus einem bestimmten Grund über den Weg gesandt worden sein. Nachdenklich starrte Malcolm über den See und sann darüber nach, wie er die Situation am besten bereinigen könnte. »Ihr müsst mir erlauben, Wiedergutmachung zu leisten. Lasst uns noch einmal von vorn anfangen.«

Sie holte tief Luft und ließ sie langsam wieder entweichen. »Okay. Danke, dass Ihr mich vor diesem Perversling gerettet habt.«

»Perversling?« Er schüttelte den Kopf. »Wie Ihr redet, verwirrt mich, Mädchen. Auch wenn es klingt wie Englisch, ist es doch nicht ganz dasselbe. Was bedeutet oh-kej?«

»Da, wo ich herkomme, nennt man manchmal Leute ›Perversling‹, die ungute Absichten haben.« Sie drückte sich etwas Wasser aus dem Haar und atmete noch einmal schaudernd ein. »›Okay‹ bedeutet einfach nur ›in Ordnung‹, und Eure Sprache verwirrt mich auch manchmal.«

»Oh-kej.« Er testete das Wort, ließ sich den seltsamen Klang auf der Zunge zergehen. Alethia hatte Mitgefühl verdient, und stattdessen hatte er nur noch zu ihrem Elend beigetragen. Jetzt lag es an ihm, die Dinge in Ordnung zu bringen, aber wie? Malcolm straffte die Schultern und suchte verzweifelt nach einem gemeinsamen Nenner. »Ich habe zwei Schwestern. Eine ist älter, eine jünger als ich. Helen, die Ältere, ist verheiratet und lebt mit ihrem Ehemann zwei Tagesreisen entfernt von unserer Burg, und Elaine kennt Ihr bereits. Vielleicht würdet Ihr Euch wohler fühlen, wenn Ihr etwas Zeit mit meiner Mutter und meiner Schwester verbringt.«

»O ja, das wäre schön.« Ihre Miene hellte sich auf. »Ich habe zwar keine Geschwister, aber ungefähr zwanzig Cousins und noch eine Handvoll Cousinen.«

Lächelnd sah sie zu ihm auf, und Malcolm wurden die Knie weich. »Kommt, Ihr seid ja völlig durchgefroren.« Er legte ihre Hand in seine Armbeuge und machte sich mit ihr auf den Weg zum Burghof. »Warum wart Ihr im See?«

»Ich wollte baden.«

»Wir haben eine Badekammer im Wohnturm. Dort gibt es Diener, die allein dafür zuständig sind, ständig warmes Wasser bereitzuhalten.«

»Woher hätte ich das wissen sollen?«

»Hat Beth Euch das nicht erzählt?«

»Nein.« Sie schnaubte belustigt. »Ich glaube nicht, dass Körperhygiene auf ihrer Prioritätenliste besonders weit oben steht, und das … ähm … stille Örtchen hab ich auch nur per Zufall entdeckt.«

»Den Abort?« Malcolm fand ihre Sittsamkeit bezaubernd. Es gab noch eine Frage, die ihm schon seit ihrer ersten Begegnung keine Ruhe ließ, und dies schien ein guter Zeitpunkt zu sein, seine Neugier zu befriedigen. »Was habt Ihr mit mir angestellt, als Ihr mich bewusstlos gemacht habt?«

»Ach, das. Ich habe die Blutzufuhr zu Eurem Gehirn abgeschnitten, deshalb seid Ihr in Ohnmacht gefallen.« Sie blieb einen Moment stehen und legte die Fingerspitzen an seinen Hals, tastete sich unter seinem Kiefer entlang. »Hier, fühlt Ihr den Puls?«

Malcolm nahm ihre Hände zwischen seine. Sie befanden sich in der Nähe des Wohnturms, und er war sich der neugierigen Augen seiner Leute bewusst. »Kommt, wir müssen meinen Vater aufsuchen. Er wird Fragen haben.«

Sie entzog ihm ihre Hände. »So kann ich Eurem Vater nicht unter die Augen treten. Ich sehe furchtbar aus.«

Prüfend betrachtete Malcolm ihr nasses Haar und das sandige Gewand. »Euer Erscheinungsbild wird ihn nicht weiter interessieren.«

»Ihn vielleicht nicht, aber mich«, entgegnete sie mit einem leichten Stirnrunzeln.

»Dann eilt Euch, sucht Eure Kammer auf und macht Euch vorzeigbar. Ich schicke gleich Beth zu Euch.«

»Aber ich hab nichts anzuziehen«, protestierte sie. »Ich besitze nur zwei Gewänder, und beide sehen unmöglich aus.«

»Dann sage ich meiner Schwester, sie soll Euch eins borgen.«

»Sie ist viel größer als ich. Warten wir lieber, bis ich eins von meinen eigenen reinigen konnte.« Sie blickte zu ihm auf. »Morgen vielleicht, oder übermorgen.«

Malcolm legte ihr die Hände auf die Schultern und drehte sie zu sich. »Lady Alethia, wollt ihr mich absichtlich ärgern?«

»Nein.« Sie verzog das Gesicht. »Das passiert von ganz allein.«

* * *

Alethia warf sich rücklings aufs Bett und legte sich eine Hand über die Augen. Natürlich würde der Laird Fragen haben, und sie brauchte Zeit, um sich die richtigen Antworten zurechtzulegen. Diesen Leuten erzählen, dass sie aus dem einundzwanzigsten Jahrhundert in der Zeit zurückgeschickt worden war? Keine gute Idee. Das klang wie eine Einladung, sie zum Ehrengast bei einem Freudenfeuer inklusive Scheiterhaufen und Anklage der Hexerei zu machen.

Wenn sie das Einzelzimmer und die Sonderbehandlung behalten wollte, musste sie die Edeldame geben. Zum Glück würde sie dazu nicht direkt lügen müssen, nur ein wenig die Wahrheit verdrehen und die Zeitalter verwischen. Das würde sie hinbekommen. Sie stand auf und pellte sich aus ihrem feuchten Kleid.

Beth kam zur Tür hereingeplatzt. »Ich hab Euch ein sauberes Kleid mitgebracht, Mylady. Wir müssen uns beeilen. Der Laird wartet schon.« Sie breitete die rosenrote Wolle über das Bett und bugsierte Alethia auf den Stuhl, um ihre nassen Zotteln in Ordnung zu bringen. Noch während sie sich den Kamm vom Kaminsims holte, plapperte Beth bereits weiter. »Ich soll Euch die Badekammer zeigen, wobei ich ja glaube, es ist nicht gesund, wenn man den ganzen Körper in warmes Wasser taucht.«

»Ach, wirklich? Ich dachte immer das Gegenteil. Ist die Familie des Lairds oft krank?«

»Nay. Die Herrschaften haben nie etwas.«

»Die baden alle regelmäßig.« Und wenn sie während ihres Aufenthalts hier nichts sonst zustande brachte, sie würde ihre ungewaschene Freundin noch in die Wanne kriegen. »Da, wo ich herkomme, glauben wir, dass ein heißes Bad und Reinlichkeit Krankheit fernhalten.«

»Aye? So was hab ich ja noch nie gehört.« Beth nahm ihre Arbeit wieder auf. »Ihr habt so schön glänzendes Haar, Mylady.«

»Wie gesagt, ich verrate dir gern mein Geheimnis. Die Duftseife, die ich benutze, nennt sich Caress – das englische Wort für Liebkosung.« Mit einem Blick zu Beth versuchte sie, deren Reaktion einzuschätzen. »Ich wasche mir das Haar mit einer geheimen Kräutermischung, damit es so glänzt. Sie nennt sich Herbal Essences. Gibt es in deinem Leben einen besonderen Mann?«

»Nay. Obwohl ich mir mehr als alles andere wünsche, ein bestimmter Kerl hier würde mich endlich mal bemerken.« Seufzend holte Beth das saubere Kleid und half ihr hinein, zog die feine Wolle über das feuchte Untergewand.

»Ist dir schon mal aufgefallen, dass die Blumen mit dem süßesten Duft die meisten Bienen anziehen?« Zum ersten Mal, seit sie sich kannten, verstummte Beth für einen Moment, während sie das Kleid schnürte. Alethia hoffte, sie dachte über ihre Worte nach. »Das Angebot steht. Du kannst dir jederzeit gern etwas von meiner Seife borgen.«

»Kommt, Mylady. Ich soll Euch zum Laird ins Studierzimmer bringen.«

Den etwas zu langen Saum sorgsam angehoben, folgte Alethia der Dienstmagd durch ein Labyrinth von Gängen. Beth schob sie durch eine schwere Eichentür, hinter der sie bereits Malcolm und sein Vater erwarteten. Alethia machte einen Knicks.

»Bitte, setzt Euch doch. Mein Sohn hat mir berichtet, dass Ihr einen aufreibenden Morgen hinter Euch habt.« Freundlich lächelte der Laird sie an.

»Sehr aufreibend, allerdings.« Sie nahm am Tisch ihm gegenüber Platz. Vor ihm befanden sich verstreut Pergament, Wirtschaftsbücher, Tintenfässchen und Schreibfedern.

»Hugh wird Euch nicht mehr belästigen, seid unbesorgt.« Der Earl lehnte sich auf seinem Stuhl zurück und musterte sie. »Wie kommt es, dass Ihr Euch allein auf unseren Ländereien wiedergefunden habt?«

»Ich weiß es nicht.« Sie faltete die Hände im Schoß, um das Zittern zu unterdrücken, und spann ihre Geschichte aus. »Ich war auf einem Markt in meinem Heimatland und bin ins Zelt einer Wahrsagerin gegangen, weil ich jemanden hatte weinen hören. Als ich drinnen war, konnte ich nicht mehr weg von ihr.«

Sie blickte zu Malcolm auf, der neben seinem Vater stand. »Sie nennt sich Madame Giselle, aber ich glaube nicht, dass das ihr echter Name ist.« Für einen Augenblick sah sie Schock über sein Gesicht huschen. »Ihre Gegenwart ist das Letzte, woran ich mich erinnere, bevor Euer Sohn mich gefunden hat.«

»Hat sie Euch irgendetwas zu essen oder zu trinken angeboten, als Ihr bei ihr wart?«, wollte Malcolm wissen.

»Warum fragt Ihr?«

Malcolm hob eine Schulter. »Vielleicht hat sie Euch einen Schlaftrunk untergejubelt.«

Das war gut. Warum war sie nicht selbst auf diese Idee gekommen, als sie sich ihre Geschichte zurechtgelegt hatte? »Jetzt, wo Ihr es sagt – das hat sie tatsächlich«, log sie. »Sie hat mir einen Kelch Gewürzwein angeboten, den ich auch ausgetrunken habe.«

Vater und Sohn wechselten einen wissenden Blick.

»Ich weiß nicht, wie Ihr angesprochen zu werden wünscht«, wandte sie sich an Malcolms Vater. Auch wenn er ein wenig kleiner war als sein Sohn, schien er ihm kräftemäßig in nichts nachzustehen. Die Ähnlichkeit zwischen den beiden war frappierend. Sein mittlerweile von Silber durchzogenes Haar musste einmal denselben warmen Goldton gehabt haben wie das von Malcolm. Die Augen des alten Mannes strahlten im gleichen leuchtenden Blau.

»Mein Taufname ist William. Hier auf der Burg ist es üblich, mich als Laird anzusprechen. Ihr sagt, Ihr wart in Eurem Heimatland, als das passiert ist. Welches Land wäre das, mein Mädchen?«

»Ich komme aus einem Land weit weg, noch hinter dem Atlantik.«

»Vom Kontinent.« Malcolm nickte.

»Na ja, von *einem* Kontinent, aber nicht von dem, den Ihr im Sinn habt. In diesen Gefilden weiß kaum jemand von meiner Heimat, auch wenn es schon Europäer gegeben hat, die bis an unsere Ufer gekommen sind. Nicht lange vor der Ankunft von William dem Eroberer in England haben Norweger in meiner Heimat angelegt. Erik der Rote, und später dann sein Sohn Lief. Kennt Ihr die Geschichten?«

»Aye, es gibt Gerüchte über ferne Länder, aber wir haben dem keinen Glauben geschenkt. Haben die Nordmänner Eure Heimat erobert, wie William es mit England getan hat?«, erkundigte sich Malcolm.

»Wohl kaum.« Sie schnaubte. »Die waren nur eine Handvoll gegen viele, und unsere Männer sind hervorragende Krieger«, schlug sie prahlend den zweifelhaften Pfad der Ausschmückung ein.

In Malcolms Augen leuchtete Interesse auf. »Euer Land muss dicht am Rand liegen. Habt Ihr ihn gesehen?«

»Den Rand?« Fragend hob sie die Augenbrauen.

»Ja, den Rand der Welt.«

»Äh … Nein.«

»Wie kommt es, dass Ihr Englisch sprecht?«, fragte William.

»Priester. Die scheinen in jeden Winkel der Erde einen Weg zu finden.« *Herr, vergib mir meine Sünden.* Je mehr Details sie liefern konnte, desto glaubwürdiger würde ihre Geschichte wirken. »Wenn Ihr mir etwas zu schreiben gebt, könnte ich Euch eine Karte zeichnen, jedenfalls eine grobe.«

Malcolm ging ans andere Ende des Zimmers und kehrte mit einem gerollten Stück Pergament, einer Feder und einem Tintenfass zurück. Nachdem er alles vor ihr abgelegt hatte, holte er noch vier Steine dazu, um das Pergament flach zu halten. Unsicher nahm Alethia die Feder zur Hand und tauchte sie in die Tinte. Bei ihrem ersten Versuch machte sie bloß einen fetten schwarzen Tintenklecks auf das Pergament. Der zweite lief besser, und bald zeichnete sie grobe Umrisse der Kontinente, die den Männern bereits bekannt sein dürften.

»Würdet Ihr mir das Datum sagen?« Sie blickte von ihrer Arbeit auf. »Und das Jahr?« Wenn ihnen die Frage seltsam vorkam, ließen sie es sich nicht anmerken. Bisher hatte sie sich gefürchtet, danach zu fragen – das Geschehene hatte sie einfach zu sehr überwältigt.

»Es ist früher Herbst, im Jahre des Herrn 1423.«

Ihr Mund wurde trocken, und der Federkiel rutschte ihr aus den Fingern.

»Ich nehme an, seit Eurem Besuch auf dem Markt ist einige Zeit vergangen?«, hakte Malcolm nach.

Sie schluckte. »Das könnte man so sagen.«

»Fahrt fort.« William deutete auf ihre Mappe.

Gehorsam nahm sie die Feder wieder auf und beugte sich über ihre Zeichnung. »Das sind Schottland und Britannien.«

Beide Männer lehnten sich interessiert vor, während sie die Landmassen beschriftete. »Hier ist Irland, das sind Europa, der Orient und Afrika. Diese Insel nennt sich Island. Das hier ist Grönland, und da liegt mein Kontinent.« Sie skizzierte Nordamerika, die Großen Seen in der Mitte. »Dort im Zentrum haben wir fünf riesige Süßwasserseen. An der Spitze von diesem hier beginnt mein Heimatland. Es heißt Minnesota.« Am Seitenrand des Pergaments zeichnete sie separat die Umrisse ihres Bundesstaats auf. »Das ist der Red River, hier ist der Minnesota River, hier der Mississippi und hier der St. Croix.« Säuberlich beschriftete sie die Flüsse.

»Unser Land liegt nördlich des Minnesota River, zwischen den anderen beiden.« Zufrieden mit ihrer Arbeit richtete sie sich auf. Erst jetzt bemerkte sie die verblüfften Mienen von Vater und Sohn. »Bei meinem Volk gibt es ebenfalls Clans, aber nicht so wie bei Euch.« So langsam erwärmte sie sich für das Thema. »Unsere Gemeinden bestehen aus Mitgliedern aller Clans. In meiner Kultur hat die Clan-Identität etwas mit der Rolle in der Gesellschaft zu tun.«

»Inwiefern?«, wollte Malcolm wissen.

»Na ja, es gibt zum Beispiel Anführer- und Kriegerclans. Wir haben Clans für die Jagd, für die Gelehrten, Medizinleute, im Grunde eigentlich alles. Erst mit Mitgliedern aus einer Vielzahl von Clans ist ein Dorf vollständig. Unsere Dörfer werden von einem Ältestenrat regiert, dem ein Häuptling vorsitzt. Und über die Gesamtheit der Dörfer wiederum herrscht ein höherer Rat, dessen Vorsitzender unser Präsident ist.«

»Ein Präsident?«, hakte William nach.

»In eurer Kultur kommt dem wohl am ehesten ein König gleich.«

»Und zu welchem Clan gehört Ihr, Alethia?«, fragte Malcolm.

»Ich bin eine *Chejauk* – die Kraniche, einer der Anführer-Clans. Bis zu seinem Tod war mein Vater unser Präsident.«

Damit hatte sie das Interesse des Lairds geweckt, und abrupt hob er den Kopf. »Wie ist er gestorben?«

»Er und meine Mutter haben es nicht überlebt, als ihr … äh … Wohnturm in Flammen aufgegangen ist.«

Wieder tauschten Malcolm und sein Vater einen Blick.

»Wo wart Ihr zu jenem Zeitpunkt, Mädchen?« In Williams Stimme lag ein ernster Unterton.

»Ich war bei meinem Onkel und seiner Familie zu Besuch. Meine Cousins dort sind ungefähr in meinem Alter, deshalb war ich oft da – ich bin Einzelkind.«

»Das soll fürs Erste genügen. Ihr dürft Euch zurückziehen«, beschied William ihr.

Sie erhob sich. »Ich würde mir meinen Lebensunterhalt gern verdienen, solange ich hier bin. Ich besitze einige Talente, die Euch vielleicht von Nutzen sein können.«

»Abgesehen von Eurer außergewöhnlichen Musik?« William lächelte.

Sie nickte. »Ich kann mir alles ins Gedächtnis einprägen, womit ich mich beschäftige, und ich kann sehen, ob jemand lügt oder die Wahrheit sagt.«

»Wie es scheint, ist Euer Name gut gewählt, Alethia. Gleich morgen werde ich Eure Dienste in Anspruch nehmen, das ist der Tag, an dem unsere Leute ihre Streitfälle bei Hofe vortragen und mich um eine Klärung bitten können.«

»Sie spricht unsere Sprache nicht«, gab Malcolm zu bedenken. »Und die meisten Dorfbewohner sprechen kein Englisch.« Er wandte sich ihr zu. »Unsere Muttersprache ist Gàidhlig. Mit dem *Sassenach*-Kauderwelsch können unsere Kleinbauern nichts anfangen.«

»Gälisch? Aber das spielt auch keine Rolle.« Alethia schüttelte den Kopf. »Es sind nicht die Worte, denen ich lausche.«

»Dann soll es so sein. Ich erwarte Euch bei Tagesanbruch im großen Saal.«

»Eine Sache noch, Laird.« Sie umklammerte die Lehne des Stuhls, auf dem sie gesessen hatte. »Der taube Junge, der nachts im großen Saal schläft – zu wem gehört er?«

»Der Kleine ist eine Waise.« William war noch immer mit ihrer Karte beschäftigt. »Seine Mutter hat jemanden von außerhalb des Clans geheiratet. Ihr Mann ist verschwunden, noch während sie schwanger war, deshalb ist sie mit ihrer verwitweten Mutter hierher zurückgekehrt. Vor ein paar Jahren sind sowohl Mutter als auch Kind krank geworden. Die Mutter des Jungen ist gestorben, und ihm hat das Fieber das Gehör genommen. Von da an hat er mit seiner Großmutter zusammengelebt, bis auch sie verschieden ist. Seitdem haust er im großen Saal.«

Es brach ihr das Herz. So viel Verlust hatte dieser kleine Junge bereits erlitten, und das mit höchstens vier oder fünf Jahren. »Ich würde mich gern seiner annehmen, wenn Ihr erlaubt. Ich kann ihm beibringen, sich verständlich zu machen. Mein Volk hat eine Sprache für Gehörlose.«

»Ich habe nichts dagegen, wenn Ihr Euch um den Jungen kümmert.« William rollte ihre Karte zusammen und legte sie beiseite. »Würdet Ihr heute Abend für uns spielen, Mädchen?«

»Natürlich.«

»Eins noch, Alethia.« Malcolm blickte von seinem Vater zu ihr. »Fürs Erste haltet Euch nur innerhalb der Burgmauern auf.«

»Warum?« Ihr schlug das Herz bis zur Kehle. Wollten sie sie etwa gefangen halten? Wie sollte sie einen Weg nach Hause finden, wenn sie nicht einmal die Insel verlassen durfte?

»Bis wir sicher sind, dass Hugh hier keine Verbündeten hat, die Euch Schaden zufügen könnten, wäre es klug, dort zu bleiben, wo Wachleute in der Nähe sind, denen wir trauen können. Hugh ist ein rachsüchtiger Mann.«

»Oh.« Erleichterung durchströmte sie. »Okay.«

* * *

Nachdem sie die Tür hinter sich geschlossen hatte, begann Malcolm, auf und ab zu gehen. »Sie ist die Tochter eines Königs.«

»So scheint es, und vermutlich das Opfer von Intrigen über Intrigen.« Sein Vater lehnte sich auf seinem Stuhl zurück. »Gut möglich, dass ihre Eltern in ihren Betten ermordet wurden und der Turm mit ihnen darin in Brand gesteckt wurde, um die Beweise zu vernichten. Vielleicht wurde Lady Alethia von ihren Beschützern fortgeschickt, um sie in Sicherheit zu bringen. Dasselbe haben wir mit unserem König James getan, nachdem sein Onkel seinen großen Bruder ermordet hatte. Genauso gut kann es sein, dass ein Feind sie verbannt hat. Sie ist volljährig. Vielleicht war eine Heirat arrangiert, die der ein oder anderen Fraktion missfallen hat.«

»Aye, möglich ist es.« Malcolm tigerte weiter umher. »Aber …«

»Setzt dich hin, Malcolm.« Sein Vater deutete auf einen Stuhl. »Du trittst mir noch eine Rinne in den Boden mit deinem Umhergelaufe.«

»Die ganze Geschichte hat etwas Merkwürdiges an sich.« Malcolm ließ sich nieder und sah seinen Vater an. »Diese Wahrsagerin, von der sie gesprochen hat – ich kenne sie.«

»Du glaubst, Alethia wurde speziell zu uns geschickt?«

»Aye.«

»Aber zu welchem Zweck, Malcolm?«

»Das vermag ich nicht zu sagen, aber ich habe vor, es herauszufinden.«

Kapitel 5

So lange er zurückdenken konnte, hatte Malcolm den Platz an der Seite seines Vaters eingenommen, wenn die Konflikte ihrer Clansleute angehört und beigelegt wurden. Keiner von ihnen brauchte einen Gedankenleser, um ein gerechtes Urteil zu fällen. Wenn es um Außenstehende ging, würde Alethias Gabe hilfreich sein, das stimmte. Doch im Augenblick sah er keinen Bedarf dafür, abgesehen von ihrem Wunsch, sich zu beweisen. Auf seinem Platz hinter ihr verlagerte er das Gewicht von einem Bein aufs andere, während im aktuellen Fall zwei Männer ihre jeweilige Sicht der Dinge vortrugen.

Sie lehnte sich zu seinem Vater und flüsterte ihm zu, was sie bereits wussten: »Beide glauben, sie sagen die Wahrheit, Laird.«

Nur mit halbem Ohr lauschte Malcolm den Vorgängen, während ein Großteil seiner Gedanken um die Enthüllungen des vorigen Tages kreiste. Was ihm anfangs wie ein Hirngespinst erschienen war, wirkte plötzlich gar nicht mehr so weit hergeholt. Alethia war am Wegesrand zurückgelassen worden, damit er sie fände. Womit sonst ließe sich ihre Anwesenheit auf ihrem Pfad an genau dem Tag erklären, an dem sie dort vorbeigekommen waren? Wie sonst ließe sich erklären, dass Giselle ihre Hand dabei im Spiel gehabt hatte?

Es war beinahe nicht zu glauben. Schon vor zehn Jahren war Madame Giselle uralt gewesen. Konnte sie noch am Leben sein? Unaufhörlich gingen ihm die Worte der Alten durch den Kopf. *Die Wahrheit wird dich retten. Behalte sie immer dicht bei dir.* War Alethias Anwesenheit Vorbote einer nahenden Bedrohung? Vielleicht stand auch ihr Leben auf dem Spiel.

Eins war sicher – er konnte nicht zulassen, dass sie sich seinetwegen in Gefahr begab. Lieber würde er zusätzliche Maßnahmen ergreifen, um für ihre und auch seine Sicherheit zu sorgen. Er würde noch härter trainieren und für die Schlacht zusätzliche Deckung für sich einteilen, sollte es nötig werden. Als er ihr eine Hand auf die Schulter legte, schenkte sie ihm ein scheues Lächeln. Sämtliche Beschützerinstinkte in ihm erwachten jäh und mit Macht. Aye, was es auch kosten mochte, er würde für ihre Sicherheit sorgen.

Vom Dorf auf dem Festland ertönte ein einzelner Hornstoß herüber. Das brachte den Gerichtstag zu einem unerwarteten Ende. Die Neugier auf den Besuch war größer als das Bedürfnis, ihre Streitigkeiten beizulegen, und so erlagen seine Leute der Anziehungskraft des Horns, begierig auf jegliche Neuigkeiten, die der Ankömmling mit sich bringen mochte.

Auch Alethia erhob sich, doch Malcolm hielt sie zurück. »Nay, Lady Alethia. Ich bringe Euch in die Gemächer meiner Mutter.«

»Aber …«

»Fügt Euch meinem Sohn, Mädchen.« William klopfte Malcolm auf die Schulter. »Ich nehme die Fähre in Empfang.«

»Was hat das Horn zu bedeuten?«, fragte sie und folgte seinem Vater mit ihrem Blick.

»Ein Stoß lässt uns wissen, dass jemand Wichtiges eingetroffen ist. Zwei heißen, dass es einer von unseren Leuten ist, und drei Hornstöße bedeuten Gefahr.« Malcolm bugsierte sie in Richtung Treppe. »Aber ganz egal, wie viele es sind, Ihr werdet innerhalb der Burgmauern bleiben.« Sie verdrehte die Augen. »Es ist zu Eurer eigenen Sicherheit.« Er hob eine Augenbraue und bedachte sie mit einem strengen Blick. »Eins noch: Solltet Ihr irgendetwas benötigen, was es auch ist, kommt damit zu mir.« Jetzt waren sie an der Tür zu den Gemächern seiner Mutter. Malcolm klopfte an und wartete, bis sie ihn hereinbat.

Eilig schob er Alethia durch die Tür und nickte seiner Mutter zu. »Ich habe dir Lady Alethia hergebracht, damit sie euch Gesellschaft leistet.«

Seine Mutter lächelte. »Wir nehmen sie mit Freuden bei uns auf.«

In der absoluten Gewissheit, dass Alethia in guten Händen war, verabschiedete Malcolm sich mit einer Verbeugung. Dann hastete er seinem Vater hinterher zum Fähranleger.

* * *

»Habt Ihr eine Handarbeit bei Euch?«, erkundigte sich Lydia. »Schön, dass Ihr Euch zu uns gesellt. Eigentlich hoffen wir schon die gesamte Woche über darauf.«

Alethia musterte ihre Umgebung und die drei Frauen, die alle mit unterschiedlichen Arbeiten beschäftigt waren. »Das wusste ich nicht.«

»Verzeiht, Lady Alethia«, bat Elaine.

»Es sah aus, als würdet Ihr lieber in Eurer Kammer bleiben, da wollten wir uns nicht aufdrängen«, fügte Rosemary hinzu.

Treffender wäre wohl gewesen, ›sich zu verstecken‹ zu sagen, aber das mussten die drei ja nicht wissen. »Ich freue mich, dass ich jetzt hier bin.« Der quadratische Raum war nach Süden ausgerichtet, und drei hohe Fenster ließen viel Tageslicht herein. An der Wand unter den Fenstern zog sich eine hölzerne Bank entlang. Alethia ging hinüber und betrachtete die Glasscheiben.

»Wir haben es meinem Sohn zu verdanken, dass unser Wohnturm einer der modernsten im ganzen Land ist«, bemerkte Lydia voller Stolz. »Er ist weitgereist und hat viele Neuerungen aus fernen Ländern mitgebracht.«

»Oh.« Mit einer Fingerspitze strich Alethia über einen Lufteinschluss in dem grünlichen gewellten Glas. Sie wandte sich wieder dem Rest des Zimmers zu. Eine Wand nahm eine gemütliche Feuerstelle ein, um die herum gepolsterte Sitzgelegenheiten arrangiert waren. Elaine saß vor einem hölzernen Webrahmen, auf dem gerade ein Wandteppich Gestalt annahm. Rosemary und Lydia stickten. »Würde es Euch etwas ausmachen, wenn ich hier meine Musik übe? Ich arbeite gerade an ein paar Stücken, die sich vielleicht zum Tanzen eignen würden.«

»Das wäre eine schöne Abwechslung.« Rosemarys Augen leuchteten auf. »Vielleicht können wir einen meiner Söhne überreden, Euch auf der Bodhran oder dem Dudelsack zu begleiten.«

»Man sollte meinen, nach einer Woche würde ich mich hier auskennen, aber ich glaube nicht, dass ich allein den Weg zu meinem Zimmer und wieder hierher finde.«

Elaine erhob sich von ihrem Platz. »Ich bringe Euch hin. Es wird mir guttun, wenn ich mir ein wenig die Beine vertrete.« Damit hakte sie sich bei Alethia unter und führte sie zurück in das Labyrinth von Gängen. »Es ist großartig, noch eine junge Frau hier im Wohnturm zu haben. Ich hoffe wirklich, wir werden gute Freundinnen.« Elaine drückte Alethias Arm. Sie verströmte reine Güte. Ihr weiches braunes Haar ähnelte dem Lydias, und ihre Augen waren vom gleichen leuchtenden Blau wie die von Malcolm und ihrem Vater.

Alethia mochte sie sofort. »Das hoffe ich auch. Ich könnte eine Freundin gut gebrauchen.«

»Es tut mir leid, dass niemand früher auf den Gedanken gekommen ist, Euch zu uns in Mutters Gemächer zu bringen.«

»Ist schon gut.« Mittlerweile waren sie bei Alethias Tür angelangt.

Als sie eintraten, schnappte Elaine nach Luft. »Was habt Ihr denn da gemacht?« Lachend nahm sie einen der Binsenkörbe hoch, die Alethia zum Zeitvertreib geflochten hatte.

»Mir war langweilig. Niemand zum Reden und nur meine eigene Gesellschaft.«

»Ich muss mich nochmals entschuldigen, das muss ja auf Euch gewirkt haben, als würden wir es an Gastfreundschaft mangeln lassen.«

»Nein, ich bin selbst schuld.« Alethia schüttelte den Kopf. »Ich habe nicht nachgefragt und mich in dieser Kammer versteckt gehalten. Woher hättet Ihr das wissen sollen?« Auch sie nahm einen der Körbe auf und drehte ihn in den Händen. »Mit Schwarzesche kann ich das besser. Wenn sie Euch gefallen, nehmt Euch ruhig einen mit.«

»Wirklich?« Elaine entschied sich für einen runden Behälter mit Deckel. »Die sind so fein ausgearbeitet. Ich hätte nie geglaubt, dass man aus bloßen Binsen vom Fußboden solche Kunstwerke schaffen kann.«

Alethia öffnete die Truhe und fischte nach ihren Noten. »Freut mich, dass sie Euch gefallen.« Als Nächstes griff sie sich den Korb mit ihrer Bauernbluse. Sie hatte sie bereits so zugeschnitten, dass sie dem tauben Jungen passen würde, und es fehlte nur noch der Saum. Die Noten legte sie zu dem Stoff in den Korb, dann nahm sie ihren Geigenkoffer von seinem

Haken an der Wand und wandte sich zur Tür. »Könnt Ihr mir sagen, wie ich an ein Stück Wolle kommen könnte, um ein Kleidungsstück für einen kleinen Jungen zu machen? Ich habe versucht, selbst mit den Webern zu sprechen, aber keiner von ihnen versteht Englisch.«

»Für einen Jungen?« Fragend sah Elaine sie an. »Um den Kleinen einzukleiden, meint Ihr? Einen *feileadh breacan*?«

»Ist das in Eurer Muttersprache das Wort für Kilt? So heißt doch das, was die Männer tragen, richtig? Euer Vater hat mir erlaubt, mich um den tauben Jungen zu kümmern, der nachts im großen Saal schläft.«

»Aye, auch wenn ich diese Bezeichnung dafür noch nie gehört habe. Überlasst das ruhig mir«, sagte Elaine und kam ebenfalls zur Tür.

»Würdet Ihr mir beibringen, Eure Sprache zu sprechen, Elaine?«

»Natürlich, wir können gleich mit dem Unterricht beginnen.« Elaine hielt die Zimmertür in der Hand und erklärte: »*dorus*«, dann deutete sie auf das Bett und fuhr fort: »*leabaigh*. Wartet hier, ich bin gleich wieder da.«

Während sie auf Elaine wartete, ging Alethia auf und ab und hakte im Geiste ihre To-Do-Liste ab. Sobald sie saubere Kleider für den Jungen hatte, brauchte er ein Bad und einen Haarschnitt. Sie erschauerte beim Gedanken daran, was für Ungeziefer in seinem verfilzten Mopp hausen mochte.

Sie wusste, was es bedeutete, eine Waise zu sein und jene Menschen zu verlieren, die der Mittelpunkt des eigenen Universums waren. Was wäre mit ihr geschehen, hätte sie nicht eine so große Familie gehabt? Es lag einfach nicht in ihrer Natur, tatenlos zuzusehen, wie dieses taube Kind sich allein durchschlug. Der Junge war aufs Betteln angewiesen, isoliert und unfähig, sich auszudrücken. Sie konnte ihm einfach nicht den Rücken wenden.

»Erledigt. Gehen wir zurück in die Frauengemächer«, sagte Elaine von der Tür her.

* * *

Der Vormittag in den Frauengemächern war reine Freude gewesen. Alethia war nicht bewusst gewesen, wie einsam sie sich gefühlt hatte, bis sie wieder Gesellschaft hatte. Im Kopf ging sie noch einmal alle Vokabeln durch, die Elaine ihr beigebracht hatte, während sie zurück zu ihrer Kammer schlenderte. Zu ihrer Überraschung stand die Tür offen.

»Mylady, ich hab auf Euch gewartet.« Beth saß auf dem Stuhl am Kamin, einen Haufen zu reparierende Kleider auf dem Schoß. »Ich hab Euch den kleinen Korb mit Euren Seifen zurückgebracht. Hat einer von den Knechten am See gefunden.«

»Oh.« Auf ihrem Bett lagen zwei Bahnen sauberen Stoffs. Eine war aus Wolle in einem gedeckten Schottenkaro, wie die Kilts, die Malcolm und seine Männer an dem Tag getragen hatten, als sie Alethia gefunden hatten. Die andere bestand aus feinem Leinen. »Woher kommen die denn? Ich hab doch nur um etwas Wolle für ein Kinderhemd gebeten.« Sie ließ das Leinen durch ihre Finger gleiten und bewunderte die Struktur. In ihrem Kopf stiegen Visionen von einem neuen Gewand und Unterkleid auf, eher in dem weiten, schwingenden Stil, wie die MacKintosh-Frauen sie trugen.

»Lady Elaine hat einen von den Webern drum gebeten.« Beth erhob sich und legte das Nähzeug beiseite. »Seinen Jüngsten hat's schwer erwischt, *a'ghearrach.*«

Verwirrt starrte Alethia sie an.

»Ach. Ich weiß nicht, wie das auf Englisch heißt. Was der Junge auch isst oder trinkt, das geht geradewegs durch ihn durch. Krämpfe hat er auch. Lady Elaine war schon ein paarmal bei der Familie und hilft, so gut sie kann, aber er ist wirklich schlimm krank.«

Er hatte die Ruhr. Alethia dachte an ihre Notapotheke. »Gibt es keinen Heiler bei euch im Dorf?«

»Nay. Schon seit einem Jahr nicht mehr.«

»Ich bin keine Heilerin, aber mein Großvater war einer. Vielleicht habe ich etwas, das helfen könnte, und ich besitze ein Buch mit Arzneien. Ein Versuch kann nicht schaden.«

»Ach, die Familie ist für jede Hilfe dankbar, Mylady.«

Alethia stellte das Körbchen mit ihren Badesachen auf den Kaminsims. »Hast du schon über mein Angebot nachgedacht?«

»Was wär das für ein Angebot, wovon Ihr da redet?« Beth legte die Stirn in Falten.

»Meine Duftseifen zu benutzen. Im Gegenzug würde ich dich um einen Gefallen bitten.«

»Aye?«

»Ich brauche ein Kinderbett. Ich werde mich um den tauben Jungen kümmern, der im großen Saal haust.« Sie sah, wie Beth einen inneren Kampf ausfocht. »Du willst doch, dass man dich bemerkt, oder?«

»Hmpf. Bis zur None bin ich zurück. Ich besorg Euch, was Ihr haben wollt, und das andere probier ich mal. Einmal. Wenn es ist, wie Ihr sagt, und ein Bad und feine Duftseife dafür sorgen, dass mein Kerl mich bemerkt …« Sie schüttelte den Kopf, deutliche Zweifel im Blick.

»Oh, ich verspreche dir, das wird er. Na los. Ich muss ein paar Dinge für den Webersohn vorbereiten.« Sie begleitete Beth zur Tür. »Zur None sehen wir uns wieder hier.« *Wann auch immer das ist.* Alethia ging zu ihrer Truhe und kramte ihr Buch über indianische Kräuterkunde hervor.

Einen Moment lang strich sie gedankenverloren mit der Fingerspitze über die Handschrift ihrer Großmutter auf dem inneren Buchdeckel. *Für jede der Menschheit bekannte Krankheit hält der Schöpfer ein Heilmittel bereit. Richte den Blick in die Natur, meine liebe Alethia. In Liebe, Gran.* Auf vielen Seiten hatte Gran ihre eigenen Notizen hinzugefügt, Dinge, die sie im Lauf ihres Lebens gelernt hatte.

Bei ihrer Arbeit auf den Mittelaltermärkten hatte Alethia das Buch immer dabei. Die meisten fanden in ländlichen Gegenden statt, und sie stahl sich gern aus der Menge davon, wann immer sie konnte. Wenn sie dann durch die Wälder und Felder wanderte, dachte sie zurück an endlose Sommer im Buschland nahe der kanadischen Grenze. Jagen, Fallen stellen und die Gaben der Natur sammeln – sie war mit ihren Onkeln und Cousins durch das Land gestreift. Sie liebte es, Heilpflanzen zu bestimmen, die ihr Volk seit Urzeiten einsetzte.

Alethia stiegen Tränen in die Augen, als die Erinnerungen sie durchströmten, und wieder einmal übermannte sie das Bedürfnis, einen Weg zurück nach Hause zu finden. Im Augenblick konnte sie in der Hinsicht allerdings nichts unternehmen, und hier war jemand auf ihre Hilfe angewiesen. Sie schüttelte die Wehmut ab und schlug Heilmittel gegen Durchfall nach. Blaue Färberhülse und Essigbeere, wuchsen die hier? Ein paar von ihren getrockneten Cranberrys konnten auch nicht schaden, die wirkten erwiesenermaßen antibakteriell.

Die Seiten ihres Buches waren vergilbt, dick und rau. Die Bilder sahen aus, als wären sie mit schwarzer Tinte gezeichnet worden. In dieser Zeit würde es nicht weiter auffallen. Wenn sie der Familie des Jungen die Bilder von den benötigten Pflanzen zeigte, würden sie sie auftreiben können, sofern sie hier wuchsen.

Sie wühlte in ihrer Notapotheke und holte ein paar Imodium-Tabletten hervor – unentbehrlich für wochenlanges

Essen und Arbeiten auf solchen Märkten. Heilen würden sie ihn nicht, aber vielleicht würden sie die Symptome lindern, bis die richtige Medizin zubereitet war. Alethia legte die Sachen in einen Korb. Solange sie auf Beth wartete, würde sie den Schottenstoff für den Kilt des Jungen zuschneiden und die Mokassins fertigmachen, die sie für ihn angefangen hatte.

Gerade als sie zusätzliche Löcher in einen ihrer Ledergürtel stanzte, öffnete sich ihre Tür. Zwei Männer trugen ein Kinderbett aus Kiefernholz ins Zimmer und stellten es in die Ecke links neben der Feuerstelle. Hinter ihnen kam Beth mit einer Federmatratze und Bettzeug herein.

»Das ist wundervoll.« Alethia strich mit der Hand über das polierte Kopfteil. »Mit so etwas Feinem habe ich gar nicht gerechnet.« Sie wandte sich Beth zu, die auf die Männer einredete. »Danke.« Mit einem Nicken verabschiedete Alethia die beiden. »Beth, woher hast du das?«

»Aus der Kinderstube, und allzu glücklich war der junge Herr auch nicht darüber.«

»Meinst du die Kinderstube hier auf der Burg? Malcolm weiß von diesem Bett?«

»Ach, aye. Ich konnte es ja wohl kaum einfach wegschleppen, ohne vorher zu fragen, oder? Er wartet im großen Saal auf Euch.«

»Malcolm?«

»Aye. Ich soll Euch runterschicken. Als ich gegangen bin, hat er ganz schön mürrisch vor sich hin gemurmelt.«

»Oh.« Alethia runzelte die Stirn. »Na ja, gehen wir. Ich habe alles beisammen, was ich für den Sohn des Webers brauche.« Sie nahm ihren Korb und ging zur Tür. Beth blieb, wo sie war. »Kommst du nicht mit?«

»Ich bleib hier und mach das Bett für den Kleinen fertig. Ich komm dann dazu, wenn Ihr Eure Unterhaltung mit dem jungen Herrn hinter Euch habt.«

»Feigling.«

Beths Gelächter folgte Alethia bis in den Korridor. Warum sollte er wütend sein? Erhobenen Hauptes durchquerte sie den Saal bis zu der Stelle, wo er stand, eine imposante Gestalt mit einem Fuß am Kaminrand und versteinerter Miene. »Ihr wolltet mich sehen?«

Aufgebracht wandte er sich ihr zu. »Habe ich Euch nicht gestern früh gesagt, Ihr sollt zu mir kommen, wann immer Ihr etwas braucht?«

»Doch.« Sie blickte ihn ebenso finster an. »Aber ich dachte nicht, das sei wörtlich gemeint.«

Er nahm den Fuß von der Feuerstelle und trat zu ihr. »Wärt ihr wegen des Kinderbetts zu mir gekommen, dann hätte ich mich darum gekümmert.«

»Warum?«

»Ich trage die Verantwortung für euch.«

»Weil Ihr mich am Wegesrand aufgegabelt habt? Und damit werde ich gleich Euer Mündel?«

»Nay. Ich trage die Verantwortung für euch, weil ich mich entschlossen habe, sie auf mich zu nehmen.«

»Ich will nicht, dass irgendwer für mich verantwortlich ist. Ich will mir meinen Lebensunterhalt verdienen und selbst für mich sorgen.«

»Ob Ihr es wollt oder nicht, so ist der Lauf der Dinge, also gewöhnt Euch lieber daran.«

»Wollen wir doch mal sehen, ob ich das richtig verstehe.« Sie wandte den Blick von ihm ab. »Ich darf mich nicht außerhalb der Burgmauern bewegen, ich darf nicht selbst dafür sorgen, dass meine Bedürfnisse erfüllt werden, und Euch wäre es am liebsten, wenn ich meine Zeit ausnahmslos in den Gemächern Eurer Mutter verbringe. Hab ich irgendwas vergessen?«

»Nay.« Er sah zufrieden aus, dass sie ihn so gut verstand.

Ihr rutschte das Herz in die Hose. »Bin ich hier etwa gefangen?«

»Nay, ich will nur nicht, dass Ihr in Gefahr geratet.«

Überfürsorglicher, herrschsüchtiger Blödmann. In ihr erwachte eine leise, gefährliche Glut. »Vielleicht steht ja in der Nähe ein kleines Häuschen leer, in das ich mit dem Jungen ziehen könnte.«

»Ihr zieht nirgendwohin.« Mit beiden Händen fasste er sie bei den Schultern und schüttelte sie leicht. »Ihr bleibt genau hier.«

»Wenn ich keine Gefangene bin, warum muss ich dann hierbleiben?«

»Weil Ihr … Ihr …« Er fuhr sich mit der Hand durchs Haar.

»Unter Eurer *Verantwortung* stehe.« Natürlich. All ihr Ärger verflüchtigte sich. Er und sein Vater waren für das Wohlergehen aller zuständig, und sie war nur eine weitere Bürde, die er zu tragen hatte. Jemandem eine Last sein war das Letzte, was sie wollte. »Verzeiht, Malcolm.« Ihre Entschuldigung schien ihn zu erfreuen, und sie brachte es kaum übers Herz, ihn seiner Illusionen zu berauben.

»Eure Entschuldigung ist angenommen, Alethia. Das nächste Mal werdet Ihr zu mir kommen.«

»Was ich meinte, war …« Krachend flogen die Tore des Saals auf, und begleitet von Liam und Robley kam ein halbes Dutzend Männer hereinmarschiert.

Malcolm fasste sie beim Ellbogen. »Das sind die Männer des Earl of Douglas. Der in der Mitte ist sein Zweitältester.«

Der Mann, von dem er gesprochen hatte, kam zu ihnen und schlug Malcolm gegen die Schulter, bevor die beiden einander für einen Moment am Unterarm umfassten.

»Sei willkommen, James. Es tut gut, dich wiederzusehen«, begrüßte Malcolm den Neuankömmling.

»Aye, mir geht es ebenso. Wer ist das bezaubernde Mädchen an deiner Seite?« James nahm ihre Hand. Mit einer Verbeugung streifte er die empfindliche Haut über ihren Knöcheln mit den Lippen. »Mag sie der Schatz sein, den du am Wegesrand entdeckt hast? Deine Cousins haben von nichts anderem gesprochen, seit wir auf die Fähre gestiegen sind.«

James war ebenso hochgewachsen wie Malcolm und stand ihm auch in Sachen Körperkraft in nichts nach. Bei seiner unverhohlenen Taxierung wurde ihr unbehaglich zumute. In Wogen ging Lust von ihm aus. Sie riss ihre Hand fort und fühlte sich wie eine Maus vor einem Falken. »Da habt Ihr sicherlich etwas missverstanden. Ich bin nicht sein Schatz. Er trägt die *Verantwortung* für mich.«

James lachte und musterte sie von Kopf bis Fuß. »Ach, also wenn er nicht erkennt, was für ein Schatz Ihr seid, lasst Moigh Hall hinter Euch und kommt mit mir nach London.«

Wieder einmal wurde ihr ihre heikle Situation unangenehm bewusst. Ihr Leben lang war sie von einer liebenden, fürsorglichen Großfamilie umgeben gewesen. Hier hatte sie niemanden, und die meisten Männer betrachteten Frauen in etwa mit der gleichen Wertschätzung wie Vieh. Sie rückte näher zu Malcolm.

* * *

Malcolm spürte Alethias Unbehagen. Dass sie näher zu ihm trat, sagte alles. Ob es ihr klar war oder nicht, sie vertraute ihm. Das gefiel ihm fast so gut wie ihre Entschuldigung.

Ein Blick zu seinen Cousins, und die beiden stellten sich zu Alethias Seiten auf. »Lady Alethia, das ist James. James, das ist Lady Alethia. Und mit dir geht sie nirgendwohin.« Er bedachte James mit einem harten Blick. »Sehen wir dich und deine Männer morgen früh beim Training auf dem Turnierplatz?«

Lachend trat James einen Schritt zurück. »Aye, bei Tagesanbruch. Kommt«, befahl er den Männern hinter ihm. »Wir haben eine weite Reise hinter uns und wollen uns erfrischen, bevor wir mit dem Earl sprechen.« Mit einer leichten Verbeugung ging er seinen Männern voran zur Treppe, wo bereits ein Diener auf sie wartete.

Malcolm wandte sich an Alethia. »Habt Ihr irgendetwas gespürt, das Euch veranlasst, ihm zu misstrauen?«

»Nein. Er will mir nichts Böses. Mir war nur sein offenkundiges Interesse unangenehm, das ist alles.«

»Mylady.« Beth kam durch den Saal auf sie zu. »Wollt Ihr Euch jetzt vielleicht den Webersohn ansehen?«

»Geht.« Malcolm gestikulierte in Richtung Tür. »Die Familie lebt innerhalb der Burgmauern und wir müssen uns um unsere Gäste kümmern. Vergesst meine Worte nicht. Ihr kommt zu mir, solltet Ihr irgendetwas brauchen.«

* * *

Es war Alethia gelungen, dem Jungen das Imodium zu verabreichen, ohne Verdacht zu erregen, und mit Beths Hilfe verständigte sie sich mit der Familie, so gut es ging. Als sie überzeugt war, dass jemand die Pflanzen auftreiben würde, die sie brauchte, machte sie sich mit Beth zusammen auf den Rückweg zum Wohnturm. »Weißt du, wo ich den tauben Jungen finde? Morgens lungert er immer in der Halle herum, weil da für alle frei zugänglich Essen auf dem Tisch steht, aber ich weiß nicht, wo er sich tagsüber herumtreibt.«

»Aye. Wir haben ein paar Pferde hier auf der Insel. Der Junge kann gut mit Tieren umgehen, und der Stallmeister ist nett zu ihm. Er gibt ihm Arbeit, damit der Kleine sich nützlich fühlt.«

»Wo sind die Stallungen?«

»Ich bring Euch hin.«

»Würdest du dann ein Bad für ihn vorbereiten? Vielleicht möchtest du ja selbst auch eins nehmen«, setzte sie hoffnungsvoll hinzu. »Bestimmt sind die Douglas-Männer mittlerweile fertig in der Badekammer.«

»Wie, Ihr wollt, dass ich mit dem Jungen im Zimmer bade?«

»Es gibt einen Sichtschutz, den wir aufstellen können.« Alethia hakte sich bei Beth unter und lächelte. »Die Kleider, die ich für ihn genäht habe, liegen zusammengefaltet auf der Truhe in meinem Zimmer, und das Körbchen mit meinen Seifen steht auf dem Kaminsims. Wir treffen uns in der Badekammer.«

Am Eingang zu den Stallungen verließ Beth sie. Der Geruch von Pferd, süßem Heu und Leder empfing Alethia. Sauberes Stroh bedeckte den Boden des steinernen Gebäudes mit den Holzbalken. Über dem gesamten Ort lag ein stiller Frieden. Kein Wunder, dass der Junge gern hier war.

Über den Mittelgang gelangte sie zu einem Raum am hinteren Ende, in dem Sättel und Zaumzeug lagerten. Ein großes Südfenster mit weit geöffneten Läden ließ das Tageslicht herein. Das Kind saß auf einem umgedrehten Trog und rieb ein Stück Zaumzeug mit Öl ein. Ihm gegenüber war ein älterer Mann mit einem Sattel beschäftigt.

»Hallo«, grüßte Alethia. »Sprecht Ihr Englisch?«

»Ein wenig, Mylady. Harold heiße ich.« Er schaute zu ihr auf. »Wollt Ihr einen Zelter gesattelt haben?«

»Nein. Ich bin wegen des Jungen hier.« Seit sie ihn an jenem ersten Abend gesehen hatte, war er Alethia jedes Mal im Saal über den Weg gelaufen, wenn etwas zu essen draußen stand. Es hatte sie gedrängt, ihm Gebärdensprache beizubringen, aber solange noch nicht alles bereit gewesen war, hatte sie gezögert, auf ihn zuzugehen.

Sie lenkte seine Aufmerksamkeit auf sich und begrüßte ihn in Gebärdensprache, dann hielt sie ihm ihre Hand entgegen, eine universelle Geste. Fragend blickte das Kind zum Stallmeister, der mit einem Nicken sein Einverständnis gab. Brav brachte der Kleine das Zaumzeug zu Harold und kam dann zu ihr. Er ergriff die angebotene Hand und musterte Alethia neugierig. Sie schenkte ihm ein beruhigendes Lächeln, bedankte sich beim Stallmeister und brachte den Kleinen in den Wohnturm zu seinem wartenden Bad.

Als sie ankamen, hatte Beth bereits alles vorbereitet. Alethia setzte sich auf die hölzerne Bank und stellte den Kleinen zwischen ihre Oberschenkel. Während sie seinen Haaransatz hinter den Ohren in Augenschein nahm, legte er die Hände auf ihren Knien ab. Wie befürchtet wimmelte es nur so vor Nissen und Läusen in seinem verfilzten Mopp.

Sie hatte sich das Gewand ausgezogen, ihr eigenes Haar zurückgebunden und es mit einem Kopftuch bedeckt. Nach seinem Bad würde sie Beth bitten, auch ihr eins einzulassen. Sie hatte keine Lust, sich selbst ungebetene Gäste einzufangen.

Aus ihrem Korb holte sie ihre Schere hervor und schnitt ihm das Haar dicht über der Kopfhaut ab. Sorgfältig achtete sie darauf, ihn nicht zu verletzen. Als sie fertig war, drückte sie seine Schultern und deutete auf die volle Wanne, die für ihn bereitstand. Seine Augen weiteten sich alarmiert. »Bevor du badest, könntest du bitte irgendwas mit diesen Haaren machen, Beth? Die sind voller Läuse.«

Wortlos nahm Beth den Haufen zusammen und warf ihn in das Feuer, über dem das Badewasser erhitzt wurde. In der Kammer verbreitete sich ein widerlicher, beißender Geruch.

»Das hätte ich auch gekonnt.« Alethia durchquerte das Zimmer und öffnete den Laden vor dem einzigen Fenster.

»Aye, Mylady. Das hättet Ihr.«

Bei Beths mürrischem Tonfall musste Alethia lachen. »Lass mich zuerst den Jungen baden. Wenn ich mit ihm fertig bin, helfe ich dir beim Haarewaschen.« Sie führte das Kind zur Wanne und half ihm hinein.

»Macht mir nichts, ich warte gern.«

»Du klingst, als würde man dich zum Schafott führen. Es ist nur ein Bad.«

»Hmpf.«

Immer noch lachend griff Alethia sich einen Leinenstreifen und die Seife. »Weißt du, wie er heißt?«

»Nay. Keine Ahnung, ob sich überhaupt noch wer dran erinnert, wahrscheinlich nicht mal der Junge selbst. Er war noch ganz klein, als er taub geworden ist, hat gerade erst mit dem Sprechen angefangen, wenn ich mich richtig erinnere. Nennt Ihn, wie Ihr wollt, Mylady. Passt doch, dass er mit seinem neuen Leben auch einen neuen Namen kriegt.«

»Wie alt ist er?«

»Hm, fünf vielleicht. Bin mir nicht sicher.«

»Ich denke schon eine ganze Weile über ihn nach.« Lächelnd sah sie ihm in die Augen. Er beobachtete aufmerksam ihr Gesicht, während sie ihm den Skalp wusch und das Gesicht, den Hals und hinter den Ohren schrubbte. »Ich glaube, ich nenne ihn Hunter, nach meinem Großvater mütterlicherseits. In meiner Sprache heißt das Jäger, und in der Familie meiner Mutter wird dieser Name schon seit Generationen weitergereicht, so weit wir zurückdenken können.«

»Dann also Hunter. Ein guter, starker Name. Da wächst er bestimmt mit der Zeit rein.«

Alethia nahm eine Holzschüssel zur Hand und spülte seine Kopfhaut ab, dann berührte sie ihn an der Brust und gebärdete ihm seinen Namen. Aufmerksam sah er zu, Neugier auf den Zügen. Blitzgescheit nahm er alles mit diesen großen grauen Augen auf.

Nachdem sie Hunters mageren kleinen Körper von Kopf bis Fuß abgeschrubbt hatte, hob sie ihn aus der Wanne und stellte ihn vor der Holzbank ab, um ihn trocken zu rubbeln. Zufrieden mit dem Ergebnis streifte sie ihm die umfunktionierte Bauernbluse über den Kopf und band die Schnüre vor der Brust zu. Staunend betastete er den Stoff. »Ich weiß nicht, wie das mit dem Kilt geht. Beth, das wirst du mir zeigen müssen.«

Geschickt faltete und wickelte die Magd ihm die Wollbahn um den Leib und befestigte sie mit dem Gürtel, den Alethia ihr reichte. Gemeinsam traten sie zurück und bewunderten ihr Werk. Hunter ließ die Wolle durch seine Finger gleiten. Er schaute auf und schenkte ihnen ein herzerweichendes Grinsen.

Wie anders er ohne die dicke Schmutzschicht aussah. Er hatte das Gesicht eines Engels, und auf beiden Wangen erschienen Grübchen, wenn er lächelte. Sein Haar – was davon noch übrig war – hatte einen sanften, goldenen Braunton. Wenn er einmal groß war, würde er mit Sicherheit einige Herzen brechen. Alethia setzte ihn auf die Bank und gebärdete ihm, dort zu bleiben.

»Du bist dran.« Grinsend wandte sie sich Beth zu.

Hinter dem Sichtschutz, der die beiden Wannen trennte, stellte Beth sich ihren Dämonen. Unter lauten Beschwerden zog sie sich aus und ließ sich mit ein oder zwei gälischen Flüchen ins Wasser sinken. Alethia nahm ihren zweiten Schützling in Angriff. »Würdest du dafür sorgen, dass jemand das Wasser austauscht und das Feuer schürt? Ich möchte nachher auch noch baden.«

»Aye, Mylady. Wir haben hier Knechte, die nur dafür zuständig sind.«

* * *

In ihrem Zimmer angekommen führte Alethia den kleinen Hunter zu dem Kiefernbett und sagte ihm in Gebärdensprache, dass dies jetzt sein Schlafplatz sei.

Seine Augen wurden groß, als er von dem Bett zu ihr und wieder zurück blickte. Er deutete auf sich und legte dann eine Hand auf das hölzerne Bettgestell.

Sie nickte und sah zu, wie er es mit ehrfürchtiger Miene in Augenschein nahm. Dann erforschte er den Rest der Kammer, hob Körbe an und berührte das Gewand, das an seinem Haken an der Wand hing.

Alethia holte die Mokassins, die sie für ihn gemacht hatte, und tippte ihm auf die Schulter, um seine Aufmerksamkeit zu erhalten. Rasch kletterte er zu ihr aufs Bett und setzte sich neben sie. In Gebärdensprache erklärte sie ihm, dass er jetzt unter ihrer Obhut stand, auch wenn sie wusste, dass er noch keinen Schimmer hatte, was sie ihm da erzählte. Sie streifte ihm die Mokassins über und freute sich, wie er seine neuen Schuhe bewunderte.

Sie war neugierig, ob sie fühlen könnte, was Hunter empfand. An diesem Ort, in dieser fernen Zeit, schienen ihre Fähigkeiten zuzunehmen. Vielleicht lag es an der fehlenden Technologie, oder es hatte mit den unangetasteten Kräften zu tun, von denen Giselle gesprochen hatte. Was es auch sein mochte, in letzter Zeit empfing sie mehr von den Leuten als das bloße Gefühl von Wahrheit oder Lüge.

Sie sammelte sich und richtete ihre Sinne auf den Jungen. Überrascht schnappte sie nach Luft, als seine Energie ihr in einer kribbelnden Woge entgegenströmte. Auf seinem Gesicht spiegelte sich dasselbe schockierte Erstaunen, das auch sie empfand. Stürmisch krabbelte Hunter auf die Knie und warf sich ihr in die Arme, klammerte sich an sie, als hinge sein Leben davon ab.

Fest drückte sie ihn an sich, während Woge um Woge der Einsamkeit, Isolation und Angst aus ihm herausströmte, die er seit dem Tod seiner Großmutter durchlitten hatte. Ihre Schulter war nass von seinen Tränen, und seine greifbare Erleichterung überwältigte sie beinahe. Sie sandte ihm Liebe und Bestärkung. Er war nicht länger allein.

Genauso wenig wie sie.

Kapitel 6

»Malcolm, ich ergebe mich!« James stieß die Spitze seines Claymore in den Sand. »Heute bist du wie vom Teufel besessen.«

»Du lässt nach, James. Wir sind doch erst seit Tagesanbruch dabei.« Vom Moment ihrer Ankunft an hatte Malcolm auf dem Turnierplatz Lady Alethias Gegenwart gespürt. Er hatte ihr sein Können im Schwertkampf beweisen wollen und konnte nicht umhin, mit dem Ergebnis zufrieden zu sein. Jetzt zog er sich das Hemd aus, um sich damit den Schweiß von der Stirn zu wischen, und spähte verstohlen zu ihr hinüber, wo sie mit dem Jungen am Rockzipfel stand. Aye, sie beobachtete jede seiner Bewegungen.

Malcolm ließ seine Muskeln spielen und streckte sich, um sie bestmöglich zur Geltung zu bringen. »Verzieh dich in den Wohnturm, James, gönn dir ein ordentliches Frühstück. Ich bin bereit für die nächste Herausforderung.« Selbstzufrieden grinste er seinen Gegner an.

James lachte. »Mir scheint, deine Lady erwartet dich bereits.«

Lobeshungrig stolzierte Malcolm zu ihr hinüber. »Guten Morgen, Lady True.« Er schenkte ihr sein charmantestes Lächeln.

Sie runzelte die Stirn. »Lady True?«

»Ein äußerst treffender Spitzname. True wie ›wahr‹.«

»Mein eigener ist mir lieber.«

»Aye, aber es wird unserem Clan helfen, Euch zu akzeptieren, wenn wir Euch einen von uns erdachten Namen geben.« Lächelnd sah er auf sie herab und genoss seine überlegene Position. »Was führt Euch zum Turnierplatz?«

»Ihr habt gesagt, sollte ich irgendetwas brauchen, solle ich zu Euch kommen.«

»Das habe ich. Was benötigt Ihr?« Dass sie seine Worte beherzigt hatte, erfüllte ihn mit Freude.

»Ich brauche einen Dolch.« Sie faltete die Hände vor dem Rock und erwiderte sein Lächeln.

Er runzelte die Stirn. »Für einen eigenen Dolch besteht für Euch kein Bedarf. Innerhalb der Burgmauern seid Ihr wohlbehütet.«

»Trotzdem würde ich mich besser fühlen, wenn ich einen hätte.« Sie lächelte noch immer, doch jetzt wirkte es etwas gezwungen.

»Ihr steht unter meinem Schutz. Jeder Mann unter meinem Befehl würde Euch zu Hilfe eilen, solltet Ihr sie benötigen.«

Ihr Lächeln erlosch. »Und ich weiß diesen Schutz zu schätzen.« Tief atmete sie durch. »Nichtsdestotrotz hätte ich gern die Gewissheit, dass ich mich selbst verteidigen kann, wenn nötig. Wie ist es mit einem Bogen und Pfeilen? Ich bin eine hervorragende Schützin.«

»Ich zweifle nicht an Euren Fähigkeiten. Aber weder habt Ihr es nötig, Euch zu bewaffnen, noch, auf die Jagd zu gehen. Es wird für Euch gesorgt. Ich muss auch an die Sicherheit aller anderen denken.«

Ihr klappte die Kinnlade herunter. Sie starrte ihn mit offenem Mund und weit aufgerissenen Augen an. »Wollt Ihr damit etwa andeuten, Ihr wollt mir keine Waffen geben, um die anderen *vor mir* zu schützen?«

»Immerhin wart Ihr es, die Hugh die Nase gebrochen hat. Habt Ihr schon vergessen, wie Ihr mich im Nahkampf in die Knie gezwungen habt? An dem Tag habt Ihr mich blutig gebissen. Ihr seid auch ohne Messer schon gefährlich genug.«

»Ihr meint das tatsächlich ernst!«

»Ich habe Euch gesagt, dass Ihr unter meinem Schutz steht, und das sollte genügen. Euch wird kein Leid geschehen.« Was war nur los mit diesem Weib? Sie sollte ihm sagen, wie männlich er war. Sollte seine Kampfkünste preisen und seinen wohlgeformten Körper bewundern.

»Was ist mit den kleinen Messern, die alle beim Essen benutzen? Kann ich wenigstens so eins haben?«

»Gottverdammt, seid Ihr verbohrt. Ihr habt gefragt, und ich habe Nein gesagt.«

Mit blitzenden Augen verschränkte die sie Arme vor der Brust. »Wenn Ihr sie mir nicht gebt, werde ich sie mir anderweitig beschaffen.«

»Das verbiete ich«, beschied er ihr barsch.

»Du bist nicht mein Boss.«

»Legt Ihr es darauf an, mich zu provozieren, Alethia? Bei Gott, Ihr seid wesentlich angenehmere Gesellschaft, wenn Ihr den Mund haltet.« Sobald er die Worte ausgesprochen hatte, wollte er sie zurückholen. Er streckte die Hand nach ihr aus, besann sich eines Besseren und fuhr sich mit den Fingern durchs Haar. Sie begegnete gerade lange genug seinem Blick, dass er die Verletztheit in ihren Augen sehen konnte. Mit dem Jungen im Schlepptau marschierte sie davon. Warum schnürte sich in ihrer Gegenwart jedes Mal alles in ihm zusammen?

»Das ist ein neuartiger Ansatz«, bemerkte Liam und stellte sich neben ihn.

»Was?« Malcolm trat gegen einen Kiesel und wirbelte eine Sandwolke auf.

»Das Herz des Mädchens mit barschen Worten erobern.« Liam lachte in sich hinein und legte Malcolm eine Hand auf die Schulter. »Wird sicher interessant, zu beobachten, wie diese neue Strategie so funktioniert.«

»Sie hat mich ärgerlich gemacht.«

»Hat sie? Wie denn?«

»Sie will sich mit Dolch und Bogen bewaffnen. Als Nächstes verlangt sie noch ein Claymore von mir.«

»Mit einem Dolch? Jede Frau des Clans trägt einen irgendwo am Leib versteckt, und ihr hast du das verweigert? Warum, Malcolm?«

»Das ist eine lange Geschichte. Ich habe dir nicht alles erzählt, was es darüber zu wissen gibt.«

»Ah, verstehe.« Liam lachte in sich hinein. »Nun, jetzt bleibt dir auch keine Zeit, es mir zu verraten. Während du deine Herzensdame mit Beleidigungen bearbeitest, versuchen es andere mit dem herkömmlicheren Ansatz.« Mit dem Kinn deutete er zum Wohnturm.

Malcolm entfuhr ein dunkles Grollen, und hastig zog er sich das Hemd wieder über. Auf der untersten Stufe des Aufgangs zum großen Saal stand Alethia, und vor ihr ein junger Bauernbursche mit einem Strauß Wildblumen in der Hand. Es kostete Malcolm all seine Willenskraft, nicht zu rennen. Trotzdem fraßen seine Schritte die Strecke bis zum Turm förmlich auf.

»Hast du nicht irgendwelche Pflichten zu erledigen?«, fuhr Malcolm den ältesten Sohn des Webers an.

»Ich wollte Mylady nur …«

»Na los, sieh zu, dass du fortkommst.« Grob riss er dem Mann die Blumen aus der Hand und funkelte Alethia böse an. »Ihr werdet keine Blumen von anderen Männern annehmen.«

»Das sind keine Blumen.« Sie schnappte sich den Strauß und schüttelte ihn vor Malcolms Nase, sodass die Erde von den teilweise mit ausgerissenen Wurzeln auf seine Brust rieselte. »Das sind die Pflanzen, die ich brauche, um die Medizin für den Jüngsten des Webers zuzubereiten.« Einen Moment hielt sie inne und musterte die Spätblüher in ihrer Hand. »Okay, ein paar davon sind schon Blumen, aber nicht so, wie du denkst.« Wieder flog Erde auf sein Hemd. »Ich hab Neuigkeiten für dich. Ich nehme Blumen entgegen, von wem auch immer ich will. Falls du mich vorhin nicht gehört hast, pass jetzt gut auf: *Du* bist *nicht mein Boss.*«

Was ist ein Maimboss? Mittlerweile war er von einer feinen Dreckschicht überzogen. Der Ärger brachte ihn um den Verstand, also warum zum Teufel hätte er am liebsten losgelacht? Er kämpfte den Drang nieder, sie mit einem Kuss zum Schweigen zu bringen. »Ach, Weib. Ich will nicht zanken.«

»Nein? Was willst du denn?«

»Vertrauen, Mädchen.« Notdürftig klopfte er sich den Dreck vom Hemd. »Ich bitte Euch um Euer Vertrauen, dass ich in der Lage bin, Euch zu beschützen.« Er trat einen Schritt näher und fragte: »Wozu braucht Ihr einen Dolch, wenn Ihr mich an Eurer Seite habt?«

»Ach, Malcolm.« Sie verdrehte die Augen. »Ich weiß, dass Ihr mich beschützen könnt. Ich hab gesehen, wie gut Ihr mit diesem Schwert umgehen könnt, aber Ihr könnt nicht jeden Tag rund um die Uhr bei mir sein.«

»Nicht? Die Vorstellung erscheint mir äußerst reizvoll.« Malcolm legte ihr die Hände auf die Schultern und starrte ihr in die Augen. Ihre Lippen teilten sich ein wenig, als würde sie sich ihm öffnen. Pulsierend spürte er Verlangen durch seine Adern strömen. Sein Blickfeld schrumpfte zusammen, bis er nichts mehr außer dem Auf und Ab ihres Busens wahrnahm, während ihr Atem immer schneller ging. Sie wollte ihn. Davon war er überzeugt.

Er zog sie an sich und küsste sie. Stöhnend legte sie ihm die Arme um den Hals und drückte sich mit ihren weichen Kurven an ihn. Malcolms Blut fing Feuer und rauschte geradewegs in seinen Schritt. Während er den Kuss vertiefte, vergaß er alles um sich herum, nahm nur noch wahr, wie perfekt sie sich in seine Arme schmiegte und wie süß ihre Lippen schmeckten.

Lady Alethia zu küssen könnte problemlos sein liebster Zeitvertreib werden. Aye, das – und sie aufzuziehen, bis ihr die Röte in die liebreizenden Wangen stieg. Er umarmte sie fester und konzentrierte sich darauf, sie mit sanften Zungenschlägen zu überreden, den Mund zu öffnen.

* * *

Grundgütiger, konnte der Mann küssen. Weil sie fürchtete, die Knie würden unter ihr nachgeben, schlang Alethia ihm die Arme um den Hals. Ihn halbnackt und schweißglänzend auf dem Turnierplatz zu sehen hatte es auch nicht gerade besser gemacht. Er war definitiv ein erfreulicher Anblick. Sie konnte sich nicht eng genug an ihn pressen. In ihrem Inneren machte sich eine köstliche Hitze breit, als er mit der Zunge in ihren Mund eindrang, und sie vergaß, wo sie waren und was sie so unheimlich wütend gemacht hatte.

Mitgerissen von dem Ansturm auf ihre Sinne brauchte sie mehrere Sekunden, bevor sie bemerkte, dass ein kleiner Körper sich zwischen sie drängte. Hunter schob und zerrte, um sie aus Malcolms Umarmung zu lösen. Sie unterbrach den Kuss und versuchte, ihren Atem wieder auf ein normales Tempo zu verlangsamen. Als ihr bewusst wurde, wo sie sich befanden, wurden ihre Wangen heiß.

Mehrere Leute hatten ihre Aufgaben ruhen lassen, um Malcolm und ihr zuzusehen. Frauen starrten sie an und flüsterten hinter vorgehaltener Hand miteinander. Peinlich berührt raunte Alethia: »Du kannst mich doch nicht einfach so mitten im Burghof in deine Arme ziehen und küssen.«

»Nein?« Vorgebeugt flüsterte Malcolm zurück: »Wo darf ich dich dann in meine Arme ziehen und küssen?«

Sein verruchtes Lächeln stellte die unmöglichsten Dinge mit ihr an. Mühsam rang sie darum, ihre tobenden Hormone unter Kontrolle zu bekommen. Sie durfte sich nicht in Malcolm verlieben. Er stammte aus einem anderen Jahrhundert, und wer wusste schon, wie lange sie noch hier sein würde? Also straffte sie die Schultern und entgegnete: »Du weißt, was ich meine.« Sie nahm Hunter bei der Hand und stieg die Stufen zum Wohnturm hinauf. »Du bist so ein Neandertaler.«

»Das habe ich gehört, True.«

»Das will ich auch hoffen, Malcolm.« Das Wissen, dass er keine Ahnung hatte, was der Ausdruck bedeutete, erheiterte sie.

Bis sie die Damengemächer erreichte, hatte sich in ihr allerdings schon wieder eine geballte Ladung Wut angesammelt. Es machte sie wahnsinnig, wie herrisch und überheblich Malcolm war. Noch empörender war es, wie er mit ihr umsprang und ihr mit seinen Küssen die Sinne raubte. Er kämpfte mit unfairen Mitteln.

»Guten Morgen, Elaine. Lydia«, grüßte Alethia die beiden, als sie die Kemenate betrat. Hunter neben ihr tat es ihr in Gebärdensprache gleich. Sie setzte sich auf ihren gewohnten Platz Elaine gegenüber. Sofort holte Hunter das Buch, das sie für ihn gemacht hatte, und lehnte sich an ihre Knie. Sie hatte Tiere gezeichnet, begleitet von den Gesten, die dafür standen. Das Pergament hatte ihr Elaine gegeben, genau wie Federkiele und Tinte. Sie hatte ihr auch gezeigt, wie man die langen Gänsefedern beschneiden musste, wenn sie stumpf wurden.

Alethia versuchte, an dem Gewand weiterzuarbeiten, das sie sich aus der Bahn Wollstoff zugeschnitten hatte – dem Geschenk des Webers. Doch schon nach kurzer Zeit warf sie es aufgewühlt und abgelenkt beiseite und begann, in der Kemenate auf und ab zu schreiten.

Lydia legte ihr Nähzeug weg. »Was plagt Euer Gemüt, mein Kind?«

»Euer Sohn. Nehmt es mir nicht übel, Lydia, aber sein Dickschädel könnte es mit den Burgmauern aufnehmen.«

Als Elaine kicherte, wich ein wenig Spannung aus Alethias Schultern. Sie grinste ihrer Freundin rasch zu.

»Aye, das hat er von seinem Vater.« Lydia seufzte. »Nun denn, verratet uns: Was hat mein dickköpfiger Sohn nun wieder angestellt?«

»Wisst Ihr von der Sache mit Hugh?« Alethia ließ sich für einen Moment halb auf einem der Fenstersitze nieder.

»Mein Mann hat mir davon erzählt. Das muss furchtbar für Euch gewesen sein. Hätten wir gewusst, was für ein Charakter sich hinter dieser Fassade verbirgt, dann hätten wir ihn schon wesentlich eher fortgeschickt.«

»Ich habe Malcolm um einen Dolch oder wenigstens Pfeil und Bogen gebeten. Ich weiß, dass ich hier in Sicherheit bin, aber wegen dem, was passiert ist, *fühle* ich mich nicht sicher. Nirgendwo. Versteht Ihr, was ich meine?«

»Natürlich«, schaltete Elaine sich ein. »Mein Bruder wird dir beides beschaffen.«

»Nein. Da liegt ja das Problem. Er will nicht. Er hat gesagt, es besteht für mich kein Bedarf, mich zu bewaffnen, weil ich unter seinem Schutz stehe.« Erneut sprang sie auf und marschierte auf und ab. »Er kann doch nicht vierundzwanzig-sieben in meiner Nähe sein. Ich will mich auch dann sicher fühlen, wenn er mal nicht da ist.«

»Vierundzwanzig und sieben?«, hakte Lydia nach. Mutter und Tochter wechselten einen verwirrten Blick.

»Vierundzwanzig Stunden am Tag, sieben Tage die Woche«, erklärte Alethia. »Versteht Ihr jetzt, warum ich so aufgewühlt bin?«

»Hattest du da etwas in dieser Art im Sinn?« Elaine hob ihren Rocksaum und enthüllte einen Dolch, der in einer Scheide an ihrem Unterschenkel steckte.

»Genau!«

Auch Lydia schlug ihr Gewand beiseite, unter dem eine Stichwaffe mit juwelenbesetztem Griff zum Vorschein kam. »Das war ein Geschenk von meinem Ehemann zu Malcolms Geburt.«

»Warum will Malcolm denn nicht, dass ich auch einen habe?« Alethia wandte sich Lydia zu. »Er hat sogar angedeutet, wenn ich bewaffnet wäre, würde das eine Gefahr für alle anderen darstellen. Mit dem Ältesten des Webers ist er auch unmöglich umgesprungen, und er hat doch tatsächlich die Frechheit besessen, mir …« Beinahe hätte sie gesagt, er hätte ihr mit seinen Küssen den Atem geraubt, doch gerade rechtzeitig besann sie sich eines Besseren. Immerhin war Lydia seine Mutter.

»Was hat er noch angestellt?«, hakte Lydia mit vor Erheiterung funkelnden Augen nach.

»Ach, er hat mich bloß fuchsig gemacht.« Schnaubend ließ sie sich auf ihren Platz fallen.

»Fuchsig? Was bedeutet das? Manchmal redest du überaus seltsam«, bemerkte Elaine lachend.

»Er hat mich *verärgert.*«

»Ich sehe nicht, warum du nicht einen Dolch und einen Bogen haben solltest, wenn du das möchtest. Gehen wir ins

Dorf und sprechen mit dem Schmied und dem Böttcher«, schlug Elaine vor. »Unser Böttcher kann nicht nur Fässer binden, sondern stellt auch gute Bogen her.«

»Malcolm hat mir verboten, die Burgmauern zu verlassen.« Erstaunt sahen die beiden anderen Frauen sie an.

Lydia runzelte die Stirn. »Vielleicht fürchtet er, Euch könnte etwas zustoßen. Mein Mann hat mir erzählt, wie Ihr zu uns gekommen seid. Sie wissen nicht, ob es die Verbündeten oder die Feinde Eures Vaters waren, die Euch fortgeschickt haben. Auch wenn er es vielleicht falsch angeht, bin ich mir sicher, Malcolm ist nur um Eure Sicherheit besorgt.«

»Wäre es nicht sicherer, wenn ich ein oder zwei Waffen hätte?«

»Natürlich. Wir gehen oft ins Dorf. Daran ist nichts Ungewöhnliches, und es ist nur natürlich, wenn wir Euch mitnehmen.« Lydia nickte bestimmt. »Malcolm könnt Ihr mir überlassen.«

»Wo ist Lady Rosemary?« Erst jetzt fiel Alethia auf, dass die Schwägerin der Burgherrin nicht da war.

»Sie hat heute bei Tagesanbruch mit Onkel Robert den Heimweg angetreten. Vor ihrer Reise nach London gibt es noch viel zu tun.«

»Oh. Die beiden wohnen gar nicht hier?«

»Moigh Hall ist nur eins unter vielen Besitztümern der MacKintoshs«, erklärte Lydia.

»Oh. Das wusste ich nicht.« Alethia legte ihr Nähzeug zurück in den Korb und hob die Pflanzen auf, die sie auf den Boden hatte fallen lassen. »Ich muss dringend Beth auftreiben. Die Medizin für den Webersohn braut sich nicht von allein.«

»Geh ruhig. Hunter kann hier bei uns bleiben.« Liebevoll lächelte Elaine ihn an und fuhr mit der Hand über die Stoppeln auf seinem Kopf.

* * *

In der Küche seihte Alethia den Aufguss, den sie angesetzt hatte, in einen Tonkrug ab und gab die getrockneten Cranberrys dazu. Ein wohlriechender Dampf erfüllte die Luft, als sie noch etwas Honig in die Mischung rührte. Sie atmete tief ein, bevor sie den Krug mit einem Stück Stoff abdeckte, das die Köchin ihr gegeben hatte. »Beth, sag der Familie, er soll diesen Sud so oft trinken, wie er kann. Wenn sie ihm irgendwelche anderen Flüssigkeiten geben, sorg dafür, dass die vorher mindestens zwei Minuten abgekocht werden.«

»Aye, Mylady. Ich sag's ihnen.«

»Oh, und die Beeren, die ich hineingetan habe, kann er ruhig essen. Die helfen auch.« Sie reichte Beth den Krug, dann dankte sie der Köchin. Nachdem das nun erledigt war, machte sie sich auf den Weg zu ihrer Kammer, um sich einen Moment dringend nötiger Ruhe zu gönnen. Hunter tauchte im selben Moment an der Zimmertür auf wie sie, als hätte er gewusst, dass Alethia kommen würde. Bei all dem Trubel um den Aufbruch des Lairds nach London und der Versorgung des Webersohns hatten sie keinen Moment für sich allein gehabt. Sie drückte ihn kurz an sich und öffnete die Tür.

Erschöpft ließ sie sich aufs Bett sinken, und sofort kletterte Hunter zu ihr hinauf. In Gedanken sandte sie ihm Bilder und brachte ihm die dazugehörigen Gebärden bei. Hunter lernte schnell, und seine Fragen kamen Schlag auf Schlag. Wie jedes Kind war er unheimlich neugierig. Abgesehen von »Ich habe Hunger« – was ständig der Fall zu sein schien – waren seine häufigsten Gebärden »Warum?« und »Was ist das?«.

Als sie ihren Geist öffnete, um die Bilder aufzunehmen, die Hunter ihr zurücksandte, erfüllte sie Freude. Noch nie war sie jemandem begegnet, mit dem sie so etwas tun konnte.

Er sandte ihr das Bild eines Babys an der Brust seiner Mutter und gebärdete die unausweichliche Frage.

»*Was ist das?*«

»*Mutter und Kind*«, gebärdete sie zurück.

Als Nächstes schickte er das Bild einer jungen Frau mit traurigen grauen Augen. Sie hatte Hunters goldbraunes Haar und ähnliche Gesichtszüge. Sein gesamtes Wesen war durchdrungen von einer schmerzlichen Einsamkeit, und Alethia wusste, dass es das Bild der geliebten Mutter war, die er verloren hatte.

»*Ich habe auch meine Eltern verloren*«, erklärte sie und sandte ihm Bilder der beiden. »*Von jetzt an sorge ich für dich. Wir können beide füreinander sorgen*«, gebärdete sie. Hunter kroch auf ihren Schoß und schmiegte sich leise seufzend an sie. Tränen brannten in ihren Augen, als sie ihn fest in die Arme schloss.

Ein Klopfen an der Tür unterbrach den Moment. Hastig wischte sie die Tränen fort und rief: »Herein.«

Elaine kam hereingefegt, ein Gewand in den Armen. »In zwei Tagen brechen mein Vater und die Douglas-Männer gen London auf. Heute Abend gibt es ein Festmahl mit Musik und Tanz. Du sollst auch spielen.«

Rasch übersetzte Alethia das Gesagte für Hunter.

»Was bedeuten diese Gesten?«, fragte Elaine und setzte sich ans Fußende des Bettes.

»So unterhalten wir uns«, antwortete Alethia.

»Wirklich? Zeigt mal.«

Hunter krabbelte zu Elaine hinüber und gebärdete ihr seinen Namen.

»Er sagt, sein Name ist Hunter. Schau, so kannst du deinen Namen buchstabieren.« Sie machte es ihrer Freundin vor.

Elaine gebärdete ihren Namen, dann zwickte sie Hunter spielerisch in die Nase. »Kann man auf diese Weise alles sagen, was man will?«

»Ja, das ist eine vollständige Sprache.«

»Wissen Malcolm und mein Vater davon? Wenn du mich fragst, dürfte es äußerst nützlich sein, sich lautlos verständigen zu können.«

»Bisher habe ich nicht groß mit den beiden über Gebärdensprache geredet – ich habe ihnen nur gesagt, dass ich sie Hunter beibringen will.«

»Vielleicht solltest du das nachholen. Ach, aber ich bin aus einem ganz anderen Grund hier. Ich habe mich gefragt, ob du vielleicht Verwendung für dieses Gewand hättest. Für mich ist es zu kurz, aber dir könnte es passen.« Elaine hielt das Kleid in die Höhe.

Es war aus einem herrlichen dunkelgrünen Samt genäht. »Das ist bezaubernd, Elaine. Aber als Lügnerin bist du furchtbar.« Mit einer Handbewegung schlug sie den Saum um und enthüllte die Stelle, an der ihre Freundin ihn umgeschlagen und gekürzt hatte.

Elaine lachte. »Ich kann nichts dafür, dass du die Gabe der Wahrheit besitzt. Trotzdem möchte ich, dass du es nimmst. Es hat genau deine Farbe. Tu mir den Gefallen und zieh es heute Abend an. Und trag die Haare offen.«

* * *

Der große Saal war zum Bersten voll, und ausgelassen tanzte Malcolms Clan zu der Musik, die Alethia mit ihrem zierlichen Instrument schuf. Robley und Liam begleiteten sie mit der Bodhran und dem Dudelsack. Zufrieden lehnte Malcolm neben der Feuerstelle an der Wand und betrachtete das Geschehen. In diesem Gewand aus grünem Samt war sie eine Augenweide. Es schmiegte sich perfekt an ihre Kurven und zauberte kastanienfarbene Lichter in ihr Haar.

»Malcolm, auf ein Wort.«

»Mutter.« Lächelnd löste er sich von der Wand. »Du siehst heute Abend reizend aus.«

»Vielen Dank. Komm, begleite mich für einen Augenblick an die frische Luft.« Sie hakte sich bei ihm unter. »Sei ein guter Junge.«

Es erheiterte ihn immer wieder aufs Neue. Mittlerweile überragte er sie um anderthalb Köpfe, und ein Junge war er schon lange nicht mehr. Trotzdem ging sie immer noch mit ihm um wie mit einem Achtjährigen. Liebevoll legte er ihr einen Arm um die schmalen Schultern und führte sie durch die Menge nach draußen. »Worüber möchtest du reden?«

»Alethia war heute Vormittag ziemlich aufgewühlt deinetwegen. Ist es wahr, dass du ihr nicht erlauben willst, eine Waffe bei sich zu tragen?«

»Aye.«

»Was steckt dahinter?« Sie blickte zu ihm auf, den Kopf auf eine ihm wohlbekannte Weise zur Seite geneigt. Sie hatte einen Entschluss gefasst, und ihm stand eine Auseinandersetzung bevor.

»Es gibt vieles, wovon du nichts ahnst. Von einigen Dingen habe ich niemandem je erzählt.«

»Aber mir wirst du davon erzählen.«

Er lachte in sich hinein. »Aye, das werde ich. Aber ich bitte dich, es für dich zu behalten, bis ich mir gewiss bin, dass jegliche Gefahr vorüber ist.« Er wartete, bis sie nickend ihr Einverständnis gab. »Die Wahrsagerin, die sie hergeschickt hat, ist dieselbe, der ich als Jüngling begegnet bin. Sie hat mir gesagt, ›Wahrheit‹ würde mir das Leben retten, und sprach von dieser Wahrheit wie von einer Person. Aletheia ist das griechische Wort für Wahrheit. Ich bin überzeugt, dass es Alethia ist, von der die Alte gesprochen hat.«

»Wie kannst du dir da so sicher sein?«

»True hat das Weib beim Namen genannt, Madame Giselle. Es ist dieselbe Frau.« Malcolm schüttelte den Kopf. »Ich kann nicht zulassen, dass sie sich um meinetwillen in Gefahr begibt. Solange sie unbewaffnet ist, besteht eine geringere Wahrscheinlichkeit, dass sie sich ins Getümmel stürzt.«

»Neuerdings nennen wir sie also ›True‹?«

Malcolm zuckte die Achseln. »Es passt doch.«

»Willst du sie deshalb nicht außerhalb der Burgmauern lassen?«

»Hier auf der Burg haben mehrere Männer ein Auge auf sie, denen ich vertraue.«

»Und was, wenn ihr trotzdem innerhalb dieser Mauern ein Leid widerfährt? Hugh hat es auch geschafft.«

»Aye, und Hugh ist fort. Solange ich nicht weiß, um welche Bedrohung es geht, wird sie innerhalb der Burgmauern oder in meiner Sichtweite bleiben. In Sicherheit, um jeden Preis.«

»Und wenn sie dir auf ganz andere Weise das Leben retten soll, als sich ›ins Getümmel zu stürzen‹, wie du so schön gesagt hast?«, argumentierte Lydia. »Alethia hat bereits bewiesen, dass sie eine fähige Heilerin ist. Ihretwegen ist der Sohn des Webers noch am Leben. Vielleicht wirst du ja krank, und sie pflegt dich gesund.«

Dieser Gedanke war ihm noch nicht gekommen. In hilfloser Frustration stöhnte er auf und umklammerte das Heft des Dolchs an seinem Gürtel. Ein Feind, dem er gegenübertreten konnte, war auch einer, den er bekämpfen konnte. Doch eine Krankheit? Wie sollte er Alethia beschützen, wenn er darniederlag? »Dann werde ich dafür sorgen müssen, dass ich nicht krank werde.«

»Ach, Malcolm«, schnaubte sie amüsiert. »Hast du es deinem Vater schon gesagt?«

»Was?«

»Dass du dir deine Braut erwählt hast.« Sie tätschelte ihm den Arm.

»Nein, ich … Wie kommst du darauf?« Hatte er sie erwählt? Die Anziehung war unbestreitbar, und Alethia gefiel ihm tatsächlich auf mannigfaltige Weise. Und doch – für seinen Geschmack war sie viel zu stur und unabhängig. Was wusste er schon über sie?

»Wir haben alle gesehen, wie du sie anschaust. Die Zeichen sind unmissverständlich. Wenn ihr aufeinandertrefft, seid ihr wie vom Hafer gestochen.« Mit hochgezogener Augenbraue sah sie ihn an. »Unsere Klatschbasen haben mir verraten, dass du es nicht lassen kannst, das Mädchen zu küssen, wann immer sie in Reichweite ist.« Als er verdrossen das Gesicht verzog, lachte sie leise.

»Zu einer Verbindung zwischen uns hätte sie nichts beizutragen. Einer solchen Ehe würde Vater niemals zustimmen.«

»Aye, aber sie ist die Tochter eines Königs. Sicherlich, anfangs wird dein Vater sich dagegen stellen, doch schon bald wird er sehen, wie schlüssig deine Entscheidung ist. Meinen Segen habt ihr jedenfalls. Sie ist ein hübsches Mädchen, und vor allem ist sie dir gewachsen, in Bezug auf Willensstärke wie auf Verstand. Sie wird mir tapfere, starke Enkel schenken.«

»Um von Enkeln zu reden, ist es noch etwas zu früh, Mutter. Ich kenne das Mädchen kaum, und womöglich kehrt sie in nicht allzu ferner Zukunft zu ihrem Volk zurück.«

»Wie du meinst.« Lydia faltete die Hände vor dem Körper, doch auf ihrem Gesicht leuchtete ein wissendes Lächeln. »Elaine und ich würden sie morgen gern mit ins Dorf nehmen. Dafür möchte ich deine Erlaubnis. Wenn du es für nötig hältst, stell uns einen Leibwächter zur Seite. Wir müssen sie unseren Leuten vorstellen. Je eher der Clan sie kennenlernt, desto besser.«

Es ging ihm zutiefst gegen den Strich, und sein Bauchgefühl riet ihm, sie nicht von der Insel zu lassen. Und doch, seine Mutter hatte recht. »Aye. Nehmt sie mit. Ich schicke Robley mit euch, vielleicht auch noch Galen. Komm.« Malcolm legte die Hand seiner Mutter in seine Armbeuge. »Gehen wir zurück in den Saal.«

* * *

Alethia spannte ihren Bogen nach, stimmte ihre Geige und schaute zu Liam und Robley hinüber, die sie begleiteten. Bei all den Leibern, die sich in der Halle drängten, war es warm und stickig geworden, und beiden stand der Schweiß auf der Stirn. Die Brüder waren versierte Musiker und konnten ihr problemlos folgen. Vor dem heutigen Abend hatten sie noch nie zusammen gespielt, und doch improvisierten sie zu den Jigs und Reels, die Alethia spielte, als würden sie die Stücke bereits ihr Leben lang kennen. Vielleicht taten sie das auch tatsächlich.

Beth fing ihren Blick auf, und sie lächelten einander zu. Den ganzen Abend über war ihre Freundin nie ohne Tanzpartner gewesen. Glänzend und sauber fiel ihr das Haar in goldenen Wellen auf die Schultern. Ihre Wangen waren gerötet, und sie sprühte förmlich vor Glück.

Beth so zu sehen, machte das Opfer ihres dürftigen Vorrats an Shampoo und Seife mehr als wett. Wenn sie noch länger in dieser Zeit bliebe, würde sie sich daranmachen, selbst etwas herzustellen, das ebenso gut war. Schließlich hatten alle guten Pflegeprodukte irgendeine Art von pflanzlichen Inhaltsstoffen. Elaine und Lydia waren jedenfalls blitzsauber. Die beiden würden es ihr schon beibringen.

William kam auf das Podest zu, auf dem sie spielten. »Lady Alethia, Ihr habt Euch schon lange eine Pause verdient.

Eine junge Frau wie Euch muss es doch sehnlichst auf die Tanzfläche ziehen. Lasst meine Neffen weiterspielen, während Ihr eine Runde dreht.«

»Vielen Dank, das ist nicht nötig, Laird.«

Jetzt drängte sich auch Elaine durch die Menge und trat neben ihren Vater. »Es gibt doch sicher Tänze aus deiner Heimat, die du uns beibringen könntest.«

Alethia warf einen Blick in die erwartungsvollen Mienen um sie herum. Sollte sie ihnen zeigen, wie sie mit ihren Freundinnen tanzte, wenn sie in New York feiern gingen? Sie lächelte in sich hinein. Diese braven Leute wären zutiefst schockiert von dem, was im einundzwanzigsten Jahrhundert als gesellschaftlich akzeptabel galt. Nein. Am besten sah sie es als kulturellen Austausch. Etwas, worauf sie stolz sein konnte.

»Also gut. Wenn mir jemand einen Schal borgen würde, könnte ich Euch einen Tanz zeigen, den bei uns die Frauen aufführen.« Durch die Menge ging ein leises Wogen und jemand reichte ihr einen Schal. Prüfend hielt sie ihn in die Höhe. Wolle, mit Fransen an den Kanten. Perfekt.

»Robley – ich brauche einen bestimmten Rhythmus auf der Trommel. Mit dem Dudelsack kannst du spielen, was du willst, Liam.« Mit dem Fuß schlug sie den Rhythmus einer Pow-Wow-Trommel an, bis Robley ihn aufgenommen und verinnerlicht hatte. Sie stieg vom Podest. »Ich brauche etwas Platz. Unsere Tänze werden immer in der Runde aufgeführt.«

Die Menge bildete einen weiten Kreis, und Robley spielte den Rhythmus, den sie ihm gezeigt hatte. Zwischen den Hauptschlägen improvisierte er und ergänzte das Stück. Halber Schritt, halber Schritt, Schritt zurück, seitwärts drehen. Alethia breitete die Arme mit dem Schal aus, sodass sie den Schwingen eines großen Vogels glichen – eines Kranichs. Pirouette, Schritt, Schritt, in die Knie. Jetzt setzte der Dudelsack ein und spielte eine Melodie zum Rhythmus. Pirouette,

Schritt zurück, seitwärts drehen, Pirouette. Sie tanzte, wie die Frauen ihrer Nation es seit Anbeginn der Zeit getan hatten. Im Uhrzeigersinn wanderte sie durch die Halle, im Takt der Trommel, zum Herzschlag von Mutter Erde.

Komplizierte Schrittfolgen und Drehungen flossen so selbstverständlich dahin wie ihr Atem. Erinnerungen strömten auf sie ein, von Wettbewerbs-Pow-Wows, von Freundinnen, die einander neckten und über die jungen Männer klatschten, die von der Tribüne aus zusahen. Bald waren die Gesichter im Saal nicht mehr die des Clans, sondern die ihrer Familie. Ihre Mutter und ihr Vater, Gran, Cousinen und Tanten, Cousins und Onkel, Kindheitsfreunde – sie alle tanzten wie Schatten mit ihr durch den Kreis.

Ihre Freude verwandelte sich in Schmerz, als ihr bewusst wurde, dass die Gesichter vor ihrem inneren Auge für sie womöglich für immer verloren waren, wenn sie keinen Weg fand, in ihre eigene Zeit zurückzukehren. Heimweh und Trauer drohten sie zu zerreißen. Sie versuchte, den Kloß in ihrem Hals hinunterzuschlucken, und suchte in dem Meer von Gesichtern um sie herum nach Malcolm.

Sobald sie ihren Tanz beendete, drängten die Menschen auf sie ein. Sie konnte nichts sehen, bekam keine Luft. Wo war Malcolm?

Kapitel 7

Malcolm kehrte in den Saal zurück, gerade als Alethia ihren Tanz begann. In ihren Bewegungen lag eine provokative Anmut, die ihn anzog wie eine Motte das Licht. In seidigen Strähnen flog ihr das dunkle Haar um die Schultern, wenn sie sich drehte. Er verzehrte sich danach, mit den Fingern hindurchzufahren, diese Weichheit auf der Haut zu spüren. Ihre exotische Schönheit betörte seine Sinne und erfüllte ihn mit männlichem Stolz.

Hatte er Alethia als seine Braut erwählt? Er hatte sich nicht wirklich damit beschäftigt, bis seine Mutter es angesprochen hatte. Jetzt ließ er die Vorstellung Wurzeln schlagen, und ihn erfüllte ein Gefühl von Richtigkeit. Als er sie ihren Zauber um den gesamten Saal wirken sah, schnürte sich in ihm vor Verlangen alles zusammen. Unauffällig rückte er seine Kilttasche zurecht und sah, dass er beileibe nicht der Einzige war, der das tat. Unwillkürlich biss er die Zähne zusammen und griff instinktiv nach dem Dolch an seinem Gürtel.

»Malcolm.«

»James.« Malcolm gönnte seinem Freund nur einen kurzen Blick.

»Wie man hört, hast du deine Übungseinheiten auf dem Turnierplatz verdoppelt. Rechnest du mit Schwierigkeiten, wenn dein Vater fort ist?«

»Ich rechne immer mit Schwierigkeiten. Darum bin ich noch auf den Beinen.«

»Wollen wir morgen früh zusammen trainieren?«

»Auf jeden Fall.«

»Ich hätte dir eine Wette vorzuschlagen.« James' Blick war starr auf Alethia gerichtet.

»Und welchen Gewinn denkst du dabei zu ergattern?« Malcolm hoffte, sein Freund würde den warnenden Unterton beherzigen.

»Wenn du mich in zwei von drei Runden besiegst, gehört mein Lieblingshengst dir. Wenn ich gewinne, nehme ich dir die holde Maid dort ab.«

»Nein«, blaffte Malcolm.

»Hast du etwa Angst, zu verlieren?«, stichelte James.

»Ich habe Angst, dir mit meinem Schwert ernsthaft Schaden zuzufügen. Das würde unseren Vätern gar nicht gefallen.«

»Ach, so ist das also.«

»Aye.« Malcolm runzelte die Stirn. Während sie tanzte, hatte Alethias Gesichtsausdruck sich von Freude zu Schmerz gewandelt. Er musste zu ihr. Die Musik verklang, und augenblicklich ging sie unter in den Leuten seines Clans, die sich um sie drängten. Rücksichtslos kämpfte er sich durch das Gewühl bis in die Mitte. Alethia war blass geworden, und ihre Augen waren riesig und glänzten. »Die Dame braucht Luft. Macht Platz.«

Ihre Erleichterung bei seinem Anblick war nicht zu übersehen. Stumm nahm er sie bei der Hand und führte sie zu den Toren des Saals, hinaus in die frische, kühle Nacht. »Kommt. Lasst uns zum See spazieren.«

Sie sprach kein Wort, als er sie durch das Fallgatter geleitete. Ab und an hörte er sie leise schniefen, und sie wischte sich die Augen. Er führte sie zu der Stelle, an der er sie vor Hugh gerettet hatte. Auf einem großen, flachen Felsen ließ er sich nieder und zog sie neben sich. »Erzählt mir, was Euch so aufgewühlt hat.«

Sie holte Luft und ließ sie langsam wieder entweichen. »Ich schätze, ich habe Heimweh.« Mit einem verlorenen Ausdruck in den Augen sah sie ihn an. »Womöglich sehe ich weder meine Familie noch meine Heimat jemals wieder.«

»Ach, Mädchen. Die suchen doch sicher nach Euch, oder?« Unbeholfen tätschelte er ihr den Rücken.

»Natürlich suchen sie, aber sie werden mich nicht finden.«

»Könntet Ihr nicht mit der Zeit dies als Eure Heimat betrachten?«

»Was? Meint Ihr alles *innerhalb* der Burgmauern?« Wieder wischte sie sich die Augen.

Bei ihrem Tonfall musste er lächeln. »Es wird nicht ewig so sein. In sieben Tagen beginnt die Ernte. Sobald das Getreide eingefahren ist, nehme ich Euch mit auf den Markt nach Inverness. Würde Euch das gefallen, *mo cridhe*?«

»Sicher. Versteht mich nicht falsch, es ist toll hier, aber ein Zuhause ist nicht bloß ein Ort.« Sie zuckte mit den Schultern. »Es sind die Menschen, die ihn dazu machen.«

»Ich verstehe sehr gut, was Ihr meint. Als ich noch ein junger Mann war …«

»Ihr seid immer noch ein junger Mann.«

»Wie ich sagte«, fuhr er fort und legte ihr einen Arm um die Schultern, »als ich mir meine Sporen verdient habe, war ich von einer solch rastlosen Energie erfüllt, dass ich gleich in der Woche nach meinem Ritterschlag mit einer Gruppe Gleichgesinnter ausgezogen bin, die Welt zu sehen.«

»Wohin seid Ihr gegangen?« Die Spannung wich aus ihrem Körper, und sie lehnte sich an ihn.

»Nach Frankreich, Italien, Spanien … Wohin auch immer es mich gerade zog. Ich habe mit den Franzosen gegen die *Sassenach* gekämpft, habe mir beim Kräftemessen ein Vermögen erstritten und all die Wunder betrachtet, die jene fremden Länder zu bieten hatten. Liam und Robley haben mich begleitet. Wir alle waren darauf aus, uns zu beweisen und unser Glück zu machen.«

Sie rückte sich ein wenig zurecht. Betörend stieg ihm ihr blumiger Duft in die Nase, und er genoss zutiefst ihren wunderbar weichen, warmen Leib an seiner Seite. Dank ihres seidigen Haars, das über seinen Unterarm gebreitet lag, war er zu keinem klaren Gedanken mehr fähig.

»Na los.« Sie stieß ihm den Ellbogen in die Rippen. »Erzählt weiter. Das hilft.«

»Ihr seid aber auch ein wildes kleines Ding, was?« In gespieltem Schmerz rieb er sich die Seite und freute sich, als sie kicherte. »Mit jedem Tag, der ins Land ging, wurde ich rastloser. Uns allen hat unsere Familie gefehlt, also sind wir heimgekommen.«

»Wann ist das alles passiert? Wie lange seid Ihr schon wieder hier?«

»Seit unserer Rückkehr sind vier Jahre vergangen.«

»Und ist diese Rastlosigkeit verschwunden, als Ihr wieder zu Hause wart?«, fragte sie zaghaft.

Ihr Gesicht leuchtete förmlich im Mondlicht. Nachdenklich ließ er eine Strähne ihres Haars durch seine Finger gleiten. »Nein. Sie hat mich nicht losgelassen. Merkwürdig …«

»Was denn?«

»Im Augenblick fühle ich nicht die geringste Rastlosigkeit.« Er senkte den Kopf und streifte mit seinen Lippen ihre, und Glück erfüllte ihn, als sie nicht zurückwich.

»Das freut mich für dich.« Sie warf ihm einen Blick zu. »Ich frage mich, was sie vertrieben hat.«

Malcolm schlang den Arm fester um ihre Schultern. Er hatte keinerlei Zweifel an der Ursache seines neugewonnenen inneren Friedens, und wenn der richtige Augenblick gekommen war, würde er es ihr erklären. Doch jetzt war es an der Zeit, sich einige Fragen beantworten zu lassen. »Ich möchte noch über etwas anderes mit dir reden – etwas, wonach ich dich schon seit jenem Tag fragen wollte, an dem du von Madame Giselle gesprochen hast. Kannst du sie mir beschreiben?«

»Sie ist klein, ungefähr so groß wie ich, und sieht alt und gebrechlich aus. Aber das ist ganz und gar nicht das, was ich in ihr gefühlt habe.« Sie erschauderte und legte ihre Hände über seine, als sie weitersprach. »Sie hat sich nicht *wahrhaftig* angefühlt.«

Malcolm verschränkte seine Finger mit ihren und lauschte ihren Worten aufmerksam.

»Ihre Augen sind scharf und dunkel, als würde ihr nichts entgehen. In ihr wohnt Magie. Das konnte ich fühlen.«

»Hat sie dir die Zukunft vorausgesagt?«

Alethia warf ihm einen Blick zu und sah rasch wieder fort. »Ich möchte über das alles nicht reden. Es wühlt mich nur auf.«

»Aye, aber ich will es. Und du wirst mir meine Fragen beantworten.«

»Hat dir schon mal jemand gesagt, wie unglaublich herrisch du bist?«

»Das hat noch niemand gewagt.«

Sie schnaubte. »Aber auch nur, weil du so hart daran arbeitest, einschüchternd zu wirken.«

»Alethia.«

»Nein, sie hat mir nicht die Zukunft vorausgesagt.« Sie schüttelte den Kopf. »Es ging nur die ganze Zeit um irgendwen, der sich in großer Gefahr befindet, und sie hat behauptet, sie würde alles tun, um demjenigen zu helfen.«

»Was hat sie dir noch gesagt?« Er spürte, wie sie sich versteifte. »Erzähl es mir.«

»Du bist nicht mein Boss«, murmelte sie in sich hinein.

»Aye, das sagtest du bereits, aber ein Nee-Ander-Taler bin ich.« Er hob eine Augenbraue und bedachte sie mit einem strengen Blick. Bei ihrem Lachen durchströmte ihn Welle um Welle des Glücks, bis auf den Grund seiner Seele. »Du wirst es mir jetzt erzählen, damit wir das ein für alle Mal hinter uns lassen können.«

Sie begann an ihrem Daumennagel zu knabbern, während sie nachdachte. Sanft zog er ihr die Hand vom Mund weg und hielt sie fest. Ihr verdrossener Gesichtsausdruck entlockte ihm ein Lächeln. Ihm gefiel einfach alles an ihr, selbst ihr störrischer Eigensinn. Seit er Alethia gefunden hatte, war seine Rastlosigkeit nicht eine Sekunde lang zu spüren gewesen. Aye, stattdessen hatte er mit anderen Dingen zu kämpfen – Lust, einem verzweifelten Drang, sie zu der Seinen zu machen, und einem unwiderstehlichen Wunsch, sie zu beschützen. Doch das war ein kleiner Preis.

»Giselle hat gesagt, sie habe mich schon seit langer, langer Zeit beobachtet, aber vor diesem Markt sind wir uns nie begegnet.« Alethia runzelte die Stirn. »Außerdem hat sie gesagt, ich habe unangetastete Kräfte.«

»Hat sie dir irgendetwas gegeben?«

»Ja«, fuhr sie ihn an. »Sie hat mir eine Kette um den Hals gehängt, bevor sie mich hergeschickt hat. Warum fragst du mich das alles?«

In seiner Kilttasche fischte er nach dem Ring, den die Alte ihm damals gegeben hatte, als sie ihm die Zukunft vorausgesagt hatte. Er hielt ihn ins Mondlicht, damit Alethia ihn betrachten konnte, und fragte: »Ähnelt das Schmuckstück, das sie dir gegeben hat, in irgendeiner Weise diesem?«

»Ach du Scheiße«, rief sie aus. Hastig schnappte sie sich den Ring aus seinen Fingern und musterte ihn eingehend. »Was hat das zu bedeuten?«

»Du erkennst ihn wieder? Was hat sie sonst noch gesagt?«

Sichtlich erschüttert blickte sie ihn an und gab ihm den Ring zurück, als hätte sie sich daran verbrannt. »Mehr hat sie nicht zu mir gesagt. Madame Giselle hat irgendwas von Schicksal gemurmelt und mich hierhergeschickt, ohne auch nur den blassesten verdammten Schimmer.« Abrupt stand sie auf. »Ich muss zurück. Ich hab zu tun.«

»Zu dieser Stunde?« Auch er erhob sich.

»Ich muss über eine Menge nachdenken.« Eilig raffte sie ihre Röcke, fuhr herum und floh zurück zum Wohnturm.

Malcolm ließ sie gehen. Auch er hatte viel Stoff zum Nachdenken. Voll und tief hing der Mond am Horizont, wie ein üppiges Versprechen auf die nahende Ernte. Malcolm betrachtete das Spiel von Licht und Schatten auf dem Wasser, während er lange über ihre Unterhaltung nachdachte. Jede Frage führte zu einer weiteren.

Vor welcher Gefahr sollte Alethia ihn beschützen, und wie konnte er verhindern, dass es überhaupt so weit kam? Sie hatte ihm noch nicht alles verraten. Morgen würden sie sich wieder unterhalten, und am Tag darauf, bis sie ihm all ihre Ängste gestanden hatte. Erst dann konnte er sie besiegen und das Rätsel lüften, das sie beide plagte.

Vor seinem inneren Auge stieg die Vision der tanzenden Alethia im großen Saal auf. Sorgsam prägte er sich das Bild ein, während er über ihre seltsame Mischung aus Verletzlichkeit und störrischer Unabhängigkeit nachgrübelte. Wie konnte es sein, dass ein derart zartes Persönchen sein Herz schon nach so kurzer Zeit so völlig in der Hand hielt? Er lachte auf und blickte noch einmal zum Mond empor, bevor er sich ebenfalls auf den Rückweg zum Wohnturm machte.

* * *

Alethia zog sich die Decke bis ans Kinn und starrte nach oben, während sie über das nachdachte, was sie von Malcolm erfahren hatte. Giselle hatte ihm einen Ring gegeben, der das Gegenstück zu ihrem Anhänger war. Was hatte das zu bedeuten? Hatte die Wahrsagerin ihnen die zusammengehörigen Stücke überlassen, um ihnen einen Hinweis auf des Rätsels Lösung zu geben? Wenn ja, dann war Malcolms Leben in Gefahr.

Oder wohnte dem Amulett und dem Ring irgendeine Magie inne, mit der Giselle über ihren Aufenthaltsort Bescheid wusste? Wie sollte Alethia das jemals herausbekommen? Bei ihren Anstrengungen, einen Weg nach Hause zu finden, hatte sie jede nur erdenkliche Methode ausprobiert, jegliche Magie freizusetzen, die in dem Schmuck liegen mochte. Nicht das geringste Echo von Macht war an dem blöden Ding zu spüren gewesen. Nein. Es waren Puzzlestücke, mehr nicht. Da war sie sich sicher.

Hunter stand auf und benutzte den Nachttopf, den sie bei seinem Bett aufgestellt hatte. Kleiner Junge, kleine Blase. Als sie seine Füße in der Dunkelheit über den Boden tappen hörte, rückte sie beiseite und machte ihm Platz. Es war jede Nacht dasselbe. Anfangs schlief er in seinem Bett, und am Ende lag er in ihres gekuschelt.

Sie hob die Decke, damit er darunterkrabbeln konnte, drehte sich auf die Seite und zog seinen warmen, schlaftrunkenen Körper an sich. Bei seinem ganz eigenen Klein-Jungen-Geruch wurde ihr weh ums Herz. Schon jetzt war ihr Leben viel zu kompliziert. Sie gehörte ins einundzwanzigste Jahrhundert, und doch konnte sie die Vorstellung nicht ertragen, von Hunter getrennt zu werden. Er hatte in seinem kurzen Leben schon so viel Verlust ertragen müssen – wenn er jetzt auch noch sie verlöre, wäre das für ihn womöglich der Anfang vom Ende.

Da sie selbst noch so jung gewesen war, als ihre Eltern gestorben waren, wusste sie aus eigener Erfahrung, dass ein solcher Schmerz niemals verging. Sie konnte nachempfinden, was er durchmachte, und das hatte ganz automatisch ein Band zwischen ihnen geschmiedet. Ihre Verbindung erwuchs aus geteilten Erfahrungen und einem gemeinsamen Bedürfnis. In vielerlei Hinsicht waren sie beide Außenseiter hier.

Sie lag wach, bis die Vögel mit ihrem Gezwitscher die nahende Dämmerung ankündigten. Verflucht sollte diese alte Wahrsagerin sein. Alethia lief eine Träne über die Wange. Sie drückte einen Kuss auf Hunters Kopf und fühlte sich zerrissen. Sie wandelte in zwei Welten, das hatte sie schon immer getan. Weder ganz Indianerin noch ganz Weiße, hatte sie in keine der Kulturen je vollends hineingepasst. Jetzt wohnte ihr Herz zur Hälfte in der Zukunft und nistete sich zur Hälfte in der Vergangenheit ein.

Ihre Gedanken wanderten zu Malcolm, und sie spürte ein Flattern im Bauch. Was, wenn sie versuchte, ihn zu retten, und versagte? Nein, so würde sie gar nicht erst denken. Giselle hatte sie aus einem Grund auserwählt. Alethia würde nicht versagen.

* * *

Jemand tätschelte Alethia die Wange. Als sie zu sich kam, war Hunters Gesicht nur Zentimeter von ihrem entfernt.

»*Ich hab Hunger*«, gebärdete er.

»*Du hast immer Hunger.*« Flink schnappte sie ihn sich und kitzelte ihn durch, bis er sich atemlos kichernd zu einer Kugel zusammenrollte. Dieser Klang erfüllte den Raum mit einer weit schöneren Musik, als Alethia sie mit ihrer Geige je hätte erschaffen können. »*Heute gehen wir ins Dorf. Da kaufe ich dir einen Bogen. Wird Zeit, dass du dir dein Brot verdienst*«, zog sie ihn auf.

Hunter hüpfte durchs Zimmer. »*Und auch ein Schwert?*«, wollte er mit vor Eifer glänzenden Augen wissen.

»*Nein. Dazu bist du noch zu jung. Vielleicht in ein paar Jahren.*«

Ihre Absage tat seiner guten Stimmung keinen Abbruch. Er zog ihr die Decke weg. »*Ich hab Hunger.*«

»*Erst waschen.*« Während Hunter sich wusch und sich mit einem abgerissenen Zweig die Zähne putzte, wie sie es ihm beigebracht hatte, öffnete Alethia die Truhe und wühlte darin nach dem Samtsäckchen, in dem sie ihren Schmuck aufbewahrte. Sie leerte den Inhalt auf der Bettdecke aus und machte eine Bestandsaufnahme. Die Perlenohrringe und die goldenen Armreife hatten ihrer Mutter gehört. Die würde sie auf keinen Fall für ein paar Messer und einen Bogen verscherbeln.

In einer Flut stürzten Hilflosigkeit und Verzweiflung auf sie ein, als sie das Amulett hochnahm, das Giselle ihr aufgedrängt hatte. Diese verfluchte Hexe hatte ihr jegliche Kontrolle über ihr Leben geraubt und sie in eine unmögliche Situation gezwungen. Ihre Verzweiflung verwandelte sich in Bitterkeit, und mit überwältigender Klarheit fällte sie die Entscheidung, die Kette einzutauschen. Nichts wollte sie dringender, als das Ding loszuwerden, und mit ihm all die Erinnerungen an Giselles Hinterlist, die es weckte.

Als sie sich beide fertiggemacht hatten, fasste sie Hunter bei der Hand und nahm ihn mit in den großen Saal. An dem langen Tisch vor der Feuerstelle saßen Elaine, Robley und Malcolm. Hunter riss sich los und lief zu ihnen. Geschmeidig sprang er auf die Bank, sodass er stehend mit Malcolm auf Augenhöhe war, gebärdete eine rasche Begrüßung in Elaines und Robleys Richtung und zupfte dann an Malcolms Hemd.

Sie erkannte, dass sie hier einen Fall von Heldenverehrung vor sich hatte, und ihr wurde warm ums Herz. Malcolm strich Hunter über den Kopf und schenkte ihm seine ungeteilte Aufmerksamkeit, während Hunter ihm seinen Namen mitteilte und nach dem von Malcolm fragte.

»Guten Morgen, Lady True. Der Junge will etwas von mir?«, fragte Malcolm.

»Er hat dir gesagt, dass er Hunter heißt«, erklärte Elaine, bevor Alethia Gelegenheit hatte, zu antworten. »Und jetzt fragt er nach deinem Namen.« Elaine zeigte Malcolm, wie er ihn buchstabieren konnte.

»Beeindruckend, Elaine.« Alethia füllte zwei Schalen mit Haferbrei aus dem großen Kessel an der Feuerstelle. Aus Zinnkrügen auf dem Tisch gab sie noch Honig und dicke Sahne darüber, dann bestrich sie Hunter ein Stück dunkles Brot mit Butter. »Da hat wohl jemand das Alphabet-Buch gelesen, das ich für Hunter gemacht habe.«

Hunter tippte Malcolm auf die Schulter und erzählte ihm etwas in Gebärdensprache. Fragend wandte Malcolm sich an Alethia: »Was sagt er?«

Sie berührte Hunter am Oberarm und bat ihn, das Gesagte zu wiederholen. »Oh.« Sie runzelte die Stirn. »Er will, dass du ihm beibringst, wie man mit dem Schwert kämpft. Das ist offenbar gerade eine fixe Idee bei ihm.« Stumm bedeutete sie Hunter, sich zu setzen, und legte ihm sein Frühstück hin. »Er ist noch zu klein.«

»Für ein Holzschwert ist er nicht zu klein. Es wird Zeit, dass er mit dem Üben beginnt.« Malcolm klopfte Hunter in einer typisch männlichen Geste auf den Rücken. Hunter strahlte.

»Elaine hat uns von der Sprache berichtet, die du dem Kleinen beibringst. Ich möchte dich um einen Gefallen bitten.« Malcolm erhob sich, um ihr den Platz neben sich anzubieten.

»Okay.« Alethia setzte sich und wandte sich ihrem Frühstück zu.

»Was bedeutet dieses *oh-kej*?«, wollte Elaine wissen.

»Es heißt *ja*, oder *in Ordnung*, je nachdem, wann man es benutzt. Vier Buchstaben.« Sie buchstabierte in Gebärdensprache. »Okay.«

»Okay.« Lächelnd probierte Elaine das Wort aus.

»Ich möchte, dass du einigen unserer Krieger diese Zeichensprache beibringst«, fuhr Malcolm fort. »Und ich würde sie auch gern lernen.«

»Ich bringe sie mit Freuden jedem bei, der daran interessiert ist. Für Hunter wäre es hilfreich, wenn er ein paar mehr Leute hat, mit denen er sich unterhalten kann.«

»Gut. Dann ist es abgemacht. Nach Vaters Abreise beginnen wir mit dem Unterricht.« Malcolm stand auf. »Ich habe noch viel zu erledigen. Robley wird euch heute ins Dorf begleiten. Galen ist schon dort und stößt dann zu euch.«

Als Malcolm außer Hörweite war, wandte Robley sich an Alethia. »Elaine hat mir von Eurem Dilemma berichtet. Ich weiß, was Ihr vom Schmied und vom Böttcher zu bekommen hofft.« Grinsend zwinkerte er ihr zu. »Ich gelobe, Euch alle mit meinem Leben zu beschützen, und werde mich nicht weiter damit befassen, was Ihr so treibt. In dieser Sache stimme ich nicht mit meinem Cousin überein. Jede Frau sollte eine Waffe bei sich tragen. Es wäre töricht, nicht auf Schwierigkeiten vorbereitet zu sein.«

»Malcolm kriegt einen Tobsuchtsanfall, wenn er das herausfindet«, warnte sie ihn.

»Aye.« Wieder grinste er. »Darauf zähle ich.«

* * *

Während ihrer Überfahrt zum Festland betrachtete Alethia das Dorf. Am Ufer reihten sich mehrere reetgedeckte Häuschen, und ein Stück davon entfernt stand ein großer Stall. Abgesehen von einer Auswahl unangenehmer Gerüche, die eine menschliche Siedlung so mit sich brachte, hing ein Gärgeruch in der Luft, was auf eine Brauerei schließen ließ.

Der Himmel war bedeckt und die Temperatur gesunken. Lange würde der Winter nicht mehr auf sich warten lassen. Alethia zog ihren Wollschal enger um sich. Ihr fiel eine Bewegung ins Auge, und als sie den Kopf wandte, sah sie einen einzelnen Reiter hügelan traben. »Ist das da hinten nicht Liam, so ganz allein?«

»Aye«, bestätigte Robley.

»Wo will er denn hin?«

»Ich weiß es nicht, und er wollte es mir nicht verraten. Ich vermute, seine zahlreichen mysteriösen Ausflüge haben etwas mit einem Mädchen zu tun.« Er lächelte sie an und wackelte mit den Augenbrauen. »Lady True, wie gefällt Euch unsere Heimat?«

»Jetzt auch noch Ihr? Mein Name ist Alethia. Warum besteht Malcolm darauf, mich True zu nennen?«

»Ach, Mädchen. Das ist als Kompliment gemeint. Er sieht Euch als *nas fior*, das hat nicht ganz dieselbe Bedeutung von Wahrheit wie das griechische *aletheia*. Das Wort *fior* heißt treu, gerecht, ehrlich und aufrecht – wie das englische *true*. Wir alle wissen, dass Ihr den Sohn des Webers gesund gemacht habt.« Lächelnd nahm er ihre Hände in seine. »Und seht Euch Euren Jungen an. Unter Eurer Obhut wächst und gedeiht Hunter prächtig. Es gab keine Veranlassung für Euch, ihn als Mündel anzunehmen, doch Ihr habt es getan. Ihr habt ein großes, aufrechtes Herz. Mit diesem Namen ehrt Malcolm Euren Charakter.«

»Oh.« Sie schluckte. »Ich dachte, er zieht mich bloß auf, weil ich immer die Wahrheit sehe. Mich zu ärgern scheint ihm ein unheimliches Vergnügen zu bereiten.«

»Aye, das tut es.« Robley lachte leise. »Und Ihr nehmt die Herausforderung an, seid ihm in Temperament und Geist gewachsen, und das gefällt ihm. Malcolm würde Himmel und Erde in Bewegung setzen, um Euch in Sicherheit zu wissen, Mädchen. Zweifelt niemals daran.«

»Aber warum? Ich habe doch für ihn keinerlei Bedeutung.«

»Habt Ihr nicht?« Robley zwinkerte ihr zu.

»Er sieht mich als Verpflichtung, mehr nicht.« Stirnrunzelnd wandte sie den Kopf und beobachtete wieder Liam, wie er über die Hügelkuppe verschwand.

»Sicher, er fühlt sich für Euch verantwortlich, Mädchen, aber nicht auf die Art, wie Ihr meint.«

Es gefiel ihr, dass Malcolm sie als guten, aufrechten Menschen sah. *True*. Ein schöner Spitzname. Verwundert versuchte sie zu entschlüsseln, was Robley damit gemeint hatte, Malcolm fühle sich für sie verantwortlich, aber nicht so, wie Alethia glaube.

Alles an Malcolm verwirrte sie, aber was wusste sie schon über Männer? Nichts. Da sie ihr Leben lang in ihre Musik vertieft gewesen war, hatten die Jungs nicht unbedingt Schlange gestanden, um mit ihr auszugehen. Nicht einmal ihren Highschool-Abschlussball hatte sie besucht.

Die Fähre legte an, und mit Galens Hilfe stiegen die Frauen aus. Hunter rannte im Kreis um sie herum und konnte seine Begeisterung kaum zügeln. Ab und an kam er zurück zu Alethia gelaufen und klammerte sich an ihren Rock oder nahm ihre Hand, um sich kurz ihrer Gegenwart zu vergewissern. Dann hüpfte er wieder davon. Alethia konnte nicht anders, sie musste lachen. Bei seinem Gebaren wurde ihr warm ums Herz.

»Kommt, True. Zuerst gehen wir zum Böttcher.« Mit einem Nicken begrüßte Lydia Galen. Sie nahm Alethia beim Arm, und Elaine ging auf der anderen Seite neben ihr. Die zwei Frauen tauschten Grüße mit den Dorfbewohnern aus und blieben hier und dort stehen, um Alethia vorzustellen.

In der Böttcherwerkstatt erklärte Alethia, was sie wollte. Mit einem Stück Zwirn vermaß der Mann sie vom Boden bis zur Schulter und bei ausgestreckten Armen von den Fingerspitzen der einen Hand bis zur anderen. Dasselbe machte er bei Hunter. Alethia reichte ihm die Goldkette von dem Schmuckstück, das Giselle ihr gegeben hatte. Erstaunt musterte der Böttcher die Kette und wandte sich in schnellem Gälisch an Lydia.

»Der Böttcher sagt, das ist zu viel. True, Ihr müsst Euch nicht von Eurem Schmuck trennen. Die Kosten übernehmen wir«, tadelte Lydia.

»Ich will das auf meine Weise bezahlen.«

»Du hast dir deinen Unterhalt mehr als verdient. Wir sind es, die in deiner Schuld stehen. Wärst du unsere Hausbardin, würden wir dich in Münzgeld entlohnen«, schaltete sich Elaine ein.

»Vielleicht beim nächsten Mal. Das hier will ich selbst erledigen.«

Elaine hakte sich bei Alethia unter, während Lydia dem Böttcher übersetzte, was gesagt worden war. Verblüfft schüttelte der Mann den Kopf, ließ aber die Kette in seine Kilttasche fallen.

»Komm«, sagte Elaine. »Als Nächstes geht es zur Schmiede.«

Ein Stück versetzt von der Hauptstraße ragte ein beeindruckendes steinernes Gebäude auf, schiefergedeckt und mit schweren Toren aus eisenbeschlagenem Eichenholz. Von den Deckenbalken baumelten Werkzeuge herab. Hinter einer riesigen Feuerstelle arbeiteten zwei kräftige Lehrlinge an ihren Ambossen. Die Luft war durchdrungen vom lauten Klingen von Metall auf Metall, und selbst am Eingang überrollte die Hitze Alethia wie eine Welle. Ein großer, massiger Mann mit muskelbepackten Armen kam auf sie zu.

»Lady Lydia, Lady Elaine.« Er verbeugte sich. »Guten Tag.«

Zu Alethias Überraschung sprach er Englisch.

»Thomas ist ein *Sassenach*, so nennen wir die Engländer«, flüsterte Elaine ihr ins Ohr. »Er ist Beths Vater, darum spricht sie die Sprache so gut.«

»Und auch Euch einen guten Tag, Thomas«, antwortete Lydia derweil dem Schmied. »Das ist Lady Alethia. Sie ist unser Gast auf Moigh Hall und bedarf Eurer Dienste.«

»Aye?« Neugierig betrachtete der Mann Alethia. »Wonach sucht Ihr, Mylady?«

»Ich hätte gern zwei Dolche samt Scheide in der Art, wie die Frauen hier sie unter ihren Röcken verborgen tragen. Einen für Hunter und einen für mich.« Sie deutete auf den Jungen, dessen staunend geweitete Augen sie an eine Babyeule erinnerten, wie er sich hier so umsah. »Außerdem brauche ich zwei Tafelmesser und ein paar Dutzend Pfeilspitzen, die an den Böttcher geliefert werden sollen.« Sie zog den Anhänger der Kette aus der Tasche, die Madame Giselle ihr gegeben hatte. »Bezahlen würde ich gern hiermit, wenn Ihr es annehmen mögt.«

Der Schmied ergriff das Amulett und trat an die Tür, um es im Licht zu begutachten. »Mylady, allein mit dem Smaragd könntet Ihr die gesamte MacKintosh-Truppe bewaffnen. Das kann ich unmöglich annehmen.«

»Ich will es loswerden.« Sie wich einen Schritt zurück, als er Anstalten machte, es ihr zurückzugeben.

»True, das kann nicht dein Ernst sein.« Elaine nahm dem Schmied die goldene Tiergestalt ab und reichte sie ihrer Mutter. »Lass uns Thomas bezahlen. Behalt das Schmuckstück für dich. Es ist wirklich wertvoll.«

»Nein. Nehmt Ihr es an oder nicht?«

»Aye, in Ordnung.«

Mit spitzen Fingern nahm sie Lydia die unliebsame Erinnerung an Giselles Hinterlist ab und legte sie wieder in die Hand des Schmieds.

* * *

Malcolm ritt ins Dorf und war froh, endlich wieder daheim zu sein. Die vergangenen zwei Tage über war er sehr beschäftigt gewesen, und es gab noch immer viel zu tun. Über mehrere Wegstunden hatte er den Tross seines Vaters gen London begleitet, bevor er sich wieder auf den Heimweg gemacht hatte. Prüfend blickte er zur Sonne empor. Es war schon nach der Sext. An den Stallungen stieg er von seinem Pferd und übergab es einem der Stallburschen.

Als er sich der Fähre näherte, sah er den Schmied mit dem Fährmeister reden. Kameradschaftlich saßen die beiden auf der Bank neben dem Landesteg und gönnten sich einen Krug Ale. »Thomas, Arlen, einen guten Tag Euch beiden.«

»Mylord«, antwortete Thomas, erhob sich von seinem Platz und nahm seine Kopfbedeckung ab. »Ich wollte mit Euch sprechen.« Er spähte kurz zum Fährmeister und zurück zu Malcolm.

»Kommt, geht ein Stück mit mir, Thomas.«

»Aye.« Nervös knetete Thomas die Haube in seinen Händen, während sie am Ufer entlangschlenderten, und seine Anspannung machte auch Malcolm unruhig. »Worum geht es?«

»Mylord, Eure Mutter und Schwester waren gestern bei mir und dem Böttcher. Sie haben die Fremde mitgebracht.«

»Aye. Aber es waren auch der junge Galen und Robley bei ihnen, nicht wahr?«

Thomas nickte. »Lady Alethia hat einige Waffen in Auftrag gegeben.«

Malcolm blieb stehen. »Und habt Ihr den Auftrag ausgeführt?«

»Aye, soweit ich die Sachen da hatte – den Rest habe ich nachzuliefern versprochen. Der Böttcher macht einen Bogen für sie, und einen für den kleinen Jungen unter ihrer Obhut.« Er wandte sich Malcolm zu. »War es falsch von uns, das zu tun?«

»Nein.« Malcolm legte dem Schmied eine Hand auf die Schulter. »Ich habe nicht daran gedacht, Euch andere Anweisungen zu geben.«

»Aber es ist nicht ihre Bestellung, über die ich mit Euch reden wollte.« Thomas fischte in seiner Kilttasche herum. »Hiermit hat sie uns bezahlt. Connor und ich haben dem Mädchen beide gesagt, dass das viel zu wertvoll ist, aber sie hat darauf bestanden, dass wir es nehmen.«

Malcolm nahm eine Kette samt Anhänger von dem Schmied entgegen. Der aus Knoten geformte Kranich war das perfekte Gegenstück zu seinem Ring. Etwas anderes hatte er auch nicht erwartet, aber der tatsächliche Anblick sandte ihm einen kalten Schauer über den Rücken.

»Die Dame hat gesagt, sie will es loswerden.«

»Mhm.« Malcolm musterte das Schmuckstück in seinen Händen, als könnte er ihm damit sein Geheimnis entlocken. »Was schulde ich dir und Connor für die Waffen?« Während der Schmied den Preis nannte, auf den der Böttcher und er sich geeinigt hatten, wurde Malcolm schwindelig angesichts dieses neuen Puzzlestücks zu ihrem Rätsel. Warum wollte sie es loswerden?

»Ich lasse Euch das Geld schicken, sobald ich auf der Burg bin. Ich danke Euch.« Er fasste den Schmied beim Unterarm und schüttelte ihm die Hand. »Ich bin froh, dass Ihr beide damit auf mich zugekommen seid. Weniger große Männer hätten den Schmuck ohne ein Wort für sich behalten. Ihr seid eine Zierde für unseren Clan, Thomas. Richtet das auch Connor von mir aus.«

»Das werde ich. Vielen Dank, Mylord.« Mit einem Nicken verabschiedete Thomas sich.

Auf der Überfahrt zur Insel wuchsen Malcolms Ärger über Alethias Ungehorsam und die Sorge um ihre Sicherheit ins Unermessliche. Er holte den Ring und das Amulett aus seiner Kilttasche, öffnete den Verschluss der Kette und zog beides darauf, bevor er sie wieder sicher verstaute.

Er konnte es kaum erwarten, bis die Fähre anlegte, und sprang mit einem großen Satz an den Strand. Mit ausgreifenden Schritten marschierte er in Richtung Wohnturm und hielt auf dem Burghof nach Robley Ausschau. Auch wenn er den Dorfbewohnern keinen Vorwurf machen konnte, mit seinem Cousin *hatte* er über seine Bedenken gesprochen. Robley wusste es besser, als sich mit ihm anzulegen. Malcolm stieß die Flügeltüren zum großen Saal auf und sah Beth die Treppe herunterkommen. »Wo ist Lady True?«

»Mylady ist in der Kemenate Eurer Mutter.« Beth warf nur einen Blick auf sein Gesicht und hastete davon.

Drei Stufen auf einmal nehmend jagte er die Treppe hinauf und zu den Gemächern seiner Mutter. Dort angekommen stieß er die Tür so heftig auf, dass sie mit einem lauten Krachen an die Wand schlug. »Alethia.«

»Oh, Mist.« Als sie zu ihm aufblickte, war das Schuldbewusstsein in ihrer Miene unverkennbar.

»*Oh, Mist* ist der richtige Ausdruck. Mutter, Elaine, ich würde gern unter vier Augen mit Alethia sprechen.«

Eilig verließen die beiden den Raum und warfen Alethia im Gehen mitfühlende Blicke zu.

»Gib mir die Waffen«, befahl er.

Sie schüttelte den Kopf. »Nein.«

»Doch.«

»*Nein.*«

Mit zwei Schritten war er bei ihr und hob auf der Suche nach dem Schmuggelgut ihre Röcke an.

»Hör auf damit!« Sie stieß seine Hände fort, sprang auf und brachte sich hinter einem Stuhl vor ihm in Sicherheit. »Weißt du, was du bist?«, schleuderte sie ihm entgegen. »Du bist ein wandelndes Oxymoron!«

Gerade öffnete Malcolm den Mund zu einer Erwiderung, da unterbrach sie ihn bereits.

»Ganz genau.« Sie stampfte auf. »Ein herrischer, arroganter, ständig herumblökender Widerspruch in Person.« Mittlerweile ging ihr Atem rasch, und ihre Augen waren angstgeweitet. Sie sah aus, als würde sie beim kleinsten Anlass die Flucht ergreifen.

Alethia fürchtete ihn.

Augenblicklich verflüchtigte sich Malcolms Zorn restlos. Er konnte die Vorstellung nicht ertragen, dass sie Angst vor ihm hatte. »Wie meinst du das, Mädchen?«

»Du verlangst, dass ich all deine Fragen beantworte, aber meine ignorierst du. Du erklärst, du wolltest für meine Sicherheit sorgen, aber dass ich mich sicher fühle, lässt du nicht zu. Hättest du nicht eingegriffen, dann hätte Hugh mich vergewaltigt. Darüber bin ich noch lange nicht hinweg. Es ist doch bloß ein verfluchter Dolch.« Sie zog das kleine Messer aus der Scheide an ihrem Unterschenkel. »Begreifst du das nicht? Wenn ich das hier bei mir trage, fühle ich mich besser.« Sie rang nach Atem.

»Du behauptest, ich wäre hier keine Gefangene, aber Freiheit gewährst du mir auch nicht. Du erwartest, dass ich dir vertraue, während du mir nicht das geringste Vertrauen entgegenbringst.« Ihre Stimme bebte.

Mit hängenden Schultern sah sie ihn besiegt an. Dafür war er verantwortlich, und die Erkenntnis traf ihn tief. Sie sagte die Wahrheit. Er fegte den Stuhl zwischen ihnen beiseite und zog sie in seine Arme. Liebevoll drückte er sie an sich und senkte den Kopf, um seine Stirn an ihre zu legen. »Weib, wärst du nur eine Winzigkeit kleiner, dann würde ich dich in meine Kilttasche verstauen, damit dir nichts geschehen kann.«

Bevor sie ihn mit ihren Worten noch tiefer treffen konnte, küsste er sie. Er schob ihr die Hände ins Haar und neigte ihren Kopf, um besseren Zugang zu finden. Leidenschaftlich eroberte er ihren samtig-süßen Mund.

Mit einem dumpfen Laut fiel Alethias Dolch zu Boden. Sie schlang die Arme um ihn und presste sich an ihn. Er spürte, wie die Anspannung mit einem einzigen tiefen Seufzer aus ihr wich. Kurzentschlossen hob er sie hoch, durchquerte das Gemach, legte sie auf die gepolsterte Bank und schob sich über sie. Ihre leisen Seufzer fachten seine Leidenschaft zu einem lodernden Feuer an. Wenn er nicht aufpasste, würde er sie gleich hier in der Kemenate seiner Mutter nehmen.

Er wanderte mit den Lippen zu ihrem Hals und sog ihren unwiderstehlichen Duft ein. Küssend arbeitete er sich zu ihrem zarten Ohr hinauf und umfasste durch den Stoff ihres Kleids eine ihrer Brüste. Stöhnend drängte Alethia sich ihm entgegen. Er war bereits so hart, dass es schmerzte, und presste die Lippen an die Stelle, wo ihr Brustansatz sich gegen den Ausschnitt ihres Kleides drückte.

»Malcolm«, flüsterte sie und zog sein Gesicht wieder nach oben, um ihn mit einer Leidenschaft zu küssen, die seiner in nichts nachstand.

In fiebriger Begierde löste er die Schnürung ihres Gewands und zog es von ihren Schultern. Ihm stockte der

Atem, als er ihre rosigen Brustspitzen im Zusammenspiel mit der exotischen leichten Bräune ihrer makellosen Haut sah. Er beugte sich vor und nahm eine der köstlichen Knospen in den Mund. Seine Anspannung stieg ins Unerträgliche, als sie sich vor Lust unter ihm wand und sich an ihn drängte, ihm die Finger ins Haar schob und sich an ihm festhielt.

Während er sich mit dem gleichen Maß an Aufmerksamkeit ihrer anderen Brust zuwandte, ertastete er den Saum ihres Gewands und strich über die seidenweiche Rundung ihrer Wade, bis er liebkosend an ihrem Oberschenkel emporwanderte. Sie zuckte und keuchte unter seiner Berührung. Wenn er sie jetzt nicht nahm, würde er explodieren.

Nein. So sollte ihr erstes Mal nicht sein. Er wollte eine Hochzeitsnacht für sie, eine Erinnerung, die sie beide hüten würden wie einen Schatz, während sie miteinander alt wurden. Alethia verdiente es, mit Respekt behandelt zu werden, und er führte sich auf wie ein Hirsch zur Brunftzeit. Es kostete ihn all seine Beherrschung, sich zusammenzunehmen.

Malcolm erhob sich, verschlang sie mit Blicken und fuhr mit der Fingerspitze über ihre Stirn, ihre schmale, gerade Nase hinab bis zu ihren vollen Lippen. »Wir müssen uns unterhalten.«

»Jetzt?«, stöhnte sie. »Du willst … reden?« Sie richtete sich auf und versuchte sich mit bebenden, unsicheren Fingern, die Kleider zu richten.

Ihr schwerer Atem machte es auch nicht leichter für Malcolm, seine brennende Lust unter Kontrolle zu bringen. Er holte tief Luft und ließ sie langsam wieder entweichen, während er sich auf wichtigere Dinge konzentrierte, die seiner Aufmerksamkeit bedurften. »Aye, bevor wir noch etwas tun, das wir womöglich beide bereuen.«

»Also gut.« Sie warf ihm einen missmutigen Blick zu. »Du hast angefangen.«

Leise lachte er in sich hinein. »Aye, das kann ich nicht abstreiten. Komm, ich helfe dir.« Er streckte die Hand aus, um ihr Gewand neu zu schnüren. Als er sie neben sich zurechtsetzte, sog er ihren zerwühlten Anblick förmlich in sich auf.

Ihre Lippen waren geschwollen von seinen Küssen, und aus ihrer Miene war unmissverständlich die Leidenschaft abzulesen, die er in ihr ausgelöst hatte. Wieder lachte er. »Aye, True. Wir reden. Alles, was du gesagt hast, muss angegangen werden. Ich werde dir deine Fragen beantworten, und deine Waffen darfst du behalten.«

»Und ich kann mich frei bewegen, wo auch immer ich will?«

»Nein. Du wirst innerhalb der Burgmauern bleiben, bis jegliche Gefahr sowohl für dich als auch für mich vorüber ist.« Sie setzte an zu protestieren. »Alethia, darauf muss ich bestehen.«

»Was bringt dich denn zu der Annahme, ich wäre in Gefahr? Warum bist du so strikt dagegen, dass ich ein oder zwei Messer bei mir trage? Giselle hat nie etwas davon gesagt, dass *mir* Unheil drohen würde.«

»Giselle hat mir die Zukunft vorausgesagt, als ich dreizehn Sommer zählte. Sie sagte mir, die *Wahrheit* würde mir das Leben retten, und gab mir den Ring. Mein Ring ist das Gegenstück zu deinem Amulett.« Sie zeigte keinerlei Überraschung angesichts seiner Worte. »Schon bevor ich ihn dir gezeigt habe, hatte ich den Verdacht, du könntest diejenige sein, von der die Alte gesprochen hat. Ich bin ein Krieger. Du nicht. Ich bin fest entschlossen, die Last meiner Rettung von deinen Schultern zu nehmen. Solange du keine Waffen in Griffweite hast, kannst du dich für niemanden in den Kampf stürzen.« Er drückte ihre Oberarme. »Für mich gehört die Schlacht zum Leben. Nicht du solltest mich beschützen, sondern ich dich.«

»Es gibt keinen Grund, anzunehmen, ich müsste mich selbst in Gefahr begeben, um dir das Leben zu retten, oder dass es irgendetwas mit Kämpfen zu tun hat.«

»Und es gibt auch keinen Anlass, zu glauben, es würde nicht genau das bedeuten, Mädchen. So oder so, ich werde alles in meiner Macht Stehende unternehmen, uns vor jedem Schaden zu bewahren.«

Sie schüttelte den Kopf. »Ich glaube nicht, dass das Leben auf diese Weise funktioniert, Malcolm.«

»Dann werde ich eben dafür sorgen, dass es so funktioniert. Ich möchte nicht, dass du dich hier wie eine Gefangene fühlst, aber ich habe Maßnahmen ergriffen, um deine Sicherheit zu gewährleisten.« Sanft strich er ihr mit dem Daumen über die Wange. »Solange du dich bereit erklärst, innerhalb der Burgmauern zu bleiben, bis wir wissen, womit wir es zu tun haben, darfst du deine Waffen behalten.«

Alethia knabberte an ihrem Daumennagel, während sie über seine Worte nachdachte. Stumm nahm er ihre Hände zwischen seine und zählte die Sekunden, bis sie ihn mit dem missmutigen Blick bedachte, auf den er schon gewartet hatte. Im selben Moment streifte er ihre Lippen mit seinen.

»Unfair.« Trotzig funkelte sie ihn an. »Vielleicht hat das Ganze ja auch mit einer Information zu tun, die ich dir gebe. Ich kann Wahrheit und Lüge unterscheiden. Vielleicht verhindere ich ja auch einen Unfall.«

In diesem Augenblick platzte Hunter zur Tür herein. Strahlend lächelte er sie beide an und kam zur Bank gerannt, um hinaufzuklettern und sich an Alethia zu kuscheln. Malcolm legte den Arm um ihn und zog den Kleinen an sich, um ihm über den Kopf zu streicheln. »Du hast Wunder vollbracht bei diesem Kind, True. Eines Tages wirst du eine wundervolle Mutter sein.« Er sah, wie ihr die Röte in die Wangen stieg. »Hättest du nicht gern eigene Kinder?«

»Ich will eine große Familie.« Mit gesenktem Blick musterte sie ihre Hände, während sie noch weiter errötete. »Ich hab mir immer gewünscht, ich hätte Geschwister, vor allem seit dem Tod meiner Eltern.«

In einem Schwung stieß Malcolm den angehaltenen Atem aus. Er würde ihr eine ganze Burg voller Kinder schenken. Bei der Vorstellung, wie ihre kleinen Söhne und Töchter sein Zuhause bevölkerten, erfüllte ihn pure Freude. Und das Bild von Alethia, wie sein Kind in ihrem Bauch heranwuchs, sandte sein Blut sogleich wieder in seine Lenden. »Können wir eine Abmachung treffen, Alethia?«

»Was für eine Abmachung?«

Bei ihrem skeptischen Gesichtsausdruck musste er lächeln. »Die Art Abmachung, bei der du jeden meiner Befehle befolgst und mir all deine Geheimnisse verrätst.«

Sie schnaubte. »Du bist nicht …«

»Aye. Wie du mir bereits mehr als einmal mitgeteilt hast, bin ich nicht Maimboss.«

Kapitel 8

Alethia stellte ihren Holzkübel auf dem Boden ab und streckte sich. Mit beiden Händen massierte sie sich das schmerzende Kreuz. Sie atmete tief durch und genoss den erdigen Duft von frisch gemähtem Roggen. Als der Wind drehte, trug er das verlockende Aroma des Eintopfs heran, der in den Kesseln über den offenen Feuerstellen am Ufer des Sees vor sich hin köchelte. Ihr knurrte der Magen. Seit Erntebeginn aß der ganze Clan gemeinsam, und dabei würde es auch bleiben, bis die gesamte Ernte eingefahren war.

Sie nahm ihren Kübel wieder auf und ging zu einer Gruppe von Frauen, die das gemähte Getreide zu Garben banden. Dort angekommen reichte sie einer älteren Frau eine Kelle frischen Quellwassers, während ihr Blick zum hundertsten Mal zu Malcolm wanderte.

Mit fließenden, kraftvollen Bewegungen führte er die Sense durch die Ähren. Dabei hätte sie ihm den ganzen Tag lang zusehen können. Sie *hatte* ihm den ganzen Tag lang zugesehen. Mit seinem muskulösen Körper ließ er die Knochenarbeit leicht erscheinen. Anfangs hatte sie beobachten können, wie andere Männer versuchten, sich seinem Tempo anzupassen. Nur sehr wenige hatten lange mit ihm mithalten können.

»Mylady?«

»Hm?« Alethia wandte sich um und sah die Frau mit amüsierter Miene auf ihren ausgestreckten Arm blicken, die leere Kelle nutzlos in der Luft. »Oh. Wollt Ihr noch etwas?«

»Wenn du etwas weniger Zeit damit verbringen würdest, meinen Bruder anzustarren, und stattdessen deiner Aufgabe etwas mehr Aufmerksamkeit widmen, dann wären hier mit Sicherheit weniger durstige Kehlen bei der Arbeit.« Neckend stupste Elaine sie an.

»Ich starre hier niemanden an.« Alethia spürte ihre Wangen heiß werden.

»Nein? Es grenzt an ein Wunder, dass du noch keinen steifen Nacken hast von all dem Nicht-Starren die ganze Woche über«, entgegnete Elaine lachend, und die anderen Frauen fielen mit ein.

»Lass mich in Ruhe.« Finster blickte Alethia sie an. »Da sind durstige Leute auf dem Feld, die rufen deinen Namen.«

»Tatsächlich? Eigentlich höre ich deinen Namen wesentlich öfter.« Immer noch lachend ließ Elaine von ihr ab und bot woanders ihr Wasser an.

Aus dem Augenwinkel nahm Alethia eine flinke Bewegung wahr. Als sie sich umwandte, sah sie Hunter auf sie zuflitzen, geradewegs durch ein Haferfeld. Er warf sich gegen ihre Knie, um seinen Lauf zu stoppen, und Wasser schwappte aus dem Eimer auf ihr Gewand. Eilig versteckte Hunter sich hinter ihr und barg das Gesicht an ihren Oberschenkeln. Mit einer Drehung versuchte sie, ihn loszuwerden. Er blieb, wo er war.

Suchend schaute sie über die Felder, um herauszufinden, was ihm solche Angst eingejagt hatte. Da entdeckte sie Malcolm, der mit einem Jungen im Schlepptau auf sie zu marschiert kam. Das Kind hielt sich beide Hände vor die blutende Nase. Alethia stellte ihren Eimer ab und fasste hinter sich, um Hunter hervorzuziehen.

»True, ich brauche deine Hilfe«, erklärte Malcolm, als er bei ihnen angekommen war. »Das ist Tevin.« Er schüttelte den Jungen leicht. »Ich möchte, dass du das Gesagte für Hunter übersetzt.«

Tevin warf Hunter einen bösen Blick zu. Wortlos zog sie ein Stück Leinen aus der Tasche, tränkte es mit Wasser aus ihrem Kübel und reichte es dem fremden Jungen. Sie sah zu, wie er sich das Blut von der Nase über die gesamte untere Gesichtshälfte verschmierte. »Natürlich«, antwortete sie.

»Es ziemt sich nicht für einen MacKintosh, sich hinter dem Rockzipfel einer Frau zu verstecken, wenn er sich durch seine eigene Dummheit in Schwierigkeiten bringt.« Streng blickte Malcolm auf Hunter herab, der mit hängenden Schultern vor ihm stand. »Ihr werdet jetzt beide eure Seite der Geschichte erzählen, bevor ich ein Urteil fälle.« Malcolm wandte sich an Tevin und sprach auf Gälisch mit ihm, während Alethia in Gebärdensprache übersetzte – so einfach wie möglich, damit Hunter sie verstand.

Sie kannte Malcolms Sprache nur bruchstückhaft, doch als der Junge antwortete, wusste sie, dass er nicht die Wahrheit sagte. »Er lügt.«

»Aye, das überrascht mich nicht«, erwiderte Malcolm. »Er behauptet, Hunter hätte ihn ohne jede Provokation angegriffen.« Er legte Hunter eine Hand auf die Schulter. »Bitte ihn, es aus seiner Sicht zu erzählen.«

Alethia berührte Hunter, dessen Blick gebannt an Malcolm hing. Sie gebärdete die Bitte, und mit einer Mischung aus telepathischen Bildern und Zeichensprache antwortete er, so gut er konnte. »Es gibt da eine Truppe von Jungs, die ihn quälen«, begann sie. »Das ist ihr Anführer. Solange Hunter ihnen zugewandt ist oder sehen kann, wo sie sind, kann er sich verteidigen, obwohl er viel kleiner ist.« An diesem Punkt hob Hunter das Kinn und warf Malcolm ein kleines prahlerisches Grinsen zu. »Aber sie warten immer, bis er ihnen den Rücken kehrt, und dann …«

Sie keuchte auf und schaute abrupt zu Malcolm auf. »Die haben mit Steinen nach ihm geworfen!« Nur mühsam konnte sie sich davon abhalten, dem Kind an Malcolms Seite an die Gurgel zu gehen. Sie schluckte. »Tevin dachte, Hunter könnte seine Seite der Geschichte nicht erzählen«, zwängte sie an dem Kloß in ihrer Kehle vorbei.

Malcolm drehte Hunter um und hob sein Oberteil hoch. Auf dem schmalen Rücken prangten frische gerötete Striemen. Auch auf der Rückseite seiner Beine war zu sehen, wo ihn die Steine getroffen hatten. In barschem Ton redete Malcolm auf Tevin ein, der den Kopf hängen ließ. Als er von dem Jungen zurücktrat, sah Alethia, wie seine Züge sich verschlossen. An seinem Kiefer zuckte ein Muskel, und die Hände hatte er zu Fäusten geballt. Es vergingen mehrere angespannte Augenblicke, bevor er sich ihnen wieder zuwandte.

»Was hast du zu Tevin gesagt?«

»Was er getan hat, war feige und gemein. Ich habe mein Missfallen darüber klar und deutlich ausgedrückt. Ein solches Verhalten ist in unserem Clan unannehmbar.« Er winkte die Jungen herbei und nahm den Wassereimer auf, der zu Alethias Füßen stand. »Erklär Hunter, dass die beiden von jetzt an die Aufgabe haben, gemeinsam den Leuten Wasser zu bringen, die auf den Feldern schwitzen, damit wir alle in den langen Wintermonaten etwas zu essen auf dem Tisch haben. Diese Aufgabe werden Tevin und er bis Ernteschluss zusammen erfüllen, bis auch die letzte Rübe gezogen ist.«

Während Alethia für Hunter übersetzte, redete Malcolm in leisem Ton auf den anderen Jungen ein. Es war nicht zu überhören, dass mehr gesagt wurde als eine bloße Beschreibung der Strafe für die beiden. Tevin blickte beschämt zu Boden, und sie spürte die tiefe Reue, die der Junge empfand.

Ohne einander anzusehen, hoben die Jungen mit vereinten Kräften den Eimer hoch und staksten los. Durch den Größenunterschied schwappte ihnen bei jedem Schritt Wasser auf die dürren Beine. »Glaubst du, damit ist die Sache erledigt?«

»Nein.« Mit dem Ärmel wischte Malcolm sich den Schweiß von der Stirn und schaute den beiden hinterher.

»Gerade hast du mich an meinen Vater erinnert. Er war ein mächtiger Anführer und ein guter Mann.«

»Ein wahrhaft großes Lob.« Mit funkelnden Augen lächelte er sie an.

»So war es auch gemeint. Ich kann mich an eine ähnliche Buße erinnern, die er drei Jungen aus unserem Dorf auferlegt hat. Die waren außer Rand und Band und haben ständig Ärger gemacht. Irgendwann haben sie eine alte Frau belästigt und ihr Grundstück verwüstet. Sie war Witwe und hatte niemanden mehr. Mein Vater hat die Jungen dazu verdonnert, ein Jahr lang als ihre Helfer und Beschützer zu dienen. Sie mussten ihr Feuerholz hacken, vor ihrer Tür Schnee schaufeln und dafür sorgen, dass sie immer zu essen hatte – solche Dinge.«

Lächelnd sah sie zu Malcolm auf. »Nach Ablauf des Jahres war sie einem der Jungen so sehr ans Herz gewachsen, dass er sie als seine *nokomis* adoptiert hat. Das ist in meiner Sprache das Wort für Großmutter. Und damit hatte mein Vater zwei Fliegen mit einer Klappe geschlagen. Die alte Frau war nicht länger allein, und die Jungen hatten alle Aufmerksamkeit, die sie brauchten.«

»Er fehlt dir.«

»Jeden Tag.« Sie seufzte. »Er hat mir meine Violine geschenkt, und meine Mutter war meine erste Lehrerin. Ich glaube …« In einem plötzlichen Anflug von Schüchternheit wandte sie sich ab und blickte den Jungen hinterher.

»Ich glaube, meine Eltern hätten dich gemocht.« Sie sah, wie die Jungen zur Seite schwenkten, den Kübel abstellten und sich in die hohen Binsen beim See verzogen. Mit vorgereckter Brust und geballten Fäusten trat Hunter dem Älteren entgegen. Tevin schlug nach ihm, doch Hunter duckte sich darunter hinweg und sprang vor, um dem anderen den Kopf in die Magengrube zu rammen. Schlagend, tretend und beißend gingen die beiden zu Boden und wälzten sich umher. »Oh! Sie prügeln sich.« Schon wollte sie loslaufen, um Hunter zu Hilfe zu eilen.

Doch da legte Malcolm ihr einen Arm um die Taille. »Du kannst nicht all seine Kämpfe für den Jungen austragen. Nicht, wenn er der Mann werden soll, von dem wir uns wünschen, dass er es wird.«

»Aber Tevin ist so viel größer.«

»Aye, und Hunter ist zweimal so gerissen. Es ist ein fairer Kampf. Sieh hin.«

Es gelang Hunter, sich aus Tevins Griff zu befreien, und beide Jungen kamen wieder auf die Füße. Frech grinste Hunter seinem Gegner ins Gesicht, während der wild um sich schlug und keinen einzigen Treffer landete. Hunter schnellte vor, traf sein Ziel und huschte wieder außer Reichweite, bevor der größere Junge ihn erwischen konnte. Schon bald stand er siegreich über Tevin, der sich unterlegen am Boden wälzte. Alethia wurde das Herz weit vor Stolz, als Hunter eine Hand ausstreckte, um Tevin aufzuhelfen.

Malcolms tiefes Lachen hinter ihr ging wie ein leises Beben durch ihren ganzen Körper. »Hunter ist ein anständiger Junge, und er wird ein guter Mann werden. Die beiden haben viel gemeinsam. Keiner von beiden hat einen Vater, der ihm ein Vorbild sein könnte.« Er legte Alethia die Hände auf die Schultern. »Ich prophezeie dir, die beiden werden dicke Freunde. Es wird sicher gut sein, auch Tevin dazuzuholen, wenn du unseren Männern deine Zeichensprache beibringst.«

In ihr stieg eine tiefe Bewunderung für Malcolms Qualitäten als Anführer auf. Nun gut, er war herrisch, aber aus seinen Taten sprachen eine große Fürsorge für seinen Clan, ein wacher Geist und ein ehrenhafter Charakter. Bei der Art und Weise, wie er mit Hunter umging, wurde ihr warm ums Herz. Kein Wunder, dass sie dabei war, sich in ihn zu verlieben.

Mich zu verlieben?

»Oh, Mist!« Sie schüttelte Malcolms Hände ab und begann, auf und ab zu marschieren. Sie war eine begabte Violinistin mit einer strahlenden Zukunft im einundzwanzigsten Jahrhundert, nicht im Mittelalter. An der Juilliard wurden nur die Besten aufgenommen, und sie war eine davon. Es gehörte nicht zu ihren Plänen, sich in einen überfürsorglichen, herrischen Krieger aus dem fünfzehnten Jahrhundert zu verlieben. »Das ist alles deine Schuld, Malcolm«, warf sie ihm mit einem bösen Blick an den Kopf.

»Was ist meine Schuld?«

Sie legte sich die Hände an die brennenden Wangen. »Was soll ich denn jetzt machen?«

»In welchem Zusammenhang, Mädchen?«

»Wie konnte ich das zulassen?«, murmelte sie in sich hinein.

»Hör auf mit diesem Herumgelaufe, Weib. Mir wird ganz schwindlig.« Er trat ihr in den Weg und fasste sie bei den Schultern, damit sie stehen blieb. Dann hob er ihr Kinn an, bis sie ihm in die Augen sehen musste, und musterte sie eingehend. Konnte er sehen, was sie empfand?

»Was plagt dich?«

Ihr Herz setzte einen Schlag aus, und plötzlich konnte sie nicht mehr sprechen – oder auch nur denken. »Ich … Ich …«

»Aye?«

»Die Jungen haben mir meine Aufgabe abgenommen. Was soll ich denn jetzt machen?« *So was von lahm!*

Er schenkte ihr dieses verruchte Lächeln, bei dem ihr immer die Knie weich wurden. Dann fasste er sie bei der Hand und zog sie hinter eine riesige Eiche. Mit beiden Händen umfasste er ihre Taille und drängte sie an den Baumstamm, um sie zu küssen. Herrliche Erregung durchströmte ihren Körper, und ihr Herz raste. Es war ein Kuss wie eine Eroberung. Fordernd nahm er ihren Mund mit seiner Zunge und löste einen Rausch der Begierde in ihr aus.

Empfand er dasselbe, oder war es bei ihm nichts als Lust?

Sie stellte sich auf ihn ein, öffnete sich der Wahrheit, die sein Herz enthüllen würde. Doch was sie empfing, war ein Wirrwarr von Gefühlen, das sie nicht entschlüsseln konnte. Lust, definitiv, Beschützerinstinkt und andere Emotionen, die sie nicht einzuordnen wusste. Alethia strich ihm mit den Fingern durch das volle Haar und schmolz hilflos in seinen Armen dahin.

Es vergingen mehrere Sekunden, bis ihr wieder einfiel, wo sie sich befanden. Mit heißen Wangen und atemlos beendete sie den Kuss und versuchte, einen Schritt beiseitezutreten. Malcolm hielt sie nur umso fester.

»Ich sollte beim Abendessen helfen.« Sie versuchte, ihn von sich zu schieben.

»Ich muss auch zurück an die Arbeit.« Schließlich ließ Malcolm sie los und strich ihr über die Arme, auf und ab. Als würde er es bedauern, dass er sie gehen lassen musste, zog er sie noch einmal an sich und küsste sie. »Noch ein paar Tage, und die Ernte ist eingefahren«, flüsterte er so dicht an ihren Lippen, dass es sie wie ein kribbelnder Stromschlag durchfuhr. »Dann habe ich eine Überraschung für dich, *mo cridhe.* Ich glaube, sie wird dir gefallen.«

»Ach ja?« Sie glaubte nicht, dass sie noch einer Überraschung gewachsen war.

Mit einem letzten raschen Kuss ließ Malcolm sie stehen und ging zurück aufs Feld. Ihr drehte sich der Kopf. Was auch geschah, wie die Dinge sich auch entwickeln mochten, sie wusste schon jetzt, dass es ihr auf die eine oder andere Weise das Herz brechen würde. Entweder würde sie ihre Familie für immer verlieren – oder Malcolm, Hunter und alle anderen, die ihr in dieser Zeit und an diesem Ort ans Herz gewachsen waren.

Sie blickte Malcolm auf seinem Weg aufs Feld hinterher und prägte sich seinen Gang ein, seine breiten Schultern, seine Kraft und die selbstbewusste Art, mit der er die Autorität ausübte, in die er hineingeboren worden war. Sie musste mehrmals blinzeln, um die Tränen zurückzudrängen, die ihr in den Augen brannten.

Verflucht soll diese alte Hexe sein.

Benommen ging Alethia hinunter ans Ufer und bot ihre Hilfe beim Abendessen an. Nachdem sie zweimal die Kelle in den Eintopf hatte fallen lassen und sich beinahe in Brand gesteckt hätte, schickte die Köchin sie mit einem abfälligen Schnauben fort. Alethia ließ sich auf eine Bank fallen und grübelte allein vor sich hin.

»Was plagt dich, True?« Elaine ließ sich neben ihr nieder und stellte zwei Schalen dampfenden Lamm-Eintopf vor ihnen auf den Tisch, dazu frisch gebackenes Brot. »Du starrst schon eine ganze Weile Löcher in die Luft.«

»Ich bin müde, schätze ich.«

»Ist das alles? Du siehst aus, als hättest du ein Gespenst gesehen. Hat mein Flegel von Bruder dich wieder fuchsig gemacht?«

Alethia riss sich zusammen und lächelte angesichts des modernen Ausdrucks aus Elaines Mund. »Ach, nein. Alles in Ordnung.«

»Danach siehst du aber nicht aus – und du klingst auch nicht so.«

»Früher habe ich den Großteil des Tages damit verbracht, Geige zu spielen.« Sie seufzte. »Mittlerweile habe ich sie schon seit Tagen nicht angerührt.«

»Und das bereitet dir Sorge?« Elaine tauchte ein Stück Brot in ihren Eintopf und nahm einen Bissen, während sie Alethia aufmerksam musterte.

»Ja. Nein. Ich weiß nicht.« Alethia stützte die Ellbogen auf den Tisch und legte das Kinn auf die Fäuste. »Es ist einfach … Die Dinge haben sich geändert, alles ist … komplizierter geworden.« Sie blickte zu Elaine hinüber.

»Aye, so ist das, wenn man verliebt ist.«

Stöhnend barg Alethia das Gesicht in den Händen. »Ist es so offensichtlich?«

»Glaubst du, es bekommt niemand mit, wenn Malcolm dich hinter einen Baum zieht, um einen Kuss von dir zu stehlen?« Freundschaftlich stieß Elaine sie an. »Oder wenn du ihm die Arme um den Hals schlingst und den Kuss erwiderst? Und das heute war nicht der erste Kuss. Im Burghof hat er auch schon einen ergattert, oder? Unser Clan liebt Klatsch und Tratsch.«

»Was soll ich nur tun?«, murmelte Alethia in ihre Hände.

»Was gibt es denn da zu tun? Das ist doch etwas Schönes.«

»So einfach ist das nicht.« Sie hob den Kopf, um ihre Freundin anzuschauen. »Das hier ist weder meine Heimat noch meine …« Gerade rechtzeitig presste sie die Lippen zusammen, doch zum ersten Mal sehnte sie sich danach, jemandem die ganze Geschichte zu erzählen.

»Mach dir keine Sorgen.« Elaine drückte ihr den Arm. »Alle sind froh, meinen Bruder so zufrieden zu sehen. Er kann die Augen nicht von dir lassen, genauso wenig wie seine Finger.« Sie lachte über Alethias schockierten Gesichtsausdruck.

»Elaine, kannst du ein Geheimnis für dich behalten?«

»Natürlich.« Mit unvermittelt ernster Miene sah Elaine sie erwartungsvoll an.

»Ich weiß, dein Vater und dein Bruder glauben, ich wäre betäubt und hierher verschifft worden, aber so ist es nicht einmal ansatzweise gewesen.« Alethia versuchte, Elaines Reaktion zu erspüren, und nahm nichts als Neugier und Sorge wahr. »Ich habe keinen Happen gegessen, keinen Schluck getrunken, als ich in Madame Giselles Zelt war. Da sind Dinge passiert, für die ich keine Erklärung habe. Im einen Augenblick war ich noch in meiner Heimat und im nächsten hier. Sie hat Magie eingesetzt.«

Elaines Augen wurden groß, und es vergingen einige Sekunden, ehe sie antwortete. »Es spielt keine Rolle, wie du zu uns gelangt bist. In unserem Clan wimmelt es nur so von solchen Geschichten. Dies ist ein uraltes Land, und seine ersten Bewohner waren zu großer Magie fähig. Vielleicht stammt Giselle von jenem Volk vor unserer Zeit ab.«

»Du glaubst mir?« Erleichterung durchströmte Alethia. Bis zu diesem Augenblick war ihr nicht klar gewesen, wie sehr sie sich danach gesehnt hatte, jemandem die wahren Geschehnisse anvertrauen zu können.

»Aye. Ich glaube dir.« Elaine nahm Alethias Hand und drückte sie bekräftigend. »Auf mich wirkst du nicht wie jemand, der Lügen verbreitet. Das muss beängstigend gewesen sein.«

»Und das ist noch milde ausgedrückt. Aber wenn Giselle mich ohne mein Einverständnis hierher schicken konnte, dann kann sie mich genauso gut wieder fortholen.«

»Malcolm würde niemals zulassen, dass sie dich aus unserer Mitte reißt«, widersprach Elaine empört.

»Wie soll er das denn verhindern? Giselle ist nicht, was sie zu sein scheint. Ich glaube, sie ist nicht einmal ein

Mensch. Was kann Malcolm schon tun, um Magie abzuwenden?« Sie fuhr mit den Fingern über das Brot vor ihr auf dem Teller. »Aus meinen Gefühlen für deinen Bruder kann nichts werden. Giselle hat mich aus einem ganz bestimmten Grund hierher geschickt, und sobald ich meine Aufgabe erfüllt habe, wird sie mich zurückholen, da bin ich mir sicher.« Sie kämpfte mit den Tränen. »Außerdem bringt Malcolm mir nichts weiter als Lust und ein fehlgeleitetes Verantwortungsgefühl entgegen.«

»Du kennst ihn nicht so gut wie ich«, widersprach Elaine.

»Daraus kann nichts werden.« Alethia schüttelte den Kopf, wie um sich selbst zu überzeugen. Sie konnte Malcolm schlecht in ihre eigene Zeit mitnehmen. Im einundzwanzigsten Jahrhundert gäbe es keinen Platz für jemanden wie ihn. Seine Zeit war jetzt. Er war zum Anführer geboren, und sein Clan brauchte ihn.

»Was ist das für eine Aufgabe, von der du da sprichst?«, wollte Elaine wissen.

»Angeblich soll ich Malcolm das Leben retten.«

»True«, rief Elaine aus, »sie kann dich unmöglich hierher geschickt haben, um den Mann zu retten, den du liebst, nur um dich gleich darauf von ihm fortzureißen. Das wäre wahrhaftig ein grausamer Scherz.«

»Auch nicht grausamer, als aus meiner Heimat und von meiner Familie fortgerissen zu werden. Soll ich sie denn niemals wiedersehen? Bei all dem hier hatte ich nicht die geringste Wahl. Es gibt keinen Anlass zu der Vermutung, in Zukunft würde ich eine haben.«

»In der Tat, das ist eine Zwickmühle. Du musst mit Malcolm darüber reden.«

»Das kann ich nicht. Bist du verrückt? Kannst du dir vorstellen, was dann los wäre? Er lässt mich doch jetzt schon nicht einmal die Burg verlassen.«

Elaine runzelte die Stirn. »Er würde dich im Turm einschließen und den Schlüssel verstecken, um Giselle von dir fernzuhalten – und jegliches sonstige Unheil. Aye. Iss, True, du bist ja bloß Haut und Knochen. Dich vor Sorge krank zu machen bringt uns auch nicht weiter. Es wird schon alles gut werden.«

* * *

Malcolm begutachtete den Wagentross, den er nach Inverness führen würde. Die Wachleute, die sie begleiteten, hatte er persönlich ausgewählt. Liam hatte unbedingt mitkommen wollen, während Robley freiwillig mit dem Rest der Truppe die Stellung halten würde. Malcolm konnte sich darauf verlassen, dass sein Zuhause in fähigen Händen war.

Auf der Suche nach True schob er sich durch die geschäftige Menge, in einer Hand die Zügel der Stute, die er ihr schenken wollte. Von klein auf hatte er das Tier großgezogen und selbst ausgebildet. Die intelligente, sanftmütige Stute war hervorgegangen aus einer Kreuzung seines Lieblingshengstes – eines Andalusiers, den er in Spanien gewonnen hatte – und einer der robusten Zelterstuten von hier. Ihr dunkles kastanienbraunes Fell erinnerte Malcolm an Trues seidiges Haar an jenem Abend, als sie im Saal getanzt hatte. Die Vorfreude zauberte ihm ein Lächeln aufs Gesicht. Das Geschenk würde ihr gefallen.

Hunter war mittlerweile wie sein Schatten, und auch jetzt lief der Kleine ihm hinterher. Malcolm ging auf, dass eine Hochzeit mit True bedeuten würde, Hunter als seinen Ziehsohn anzunehmen. Der Gedanke gefiel ihm gar nicht schlecht. Als Erwachsener würde Hunter eine Bereicherung für ihren Clan sein. Er war klug und mutig, und er hatte etwas Gutes an sich, das Malcolm mochte.

Gerade als Hunter die Hand in seine schob, entdeckte Malcolm die Gesuchte. Er hob den Kleinen auf den Sattel, den er persönlich für True angefertigt hatte, und führte Ross und Reiter durch die Menge zu ihr.

»True, ich habe etwas für dich.« Er setzte Hunter wieder auf dem Boden ab und drückte True die Zügel in die Hand. »Sie gehört dir.« Erwartungsvoll blickte er sie an.

»Äh … Sie ist wunderschön. *Mi-gwetch*, danke.« Hilflos starrte sie sein Geschenk an. »Malcolm«, flüsterte sie und lehnte sich zu ihm vor.

»Aye?« Er senkte den Kopf, damit er sie hören konnte.

»Ich hab nicht die geringste Ahnung von Pferden.«

Ungläubig richtete er sich auf. »Du machst Scherze.«

»Nein. Ich kann nicht reiten. An dem Tag, an dem ihr mich gefunden habt, war ich zum ersten Mal auf einem Pferd. In meinem Land gibt es diese Tiere nicht.« Wenigstens das entsprach der Wahrheit. Im Jahre 1423 hatten Pferde es noch nicht bis nach Nordamerika geschafft.

»Keine Pferde?«, fragte Elaine, die auf ihrem eigenen Zelter angeritten kam. »Wie ist das möglich?«

»Weißt du, was ein Elefant ist?« Zaghaft berührte Alethia die samtweichen Nüstern des Tiers.

Elaine nickte. »Aye, wir haben Zeichnungen gesehen.«

»Gibt es in Schottland Elefanten?«

»Hm. Ich sehe, worauf du hinauswillst.« Malcolm zog sie auf die linke Seite des Pferdes. »Es wird Zeit, dass du reiten lernst, Mädchen.« Er hob sie auf den Rücken der Stute und schob ihren Fuß in den Steigbügel. Dann kam er auf die andere Seite und tat dasselbe mit dem anderen Fuß. »Sie ist ein gutmütiges Tier. Dass sie mit dir durchgeht, ist unwahrscheinlich. Bleib dicht bei Elaine. Sobald wir unterwegs sind, komme ich wieder und bringe es dir bei.«

»Malcolm, sie ist wirklich bezaubernd. Vielen Dank.«

Bei ihrem schüchternen Lächeln stockte ihm der Atem, und Freude breitete sich in ihm aus. Er räusperte sich, berührte Hunter an der Schulter und gebärdete: »*Du reitest mit mir.*« Mit stolzgeschwellter Brust strahlte Hunter ihn bis über beide Ohren an. Malcolm lachte in sich hinein, als er und sein kleiner Schatten sich auf den Weg an die Spitze des Trosses machten, zu seinem eigenen wartenden Streitross.

* * *

Alethia schnappte nach Luft, als sie Malcolm und Hunter nachblickte. Hunter imitierte eins zu eins Malcolms wiegenden Gang, ahmte auch die winzigste Geste und Nuance in den Bewegungen seines großen Helden nach.

»Elaine, schnell, sieh mal.« Sie lachte los, und kurz darauf fiel auch Elaine mit ein. Als Malcolm stehen blieb, um seinen Männern letzte Anweisungen zu erteilen, stemmte Hunter genau wie er die Hände in die Hüften und neigte den Kopf im exakt gleichen Winkel. Mittlerweile hatten es noch mehr Leute mitbekommen, während Malcolm und sein Imitator weitergingen, um mit der Familie des Schmieds zu sprechen.

Als das Gelächter lauter wurde, wandte Malcolm sich in ihre Richtung. Absolut synchron tat Hunter dasselbe und löste sogleich noch mehr Heiterkeit aus. Mit verwirrter Miene standen die beiden da. Sie kamen zurück zu Alethia, als wären ihre Bewegungen choreografiert. Hunter ging im Gleichschritt mit Malcolm, setzte den gleichen Fuß nach vorn, in der gleichen Körperhaltung.

»Was ist denn?«, wollte Malcolm wissen, und die Verwirrung stand ihm ins Gesicht geschrieben. Hunters perplexe Miene stimmte bis ins letzte Detail damit überein. Nur mit Mühe hielt Alethia sich auf dem Pferd und brachte vor

Kichern kein Wort heraus. Verzweifelt sandte sie Elaine einen hilfesuchenden Blick.

»Für den Kleinen bist du der absolute Held, Malcolm. Das ist unübersehbar«, antwortete Elaine und wischte sich eine Träne aus dem Augenwinkel.

Malcolm blickte hinunter zu Hunter, der voller ungebremster Bewunderung zu ihm aufschaute. Alethia sah, wie es Malcolm dämmerte, als er dem Kleinen eine Hand auf den Kopf legte. »Hab ich nicht gesagt, er ist ein kluger Bursche?«

Kapitel 9

Wieder einmal gelang es der Stute, mit einem geschickten Kopfschütteln Alethia die Zügel aus der Hand zu reißen. Auf der Jagd nach einem Leckerbissen am Wegesrand schlenderte das eigenwillige Biest vom Tross fort. Alethia klammerte sich in die Mähne, als wäre das Tier in vollem Galopp. »Das ist nicht hilfreich«, grummelte sie Elaine an, die sie von ihrem zugewiesenen Platz im Wagenzug auslachte.

»Ich kann nicht anders. Es ist zu lustig.«

»Aah!« Mit einem Ruck wäre Alethia beinahe aus dem Sattel gefallen, als ihr Pferd einen Schritt zur Seite machte und den Hals nach unten reckte, um etwas Gras zu rupfen.

»Du musst dem Pferd klarmachen, wer der Herr ist.«

»Oh, ich glaube, dem Pferd ist absolut klar, wer hier das Sagen hat.« Auf der Suche nach grüneren Halmen wanderte die Stute langsam die Böschung hinauf, während die Zügel nutzlos über den Boden schleiften. Aus Erfahrung wusste Alethia bereits, dass sie von ihrem Platz auf dem Sattel aus unerreichbar waren. »Du sollst es *mir* beibringen!«

»Aye, aber so ist es viel unterhaltsamer.«

»Ich werd dich so was von bei deinem Bruder anschwärzen«, drohte Alethia. Elaine lachte nur noch heftiger. Von hinten hörte sie ein Pferd herangaloppieren. Ein Strom der Erleichterung ging durch sie hindurch, als Malcolm zum Kopf ihrer Stute ritt und nach den Zügeln griff. Allerdings wandelte die Erleichterung sich zu Ärger, als sie die Erheiterung in seinen Augen funkeln sah. Auch Hunter betrachtete sie kichernd von seinem Platz auf Malcolms Schoß aus.

»Deine Schwester hilft mir überhaupt nicht«, beschwerte sie sich.

»Wie kannst du so etwas sagen?«, rief Elaine. »Habe ich dir nicht mindestens ein Dutzend Mal deine Zügel zurückgegeben?«

»Jetzt übertreibst du aber.« Finster starrte Alethia ihre Freundin an. »Es war nur viermal.« Sie hob das Kinn und wandte sich Malcolm zu. »Ich würde jetzt gern auf einen der Wagen umsteigen.«

»Nein, Mädchen.« Grinsend verknotete Malcolm die Zügel miteinander. »Du lernst es schon noch. Bei Anfängern kommt es recht häufig vor, dass sie die Zügel verlieren. Damit dürfte das Problem behoben sein.« Er führte die Lederbänder über den Kopf der Stute und reichte sie Alethia. »Allerdings ist sie so ausgebildet, dass sie auch ohne Zügel auf deine Kommandos reagiert, wenn du das möchtest. Halt dich mit den Knien und lehn dich etwas in die Richtung, in die du reiten möchtest. Mit dem äußeren Knie drückst du dann leicht in ihre Flanke.«

Sie tat, wie ihr geheißen, und war angenehm überrascht, als es tatsächlich wieder in Richtung Straße ging.

»Aye, genau so. Und jetzt gib ihr einen sanften Tritt mit den Fersen.«

Das Pferd verfiel in einen flotten Trab, dass es Alethia auf dem harten Sattel durchschüttelte. »Malcolm!«

»Ich bin direkt neben dir.« Er lachte leise. »Entspann dich. Zieh leicht an den Zügeln und lehn dich dabei zurück.«

Die Stute verlangsamte das Tempo wieder zum Schritt, und er half Alethia, an ihren Platz neben Elaine zurückzukehren. Zum ersten Mal, seit sie auf dem Rücken des Tieres saß, löste sich ein wenig von ihrer Anspannung. Sie lächelte Hunter an.

»*Wie willst du sie nennen?*«, fragte er sie mit seinem reizendsten Lächeln, dass seine Grübchen aufblitzten. Es war unübersehbar, dass der kleine Junge sich fühlte wie in seinem persönlichen Paradies, weil er mit Malcolm an der Spitze des Trosses reiten durfte.

»*Ich bin mir nicht sicher. Ich überlege mir noch etwas.*« Alethia zwinkerte Hunter zu und wandte sich wieder an Malcolm. »Wird es auf dem Markt auch Leder und Felle geben?«

»Dort werden alle möglichen Waren feilgeboten. Warum fragst du?«

»Es ist schon fast Winter. Ich will Hunter und mir Stiefel und Winterkleider machen.«

Er brummte in sich hinein. »Wir haben selbst einen Gerber. Habe ich dir nicht gesagt, du sollst zu mir kommen, wenn du etwas brauchst? Für dich und Hunter ist gesorgt.«

»Danke.« Alethia konzentrierte sich darauf, zu lernen, wie sie ihr Pferd beherrschen konnte. Langsam gewöhnte sie sich an den Rhythmus der Stute, während sie so dahintrotteten. »Warum ist Lydia nicht mitgekommen?« Als Malcolm und Elaine nur einen wissenden Blick tauschten, wurde sie erst recht neugierig. »Na los, erzählt schon.«

»Unsere Mutter ist Vaters zweite Ehefrau«, begann Elaine. »Seine erste Frau ist im Kindbett gestorben. Wir haben eine ältere Schwester, Helen, die mit dem Erben des Earl of Sutherland verheiratet ist. Vaters erste Ehe hat die MacKintoshs mit dem Chattan-Clan vereint. Es war eine arrangierte Heirat.«

Als sie nicht weitersprach, bohrte Alethia nach. »Das erklärt aber nicht, warum Lydia nicht mit uns reitet.«

»Sie hat furchtbare Angst vor dem Reisen, und das aus gutem Grund.« Elaine grinste. »Unsere Eltern waren bereits ineinander verliebt, bevor Vater seine erste Frau geheiratet hat. Damals war Mutter erst fünfzehn. Vater war neunzehn Jahre alt. Natürlich hat er seine Pflicht getan und das Chattan-Mädchen geheiratet.«

Elaine seufzte. »Zu Mutters Mitgift gehörten wertvolle Ländereien, und es gab viele Männer, die sie heiraten wollten. Sie wies jeden einzelnen ab und schwor, sie würde niemals heiraten. Sie hat sogar einen Eid abgelegt, sie würde davonlaufen und ins Kloster gehen, sollte ihr Vater versuchen, ihr einen Ehemann aufzuzwingen«, fügte Elaine dramatisch hinzu.

»Kurz nach dem Tod seiner Frau hielt mein Vater um Mutters Hand an. Unser Großvater war heilfroh und hat sofort seinen Segen gegeben, auch wenn er Vater nie besonders gemocht hatte.«

»Das ist immer noch keine Erklärung für ihre Angst«, murmelte Alethia.

»Dazu komme ich gleich.« Elaine sandte ihr einen tadelnden Blick. »Gedulde dich. Zur Hochzeit ist Mutter bewacht von einer halben Kompanie nach Moigh Hall gereist. Trotzdem wurde sie von einem Rivalen meines Vaters entführt, der sie zwingen wollte, stattdessen ihn zu heiraten.«

Alethia keuchte auf. »Nein!«

»Aye.« Elaine nickte. »Vater hätte Schottland beinahe Stein um Stein auseinandergenommen, um sie zurückzuholen. Er hat sogar einen Teil ihrer Mitgift als Lösegeld angeboten. Ihr ist nicht wirklich ein Leid geschehen, auch wenn sie eine ganze Zeit gefesselt und mit verbundenen Augen verbringen musste. Seit dieser Tortur hat sie fürs Reisen wenig übrig. Solange sie nicht muss, bleibt sie lieber daheim. Diese Liebesheirat in zweiter Ehe ist auch der Grund, aus dem Vater Malcolm das Privileg eingeräumt hat, seine Braut selbst zu wählen.«

Bei den letzten Worten wurde Elaines Miene nachdenklich, und Alethia fragte sich, was ihre Freundin bedrücken mochte. Dann stellte sie sich vor, Malcolm würde eine andere heiraten. Eifersucht schnürte ihr das Herz zusammen. Eine andere würde seine Kinder austragen und mit ihm das Leben teilen. Alethia hatte keine Kontrolle darüber, ob sie in dieser Zeit bleiben würde, und es war ohnehin nicht besonders wahrscheinlich, dass sie überhaupt heiraten könnten. Malcolms Vater würde eine solche Ehe nicht gutheißen. Auch wenn er Malcolm die Freiheit gegeben hatte, sich seine Frau selbst auszusuchen – sie hatte weder eine Mitgift noch politische Vorteile, die sie hätte einbringen können.

Wie würde ihre Zukunft hier aussehen, wenn sie nicht in ihre eigene Zeit zurückkehren konnte? Für eine alleinstehende Frau waren die Möglichkeiten im fünfzehnten Jahrhundert ziemlich eingeschränkt. Alethia blinzelte heftig und zwang sich, an etwas anders zu denken. »Schlagen wir in Inverness ein Lager unter freiem Himmel auf?«

»Nein«, antwortete Malcolm. »Wir werden auf Schloss Inverness wohnen. Das ist nur eines von vielen, die wir für unseren König halten. Mein Vater ist der Earl of Fife, genau wie ich es eines Tages sein werde.«

Sein stolzer Tonfall entlockte ihr ein Lächeln. »Warum braucht denn euer König jemanden, der seine Besitztümer für ihn hält?«

»König James ist seit achtzehn Jahren ein Gefangener der *Sassenach*. Trotzdem sind wir seine Untertanen, und für einen König ist es üblich, solche Privilegien an Edelleute zu verleihen, die in seiner Gunst stehen. Schloss Inverness ist bereits seit drei Generationen in unserer Obhut.«

Alethia tätschelte ihre Stute. »Und wer regiert Schottland, wenn James nicht hier ist?«

»Der Duke of Albany handelt als Regent«, erklärte Malcolm. »Vor ihm hatte sein Vater das Amt inne.«

Elaine lehnte sich zu ihr und senkte die Stimme. »Unser König James hatte einen älteren Bruder, der den Thron hätte besteigen sollen. Es geht das Gerücht, sein Onkel hätte ihn ermordet, damit er Schottland an sich reißen konnte.«

Schockiert blickte Alethia sie an. »Und dieser Onkel war der Duke of Albany, nehme ich an?«

»Aye, Robert Stuart.« Elaine hob die Augenbrauen und nickte. »James' Bruder David wurde in einen Turm gesperrt und ist dort verhungert. Und hätte er die Gelegenheit gehabt, hätte sein Onkel auch James umgebracht.«

»Niemals!« Ungläubig starrte sie Elaine an. »Und damit ist der Duke of Albany durchgekommen?«

»Niemand konnte etwas beweisen, und es gab nur wenige, die es gewagt haben, sich gegen ihn zu stellen«, antwortete ihre Freundin. »Robert Stuart war ein skrupelloser, brutaler Mann. Jetzt ist er tot, und sein Sohn hat seinen Platz eingenommen.« Elaines Augen weiteten sich. »Manche Leute sagen, er sei sogar noch skrupelloser und habgieriger als sein Vater.«

Malcolm sandte Elaine einen tadelnden Blick. »Meine Schwester hat einen Hang zur Theatralik. James wurde zu seinem Schutz schon als kleiner Junge nach Frankreich geschickt. Doch unterwegs haben ihn die Engländer in die Finger bekommen, und seitdem halten sie ihn fest.« Malcolm wandte sich Alethia zu. »In diesen Tagen verhandelt Vater in London die Freilassung unseres Königs. Er und eine Delegation von Schottlands Edelmännern werden James heimholen, damit er seinen rechtmäßigen Platz auf dem Thron einnimmt. Wenn der Frühling kommt, werden wir endlich wieder unter der Herrschaft unseres rechtmäßigen Königs stehen.«

»Und ich dachte, *unsere* Politik wäre ein einziges Chaos«, murmelte Alethia in sich hinein. »Das ist ja die reinste Seifenoper hier.«

* * *

Von der Kuppe einer kleinen Anhöhe aus betrachtete Alethia das Lager. Zelte und Wagen reihten sich ans Ufer des Flusses, dem sie folgten. Sie streckte ihre schmerzenden Muskeln und machte sich auf den Weg. Wenn sie schon einmal die Freiheit hatte, sich umzusehen, wollte sie sie auch nutzen.

»Lady True«, rief Beth.

Alethia drehte sich um und wartete, während Tevin die Dienstmagd an einer Hand hinter sich her zog.

»Der Junge hat eine Frage an Euch.«

Tevin redete in raschem Gälisch auf Beth ein und gebärdete gleichzeitig.

»Er will wissen, was dieses Zeichen heißt.«

Verwirrt runzelte Alethia die Stirn. »*Zeig es mir noch einmal.*« Als er es tat, lächelte sie über die Albernheiten kleiner Jungen. »Das bedeutet Pferdemist.« Beth übersetzte, und abrupt wechselte Tevins Gesichtsausdruck von Ungläubigkeit zu Entrüstung. Er rannte davon. »Hast du eine Ahnung, worum es da ging?«

»Ach, wer weiß das schon. Soll ich mitkommen auf Euren Spaziergang?«

»Nicht nötig. Ich will mir nur ein bisschen die Beine vertreten«, winkte Alethia ab, verabschiedete sich und machte sich allein auf den Weg zu den Hügeln. Es würde guttun, einen Moment für sich zu haben, um über die Dinge nachzudenken, die sie heute erfahren hatte. Sie ließ ihren Gedanken freien Lauf und genoss die frische Luft auf der Haut und das weiche Gras unter ihren Füßen.

Als sie den zweiten Hügelkamm überschritt, entdeckte sie auf der anderen Seite Liam. Gedankenversunken starrte er in die Gegend. Im Näherkommen konnte sie nicht umhin, die starken Emotionen aufzufangen, die er verströmte. Diese Sehnsucht, Frustration und Wut drehten sich um eine Frau, so viel konnte sie sagen. Als er ihre Schritte vernahm, wandte er sich um.

»Guten Abend, Lady True.« Liam lächelte, doch es drang nicht bis in seine Augen vor.

»Was bereitet Euch solches Kopfzerbrechen, Liam? Wird sie auch dort sein?«

Augenblicklich verspannte er sich und wandte den Blick ab. »Wird wer wo sein?«

»Die Frau, um die Eure Gedanken sich drehen. Wird sie auch auf dem Markt sein? Möchtet Ihr darüber reden?« Forschend schaute er sie an, und sie spürte eine überwältigende Zerrissenheit in ihm.

»Ihr seid vielleicht die Einzige, mit der ich darüber reden kann.« Er stieß einen langen Seufzer aus und blickte über die Wildnis hinweg. »Aber ich muss Euch bitten, mein Geheimnis für Euch zu behalten.«

»Natürlich, aber so schlimm kann es doch unmöglich sein.«

»Doch, das kann es.« Kurz warf er ihr einen Blick zu. »Ich liebe die Tochter unseres schlimmsten Feindes. Ich will sie zu der Meinen machen, doch ich wage es nicht. Sie wird auch in Inverness sein, und es schmerzt mich, dass wir vorgeben müssen, wir wären einander fremd.« Seine Hand wanderte zum Heft des Dolchs an seinem Gürtel. »Meine Gefühle für sie sind ehrenhaft. Ich habe ihr mein Herz versprochen. Und doch müssen wir uns im Geheimen treffen, hinter dem Rücken aller, nur um einige wenige Augenblicke miteinander zu haben.« Aus seinem Tonfall klangen Verbitterung und

Zorn. Seine Haltung war so angespannt, als wolle er sich jeden Moment in den Kampf stürzen. »Ich wage nicht einmal daran zu denken, was aus ihr werden würde, sollte ihr Vater je unser Geheimnis entdecken. Er ist ein grausamer Mann und hat sie schon für weit geringere Vergehen geschlagen.«

»Habt Ihr schon einmal darüber nachgedacht, mit ihr durchzubrennen? Gibt es nicht irgendeinen Ort, an den Ihr sie bringen könntet?«

»Ich habe sämtliche Möglichkeiten in Betracht gezogen. Es gibt keinen Ort, an den wir gehen könnten. Sollten sie uns je erwischen, wird es ein schlimmes Blutvergießen geben.« Liam fuhr sich mit einer Hand durchs Haar. »Die Feindschaft zwischen unseren Clans ist tief verwurzelt, sie stammt noch aus Zeiten von Robert the Bruce. Die Clans in den Highlands haben ein gutes Gedächtnis, Lady True. Der Vater meiner Herzensdame ist der Laird von Comyn. Er ist ein skrupelloser Tyrann und sieht seine Tochter als bloße Schachfigur, die er zu seinem Nutzen einsetzen kann. Lange wird es nicht mehr dauern, bis er eine Ehe für sie arrangiert. Das ertrage ich nicht.«

Es schmerzte Alethia, wie verzweifelt Liam war, und sie berührte ihn am Arm. »Das tut mir sehr leid. Weiß Malcolm davon?«

»Nein. Ich habe es niemandem gesagt.«

Sie knabberte an ihrem Daumennagel und dachte einige Augenblicke über seine Situation nach. Williams und Lydias Geschichte war ihr noch frisch im Gedächtnis, und deshalb glaubte sie, es müsste sich etwas finden. Malcolm würde das in Ordnung bringen. Er konnte alles schaffen. »Ich denke, Ihr solltet es ihm erzählen. Niemand kann einer Frau einen Vorwurf aus den Taten ihres Vaters machen. Wir finden eine Lösung. Gebt die Hoffnung nicht auf.«

»Ihr kennt Euch nicht aus mit unseren Bräuchen, Mädchen.« Hilflos hob Liam die Schultern.

Als sie Schritte hörte, blickte sie auf und sah Malcolm über die Hügelkuppe auf sie zukommen.

Mit einem Nicken begrüßte er sie. »Hunter und Tevin liegen sich schon wieder in den Haaren. Wir brauchen dich im Lager, und es ist bald Zeit fürs Abendessen.«

»Was haben die beiden jetzt wieder angestellt?«, wollte Liam wissen. »Ich habe Tevins Mutter versprochen, auf dieser Reise die Verantwortung für ihn zu übernehmen. Muss ich auch mitkommen?«

»Nein, Liam. Was die beiden brauchen, ist ein Bad.« Malcolm grinste. »Hunter hat Tevin einen Beinamen verpasst, der dem Jungen gar nicht gefällt.«

»Und der wäre?«, fragte sie und ahnte Böses.

»Ach, er hat ihn die ganze Zeit über *Pferdemist* genannt. Das wollte Tevin nicht auf sich sitzen lassen und hat beschlossen, es ihm heimzuzahlen, indem er ihn mit frischem Mist bewirft.« Malcolm zuckte die Schultern. »Hunter hat zurückgeworfen. Jetzt sehen die beiden aus wie wandelnde Misthaufen und niemand will ihnen zu nahe kommen.«

Liam brach in prustendes Gelächter aus.

Drohend starrte Alethia ihn an. »Wenn Ihr weiter so lacht, dürft Ihr sie baden.« Er verstummte augenblicklich. Seufzend ließ sie zu, dass Malcolm ihre Hand nahm und den Weg zurück ins Lager einschlug. »Was ist mit Beth? Kann die nicht mithelfen?«

»Sie ist nirgends zu finden. Elaine ist auch wie vom Erdboden verschluckt.«

Flankiert von den beiden Männern marschierte Alethia zurück in ihr Lager am Fluss, wo die beiden Jungen sie schon erwarteten – und in der Tat aussahen wie wandelnde Misthaufen. Das Zeug hing ihnen überall in den Kleidern und in den Haaren. Wütend starrten die zwei einander an, während Galen hinter ihnen stand und aufpasste, dass sie sich nicht davonmachten. Alethia wusste nicht, ob sie lachen oder weinen sollte, also bedachte sie die beiden mit einem strengen Blick.

»*Er hat angefangen.*« Hunter reckte das kleine Kinn.

Tevin schnappte nach Luft. »*Hab ich nicht!*« Grob stieß er Hunter gegen die Schulter.

Hunter schubste zurück. »*Hast du doch!*«

»*Es reicht.*« Malcolm ging dazwischen.

Mit dramatischer Miene gab Tevin das unschuldige Opfer. »*Er hat mich beleidigt.*«

Alethia musste einen Lachanfall niederkämpfen und fragte sich zugleich, ob Tevin überhaupt bewusst war, wie automatisch er in Gebärdensprache verfiel, wenn Hunter dabei war. »*Ich habe davon gehört.*«

Sie ertappte Hunter bei einem Grinsen, das er zu verbergen versuchte, und wischte es ihm gleich aus dem Gesicht. »*Du wirst dich entschuldigen.*« Sie spürte, wie sich in seinem Inneren Auflehnung zusammenballte. »*Sonst reitest du morgen nicht mit Malcolm.*« Mit hoch erhobener Augenbraue funkelte sie ihn drohend an. Seine rebellische Haltung verschwand.

Hunter seufzte hörbar und wandte sich mit zerknirschter Miene an Tevin. »*Es tut mir leid, Pferdemist.*«

Sofort stürzte Tevin sich auf ihn, Hunter stieß ein triumphierendes Jubeln aus, und bevor sie eingreifen konnte, wälzten die beiden sich mit fliegenden Fäusten am Boden. »Dicke Freunde, ja?«, erinnerte sie Malcolm.

Er packte die beiden jeweils beim Oberarm und zog sie auseinander. »Lass ihnen noch etwas Zeit.«

* * *

Abgesehen von einem Mangel an Dixi-Klos und fließendem Wasser glich der Markt in Inverness auf erstaunliche Weise den Mittelalter-Veranstaltungen, die Alethia aus dem einundzwanzigsten Jahrhundert kannte. Jongleure, Zauberer, Musiker und Kaufleute veranstalteten einen Trubel, der sie förmlich mit Sinneseindrücken überflutete. Überall auf dem Markt duftete es so nach gebratenem Fleisch, Brot, Ale und Gewürzwein, dass ihr der Magen knurrte.

Alethia entdeckte Beth und eine weitere junge Frau in MacKintosh-Farben beim Flirt mit einer Gruppe von Männern eines anderen Clans. Wohin sie auch sah, fielen ihr unzählige Plaids in allen Farben und Schattierungen ins Auge. Und Männer. Die Krieger des fünfzehnten Jahrhunderts waren groß und muskelbepackt. Alethia hakte sich bei Elaine unter. »Guck dir diese ganzen Sahneschnittchen an.«

Elaine kicherte. »Es ist immer wieder äußerst unterhaltsam, wenn du so seltsam redest, True. Was soll das bedeuten – Sahneschnittchen?«

»Na, sieh dich doch mal um. Hier wimmelt es nur so von umwerfenden Männern mit heißen Körpern – erste Sahne – Sahneschnittchen.«

Wieder lachte Elaine. »Ah, ich verstehe.«

»Oh, sieh mal, Elaine. Da kommen welche auf uns zu.« Mit dem Kinn wies sie auf den Trupp attraktiver Männer, der sich durch die Menge auf sie zu schob. »Der Kerl ganz vorn ist ja atemberaubend«, flüsterte sie. »Ein schottischer Adonis.«

Elaine neben ihr versteifte sich und griff nach Alethias Hand. Verwirrt warf Alethia ihr einen Blick zu und sah, dass ihre Freundin feuerrot geworden war. Es blieb keine Zeit für Fragen, im nächsten Moment waren sie bereits umzingelt. Alethia trat dichter zu Elaine, die immer noch ihre Hand umklammerte, als wollte sie ihr die Knochen brechen.

»Lady Elaine«, grüßte der blonde Adonis und verneigte sich. »Welche eine Freude, Euch zu sehen. Ich hatte so darauf gehofft …« Er nahm Elaines freie Hand und hauchte ihr einen

Kuss auf die Fingerknöchel. Dabei lag eine solche Intensität in seinen Augen, dass Alethia den Blick senken musste. Hätte sie das nicht getan, wäre ihr entgangen, wie der Mann Elaine ein Stück Papier in die Hand drückte. Verstohlen steckte Elaine das Briefchen ein.

»Dylan, wie schön, dass Ihr hier seid. Darf ich Euch meine Freundin vorstellen?« Mit eisernem Griff hielt sie Alethia am Arm. »Lady Alethia Goodsky ist unser Gast auf Moigh Hall. Wir nennen sie Lady True. Das ist Dylan vom Sutherland-Clan. Er ist ein Schwager meiner Halbschwester, der jüngste Sohn des Earl of Sutherland.«

»Es ist mir eine Freude, eine Freundin Ihrer Ladyschaft kennenzulernen.« Er verneigte sich und stellte ihnen seine Begleiter vor. »Dürfen wir Euch Gesellschaft leisten? Vielleicht können wir Euch ja dazu überreden, eine Erfrischung mit uns einzunehmen?«

Dylan fasste Elaine bei der Hand und hakte sie bei sich unter, bevor sie Gelegenheit zu einer Erwiderung hatten. Waren alle schottischen Männer so arrogant wie Malcolm und Dylan? Umgeben von Dylans Gefolgsleuten wurden sie den Weg entlang bugsiert, unterbrochen von kurzen Pausen, um Interessantes zu bestaunen. Alethia konzentrierte sich auf Elaine und versuchte, ihre Emotionen zu erahnen. Zwischen ihr und Dylan strömten Sehnsucht und machtvolle Gefühle hin und her.

»Das ist ja der reinste ›Verbotene Liebe‹-Verschnitt hier«, murmelte sie in sich hinein.

»Habt Ihr etwas gesagt, Mylady?«, fragte der junge Mann an ihrer Seite.

»Nein, nur laut gedacht.« Sie blickte kurz zu ihm hinüber. »Ihr seid ein Sutherland?« Mit dieser schlichten Frage hatte sie ihm alle Ermunterung gegeben, die er brauchte, um mit seinem Clan, seinen persönlichen Fähigkeiten und seinen

Zukunftsaussichten zu prahlen. Er kam ein Stück näher, bot ihr seinen Arm und ließ sie wissen, dass er interessiert war.

Sie hakte sich bei ihm unter und gab vor, sie würde zuhören.

* * *

»Malcolm«, sagte Galen und stieß ihn an. »Lady True und deine Schwester sind drei Mann hoch von Sutherlands umringt.«

Galen stand neben Malcolm, während der sich darum kümmerte, ihren Ernteüberschuss gegen Bedarfsgüter einzutauschen. Als Malcolm sich in die Richtung wandte, in die Galen deutete, stieg ein dunkles Grollen aus seiner Brust empor. Die Sutherlands waren ihre Verbündeten. Die Frauen waren in keinerlei Gefahr. Trotzdem gefiel es ihm nicht, True von Männern umgeben zu sehen, und für seinen Geschmack sah es viel zu sehr danach aus, als würde sie es genießen.

Er sah sich in der Menge nach Liam um und war kaum verwundert, ihn wieder einmal nicht zu entdecken. Schon seit ihrer Ankunft verhielt sein Cousin sich seltsam und verschwand manchmal für Stunden.

Im Augenblick konnte er nichts unternehmen. »Aye, Galen. Ich sehe sie. True und meine Schwester sind vollkommen in Sicherheit, das sind nur Dylan und seine Männer. Gesell dich zu ihnen und sorg dafür, dass dort kein Unfug getrieben wird.«

Galen grinste frech. »Wen genau bewahre ich vor Unfug, deine Schwester oder True?«

»Beide. Jetzt geh schon.« Mit finsterer Miene wandte Malcolm sich wieder seinen Verhandlungen zu.

Der Vormittag schleppte sich nur so dahin, und mit jeder verstreichenden Stunde wuchs Malcolms Frustration. Jedes

Mal, wenn er einen Blick auf True erhaschte, war sie mit diesem oder jenem Mann ins Gespräch vertieft. Ihr Lachen und das Lächeln, das sie so freigiebig verteilte, raubten ihm jeden Seelenfrieden.

Als er endlich seine Pflicht getan hatte, blieb noch eins, was er erledigen wollte, bevor er True aus der wachsenden Meute ihrer Bewunderer entführen konnte. Da weckte männliches Gelächter seine Aufmerksamkeit. Fünf Männer – Sutherlands, die er nicht kannte – hingen True förmlich an den Lippen. Sie standen viel zu dicht bei ihr. Ein Stück abseits unterhielt sich seine Schwester mit Galen und Dylan. Galen fing seinen Blick auf, zuckte die Achseln und schenkte ihm ein trockenes Lächeln. Malcolm stöhnte.

Seine Besorgung konnte warten.

Unsanft schob er zwei der Männer beiseite, trat zu True und legte ihr eine Hand auf die Schulter. »Komm mit, Mädchen.«

»Wohin denn, Malcolm?«

Ihr selbstgefälliges Lächeln war zu viel für seine Nerven. Er beugte sich vor und sprach laut genug, dass alle Umstehenden es vernahmen: »Ich habe dich heute noch nicht geküsst, und das will ich jetzt nachholen.« Als er sie nach Luft schnappen und die Röte in ihre Wangen steigen sah, richtete er sich zufrieden wieder auf. »Komm mit, es sei denn, du möchtest, dass ich dieses Versäumnis gleich hier und jetzt behebe.« Herausfordernd hob er eine Augenbraue.

»Neandertaler«, murrte sie mit zornfunkelnden Augen.

Wortlos zog er sie an seine Seite und machte damit weithin sichtbar seinen Anspruch deutlich. Mit einem bösen Blick gedachte er all jene abzuschrecken, die auf irgendetwas mit ihr hofften, das über einen kurzen Wortwechsel hinausging. Malcolm geleitete sie durch die Gruppe von Männern, die sich angesichts dieser Herausforderung anspannten. Bei der

Aussicht auf eine anständige Prügelei hob sich seine Laune sogleich beträchtlich. »Die MacKintoshs sind morgen bei Tagesanbruch auf dem Turnierplatz. Ihr seid herzlich eingeladen, euch zu uns zu gesellen.« Einen Moment ließ er seine Worte auf die Sutherlands wirken, dann wandte er sich ab.

»Was war das denn gerade?«

»Mir hat nicht gefallen, wie diese Kerle dich angesehen haben.«

»Ach, tatsächlich?« Sie seufzte. »Also, mir schon.«

»Du wirst dich nicht von anderen Männern ansehen lassen.« Dieser Befehl klang selbst in seinen Ohren lächerlich. Wie sollte sie beeinflussen, wer sie wie anschaute? Als sie an seiner Seite auflachte, legte sein Ärger sich ein wenig. Er grinste. »Ich weiß schon, was du jetzt sagen willst. Du kannst dir den Atem sparen.«

»Ich werde mich jeglichen Kommentars über deine absurde Anordnung enthalten.«

»Das war aber bereits ein Kommentar, Mädchen.« Unter dichten Wimpern hervor blickte True zu ihm auf, und ihr betörendes Lächeln führte ihn in Versuchung, seine Drohung wahrzumachen und sie gleich hier mitten auf dem Markt zu küssen. »Ich habe dich geholt, weil ich dir etwas zeigen wollte. Schau, True. Da hinten bei den Jongleuren.«

Er deutete auf den Kreis von Zuschauern, die gebannt die Vorführung verfolgten. Dort in der Menge standen Hunter und Tevin Seite an Seite und sahen zu, jeweils einen Arm locker um die Schultern des anderen gelegt. Als seine Herzensdame überrascht Luft holte und nach seiner Hand griff, löste all seine Frustration sich in Luft auf. Malcolm drückte ihr sanft einen Kuss auf die Stirn, und zum ersten Mal an diesem Tag erfüllte ihn Zufriedenheit.

Kapitel 10

Alethia hockte auf der Kante des riesigen Betts in der Kemenate, die sie auf Schloss Inverness mit Elaine zusammen bewohnte. Der Nachmittag auf dem Markt und das Abendessen waren eine Tortur gewesen. Die Neugier hatte so unablässig an ihr genagt, dass sie nichts hatte genießen können. Nun waren sie und Elaine endlich unter sich, und es wurde Zeit für ein umfassendes Geständnis. »Raus damit, Elaine.«

»Wovon sprichst du, True?« Elaine saß noch an der Feuerstelle und flocht sich vor dem Schlafengehen einen Zopf.

Mit erhobenen Augenbrauen starrte Alethia sie an. »Du weißt, was ich meine. Ich habe gesehen, wie du auf Dylan reagiert hast, genau wie den Brief, den er dir zugesteckt hat.«

»Oh.« Elaine ließ die Hände in den Schoß sinken, und ihre Augen füllten sich mit Tränen. »Das alles ist so furchtbar kompliziert.«

»Sind sich die Sutherlands und die MacKintoshs nicht freundlich gesonnen? Ich dachte, du hättest gesagt, deine Schwester sei mit Dylans Bruder verheiratet.«

»Mit Clans oder Verwandtschaft hat das nichts zu tun.« Elaine kam zu ihr aufs Bett. »Dylan war als Ziehsohn bei uns, bis er sich seine Sporen verdient hat. Wir … Ich …« Und schon sprang Elaine wieder auf. Sie rang die Hände und seufzte tief. »Ich liebe ihn.« Kummer trat in ihre Augen. »Von ganzem Herzen, und er liebt mich auch. Vor einem Jahr hat er um meine Hand angehalten. Vater hat ihn abgewiesen, weil Dylan keinen Titel erben wird.«

Alethia runzelte die Stirn. »Damit ich das richtig verstehe: Dein Vater lässt Malcolm seine Braut selbst aussuchen, aber du darfst nicht entscheiden, wen du heiratest? Wie ungerecht.«

»Ja, es ist ungerecht.« Elaine nickte und begann, auf und ab zu gehen. »Zu meiner Mitgift gehören einige Ländereien, und auch Dylan hat etwas Grundbesitz. Ich wäre damit zufrieden, die Frau eines Lairds zu sein. Mein Vater dagegen ist natürlich auf eine Allianz mit einem Earl seiner Wahl aus. Da meine Halbschwester unseren Clan bereits mit den Sutherlands verbündet hat, ist er nicht bereit, seine einzige verbleibende Tochter an denselben Clan zu verheiraten. Daraus würde sich keinerlei Gewinn ergeben. Aber was scheren mich Titel und Besitztümer, wenn mein Herz längst vergeben ist?«

»Was wirst du tun? Willst du fliehen und ins Kloster gehen? Die Ironie würde deinem Vater sicher nicht entgehen.«

»Ich weiß nicht, was ich tun soll.« Niedergeschlagen ließ Elaine die Schultern sinken, und sie blieb vor Alethia stehen. »In der Botschaft, deren Übergabe du vorhin gesehen hast, bittet Dylan mich, mit ihm durchzubrennen. Bisher habe ich ihm keine Antwort gegeben. Für so etwas würde mein Vater mich mit Sicherheit enterben. Ich glaube, ich könnte es nicht ertragen, meine Familie niemals wiederzusehen. Aber ebenso wenig kann ich mir vorstellen, mein Leben mit einem anderen Mann als Dylan zu teilen.«

»Ich weiß, wie du dich fühlst.«

Elaine nahm sie bei der Hand und drückte leicht. »Entschuldige, True. Wie selbstsüchtig von mir, dich mit meinen Problemen zu belasten, wo du doch selbst genug davon hast.«

»Ist schon gut. Ich wollte es doch wissen.« Alethia erwiderte den Händedruck. »Ich kann mir nicht vorstellen, dass dein Vater dich wegen so etwas enterben würde. Du hast selbst gesagt, dass er auf der Suche nach Lydia halb Schottland auseinandergenommen hat. Er weiß, was es heißt, zu lieben.«

»Aye, aber trotzdem hat Vater zuerst seine Pflicht erfüllt, und für ihn geht es zuallererst um Pflicht und Ehre. Ich weiß nicht, wie es in deiner Heimat ist, aber bei uns werden Töchter als Handelsgut betrachtet. Man tauscht uns ein gegen politische Vorteile, Reichtum oder Ländereien.« Elaine zuckte die Schultern. »So liegen die Dinge nun einmal, und ich bin seine einzige unverheiratete Tochter.«

»Wie schnell will Dylan eine Antwort?«

»Sein Vater ist mit meinem in London. Bis Neujahr muss ich ihm meine Antwort zukommen lassen, das sind noch gut zwei Monate. Und er sagt, wenn ich ihn abweise, wird er für immer aus meinem Leben verschwinden.«

»Männer.« Alethia ließ sich rücklings aufs Bett fallen. »Wann immer es uns schlecht geht, sind meistens sie schuld daran.«

»Aye.« Elaine tat es ihr gleich. »Auf die eine oder andere Weise brechen sie uns immer wieder das Herz.«

»Lass es mich wissen, wenn ich irgendetwas tun kann.« Alethia drehte sich auf die Seite und sah ihre Freundin an.

»Das hast du bereits, und ich bin unheimlich dankbar für dein Mitgefühl und deine Freundschaft.« Elaine wischte sich die Augen und setzte sich auf. »Ich sollte jetzt schlafen. Das war ein äußerst aufreibender Tag. Legst du dich auch zur Ruhe?«

»Ich glaube, dazu bin ich noch nicht bereit.« Alethia ging zu ihrer Kleidertruhe und holte einen Wollmantel hervor. »Vielleicht hilft es, wenn ich einen Rundgang durch den Burghof mache.«

»All die Aufmerksamkeit, die du heute auf dich gezogen hast, hat meinem Bruder nicht gefallen. Lass dich nicht außerhalb der Burgmauern von ihm erwischen«, warnte Elaine, »sonst macht er dich bestimmt wieder fuchsig.«

* * *

Nachdem er sich vergewissert hatte, dass seine Leute alle versorgt waren, machte Malcolm sich auf den Weg zurück in den Wohnturm. Dort würde er sich ein Ale genehmigen und ein lange überfälliges Gespräch mit Liam führen, bevor er sich zur Ruhe begab. Er gedachte seinen Cousin zur Rede zu stellen. Und er würde Antworten bekommen. Als er durch den Burghof schritt, wurde sein Blick von einer einsamen Gestalt oben auf der Galerie angezogen. Er wusste sofort, wer es war. True, eingehüllt in seine Farben, blickte über die Burgmauern hinweg in Richtung Fluss. An ihrer Haltung konnte er ablesen, dass ihr etwas Sorgen bereitete. Er änderte seinen Kurs und nahm die Treppenstufen zu ihr nach oben.

»Was plagt dich, *mo cridhe*?« In ihrem Seufzen lag eine tiefe Melancholie. Was blieb ihm anderes übrig, als sie in die Sicherheit seiner Arme zu ziehen? »Du solltest längst im Bett sein, Mädchen.«

»Ich konnte nicht schlafen.« Sie hob den Kopf von seiner Schulter. »Wie geht es Hunter?«

»Für ihn ist das alles ein riesiges Abenteuer. Er und Tevin sind bei den Männern. Mach dir keine Sorgen.«

»Schottland scheint ein tragischer Ort zu sein.«

»Hmm, findest du?«

»Ja. Nicht eine Geschichte, die ich gehört habe, hat geendet mit ›Und sie lebten glücklich bis ans Ende ihrer Tage.‹

Hier scheint alles auf Gewalt und gebrochene Herzen hinauszulaufen.«

Er unterließ es, sie darauf hinzuweisen, dass die Geschichte seiner Eltern gut ausgegangen war. »Vielleicht wirkt es nur durch die Geheimnisse anderer Leute so, die du mit dir herumträgst?«

Sie lehnte die Stirn an seine Schulter und atmete bebend ein. Er legte das Kinn auf ihren Scheitel und schloss sie fester in die Arme. »Würde es dir helfen, diese Geheimnisse mit mir zu teilen? Meine Schultern sind breit genug, um dir deine Bürde abzunehmen.«

»Freundschaft ist keine Bürde, sondern ein Segen. Davon abgesehen habe ich geschworen, nichts zu verraten.«

»Wenn es in meiner Macht stünde, würde ich Dylan und meiner Schwester die Heirat erlauben, und zwar mit Freuden.« Tröstend strich er ihr mit den Händen über den Rücken, auf und ab. »Glaubst du, ich hätte nicht versucht, unseren Vater von ihrer Sichtweise zu überzeugen?«

»Woher weißt du …?«

Mit traurigem Blick schaute True zu ihm auf, und ihm schnürte sich die Brust zusammen. »Elaine hat den Tag mit Dylan verbracht. Der Schmerz ist frisch. Du bist ihre Freundin, da ist es nur zu erwarten, dass sie sich dir anvertraut.«

»Es ist so ungerecht.«

»Ja, das ist es. Und was ist mit Liam? Hat er auch Geheimhaltung von dir verlangt?«

Sie lächelte. »Du bist entschieden zu klug.«

Malcolm zog sie enger an sich und senkte den Kopf, um ihr ins Ohr zu flüstern: »Und wer bewahrt deine Geheimnisse, *mo anam*? Teilst du sie mit mir? Ich gelobe, sie gut zu hüten.« Doch wie er vorausgesehen hatte, bestand ihre Antwort nur aus einem Seufzen. Als ihr warmer Atem über seinen Hals strich, spürte er es bis in sein Innerstes. »Da ist immer noch die Angelegenheit, von der ich schon heute Nachmittag sprach.«

»Was für eine Angelegenheit?« Fragend sah sie zu ihm auf.

»Ich habe dich heute noch nicht geküsst.« Und damit fand sein Mund den ihren. Als sie ihm die Arme um den Hals legte und er die leisen Laute an seinen Lippen wahrnahm, die ihr entwichen, wusste er, dass er sie erfolgreich abgelenkt hatte. Schon sie in den Armen zu halten erfüllte ihn mit einer tiefen Zufriedenheit, und Malcolm löste sich aus dem Kuss, streichelte ihr übers Haar. »Alethia …«

Sie stöhnte. »Du musst diesen perfekten Moment aber auch ruinieren, oder?«

Leise lachte er in sich hinein, erfreut, dass sie seine Küsse als perfekt empfand. »Warum sagst du so etwas?«

»Jedes Mal, wenn du was Ernstes zu sagen hast, nennst du mich Alethia.«

»Aye.« Er hauchte einen Kuss auf die Sorgenfalte auf ihrer Stirn. »Als wir das letzte Mal über Madame Giselle gesprochen haben, sagtest du, du hättest Angst. Ich will wissen, wovor du dich fürchtest, damit ich diese Ängste zerstreuen kann.«

True löste sich aus seiner Umarmung und blickte über die Burgmauer nach draußen. Mehrere Momente vergingen, bis er überzeugt war, dass sie es ihm nicht erzählen würde. Trotzdem wartete und hoffte er.

»Ich habe Angst vor dem Was-wäre-wenn«, flüsterte sie.

»Ich verstehe nicht, was du meinst. Was-wäre-wenn?« Er trat hinter sie und zog sie an sich, sodass ihr Rücken an seiner Brust lag.

Sie nickte. »Das Was-wäre-wenn. Was wäre, wenn ich weder meine Familie noch meine Heimat je wiedersehe? Was, wenn Giselle mich zurück nach Hause schickt und ich weder dich, Elaine, Lydia oder sonst jemanden von hier je wiedersehe? Was, wenn ich es nicht schaffe, dir das Leben zu retten? Dank deiner blöden Einmischerei«, fügte sie hinzu und warf ihm über die Schulter einen ärgerlichen Blick zu. »Was wäre, wenn Hunter mir entrissen wird? Es gibt unzählige Was-wäre-wenns, und wohin ich mich auch wende, ständig werde ich mit neuen konfrontiert.« Sie legte ihre zierlichen Hände auf seinen Unterarm, der über ihrem Schlüsselbein lag.

Zum ersten Mal, seit er sie gefunden hatte, bekam er einen kleinen Eindruck davon, wie sehr Giselle Alethias Leben auf den Kopf gestellt hatte. Während sein eigenes sich unermesslich verbessert hatte, war ihres zu einer beängstigenden, unsicheren Erfahrung geworden. Und jetzt hatten Liam und Elaine auch noch ihre Geheimnisse der Liste von Alethias Sorgen hinzugefügt.

Er litt mit ihr. So viel lastete auf ihren schmalen Schultern, und niemals hörte er sie klagen. Ihre Kraft erfüllte ihn mit Demut, und er fühlte sich hilflos – keine angenehme Empfindung für einen Mann wie ihn. »Ach, Mädchen, was kann ich nur tun, um diesen Was-wäre-wenns den Schrecken zu nehmen, denen du dich gegenübersiehst?«

Malcolm drehte sie zu sich um und wischte ihr mit den Daumen die Tränen von den Wangen. Er barg ihren Kopf an seiner Schulter und verfluchte im Stillen die waltenden Mächte, denen er ohnmächtig gegenüberstand.

»Ich will wieder nach Hause, Malcolm«, wisperte sie in sein Plaid.

Ihm stockte das Herz.

»Ich habe genug von diesem Markt, und Lydia muss schrecklich einsam sein ohne uns.«

In einem lauten Stoß ließ er den Atem entweichen, und sein Herz fing wieder an zu schlagen.

* * *

Es stellte sich eine gewisse Routine ein, und Alethia genoss das geordnete Leben seit ihrer Rückkehr nach Moigh Hall. In den frühen Morgenstunden übte sie auf ihrer Violine. Keine Jigs und Reels, sondern Mendelssohn, Vivaldi und Satie. Und weil sie ihre Fähigkeiten nicht verkümmern lassen wollte, spielte sie zusätzlich auch nach dem Abendessen für alle, die es hören wollten.

Der Unterricht in Gebärdensprache lief weiter, genau wie ihre eigenen Lehrstunden in Gälisch. Wann immer sie ein oder zwei freie Stunden hatte, brachte Alethia dem kleinen Hunter bei, seinen Bogen zu benutzen, während sie auch ihre eigenen Fähigkeiten verfeinerte. Von Malcolm hatten Hunter und Tevin Holzschwerter bekommen. Oft waren die Jungen auf dem Turnierplatz zu finden, wo sie die Erwachsenen imitierten oder sich in endlose Scheinkämpfe miteinander stürzten.

Und natürlich gab es auch Reitunterricht. Manchmal ritten Malcolm, Elaine und Alethia gemeinsam aus. Ab und zu kamen auch Lydia, Liam oder Robley mit. Hunter war fast immer mit dabei, und Alethia gab an ihn weiter, was sie lernte, und überließ ihm für kurze Zeiträume sogar die Zügel.

Heute würden Malcolm und sie allein ausreiten, und er hatte versprochen, ihr den Ort zu zeigen, an dem er sich als Junge am liebsten aufgehalten hatte. Beim Gedanken daran durchrieselte sie ein Schauer der Vorfreude. Gegen die Kälte zog sie den Mantel enger um sich zusammen, während sie auf den Eingangsstufen des Wohnturms wartete und sich schon auf das Hochgefühl freute, das ein lockerer Galopp über die Hügel und durch die Schluchten mit sich bringen würde. Ihre Ausflüge in die Wildnis um den See herum erinnerten sie an vergangene Stunden mit ihren Verwandten im Wald – bei Frühjahrsbeginn Ahornsirup sammeln oder die ausgelegten Fallen überprüfen oder wie sie mit ihren Cousins auf Jagd- und Erkundungsgänge ausgezogen war.

»Bist du bereit, Mädchen? Die Fähre erwartet uns bereits«, erklang hinter ihr Malcolms Stimme.

Erschrocken zuckte sie zusammen. »Das machst du doch mit Absicht!«

»Was?«

Bei seinem gespielt unschuldigen Gesichtsausdruck musste sie lachen. »Dich so an mich ranzuschleichen! Ich hab damit gerechnet, dass du vom Turnierplatz kommst.«

»Ich habe einen Umweg durch die Küche genommen.« Er hielt einen Leinensack in die Höhe. »Falls uns auf unserem Ausritt Hunger überrascht. Komm, der Tag ist kurz, und viele Meilen wollen von uns erforscht werden.«

Am Fähranleger auf dem Festland erwartete sie bereits der Stallmeister mit gesattelten Pferden. Malcolm half ihr beim Aufsitzen, dann schwang er sich mit einer einzigen fließenden Bewegung, bei der ihr jedes Mal aufs Neue der Atem stockte, in seinen eigenen Sattel. »Wie machst du das? Kannst du mir das beibringen?«

»Um zum Ritter geschlagen zu werden, muss ein Mann in der Lage sein, in einer einzigen Bewegung aufzusitzen. Es dauert Jahre, diese Kunst zu meistern, und bedarf großer Körperkraft. Vielleicht könntest du es schaffen, wenn deine Stute in Bewegung ist. Ich glaube nicht, dass es anders möglich wäre. Hast du dich schon entschieden, wie du sie nennen willst?« Er streckte den Arm aus und tätschelte dem Tier den Hals, während sie aus dem Dorf ritten.

»Ich schwanke noch zwischen *Onizhishiikwe* und *Wiishkobiikwe*. Das bedeutet ›Hübsche Dame‹ oder ›Reizende Dame‹ auf Anishinaabe.«

»Ah, eine Lady soll sie sein.« Er warf ihr ein trockenes Lächeln zu. »Gehe ich recht in der Annahme, dass *Ikwe* dabei für ›Dame‹ steht?«

»Jedenfalls frei übersetzt. In meiner Sprache gibt es nicht wirklich ein Wort für ›Dame‹. *Ikwe* bedeutet Frau und kann auch für eine Lady verwendet werden.«

»Wie sagt man deinen Namen in eurer Sprache, True?«

»In meiner Kultur besitzt eine Person mehr als einen Namen. Wir haben einen gewöhnlichen Namen, der allseits bekannt ist, und einen weiteren, der eher spiritueller Natur ist. Dieser Name hat mit unserem Charakter zu tun, unserer Persönlichkeit. Er wird von unseren heiligen Männern verliehen und nicht jedem verraten. Meiner lautet *Madweweshigewiin*, ›Sie macht Musik‹.« Sein Blick traf ihren und hielt ihn mit einer solchen Intensität fest, dass ihr Herz zu fliegen schien.

»Sehr treffend, dieser Name passt zu dir«, sagte er mit rauer Stimme. »Bist du bereit für ein ordentliches Rennen? Denk daran, dich mit den Knien festzuhalten, und wenn nötig, greif in Ikwes Mähne.«

Sie ließen den Pferden freien Lauf und galoppierten bis zum Saum eines Waldes, der sich zwischen zwei Hügel schmiegte. Malcolm zügelte sein Reittier und hielt an einer Wegmündung inne. Er stieg ab und half auch Alethia vom Pferd. »Von hier aus gehen wir zu Fuß weiter. Wir sind schon fast dort, und der Weg ist schmal und teilweise steil und überwuchert.«

Der Pfad führte sie unter ein Blätterdach auf dem Höhepunkt seiner herbstlichen Farbenpracht. Leuchtend rot blitzten Vogelbeeren aus dem blassen Grüngold des Ebereschenlaubs hervor. Das kräftige Rotbraun der Eichen bildete einen schönen Kontrast zu den Kiefern, Eiben und Fichten. In unzähligen Windungen zog sich der Weg zwischen moosbewachsenen

Felsformationen hindurch und führte in ein Tannenwäldchen, das das Ufer eines schmalen Bachs säumte. Alethia atmete tief ein und genoss den Duft der Nadelbäume im Zusammenspiel mit dem lehmigen Geruch des Waldbodens.

Malcolm band seinen Wallach an einem tief hängenden Ast fest und sicherte Alethias Stute ganz in der Nähe. Dann nahm er Alethia bei der Hand und führte sie über einen schmalen Pfad zwischen zwei riesigen Tannen auf eine Lichtung. Er sagte kein Wort, und sobald sie die freie Stelle betraten, verstand sie, warum.

Aus einer kleinen Felsformation sprudelte eine Quelle hervor und ergoss sich in einem niedrigen Wasserfall über die Steine. Wie Wächter standen uralte Tannen in allen vier Himmelsrichtungen um die Lichtung herum angeordnet. Hinter den Koniferen wuchsen Eichen und Ebereschen wie ein Schutzwall von Fußsoldaten.

Der Ort war durchdrungen von einem tiefen Frieden. Am Rand des Kreises herrschte ein harmonisches Miteinander von Licht und Schatten, und Flecken von Gold wechselten sich mit tiefem Grün und Indigo ab. Aufmerksam lauschte Alethia auf den Nachhall zeitloser Magie und uraltem Zauber, gewirkt von lange verschwundenen mystischen Wesen. Einladend zog sich weiches Moos über die sanfte Erhebung um die Quelle und lockte sie, sich für einen Moment auf dem samtigen Grün auszuruhen.

»Dies ist ein heiliger Ort.« Sie sprach mit gedämpfter Stimme und sah sich ehrfürchtig um. »Hier wohnt Magie. Ich kann sie spüren. Wenn ich Tabak bei mir hätte, würde ich etwas davon niederlegen, als Gabe an die Geister, die in diesem Kreis leben.«

»Aye. Diese Quelle gibt es schon seit Anbeginn der Zeit. Es heißt, für jene, die noch dem alten Glauben anhingen, war sie ein Heiligtum. Ich weiß nicht, was Tabak ist, aber ich verstehe, was du meinst. Komm. Trink mit mir aus der Quelle. Das ist das köstlichste und erfrischendste Wasser, das du je kosten wirst.«

Malcolm ging an der Quelle in die Knie und formte mit den Händen eine Schale unter dem steten Rinnsal. Er beugte den Kopf und nahm einen Schluck, und als Alethia zu ihm kam, bot er ihr ebenfalls etwas an. Alethia umfasste seine Hände und trank das Wasser aus ihnen.

Die Zeit stand still, als würden sie ein Ritual vollziehen, einen spirituellen und reinen Akt. Ein goldener Schimmer senkte sich über das Wäldchen, und für einen Augenblick erfüllte Alethia ein Eindruck absoluter Richtigkeit. Der Zauber brach, als ihr eine frische Brise über die Wangen strich.

»Was hast du hier als Junge gemacht?« Sie suchte Malcolms Blick, seine strahlend blauen Augen in dem geliebten Gesicht, und musste schwer schlucken, als ihre Liebe zu ihm überzufließen drohte. Ein so schöner Mann, von innen wie von außen. Wie sollte sie es überstehen, ihn zu verlassen? Es würde ihr geradewegs die Seele aus dem Leib reißen. Rasch musterte sie die Umgebung, um ihren inneren Aufruhr zu verbergen.

»Ich zeige es dir.« Malcolm holte eine Wolldecke aus dem mitgebrachten Leinensack hervor und breitete sie auf dem Moos aus. Er legte sich auf den Rücken, verschränkte die Arme hinter dem Kopf und kreuzte die Beine.

Alethia lachte. »Und was genau tust du da?«

»Schau selbst.« Er klopfte auf den freien Platz neben sich auf der Decke.

* * *

Mit angehaltenem Atem wartete Malcolm, während sie sich neben ihm niederließ. »Jetzt sieh nach oben und lass deine

Gedanken treiben. Betrachte die Wolken und gib dich deinen Tagträumen hin.« Er zwinkerte ihr zu und war höchst erfreut, dass es ihm gelungen war, sie auf die Decke zu manövrieren.

»Verrate mir etwas.« Sie drehte sich auf die Seite und stützte sich auf einen Ellbogen. »Was beschäftigt einen schottischen Jungen in seinen Tagträumen?«

Er holte tief Luft und ließ sie langsam wieder entweichen. »Ich habe davon geträumt, ein großer Ritter zu werden. Ganze Schlachten im Alleingang zu gewinnen, mit nichts als meinem Claymore und meiner Körperkraft.« Er grinste sie an. »Ich habe davon geträumt, was ich anders machen würde als mein Vater, wenn ich erst Laird und Earl wäre. Vor allem, wenn ich gerade wegen der ein oder anderen Missetat in Schwierigkeiten steckte.«

Sie lachte. »Du hast dich also hier versteckt, wenn du in Schwierigkeiten warst.«

»Aye«, bestätigte er und zwinkerte ihr zu. »Hier habe ich von allen möglichen Dingen geträumt.« *Ich habe davon geträumt, dich zu finden.*

»Und bist zu einem außergewöhnlichen Mann herangewachsen.«

Bei dem, was ihm aus ihren meerblauen Augen entgegenstrahlte, als sie ihn in diesem Moment ansah, machte sein Herz einen Satz. »Nein, Mädchen, nicht außergewöhnlich. Ich bin nur ein gewöhnlicher Mann mit einer außergewöhnlichen Verantwortung.« Mit einem Finger fuhr er die Konturen ihrer Lippen nach. »Ich besitze weder den Ehrgeiz noch die Skrupellosigkeit, um ein großer Mann zu werden. Meine Bedürfnisse sind schlicht. Ich bin zufrieden mit meinem Los. Was ich besitze, sind der Wille, der Scharfsinn und die Kraft, zu halten und zu bewahren, was mir gehört.«

»Ich habe nicht gesagt, du wärst ein großer Mann, Malcolm. Ich sagte außergewöhnlich. Das ist ein himmelweiter Unterschied.«

Ihr sanftes Lächeln, das allein für ihn bestimmt war, ließ sein Herz dahinschmelzen. Er lehnte sich vor und fing dieses Lächeln mit einem kurzen Kuss ein. »Wir sollten essen.«

Er nahm sich den Sack und holte Brot, Käse und Äpfel daraus hervor. »Hier kannst du etwas Wasser aus der Quelle einfüllen.« Er reichte ihr eine Schale aus Steinzeug und nahm den Dolch, den er immer am Gürtel trug, um den Käse anzuschneiden. Wenn das Essen angerichtet war, würde er ihr von der Legende berichten, die sich um diese Quelle rankte.

Malcolm wusste, dass er ihr etwas bedeutete. An jenem Tag bei der Ernte hatte er genau gesehen, in welchem Moment das auch ihr aufgegangen war. Aber liebte sie ihn? Mit weniger als ihrem ganzen Herzen würde er sich nicht zufriedengeben, denn er fürchtete, dass ein Augenblick kommen würde, an dem sie sich würde entscheiden müssen. Würde sie bei ihm bleiben, ihr Leben mit ihm teilen, seine Kinder zur Welt bringen, oder würde sie in ihre Heimat hinter einem unendlichen Ozean zurückkehren? Die Angst, sie zu verlieren, drohte ihn zu verschlingen, und er würde zu allen Mitteln greifen, um sie an seiner Seite zu behalten.

»Diese Quelle ist heilig.« Er reichte ihr etwas von ihrem gemeinsamen Mahl. »Es heißt, das Wasser habe magische Kräfte. Mein Volk kommt schon hierher, solange wir uns zurückerinnern können.« Mit einer Hand deutete er auf das Wasser. »Die Steine, die den kleinen Wasserfall bilden, wurden hier vor einer Ewigkeit von Druidenpriestern aufgeschichtet.«

»Wirklich?« Sie wandte sich um und betrachtete die Quelle. Dann erhob sie sich, brach ein paar kleine Stücke von ihrem Essen ab und legte sie auf einen der Steine.

»Was machst du da, Mädchen?«

»Ich bringe den Geistern, die hier leben, ein Dankopfer dar. Bei meinem Volk ist das ein alter Brauch.«

»Aye, unter meinem Volk ist dieser Brauch ebenfalls verbreitet.« Er wartete, bis sie auf ihren Platz neben ihm zurückgekehrt war, bevor er fortfuhr. »Es geht die Legende, wenn ein Pärchen gemeinsam aus der Quelle trinkt, verliebt es sich ineinander. Und wenn ein Paar, das sich bereits liebt, hier seinen Durst löscht, bleibt diese Liebe so immergrün wie die Tannen um uns herum.« Mit dem Kinn wies er auf die Bäume.

»Das denkst du dir doch gerade aus.« Ihre Augen wurden groß, und eine leichte Röte stieg ihr in die Wangen.

»Nein«, protestierte er und schenkte ihr ein selbstzufriedenes Lächeln. Aufmerksam beobachtete er sie und war gespannt, wie sie reagieren würde.

Wieder einmal hob sie den Daumen an den Mund, während sie über die Angelegenheit nachdachte. Sie bedachte ihn mit einem ärgerlichen Blick. »Das hast du mir natürlich erst erzählt, *nachdem* wir hier zusammen getrunken haben.«

»Aye.« Ohne jede Reue erwiderte er ihren Blick. »Die Quelle hat noch ein weiteres Geschenk zu vergeben. Wenn ein Paar Schwierigkeiten hat, Kinder zu bekommen, kommt es hierher, fastet einen Tag lang und trinkt nur das Quellwasser. Dann verbringt es die Nacht miteinander im Kreis dieser Tannen. Wenn es das tut, steht schon bald die Geburt eines Kindes bevor.«

Forschend sah sie ihm in die Augen, fixierte ihn auf die Art, wie er sie es hatte tun sehen, wenn sie herauszufinden versuchte, ob jemand die Wahrheit sagte. Er wünschte, er könnte ihre Gedanken lesen, und betete, dass sein Herz ihr die Worte mitteilen würde, die auszusprechen er nicht wagte.

»Hmpf.« Sie warf ihm einen verdrossenen Blick zu. »Eine nette Geschichte, aber nichts weiter als ein Mythos.«

»Vielleicht hast du recht.« Er griff nach der Schale, die sie mit Quellwasser gefüllt hatte, nahm einen Schluck und reichte sie herausfordernd Alethia. »Trink. Wenn es, wie du sagst, nichts weiter als ein Mythos ist, spielt es keine Rolle. Davon abgesehen hast du bereits mit mir getrunken.« Er beobachtete, wie die Emotionen über ihr Gesicht huschten, während sie über seine Worte nachdachte. Sobald sie eine Entscheidung getroffen hatte, veränderte sich ihre Miene, und entschlossen reckte sie das Kinn. Erfreut lächelte er und gab die Schale in ihre ausgestreckten Hände.

Sie trank.

Malcolm nahm ihr das Gefäß wieder ab und stellte es mit den Resten ihres Mahls neben der Decke auf den Boden. Er zog sie an sich, schmiegte sich an ihren Körper und küsste sie mit all der Liebe, die er für sie empfand. Nur ein Kuss. Er würde sie nur küssen, schwor er sich.

True zog ihm das Hemd aus dem Gürtel und fuhr ihm mit ihren warmen Händen über den Rücken, dann nach vorn über seine Brust. Er stöhnte, als sie ihre weichen, weiblichen Rundungen an ihn presste und sein Verlangen aufflammte. Stürmisch vertiefte er den Kuss, schmeckte ihre Süße, während er nach der Schnürung ihres Gewands tastete. Sie half ihm, ihre Arme zu befreien, als er das Kleidungsstück hinunterzog. Malcolm richtete sich auf, um ihre perfekten Brüste zu betrachten. Gebannt verfolgte er, wie ihre Brustspitzen sich aufrichteten, als er eine der rosigen Knospen mit dem Finger umfuhr. Nur eine Berührung, schwor er sich. Aye, und vielleicht eine Kostprobe.

Er rieb sein Gesicht an der weichen Haut, wo ihr Hals in ihre Schulter überging, atmete ihren blumigen Duft ein und zog eine Spur aus Küssen hinab zu ihrem Brustansatz. Ihr entwich ein Seufzen, das er als Ermunterung auffasste. Er nahm ihre Brust und strich mit dem Daumen über die Spitze, während er die andere in den Mund nahm. Als sie scharf Luft holte und ihr Körper sich in seinen Armen spannte und voller

Erwartung still wurde, wusste er, dass es ihr gefiel, und auch seine Lust und sein Begehren wuchsen.

Malcolms Herz hämmerte, sein gesamter Körper pochte vor Verlangen. Er nahm eine der aufgerichteten Spitzen in den Mund und saugte daran, umkreiste sie mit der Zunge, bis True sich unter ihm wand und sich sehnsüchtig an ihn drängte. Ihr Seufzen und Stöhnen fachte seine Sinne an. Sie schob ihm die Finger ins Haar und zog ihn näher an sich, eine offensichtliche Einladung.

Auch das wertete er als Ermunterung und ging darauf ein.

Er hob den Kopf und betrachtete die Erscheinung in seinen Armen. Lange Wimpern warfen Schatten über ihre zarten Wangen. In sinnlicher Konzentration runzelte sie die Stirn, und ihre Lippen, geschwollen von seinen Küssen, waren leicht geöffnet, als würde sie im nächsten Moment seinen Namen seufzen. Er spürte etwas von seinem Herzen in seine Seele fließen, größer als bloße Leidenschaft: das ursprüngliche Verlangen, seine andere Hälfte zu der Seinen zu machen, sie für sich zu beanspruchen, und das sichere Wissen, dass er für diese Frau durchs Feuer gehen würde. Alles in ihm zog sich zusammen, und sein Schwur, zu warten, bis sie verheiratet waren, löste sich in Luft auf.

»Ich will dich, Alethia.« Er presste sich an sie. »Mehr als ich je etwas anderes gewollt habe. Lass mich dich berühren. Ich schwöre dir, nur berühren.« Stöhnend barg er das Gesicht an ihrem Hals. »Ich muss einfach.«

Sie öffnete die Augen. Voller Vertrauen und Verletzlichkeit begegnete sie seinem Blick, doch ohne den geringsten Zweifel. Ihm stockte der Atem.

Sie flüsterte: »Ja.«

Tief aus seinem Inneren stieg ein Stöhnen empor, und in einem heftigen Kuss fanden seine Lippen ihre. Er erkundete mit der Zunge ihren Mund, während seine Finger ihren Rocksaum fanden. Schwer atmend strich er an ihrem nackten Bein aufwärts, kam immer näher an jene geheime weibliche Stelle, die völlige Ekstase verhieß. Das Gefühl, als er die weiche Innenseite ihrer Oberschenkel spürte und sie die Beine für ihn spreizte, machte ihn fast wahnsinnig. Hart und pochend drängte seine Männlichkeit danach, seiner Hand zu folgen.

Sie fingerte an seinem Gürtel herum, bis es ihr gelang, ihn zu lösen. Ein Ziehen, und sein Plaid fiel von ihm ab und auf die Decke. Sie schnappte im selben Moment nach Luft wie er, und ihre Hand legte sich um seinen harten Schaft. Von der Spitze bis zur Wurzel streichelte sie ihn und ließ schließlich sein Gewicht in ihrer Hand ruhen.

Er verlor den Verstand.

Erfüllt von der fieberhaften Begierde, ihre bloße Haut auf seiner zu spüren, zog und zerrte Malcolm ihr die Kleider vom Leib, bis sie nackt unter ihm lag. Überwältigt konnte er sie nur anstarren, gebannt von ihrer Schönheit. »Du bist lieblicher als die Morgenröte, Alethia.«

Mit einem Finger fuhr er von ihrem Schlüsselbein abwärts durch das Tal zwischen ihren Brüsten, hinab zu ihrem Bauchnabel und noch tiefer zu den tiefschwarzen Löckchen über ihrem Geschlecht. Fasziniert beobachtete er, wie sich im Gefolge seiner Berührung eine Gänsehaut ausbreitete. Nun vollzog er denselben Weg mit dem Mund, hauchte Küsse auf ihre warme, weiche Haut. Über ihrem Duft, ihrem Geschmack und der Art, wie sie auf ihn reagierte, vergaß er sämtliche Beherrschung.

Heute würde er sie zu der Seinen machen, hier zwischen den Tannen, unter freiem Himmel an diesem heiligen Ort. Sie hatten gemeinsam aus der Quelle getrunken. Auch nachdem er ihr von der tiefen Bedeutung erzählt hatte, war sie zum zweiten Schluck mit ihm bereit gewesen. Ihre Herzen waren aneinander gebunden, ihr Schicksal besiegelt, als hätten sie schon ihre Gelübde vor Gott abgelegt. *Sie ist mein. Mein für jetzt und alle Zeit.*

»Ich kann nicht bis zum Frühling warten, True.« Er schob sich hoch, um sie zu küssen, und seine Stimme war heiser vor Begehren. »Ich will dich *jetzt*. Ganz und gar.« Begierig presste er sie an sich und raunte ihr die Worte ins Ohr. »Verstehst du, worum ich dich bitte, Liebste?« Er hob den Kopf, um ihr ins Gesicht zu sehen, musste sich vergewissern, dass sie begriff, wovon er sprach.

»Frühling?« Mit unscharfem Blick sah sie aus dunklen Augen verwirrt zu ihm empor. »Was ist im Frühling?«

»Das spielt keine Rolle.« Er schmiegte das Gesicht an ihren Hals. »Weißt du, worum ich dich bitte?«

Sie richtete sich auf, stützte sich auf die Ellbogen und runzelte die Stirn. Ihre Brüste reckten sich ihm entgegen, die Spitzen wie liebliche Rosenknospen, als würden sie ihn für die Unterbrechung tadeln. »Irgendwas im Zusammenhang mit … dem Frühling?« Sie neigte den Kopf zur Seite und sah ihn an.

Leise lachend zog er sie wieder in die Arme und legte die Stirn an ihre. »Nein, Mädchen. Ich bitte dich, dass ich dich lieben darf.«

»Ja, Malcolm.« Ihre Stimme war nur ein raues Flüstern. »Ja.« Sie fand wieder seinen Mund und küsste ihn, während sie sich mit ihm zurück auf die Decke sinken ließ.

Er schob die Hand zwischen ihre Schenkel. Stöhnend spannte Alethia sich in seinen Armen an. Malcolm schwor sich, er würde es langsam angehen lassen, und fand mit dem Daumen das Zentrum ihrer Lust. Sanft streichelte er sie und schob langsam einen Finger in sie hinein. Heiß, eng und feucht empfing sie ihn voller Leidenschaft. Malcolms Herz hämmerte so schnell, dass er beinahe fürchtete, es würde ihm gleich aus der Brust springen.

Er streichelte etwas fester, und drängend hob sie ihm das Becken entgegen, auf der Suche nach Erlösung. Da beugte er den Kopf zu ihrer Brust und saugte daran, um True in fieberhafte Begierde zu versetzen. Augenblicke später kam sie in seinen Armen und rief seinen Namen, während er ihren bebenden Körper umfing. Er flüsterte ihr liebevolle Worte ins Ohr und hielt sie, bis das Zittern nachließ.

Er schob sich über sie und positionierte sich zwischen ihren Schenkeln, die Spitze seiner Männlichkeit in ihrem Schritt, während er um Beherrschung rang. Er musste es langsam und vorsichtig angehen. Dieses erste Mal würde für sie mit Schmerzen verbunden sein, und sie würde sich an ihn gewöhnen müssen.

Da erklangen aus der Ferne zwei Hornstöße. Malcolm erstarrte und lauschte angespannt. Zwei Töne. Wer konnte nach Moigh Hall zurückkehren? Nur sein Vater war mit seinem Trupp ausgezogen, und er würde nicht vor dem Frühjahr zurückkehren. Es verstrichen mehrere Sekunden, und noch immer horchte er.

»Zwei Stöße bedeuten, einer von uns kommt zurück.« True drängte sich an ihn und versuchte, ihn wieder hinabzuziehen. »Drei bedeuten Gefahr. Das hast du selbst gesagt. Hör nicht …«

In diesem Augenblick schallten drei warnende Töne aus dem Horn im Dorf heran.

Kapitel 11

Vor Alethias Augen verwandelte Malcolm sich vom zärtlichen Liebhaber zum erfahrenen Krieger. Binnen eines Augenblicks war er angezogen und hatte ihre Sachen zusammengesucht. Ihr eigener Verstand verweigerte jegliche Funktion. Gefangen zwischen ihrer Leidenschaft und der Furcht vor dem, was die Hornstöße bedeuten mochten, konnte sie sich nicht rühren.

Malcolm hob sie hoch, stellte sie auf die Füße, schnappte sich ihr Unterkleid vom Boden und streifte es ihr über den Kopf. Dasselbe tat er mit ihrem Gewand. »Schnell, Mädchen. Du musst die Schnüre binden.«

Wie betäubt gehorchte sie und war plötzlich den Tränen nah.

»Kannst du dich im vollen Galopp auf dem Pferd halten?«

»Ich weiß nicht«, flüsterte sie.

»Dann reitest du mit mir. Die Stute wird uns folgen.« Er nahm sie bei der Hand und führte sie den Pfad entlang. Rasch setzte er sie auf seinen Wallach, band die Stute los und schwang sich hinter Alethia in den Sattel.

»Es tut mir leid«, murmelte er ihr ins Ohr, als er ihr den Arm um die Taille legte.

Sie konnte nicht sprechen und wollte nicht nachdenken. Mit Mühe schluckte sie den Kloß in ihrem Hals hinunter und schlang die Finger in die Mähne des Pferdes, als sie den Wald hinter sich ließen. Malcolm trieb sein Reittier zu vollem Lauf an. Mühelos hielt Alethias Stute mit ihnen Schritt und galoppierte neben ihnen her.

Innerhalb kürzester Zeit waren sie im Dorf. Malcolm stieß einen schrillen Pfiff aus und zügelte den Wallach direkt vor den Stallungen hart. Hastig kamen zwei Stallburschen herausgerannt, und einer griff sofort nach dem Halfter der Stute. Schon während er vom Pferd sprang und sich dann umwandte, um Alethia hinunterzuhelfen, blaffte Malcolm Befehle. Ohne sich auch nur die Zeit zu nehmen, die Jungen zu fragen, was vorgefallen war, fasste er Alethia bei der Hand und zog sie im Eilschritt mit sich zum Fähranleger. Sie brachte noch immer keinen Ton heraus.

Am Anleger wartete eine kleine Gruppe von Dorfbewohnern darauf, in die Sicherheit der Burgmauern übergesetzt zu werden. Sie alle blickten der Fähre entgegen, die gerade von der Insel zurückkam, und Alethia fragte sich, wie viele Überfahrten bereits gemacht worden waren. Sie zog sich tief in ihr Inneres zurück, als könnte sie so die eisige Angst und die düstere Vorahnung auslöschen, die sich in ihrem Herzen breitmachten. Madame Giselles Worte hallten ihr in den Ohren wider. Was auch immer den Warnruf veranlasst hatte, es konnte Gefahr für Malcolm bedeuten.

Gut zwei Monate waren vergangen, seit sie in dieser Zeit, an diesem Ort gelandet war, und wie eine dunkle Wolke hatte die Schreckgestalt der Aufgabe über ihr gehangen, die ihr auferlegt worden war. Manchmal vergaß sie sie beinahe. Doch mit dieser Warnung war sie wieder schrecklich präsent.

Wie gelähmt ließ sie die Arme hängen und starrte ins Leere. Verborgen in den Falten ihrer Röcke verschränkte Malcolm seine Finger mit ihren. Sie klammerte sich fest an seine Hand.

»Wenn wir anlegen, begibst du dich auf der Stelle in die Kemenate meiner Mutter.« Malcolm fasste sie um die Taille und hob sie auf die Fähre. Dann stieg er selbst zu und lehnte sich hinunter, um ihr ins Ohr zu flüstern: »Denk gar nicht erst daran, mir zu widersprechen. Sobald ich weiß, was vorgefallen ist, und unsere Leute in Sicherheit gebracht habe, komme ich dich holen.«

Mit Mühe brachte sie ein Nicken zustande und war dankbar, dass er weiterhin ihre Hand hielt. Mehr als alles andere brauchte sie dieses Gefühl, mit ihm verbunden zu sein. Von allen Seiten stürmten starke Emotionen auf sie ein, und sie bekam keinen klaren Gedanken zu fassen, um die aufsteigende Panik zu bremsen. Die Fähre legte an und Malcolm hob sie ans Ufer. Mit langen Schritten eilte er zur Burg, und sie musste beinahe rennen, um auf dem Weg durch das Fallgatter mit ihm mitzuhalten.

Im Burghof wimmelte es nur so von Dorfbewohnern und bewaffneten, kampfbereiten Kriegern. Malcolm lief zum Tor des Wohnturms hinauf, blieb auf der obersten Stufe stehen und drehte sich zum Burghof um. Mit scharfem Blick überschaute er den Hof und die Mauerzinnen und schrie den Umherlaufenden auf Gälisch Befehle zu. Seine Stimme war wie ein Katalysator, alles geriet in Bewegung. Auf einmal hatte jeder Mann, jede Frau und jedes Kind ein Ziel und einen Auftrag.

Im großen Saal herrschte Chaos. Auf einer Bank vor der Feuerstelle saß ein einzelner Mann mit versengten Kleidern, rußgeschwärztem Gesicht und blutigen Händen. Um ihn versammelt standen wütend schreiende Männer und Frauen. Alethia entdeckte Hunter und Tevin in der Meute, die Augen schreckgeweitet. Sie fing Hunters Blick auf und gebärdete den beiden, sie sollten zu ihr kommen. Auch hier übernahm Malcolm das Kommando, beendete das Chaos und erteilte Befehle. Laut dröhnte ihr seine Stimme hinterher, als sie die Jungen in Richtung Treppe scheuchte.

Hinter einer Ecke lehnte Beth an der Wand, als hätte sie auf Alethia gewartet. Sie hielt sich einen Finger vor die Lippen, packte Alethia beim Handgelenk und zog sie mit sich zu der schmalen Hintertreppe, über die Alethia sich vor so vielen Wochen für ihr Bad im See hinuntergeschlichen hatte. Sie gingen bis zum ersten Absatz und bogen in einen kurzen, engen Korridor, der an einer offenen Eichentür endete. Wieder warnte Beth sie, sich leise zu verhalten, und lautlos schlüpften sie durch den Türbogen.

Dort auf der Musiker-Empore saßen Elaine und Lydia mit mehreren anderen Frauen auf dem Boden zusammengedrängt, den Rücken an die gemauerte Balustrade zum Saal gelehnt. Alle Augen richteten sich auf die vier Neuankömmlinge. Elaine winkte Alethia neben sich, und die anderen Frauen rückten, um Platz für die Jungen zu machen. Alethia setzte sich und fasste Elaine bei der Hand. Schutzsuchend krabbelte Hunter auf ihren Schoß, und auch Tevin drängte sich eng an sie.

Von ihrem Versteck aus konnten sie alles hören, was im Saal gesprochen wurde. Malcolm befahl allen Frauen, den Saal zu verlassen, und rief nach Robley, Liam, Angus und Galen. Er schickte jemanden los, dem Boten Ale und etwas zu essen zu holen. Dann bat er den Mann, noch auf die Gerufenen zu warten, bevor er seine Geschichte erzählte. Zwar sprach er Gälisch, doch grob konnte Alethia dem Gesagten folgen.

Eine Weile war noch geschäftiges Kommen und Gehen zu vernehmen, bis alle versammelt waren und Malcolm den Boten aufforderte, zu berichten. Mit lauter Stimme erzählte der blutbefleckte Mann seine Geschichte, sodass alle ihn hörten, und die Frauen um Alethia herum keuchten erschrocken auf.

»Die Comyns haben Meikle Geddes eingenommen«, flüsterte Elaine ihr ins Ohr. »Das ist der Wohnsitz von Onkel Robert und Tante Rosemary. Eines von vielen MacKintosh-Besitztümern.« Sie packte Alethias Hand fester, als die Unterhaltung unten weiterging. »Unser Clan hat mehrere Todesopfer zu beklagen, und mehrere Cottages wurden niedergebrannt. Das Vieh haben unsere Leute in den Wald getrieben, dort verstecken sie sich jetzt. Alle, die dazu in der Lage sind, werden im Schutz der Nacht hierher kommen. Jene, die das nicht können, werden sich weiter im Wald verborgen halten. Eine Abordnung von Männern wird bei ihnen bleiben, um sie zu beschützen und sich um die Tiere zu kümmern.«

Schockiert blickte sie Alethia an. »Er sagt, der Schwarze Hugh vom Fraser-Clan reitet mit den Comyns gegen uns. Er ist bei uns aufgewachsen«, stieß sie empört hervor. »Unter der Anleitung meines Vaters ist er zum Ritter geworden. Diese verräterische Schlange.«

Hugh. Hatte er sich aus Rache dem Feind angeschlossen? Sie lehnte den Kopf gegen die Steinmauer hinter sich. In ihr stieg ein düsteres Entsetzen auf. Vor ihren Augen schien sich ihr Schicksal zu entfalten, der Grund, aus dem sie in diese Zeit geschickt worden war. Währenddessen diskutierten Malcolm und seine Männer den Affront der Comyns. Mit zornig erhobenen Stimmen sprachen sie zu schnell, als dass Alethia sie verstehen konnte. »Was passiert jetzt? Was sagen sie?«

»Malcolm hat angeordnet, dass auf den Hügeln um Loch Moigh Späher postiert werden. Er lässt die Dorfbewohner bis Einbruch der Nacht allesamt auf die Burg bringen. Bis auf eines sollen alle Boote hier auf der Insel bleiben. Das letzte Boot soll im Wald versteckt werden, für die Männer in den Wachschichten und die Flüchtlinge aus Meikle Geddes.«

Elaine hielt inne und lauschte einen Moment, dann fuhr sie fort. »Der Bote sagt, es sind bloß etwa ein Dutzend Comyns auf der Burg geblieben, der Rest ist wieder abgezogen. Er weiß nicht, wohin.«

Sie sog scharf die Luft ein und packte Alethia am Oberarm. »Liam hat sich freiwillig gemeldet, Informationen zu beschaffen. Er sagt, er hätte einen Spion auf Rait. Das ist die Burg der Comyns. Malcolm hat ihn gebeten, so schnell wie möglich hinzureiten. Dabei wird er allein sein. Ein gefährliches Unterfangen.«

Jetzt wurde die Diskussion unten leiser, und auf der Empore war nicht mehr zu verstehen, was gesagt wurde. Lydia war die Erste, die ging, und bedeutete dem Rest, es ihr gleichzutun. Im Gänsemarsch schlichen die heimlichen Lauscher hinter ihr her zur Kemenate.

Sobald die Tür hinter ihnen ins Schloss fiel, begannen alle auf einmal zu reden, und das Gespräch floss um Alethia herum. Während sie auf Malcolm wartete, wanderten ihre Gedanken zurück zu ihrem Ausflug an die Quelle im Wald. Er hatte sich entschuldigt. Wofür? Tat es ihm leid, dass sie so weit gegangen waren? Herr im Himmel, was hatte sie sich nur dabei gedacht? Wenn es um Malcolm ging, waren sämtliche Einweisungen zum Thema Safer Sex wie weggeblasen. Das durfte nicht noch einmal geschehen. Bei der Vorstellung, schwanger zu werden, erfüllte Alethia schiere Angst. Das Leben im fünfzehnten Jahrhundert war so schon schwierig genug.

Als sie daran dachte, wie sie in seinen Armen gekommen war, errötete sie. Niemals würde sie vergessen, wie sein starker Körper sich über ihr angefühlt hatte, was er in ihr ausgelöst hatte. Seine Berührungen waren so zärtlich gewesen. Er hatte sie verrückt gemacht vor Begehren und Liebe. Malcolm musste doch dasselbe empfinden. Warum sonst hätte er sie zu jener heiligen Quelle mitnehmen sollen? Nein, sie wusste, dass sie ihm etwas bedeutete. Aber war es Liebe, was er fühlte? Wann immer sie versuchte, in ihm zu lesen, spürte sie nichts als ein wildes Knäuel von starken, komplexen Emotionen, die unmöglich zu entwirren waren. »Was geschieht jetzt?«

»Natürlich erobern wir Meikle Geddes zurück«, antwortete Lydia.

»Oh.« Der Kommentar holte sie zurück in die Gegenwart. Sie hatte ihre Gedanken gar nicht laut aussprechen wollen. »Werden die Comyns auch Moigh Hall angreifen?«

»Unsere Inselfestung hat noch nie jemand belagert.« Stolz klang aus Elaines Tonfall. »Durch den See ist das unmöglich.«

»Also wird Malcolm mit den Männern in die Schlacht ziehen.« Die Zeit war gekommen. Sie musste mit ihm gehen, musste dort sein, um ihm das Leben zu retten. »Was glaubt ihr, wann sie aufbrechen?«

»Nicht bevor unsere Leute sicher aus Meikle Geddes eingetroffen und untergebracht sind. Er wird Liams Rückkehr abwarten. Mit Sicherheit frühestens in einer Woche.«

Den ganzen Nachmittag über wartete Alethia auf Malcolm, während des Abendessens und bis tief in die Nacht. Ihre Gedanken huschten von einem Schreckensszenario zum nächsten, bis die Erschöpfung sie förmlich betäubte. Schließlich übergab sie Tevin an seine Mutter, sammelte Hunter ein und machte sich auf den Weg in ihre Kammer. Auf dem Korridor gesellte Elaine sich zu ihr und hakte sich bei ihr unter.

»Wenn die Leute aus Meikle Geddes eintreffen, sollst du mit Hunter in meine Kammer mit einziehen«, berichtete Elaine, als sie Alethias Tür erreichten. »Der Wohnturm wird voll bis unters Dach sein.« Als Alethia nicht antwortete, sah ihre Freundin sie besorgt an. »Dich bedrückt etwas.«

»Natürlich bedrückt mich etwas.« Alethia öffnete die Tür und Elaine folgte ihr ins Zimmer. »*Wasch dich und mach dich bettfertig*«, wies Alethia den kleinen Hunter an. »Malcolm wird mit seinen Männern in den Krieg ziehen. Machst du dir keine Sorgen?«

»Nicht besonders.« Elaine hob die schmalen Schultern. »Es sind nur ein Dutzend Männer zur Verteidigung auf Meikle Geddes zurückgeblieben. Malcolm ist ein erfahrener Krieger und äußerst fähig, genau wie alle, die mit ihm reiten werden.« Sie setzte sich aufs Bett, während Alethia sich um Hunter kümmerte. »Hab ein wenig Vertrauen in meinen Bruder.«

Alethia deckte Hunter zu und beugte sich hinunter, um ihm einen Gutenachtkuss auf die Stirn zu drücken. Unerwartet schlang er ihr die Arme um den Hals und drückte sie fest an sich, und sie spürte, wie sehr ihn die Geschehnisse verängstigten. Genau wie bei ihr fluteten von allen Menschen in seiner Umgebung überbordende Emotionen auf ihn ein. Sie erwiderte seine Umarmung und sandte ihm eine Versicherung, dass alles gut werden würde. Als sie sich von ihm löste, gab sie ihm zu verstehen, morgen würde sie alles erklären. Sie küsste ihn noch einmal und erhob sich, um sich zu Elaine aufs Bett zu setzen. »Hast du vergessen, warum Giselle mich hergeschickt hat?«

»Nein. Wenn du hier bist, um Malcolm das Leben zu retten, dann wird es auch so geschehen. Hat Giselle dir keine Anhaltspunkte gegeben, worin deine Aufgabe bestehen soll?«

»Keinen einzigen.«

»Ich kann dir nicht sagen, weshalb, aber ich spüre es in meinem tiefsten Inneren: Alles wird gut«, versicherte Elaine ihr und tätschelte ihr die Schulter.

Der Tag war in mehr als einer Hinsicht ereignisreich gewesen, und der bevorstehende Kampf war nicht das Einzige, was Alethia beschäftigte. Für einige Augenblicke kehrten ihre Gedanken zu dem Intermezzo mit Malcolm zurück. »Elaine, darf ich dich was Persönliches fragen?«

»Aye, wir sind doch beste Freundinnen.«

»Du und Dylan, ihr liebt euch, ja?« Elaine nickte. »Habt ihr je … äh … Habt ihr zwei …?«

Elaine schnappte nach Luft. »True, fragst du mich etwa, ob er und ich … das Lager geteilt haben?«

»Und, habt ihr?«

»Nein, natürlich nicht. Das darf erst dann geschehen, wenn eine Frau verheiratet ist.« Für einen Moment wirkte sie empört, dann starrte sie mit reuigem Blick auf ihre Hände. »Aber wir waren gefährlich dicht daran«, murmelte sie. »Hast du etwa mit Malcolm …? Nein, sag es mir nicht.« Sie hielt sich die Ohren zu und verzog das Gesicht. »Er ist mein *Bruder*.«

Zum ersten Mal seit ihrer Rückkehr auf die Burg hob Alethias Stimmung sich so weit, dass sie lachen konnte. Elaine sah zutiefst angewidert aus angesichts der Vorstellung, ihr Bruder könnte Sex haben. Amüsiert zog Alethia ihr die Hände von den Ohren. »Nein, aber wir waren gefährlich dicht dran. Da, wo ich herkomme, spielt es keine große Rolle, ob jemand noch Jungfrau ist.«

»Keine … Rolle? Du bist keine …?«

Elaine wirkte völlig perplex, doch Alethias Gedanken hatten sich verselbständigt, und sie schien sich nicht zügeln zu können. »Doch, bin ich. Meine Erfahrungen mit Männern sind ziemlich beschränkt. Ich war immer zu sehr mit meiner Musik beschäftigt, um mich auf irgendwen einzulassen.« Sie seufzte. »Ich habe keine Ahnung, was ich tun soll. Du weißt, in was für einer Situation ich stecke. Ich darf nicht zulassen, dass meine Gefühle für Malcolm noch größer werden. Was wäre, wenn …«

»Malcolm hat ebenfalls Gefühle für dich. Daran besteht keinerlei Zweifel, True. Er ist ein ehrenhafter Mann, und er wird nicht zulassen, dass Giselle dich von uns fortreißt.«

»Ich bin überzeugt, dass er *versuchen* würde, es zu verhindern, aber ob ihm das gelingt, da bin ich mir nicht so sicher. Was, wenn ich Malcolms Kind in mir tragen würde, wenn Giselle beschließt, mich heimzuschicken? Was, wenn ich keine Möglichkeit hätte, wieder hierher zu kommen? Selbst wenn ich zurückkehren könnte, was, wenn euer Vater gegen eine Ehe zwischen uns wäre?« Alethia stützte die Ellbogen auf die Knie, barg das Gesicht in den Händen und stöhnte. »Was für eine Katastrophe. Ich bin so was von geliefert.«

»Geliefert?« Verwirrung schlich sich in Elaines Miene.

»Ja. Geliefert. Erledigt. Aber sowas von.«

* * *

Malcolm kochte innerlich. Offensichtlich hatte Hugh den Comyns verraten, dass Malcolms Vater und Onkel mit einem Gutteil ihrer Krieger fort waren. Davon war er überzeugt. Doch wenn sie glaubten, er könne keine Vergeltung üben, würde er sie bald eines Besseren belehren. In der Zwischenzeit hatte es allerdings jede Minute seiner Tage seit dem Angriff beansprucht, die Flüchtlinge aus Meikle Geddes unterzubringen, seine Späher zu organisieren und die Strategie zu entwickeln, mit deren Hilfe sie ihren Besitz zurückerobern wollten.

Es ließ ihm keine Ruhe, dass er nicht mehr mit True gesprochen hatte, seit sie die heilige Quelle verlassen hatten. Nur zu gut konnte er sich vorstellen, wie viele neue Was-wäre-wenns sie quälen mussten.

Seine Späher hatten das für Liams Rückkehr vereinbarte Signal gegeben, und angespannt marschierte Malcolm am Landesteg auf und ab, während er auf die letzten Informationen wartete, die sie brauchten, um ihre Pläne in die Tat umzusetzen. Aus dem Augenwinkel sah er seinen Cousin Robley aus Richtung der Soldatenquartiere herankommen.

Er ging ihm entgegen. »Robley, ruf die Männer zusammen und sag ihnen, sie sollen im großen Saal auf uns warten.«

»Aye, Malcolm. Ich bin gekommen, um Bescheid zu sagen, dass der Proviant zusammengestellt und schon aufs Festland verschifft ist. Die Männer sind bereit zum Aufbruch, wann immer du es befiehlst.«

»Gut.« Als Robley wieder unterwegs war, um seinen Auftrag zu erfüllen, kehrte Malcolm zum Steg zurück und nahm seine ziellose Wanderung wieder auf. Endlich landete Liam, und gemeinsam traten sie den Weg zum Wohnturm an. »Geht es dir gut?«

»Aye. Ich habe viel zu berichten.«

»Warte damit, bis wir im großen Saal sind. Ich habe Robley schon vorausgeschickt, die anderen dort zusammenzurufen. Liam, ich möchte, dass du in meiner Abwesenheit das Kommando auf Moigh Hall übernimmst.« Malcolm entging nicht, dass sein Cousin sich auf diese Bitte hin um eine Winzigkeit zu entspannen schien. Was war Liams Geheimnis? Warum vertraute er sich nicht Malcolm an, sondern True? Malcolm zweifelte nicht an Liams Loyalität dem Clan und der Familie gegenüber, doch er konnte nicht umhin, sich zu fragen, von wem unter den Comyns Liam seine Informationen bezog.

Zweifellos von einer Frau. Vielleicht waren es Treffen mit einem Comyn-Mädchen, die hinter Liams mysteriösen Ausflügen und langen Abwesenheiten standen. Wenn das der Fall war, beneidete Malcolm seinen Cousin nicht darum. Eine solche Liebe stünde wahrhaft unter keinem guten Stern.

Als Liam und er im Saal eintrafen, waren bereits alle um die Herrentafel versammelt. Malcolm setzte sich auf seinen Platz und nahm ein Ale entgegen. Von der Empore ertönte ein Niesen, gefolgt von mehreren »Pssst!« Augenblicklich wurde ihm klar, wie wertvoll Trues Zeichensprache war. Er wusste, dass dort oben die Frauen lauschten. Als kleiner Junge hatte er sich oft zu ihnen gesellt und dasselbe getan.

Mit einer Geste zog er die Aufmerksamkeit aller auf sich. »*Sprecht leise.*« Er deutete auf die Empore über ihren Köpfen. »*Die Frauen hören zu, und zu diesem Zeitpunkt will ich noch nicht, dass sie von unseren Plänen erfahren.*« Die Krieger nickten zur Bestätigung und steckten die Köpfe zusammen, um sich in leisem Ton auszutauschen.

»Die Männer, die Meikle Geddes eingenommen haben, sind bei den Comyns von hohem Rang«, begann Liam. »Zwanzig Krieger sind noch auf der Festung, unter ihnen der Schwarze Hugh.« Hier warf er Malcolm einen bedeutsamen Blick zu. »Hugh hatte bei der Geschichte seine Finger im Spiel, so viel ist sicher. Im Austausch gegen einen Platz unter ihren Kriegern hat er ihnen Informationen gegeben. Der Rest ihrer Leute ist nach Nairn weitergeritten, wo sie fürs Erste bleiben werden. Der Laird residiert auf Rait und ist nicht mit den Angreifern ins Feld gezogen. Auch wenn der Angriff auf seinen Befehl stattfand, war es sein Neffe, der den Überfall befehligt hat und die Truppe jetzt nach Nairn führt.« Nacheinander sah er alle in der Runde an. »Sie glauben, dort wären sie außerhalb unserer Reichweite. Eins muss man dem Laird der Comyns hoch anrechnen – sie haben den Schwarzen Hugh zurückgelassen, damit er unseren Zorn zu spüren bekommt.«

Sie diskutierten bis weit in den Nachmittag hinein. Sollten sie zuerst Meikle Geddes zurückerobern und dann weiterziehen nach Nairn? Oder zuerst Nairn angreifen und Meikle Geddes auf dem Rückweg einnehmen? Malcolm ließ das Gespräch an sich vorbeiziehen und zählte innerlich die Stunden bis zu seinem Wiedersehen mit True.

Schließlich hob er die Hand und machte der Diskussion ein Ende. Er hatte eine Entscheidung getroffen und ließ seine

Männer wissen, wie sie vorgehen würden. »Heute Abend speisen wir mit allen gemeinsam im großen Saal. Unsere Frauen werden Beruhigung brauchen, und dafür ist unsere Anwesenheit vonnöten.« Er bedachte alle mit einem strengen Blick. »Sprecht mit niemandem über unsere Pläne – nicht mit euren Ehefrauen, nicht mit euren Geliebten, weder mit Brüdern noch Schwestern noch Eltern. Erzählt nicht einmal euren Pferden davon.«

»Warum die Geheimnistuerei, Malcolm?«, fragte Angus stirnrunzelnd. »So etwas hast du uns früher nie auferlegt.«

Robley grinste. »Früher gab es da auch nicht eine gewisse Dame, die es fest darauf anlegt, ihm das Leben zu retten.«

»Ach, ich versteh schon, warum du dir Sorgen machst, Junge. Aber meine Frau wird wenig begeistert sein. Und diese Nacht wird mit Sicherheit … ziemlich kühl, da ich zweifellos vor der Tür schlafen werde.« Angus verzog das Gesicht, streckte aber den Arm aus und fasste Malcolm bei der Schulter. »Kein Wort kommt zu dieser Angelegenheit über meine Lippen, bei meiner Ehre.«

Unter seinen Männern war reihum zustimmendes Nicken zu sehen – und grimmige Gesichter.

* * *

Malcolm saß auf seinem Platz auf dem Podest neben True und wünschte sich nichts sehnlicher, als dass die Mahlzeit endlich zu Ende wäre. Bei den wenigen Malen, als ihre Blicke sich getroffen hatten, waren die Unsicherheit und die Was-wäre-wenns, die in ihren Augen flackerten, ihm wie ein Stich ins Herz gefahren. Unter dem Tisch hatte er nach ihrer Hand gegriffen, doch sie hatte sich ihm sogleich wieder entzogen.

»Geh heute Abend mit mir spazieren«, flüsterte er ihr ins Ohr. »Ich verstehe, dass du betrübt bist. Es war nicht meine

Absicht, dir tagelang nicht einmal eine Nachricht zukommen zu lassen.« Er sah, wie sie mehrmals schwer schluckte, während sie auf das Brot vor sich starrte. Sie hatte ihr Essen kaum angerührt. Wieder griff Malcolm nach ihrer Hand, und diesmal hielt er sie unnachgiebig fest, bis sie mit einem Nicken ihre Zustimmung gab. Je eher er sie in die Arme ziehen konnte, desto besser.

Als er True schließlich durch die Tore des Wohnturms nach draußen begleitete, war die Sonne bereits untergegangen. Nur die abnehmende Mondsichel erhellte ihren Weg. True hielt mit beiden Händen ihren Wollmantel fest um sich gewickelt und ging steif und schweigend neben ihm her. Er selbst verschränkte die Finger hinter dem Rücken und schlug den Weg durch das Fallgatter ein, hinaus auf den Pfad zum See. »Bald ist Samhain«, bemerkte er, um das Schweigen zu brechen.

Sie antwortete nicht, und Malcolm wusste, dass sich in ihr ein Unwetter zusammenbraute. Mit all seinem Verstand und all seiner Entschlossenheit wappnete er sich gegen den Sturm, der gleich über ihn hereinbrechen würde.

Ihr Weg führte sie an den Fleck, an dem er sie im Arm gehalten hatte, um sie über ihr Heimweh hinwegzutrösten. Dies war ihre Stelle, und mit jeder Erinnerung, die sie hier gemeinsam schufen, wurde sie es noch mehr. Malcolm ließ sich auf dem flachen Felsen nieder und wartete geduldig, während True vor ihm auf und ab ging. Am besten überließ er den Anfang ihr, und so verhielt er sich still und wanderte in Gedanken zu jenem Tag, an dem er sie gefunden hatte. Bei der Erinnerung an ihre Miene damals, diesen Inbegriff der Widerspenstigkeit, musste er lächeln. Der beeindruckende Anblick, wie sie mit diesem herrlichen Haar um die Schultern aus dem Wald hervorgekommen war. Er war verloren gewesen – und glücklich dabei.

True blieb vor ihm stehen, die Hände vor dem Schoß gefaltet, und hob das Kinn. »Es gibt einige Dinge, über die wir reden müssen.«

»Aye?«

»Ja. Zum einen über das, was bei der Quelle geschehen ist.« Ihre Stimme stockte.

»Was bei der Quelle geschehen ist …«

»Darf nicht noch einmal geschehen«, fiel sie ihm ins Wort. »Wir haben mit dem Feuer gespielt, Malcolm. Ich mache dir keinen Vorwurf«, schob sie rasch hinterher. »Ich bin genauso dafür verantwortlich. Aber du stimmst mir doch sicher zu, dass wir es nicht noch mal so weit kommen lassen dürfen.«

»Nein, da stimme ich dir nicht zu.« Sie war in Griffweite. »Das geschieht mit Sicherheit wieder.« Malcolm legte ihr die Hände um die schmale Taille und zog sie neben sich auf den Felsen. »Und zwar oft, wenn es nach mir geht.«

»Aber du hast dich entschuldigt«, protestierte sie mit geweiteten Augen. »Ich dachte, du würdest bereuen …«

»Aye, ich habe mich entschuldigt. Aber nicht für das, was zwischen uns passiert ist, Mädchen, sondern dafür, dass ich die Dinge so … unvollendet lassen musste.«

Sie errötete und barg das Gesicht in den Händen. »Das dürfen wir nicht. Du weißt, was passieren könnte«, murmelte sie zwischen ihren Fingern hervor.

Am besten ließ er das Thema ruhen. Er legte die Arme um sie und küsste sie auf die Stirn. »Du hast gesagt, es ginge um mehrere Dinge. Worüber müssen wir noch reden?«

»Ihr zieht aus, um Meikle Geddes zurückzuerobern?«

»Natürlich. Onkel Robert und Tante Rosemary wären äußerst enttäuscht von mir, wenn sie aus London zurückkämen und feststellen müssten, dass ihr Heim sich in der Hand unserer Feinde befindet.« Er sah, wie sie innerlich bereits eine

Erwiderung darauf formulierte. »Gib mir einen Kuss, bevor wir weiter darüber reden.«

»Habe ich nicht eben gesagt, dass wir das nicht noch einmal geschehen lassen dürfen?«

»Ich verlange doch nicht von dir, dich auszukleiden, Weib. Ich will nur einen Kuss.« In gespielt verletztem Stolz warf er ihr einen tief getroffenen Blick zu und sah erfreut, dass sie lächeln musste.

»Den Trick kenne ich.« Immer noch belustigt schüttelte sie den Kopf. »Nur ein Kuss, nur einmal kosten, nur eine Berührung – erst machst du solche Versprechungen, und dann – puff – bevor ich weiß, wie mir geschieht, liege ich nackt unter dir, und du murmelst irgendwas vom Frühling vor dich hin.«

Laut schallte sein Lachen über den See, während er sie auf seinen Schoß hob. »Also, es ist wirklich kein Kinderspiel, jemanden mit deiner Gabe zu verführen.« Zärtlich legte er ihr die Hände an die Wangen und machte sich daran, ihren Mund zu erobern. Mehrere köstliche Minuten des Schweigens vergingen, während er sich an ihrer Süße labte und die leisen Laute genoss, die ihr entwichen. Sie stemmte die kleinen Hände gegen seine Brust, und er hob den Kopf, um ihr in die Augen zu sehen. Sofort verlor er sich in ihren Tiefen.

»Wann brechen wir auf?«, fragte sie.

»Bei dieser Angelegenheit gibt es kein *Wir*, Alethia. Du wirst hier bleiben, in der Sicherheit der Burgmauern, solange *ich* fort bin.«

»Sei doch nicht so stur, Malcolm. Ich muss an deiner Seite sein, wenn ich dir das Leben retten soll. Ich ertrage die Vorstellung nicht, womöglich nicht bei dir zu sein, wenn du mich am dringendsten brauchst.« Geistesabwesend hatte sie die Finger in die Falten seines Plaids geschoben und knetete den Wollstoff in ihrer Unruhe, während sie auf Malcolms Brust starrte.

»Alethia.« Mit einem Finger hob er ihr Kinn, bis sie ihm in die Augen sah. »Mach dir nicht so große Sorgen. Ich verspreche dir, mir wird kein Unheil geschehen. Ich weiß, wozu du hergeschickt wurdest, und das ist mir Warnung genug. Du wirst in meiner Abwesenheit keinen Fuß von dieser Insel setzen.«

»Dasselbe haben schon größere Männer als du gesagt – mit desaströsem Ergebnis. Ich gehe mit dir. Ich soll dir das Leben retten.« Wieder hob sie das Kinn und hielt seinen Blick fest. »Und das habe ich auch vor.«

Sie schaute furchtbar grimmig drein, und er musste ein Lächeln zurückdrängen, das seine strenge Miene zu ruinieren drohte.

»Spar dir die Mühe«, fuhr sie ihn an.

»Was?«

»Spar dir die Mühe, deine Gefühle vor mir verbergen zu wollen. Ich kann deine Erheiterung spüren. Das ist herablassend und äußerst irritierend.« Sie stand auf. »Das ist eine ernste Angelegenheit. *Mir* ist es ernst damit. Versprichst du mir wenigstens, darüber nachzudenken?«

»Aye, ich verspreche, gründlich über deine Worte nachzudenken.«

»Und wir reden noch mal darüber, bevor ihr aufbrecht?«

Er erhob sich von seinem Platz und legte ihr die Hände an die Taille. Geschickt zog er sie eng an sich und küsste sie, eroberte ihren Mund mit seiner Zunge, liebkoste sie mit seinen Fingern.

Sie schob ihn von sich und flüsterte: »Wir reden morgen noch mal darüber.«

* * *

Alethia fuhr aus dem Schlaf hoch. Desorientiert setzte sie sich auf und warf einen Blick zum Fenster. Es dämmerte noch nicht einmal, kein Lichtschimmer war am Himmel zu sehen. Trotzdem versetzte ihr hämmerndes Herz jede Zelle ihres Körpers in Alarmbereitschaft. Eine schreckliche Vorahnung machte sich bedrückend in ihr breit und fegte die letzten Überreste des Schlafs beiseite, während sie die Ursache auszumachen versuchte. Als die Erkenntnis sie traf, keuchte sie auf und sprang aus dem Bett. Auf der Suche nach ihren Kleidern tastete sie sich leise durch das Zimmer und versuchte, dabei nicht Elaine und Hunter zu wecken.

»True?«

»Schlaf weiter, Elaine. Ich muss nur auf den Abort.« Als sie ihr Gewand in die Finger bekam – oder war es das von Elaine? –, zog sie es sich hastig über den Kopf. Sie schlüpfte aus dem Zimmer und rannte den dürftig beleuchteten Korridor entlang, die Treppe hinunter in den großen Saal.

Auf der Tafel lagen die Überreste eines hastigen Mahls verstreut. Inmitten von leergegessenen Tellern und Zinnhumpen brannten noch die Kerzen in ihren Haltern. In der Feuerstelle glomm rote Glut. Doch wer hier gegessen hatte, war schon lange fort. Wie erstarrt nahm sie den Anblick in sich auf. Als die Wahrheit über sie hereinbrach, spürte sie, wie Ungläubigkeit, Zorn und Angst in ihr emporstiegen. Er war ohne sie aufgebrochen. Ohne ein Wort hatte er sie verlassen.

Verzweifelt rannte sie aus dem Saal. Vielleicht konnte sie ihn noch einholen, wenn sie sich beeilte. Vielleicht waren sie noch dabei, die Fähre mit Vorräten zu beladen, und hatten noch nicht übergesetzt. Im dunklen Burghof war keine Menschenseele zu entdecken, und Alethias Hoffnung sank. Sie rannte durch das Fallgatter nach draußen, in Richtung Fähranleger.

Dort angekommen starrte sie entsetzt auf den leeren Fleck, an dem die Fähre hätte liegen sollen. Sie hatte sie verpasst. Kummer und quälende Angst drohten ihr das Herz zu zerreißen. Er hatte sie hinters Licht geführt, hatte sie glauben lassen, sie würden vor seinem Aufbruch noch einmal miteinander reden. Zorn wallte in ihr auf und erstickte jeden rationalen Gedanken.

In diesem Augenblick, als schon alles verloren schien, bemerkte Alethia die Boote – sechs Fischerboote vom Festland, ordentlich nebeneinander aufgereiht ans Ufer gezogen und umgedreht abgelegt. Sie würde sich eines davon ausborgen, ans Festland rudern, ihre Stute nehmen und die Fährte der Truppe aufnehmen. Dann würde sie Malcolm dazu bringen, Vernunft anzunehmen, und er würde sie mitreiten lassen müssen.

Sie machte einen Schritt auf die Boote zu und jemand ergriff sie am Oberarm.

»Denkt nicht einmal daran, Mädchen.«

Erschrocken zuckte sie zusammen und fuhr herum. »Liam.«

Das Mitgefühl, das er ausstrahlte, machte ihre Fassung zunichte. Ein schrecklicher, wimmernder Laut entrang sich ihrer Kehle. Liam legte ihr einen Arm um die Schultern, und alle Dämme brachen – die Tränen strömten nur so.

»Sorgt Euch nicht, True. Malcolm wird unbeschadet zu uns zurückkehren.«

»Nein, Liam.« Voller Qual sah sie zu ihm auf. »Nein, das wird er nicht.«

Kapitel 12

Schon daran, wie Liam die Zähne zusammenbiss, konnte Alethia ihm ansehen, dass sie keine Chance hätte, die Insel zu verlassen. Mit festem Griff um ihren Oberarm brachte er sie zurück zum Wohnturm. »Liam, Malcolm hat Euch erzählt, warum ich hergeschickt wurde, oder?«

»Das hat er.« Liam warf ihr einen grimmig entschlossenen Blick zu. »Robley und Galen werden Malcolm beschützen, während ich dafür sorge, dass Euch nichts geschieht.«

»Wie kann ich Euch überzeugen, mich zu ihm zu bringen?«

»Das könnt Ihr nicht. Ich würde es ebenso machen wie Malcolm. Das Schlachtfeld ist kein Ort für eine Frau, und Eure Gegenwart würde ihn nur verwundbar machen.« Er schlug einen etwas sanfteren Ton an. »Ich weiß, was Ihr durchmacht. Sorgt Euch nicht. Die Männer an Malcolms Seite sind allesamt erfahrene Krieger, die schon viele Male gemeinsam gekämpft haben. Robley und Galen werden gut auf ihn aufpassen.«

»Wie lange werden sie weg sein?«

»Einen Monat, vielleicht länger. Malcolm wird die Dinge auf Meikle Geddes in Ordnung bringen wollen, bevor er wieder herkommt.«

Mittlerweile waren sie am Wohnturm angelangt, und Alethia überrollte ein Gefühl absoluter Niederlage. Jetzt, da Malcolm ihr einen Strich durch die Rechnung gemacht hatte, wollte sie nichts dringender als zurück in ihr Bett kriechen und sich die Decke über den Kopf ziehen. Vielleicht würde sie dort einfach bleiben, bis Malcolm zurückkehrte.

Falls er zurückkehrte.

Ohne einen Blick zurück ließ sie Liam im großen Saal stehen und schleppte sich die Treppe hinauf, wieder in Elaines Kemenate. Sie schlich zurück zu dem Bett, das sie sich teilten, streifte ihr Kleid ab und schlüpfte zwischen die Laken.

»Bist du krank?«, flüsterte Elaine.

»Nein.«

»Du warst ziemlich lange auf dem Abort.« Alethia spürte, wie die Matratze sich bewegte, als Elaine sich aufrichtete, um im Halbdunkel der Dämmerung ihr Gesicht zu mustern. »Was ist los, True?«

»Malcolm ist fort. Er und die Männer sind schon vor Tagesanbruch aufgebrochen.« Alethia wandte Elaine den Rücken zu, zog die Knie an die Brust und vergrub den Kopf unter der Decke.

Die bedrückende Vorahnung, die sie geweckt hatte, ließ Alethia nicht los. Ohne einen Schimmer, wie sie mit einem solchen Ansturm von Gefühlen umgehen sollte, erschien ihr Schlaf wie der einzige Ausweg. Auch damals, als sie vor so vielen Jahren ihre Eltern verloren hatte, war das ihre Zuflucht vor dem furchtbaren Schmerz gewesen. Sie hatte ganze Monate verschlafen, bis die Pein des Verlusts zu einem dumpfen, ertragbaren Ziehen geworden war.

Mit ihrer Angst und der grausamen Leere, die sie bei der Vorstellung erfüllte, Malcolm zu verlieren, erwachte auch der Schmerz zu neuem Leben, den sie nach dem Tod ihrer Eltern durchlitten hatte. Vor ihrem inneren Auge zogen die

Gesichter ihrer Onkel, Cousins, Cousinen und Tanten vorbei, und schließlich das Bild ihrer Großmutter. Sie alle waren für Alethia verloren. Auf unerklärliche Weise wusste sie tief in ihrem Herzen, dass sie den Rest ihrer Tage im Schottland des fünfzehnten Jahrhunderts verbringen würde. So viel Verlust. Alethia schloss die Augen und wünschte sich weit fort.

Hätte sie ihr Herz nur für sich behalten. Es wurde Zeit, dass sie sich Gedanken über die Zukunft machte und einen Weg fand, allein zurechtzukommen. Sie hatte ihre Talente, und sie zweifelte nicht daran, dass sie dem Clan von Nutzen sein konnte. Da waren ihre Musik, rudimentäre Fähigkeiten als Heilerin und eine Menge Wissen aus dem einundzwanzigsten Jahrhundert. Ja. Sie konnte sich hier ihren Platz schaffen, aber nicht heute.

* * *

»Meine Liebe, es wird Zeit, dass Ihr diese Kammer verlasst.« Lydia fasste Alethia bei der Schulter und schüttelte sie leicht. »Kind, seid Ihr krank?«

Alethia versuchte, sich von der störenden Stimme wegzudrehen, doch Lydia ließ sie einfach nicht in Ruhe. Unerbittlich zog sie Alethia die Decke aus den Händen, als diese versuchte, sich darunter zu vergraben. »Lasst mich in Ruhe«, murmelte sie.

»Nein. Das ist kein ziemliches Verhalten. Ihr macht Malcolm Schande.«

Finster verzog Alethia das Gesicht.

»Aye, es ist eine Schande für den gesamten MacKintosh-Clan, wenn Ihr so wenig Vertrauen in unsere Fähigkeit setzt, die Unseren zu beschützen. Ihr steckt jetzt seit zwei Tagen in diesem Bett«, tadelte Lydia. »Hunter ist schon ganz außer sich vor Sorge. Es reicht. Steht auf.«

Alethia setzte sich hin.

»Eure Zeit wäre wesentlich besser genutzt, wenn Ihr Euch auf die Rückkehr der Männer vorbereitet. Womöglich gibt es Verwundete, die versorgt werden müssen.«

»Verwundete?« Alethia sah Hunter unsicher an der Tür stehen. Sie spürte seine Sorge als schmerzhaftes Ziehen in ihrer Brust und streckte die Arme nach ihm aus. Über sein Gesicht huschte Erleichterung, und er stürmte durchs Zimmer und kletterte zu ihr aufs Bett. Dort kuschelte er sich auf ihren Schoß, nahm ihr Gesicht zwischen seine kleinen Hände und musterte sie eindringlich. Sie wusste, dass er nach Anzeichen für Fieber Ausschau hielt. Mit dem Tod seiner Mutter und seiner Großmutter war seine gesamte Welt zusammengebrochen. Alethia versank in Schuldgefühlen. »*Mir geht es gut, Hunter. Ich bin nicht krank, nur traurig.*«

Er nickte, und ein tiefes Verständnis erfüllte seine viel zu alten Augen. Alethia umarmte ihn fest und legte die Wange auf seinen Kopf. Er roch nach draußen, nach kleinem Jungen und nach Torfrauch. Seine Wärme schenkte ihr Trost und zog sie fort von jener schwarzen Leere.

»Auf Euch wartet ein Bad, True.« Lydia tätschelte ihr das Knie. »Dann werdet Ihr etwas essen und Euch in meiner Kemenate zu uns gesellen.«

»Lydia.« Alethia stiegen Tränen in die Augen. »Malcolm ist losgezogen, ohne sich von mir zu verabschieden.«

»Natürlich ist er das. Er wusste, dass Ihr versuchen würdet, ihm zu folgen. Wäre seine Aufmerksamkeit neben dem Kampf damit befasst, Eure Sicherheit zu gewährleisten, dann wäre die Wahrscheinlichkeit größer, dass er zu Schaden kommt. Die MacKintosh-Männer beschützen ihre Frauen.«

»Ihm wird irgendetwas Schlimmes zustoßen, weil ich nicht da bin, um es zu verhindern«, schluchzte Alethia.

»Hattet Ihr eine Vision dieser Art?«

Alethia schüttelte den Kopf. »Nein. Visionen hatte ich noch nie. Ich fühle es einfach.«

»Vielleicht rührt dieses Gefühl aber auch von etwas her, das jene Frau zu Euch gesagt hat, die Euch zu uns gesandt hat – nicht von einer Vorahnung.« Lydia fasste Alethia bei der Hand. »Meine Liebe, ich ziehe keineswegs in Zweifel, weshalb Ihr hierher geschickt wurdet. Ich stelle nur Eure Überzeugung infrage – und auch die von Malcolm –, dass jenes Unheil, das ihm drohen soll, etwas mit Kampf und Blutvergießen zu tun haben muss. Ein Leben kann auf vielerlei Art und Weise in Gefahr geraten.« Ein letztes Mal tätschelte Lydia ihr die Hand, dann erhob sie sich zum Gehen.

»Danke, Lydia. Ihr habt mir eine Menge Stoff zum Nachdenken gegeben.« Hatte sie nicht das Gleiche auch zu Malcolm gesagt? Es war gut möglich, dass sie ihn gesund pflegen oder irgendein Desaster verhindern würde. Sie hoffte bei Gott, dass es so sein würde. Schließlich warf sie die Decke ab, schwang die Beine über die Bettkante und setzte Hunter ab. »Es tut mir leid. Ich wollte den MacKintoshs keine Schande bereiten.«

»Ich weiß, dass unsere Gepflogenheiten Euch fremd sind, True. Ihr müsst Euch für nichts entschuldigen.«

* * *

Eine ganze Woche verstrich, ohne dass es Nachricht von Malcolm und seinen Männern gab. Alethia hatte sich zu den anderen Frauen gesellt, die saubere Leinenstreifen als Wundverbände vorbereiteten. Sie hatte ihre Nadeln sterilisiert, feine Seidenfäden aus einem Bündel Stickgarn gezogen und eingefädelt und alles weggelegt, bis die Zeit für ihren Einsatz gekommen wäre.

Es war eine Herausforderung gewesen, einen unbeobachteten Moment zu finden, um die antibiotische Salbe aus ihrer Notfallapotheke in den Korb mit ihren Heilutensilien umzupacken. Alethia hatte sie unter den Leinenstreifen versteckt. Im großen Saal bauten einige Männer provisorische Behandlungstische aus Fässern und Brettern auf, die für Verwundete gedacht waren. Sicherheitshalber schrubbte Alethia Abend für Abend sämtliche Oberflächen mit Essig sauber.

»Beth, haben wir irgendetwas Stärkeres als Wein oder Ale zu trinken?« Alethia machte das Frühstück für Hunter und sich fertig und nahm ihren gewohnten Platz an der Tafel auf dem Podest ein.

»Aye. *Uisge beatha*. Wofür braucht Ihr den?«

»Für die Männer, die aus Meikle Geddes zurückkehren.«

»Wollt Ihr ihn den Verwundeten einflößen, um die Schmerzen zu lindern?«

»Ja, und um ihre Wunden zu waschen. Das vertreibt die Geister, die Fieber verursachen.«

»Ich hole gleich welchen für Euch. Auch wenn ich nicht glaube, dass die in den nächsten zwei Wochen zurückkommen. Vielleicht wird es sogar noch später.« Beth erhob sich. »Und denkt dran, es kann sein, dass es gar keine Verwundeten gibt. Immerhin reden wir hier von Malcolm und unseren MacKintosh-Kriegern.«

»Ich weiß.« Alethia konnte sich angesichts von Beths Vertrauen in ihren Clan und Malcolms Können ein Lächeln nicht verkneifen. »Ich will nur, dass alles geordnet bereitsteht. Da ist noch etwas, worüber ich mit dir reden wollte. Ich muss aufs Festland, dort wachsen einige Pflanzen, die ich gern für meine Arzneien sammeln würde.«

Nah am Ufer wuchsen Weiden. Die weiche innere Rinde ergab ein gutes entzündungshemmendes Schmerzmittel, wenn man sie zu einem Sud einkochte. Sie hatte Stunden damit verbracht, gemeinsam mit ihren Tanten die leuchtend rote Außenhaut der nordamerikanischen Variante abzuziehen, um an das weiche hellgrüne Innenleben zu gelangen. Außerdem hatte sie in ihrem Kräuterbuch Pflanzen herausgesucht, die Heilungsprozesse unterstützten und antibiotische oder antiseptische Wirkung hatten.

Es war an der Zeit, dass sie aufhörte, Gast zu sein, und sich daran machte, für Hunters und ihren Unterhalt zu sorgen. Um diese Zeit würde das Wild im Umland noch wohlgenährt sein von den Reichtümern der Natur, während es schon seinen dicksten Pelz trug. Alethia würde jagen und Fallen auslegen. »Liam lässt mich nicht von der Insel.«

»Aye, das hab ich schon gehört.«

»Irgendwelche Vorschläge?«

Misstrauisch blickte Beth sie an. »Habt Ihr vor, Malcolm hinterherzureiten?«

»Nein. Ich wüsste gar nicht, wohin, und für ein solches Unterfangen fehlt mir die Ausrüstung.« Wieder kochte die Frustration in ihr hoch. »Ich will nur für medizinische Zwecke ein paar Pflanzen sammeln und ein bisschen jagen. Das ist alles.«

»Ich rede mit Ian, der hat ein Boot. Von der Fähre und dem Anleger müsst Ihr Euch fernhalten, da hat Liam ein Auge drauf.«

Alethia bedankte sich und machte sich auf die Suche nach Elaine, dem einzigen weiteren Menschen, dem sie ihre Pläne und ihren voraussichtlichen Aufenthaltsort würde anvertrauen können. Ihr gemeinsames Zimmer war leer, deshalb machte Alethia sich auf zu den Frauengemächern. Dort saß Elaine neben ihrer Mutter am Torffeuer. Mit einer Spindel verarbeitete sie die Wolle auf ihrem Schoß zu Garn. »Elaine, begleite mich doch auf einen Spaziergang in den Innenhof.«

»Ach, nein. Es ist heute so kalt und feucht draußen, True«, wehrte diese ab, ohne den Blick von ihrer Aufgabe zu nehmen.

»Elaine.« Alethia trat von einem Fuß auf den anderen und beschwor ihre Freundin innerlich, sie anzusehen. Ahnungslos hielt Elaine den Blick weiterhin auf das Garn gerichtet, das sie eindrehte, aber Lydia bemerkte es und verstand den Wink.

»Ich wollte noch etwas mit der Köchin besprechen«, erklärte sie und erhob sich von ihrem Platz. »Entschuldigt mich bitte.«

Endlich schaute Elaine auf. »Oh.« Sie sah von ihrer Mutter zu Alethia. »Was ist denn?«

Während Alethia den Platz neben ihr einnahm, den Lydia freigemacht hatte, überlegte sie, wie sie am besten ansprechen sollte, was ihr auf der Seele lag. »Ich brauche deine Hilfe. Ich will mir ein paar Sachen zusammensuchen, um ein Jagdlager einzurichten. Beth borgt für mich ein Boot von Ian aus. Was ich noch brauche, sind ein Kessel und ein Kübel vom Böttcher.«

»Malcolm hat gesagt, er …«

»Er ist nicht hier, Elaine.«

»Ich gehe lieber mit dir zum Gerber. Malcolm übernimmt dann die Bezahlung, wenn er wieder hier ist.«

»Nein.« Beherrscht atmete Alethia aus. »Ich kann nicht ewig so weitermachen.«

»Wie denn, True?« Elaine legte ihre Wolle nieder.

Bei der Sorge in den Augen ihrer Freundin fiel es Alethia schwer, weiterzusprechen. »Elaine, ich glaube …« Sie schluckte den Kloß in ihrem Hals hinunter. »Ich glaube, es wird Zeit, dass ich mir Gedanken über meine Zukunft mache. Ich kann hier nicht ewig Gast bleiben. Ich muss langsam mal meinen und Hunters Unterhalt verdienen. Ich will dem Clan nützlich sein.«

»Malcolm …«

»Malcolm ist äußerst großzügig, und dafür bin ich dankbar. Aber wenn er nicht zurückkommt, wessen Gast wäre ich dann?«

»Meiner.« Elaine nahm Alethias Hände.

»Und wenn du heiratest, nimmst du mich dann mit auf die Burg deines Mannes?« Alethia schüttelte den Kopf. »Ich muss einen Weg finden, selbst für mich zu sorgen. Ich habe lange darüber nachgedacht. Vielleicht kann ich mich im Frühling ein paar anderen Musikern anschließen, eine Truppe von fahrenden Barden bilden. Oder etwas in der Art.«

»O nein, True. So etwas darfst du gar nicht erst denken. Malcolm kommt bald zurück, du wirst schon sehen.«

Alethia wollte nicht länger diskutieren und nickte nur. Ob er zurückkäme oder nicht, änderte gar nichts. »Hilfst du mir bis dahin, zu besorgen, was ich brauche?«

»In Ordnung, aber ich kann das nicht gutheißen«, antwortete Elaine.

* * *

Alethia war von Kopf bis Fuß in braune Wolle gehüllt, um mit dem Unterholz zu verschmelzen. Noch vor dem Morgengrauen weckte sie Hunter und drängte ihn, sich zügig anzuziehen. Sie hatte es eilig, die Fallen zu überprüfen, die sie am Vortag aufgestellt hatte, und dann in dem selbst gebauten Versteck an dem Wildwechsel zu verschwinden, den sie entdeckt hatte. Wenn alles nach Plan lief, würde sie heute Abend ein paar Kaninchen oder frisches Damwild mit dem Clan teilen können.

Es hatte eine Woche gedauert, das Lager einzurichten, das sie neben einem Zulauf des Sees aufgeschlagen hatte. Ihre Waffen und ihr Werkzeug bewahrte sie dort auf, zusammen mit einer Jeans, einem langärmeligen Oberteil und Wolljacken, die sie für Hunter und sich genäht hatte. Auch ein Holzgestell zum Trocknen von Fleisch und Spannrahmen für Tierhäute hatte sie gebaut.

Durch die Küche schlich sie sich mit Hunter nach draußen und nahm im Vorbeigehen die Haferfladen mit, die für sie bereitlagen. Sie aßen ihr Frühstück auf dem Weg durch den Küchengarten zum hinteren Tor der inneren Burgmauer. Dort nahm Alethia den kleinen Hunter bei der Hand und ging mit ihm zu dem Boot, das Ian ihr geliehen hatte. Vorsichtig hielt sie sich im Schatten.

Am anderen Ufer versteckten sie das Boot im Unterholz und folgten dem Wasserlauf zu der kleinen Lichtung, auf der sich ihr Lager befand. An einer riesigen Eiche hatte Alethia einen kleinen Unterstand errichtet, in dem sie ihre Sachen aufbewahrte. Rasch wechselte sie in ihre Straßenkleidung, faltete ihre Gewänder und legte sie weg. Sie konnte sich schlecht mit Blutflecken auf dem Kleid in der Burg sehen lassen, und in Jeans konnte man sich so viel besser bewegen. Sie tippte Hunter auf die Schulter und erteilte ihm Anweisungen. »*Bleib bei mir. Nicht umherstreifen. Sieh zu, was ich tue, und ich bringe dir alles bei.*« Wieder nahm sie ihn bei der Hand und machte sich auf den Weg, ihre Fallen zu überprüfen. Aufmerksam folgte sie den Zeichen, mit denen sie die Strecke markiert hatte.

Sie kamen an einem Wildrosendickicht vorbei, und Alethia machte sich eine Notiz im Geiste, beim nächsten Mal einen Korb mitzubringen und die Hagebutten einzusammeln. In den vor ihnen liegenden Wintermonaten würden sie das Vitamin C aus einem Tee daraus dringend brauchen. Auch nach anderen nützlichen Pflanzen hielt sie Ausschau und musterte im Vorbeigehen aufmerksam den Boden und das Unterholz.

Am Vormittag hatte sie bereits sechs fette Hasen ausgenommen und gehäutet. In einer Reihe hingen sie von einem Ast der Eiche, während Alethia damit beschäftigt war, Fett und Fleisch von den Fellen zu kratzen. Über dem Feuer hing bereits ein Kessel mit Wasser an dem Dreibein, das sie aus grünem Holz gebaut hatte. Hunter hatte die Aufgabe, das Feuer in Gang zu halten, und eifrig huschte er durch den Wald und sammelte Brennholz.

Zum ersten Mal seit Tagen fühlte sie sich gut. Ihre Anstrengungen würden zum Wohlergehen ihres Stammes beitragen – beziehungsweise ihres Clans. Heute Abend würden Menschen, die ihr etwas bedeuteten, einen Eintopf mit Hasenfleisch essen, das sie erjagt hatte. Sie hatte sechs Felle zu gerben, ein guter Anfang für die Wintervorbereitungen. All ihre Fallen waren neu aufgestellt, und mit Glück hätte sie morgen sechs weitere Tiere erbeutet.

Das Damwild konnte warten. Diese Woche standen Hasen und andere Kleintiere auf dem Speiseplan.

Die Arbeit hielt Alethias Angst um Malcolm im Zaum. Den Gedanken, er könnte nicht zurückkehren, ließ sie gar nicht erst zu. Sobald düstere Gefühle drohten, zwang sie sich, an andere Dinge zu denken.

Als der Nachmittag sich dem Ende zuneigte, gab es nichts weiter für sie zu tun. Gemeinsam mit Hunter räumte sie auf und verstaute alles. Sie wusch sich Hände und Arme in dem Wasser, das sie dafür warmgehalten hatte, und zog sich wieder ihre Gewänder über. Sorgsam löschte sie das Feuer und nahm die erlegten Hasen auf. Sie hatte sie paarweise an den Läufen zusammengebunden, sodass auch Hunter zwei tragen konnte. »*Du warst mir heute eine große Hilfe. Morgen kommen wir wieder und kontrollieren die Fallen erneut.*«

»*Und morgen darf ich sie häuten?*«

Was hatte es nur mit Jungs und Blut auf sich? Lächelnd wuschelte sie ihm durch das kurze Haar. »*Du darfst es versu-*

chen. Es sieht einfacher aus, als es ist. Ich habe jahrelange Übung darin.« Sie konnte nicht umhin, einen leichten Stolz zu spüren. Hunter hatte sich als gelehriger und wissbegieriger Schüler erwiesen. Sie fasste ihn an der Hand und machte sich auf den Weg hinab zum Boot.

Hinter ihr knackte ein Zweig, und sie erstarrte. Langsam drehte sie sich um und blickte forschend in die Schatten um ihr Lager herum. Hunter zog an ihrer Hand. »*Was ist denn?*«, fragte er.

»*Wahrscheinlich nur ein Tier, das der Geruch unserer Beute angelockt hat.*« Noch einmal warf sie einen Blick in die Runde. Dann wandte sie sich wieder dem Pfad zu und machte sich auf den Rückweg zur Insel.

* * *

Als True ins Unterholz verschwand, trat Liam aus dem Wald auf die Lichtung, Galen dicht hinter ihm. Mit einer Mischung aus Frustration und Bewunderung betrachtete er ihr Werk. »Was zum Teufel hat sie vor?«

»Ist ihr nicht klar, dass wir den Rauch von ihrem Feuer sehen können, Liam?«

»Nein, das ist ihr wohl nicht in den Sinn gekommen.« Sie hatten gewusst, dass kein Feind dahinterstecken konnte. Trotzdem waren die Späher verwirrt gewesen, als Rauch aus dem Wald aufgestiegen war. Von den Dorfbewohnern konnte es niemand sein, da alle vor einem Angriff der Comyns auf der Hut waren. Liam durchströmte Erleichterung, dass sie sich an ihn gewandt hatten, statt sich die Sache selbst anzusehen. »Es war richtig von dir, dass du zu mir gekommen bist, Galen.«

»Aye, ich wusste, dass es nur jemand von uns sein kann. Wären Fremde auf unseren Ländereien, wüssten wir das. Was hatte Lady True da an? Etwas Derartiges habe ich noch nie an einem Mädchen gesehen.« Neugierig ging Galen durch das Lager und besah sich alles.

»Ich weiß es nicht.« Liam hatte den Blick abgewendet, als sie sich wieder umgezogen hatte, und dafür gesorgt, dass auch Galen es tat. Sollte Malcolm je hören, irgendjemand von seinen Männern hätte zugesehen, wie sie sich entkleidete, würde er einen Tobsuchtsanfall bekommen. »Das muss eine Art Kleidung sein, wie man sie in ihrer Heimat trägt. Warum hat sie so etwas bei sich?«

»Ich weiß es nicht.« Galen schüttelte den Kopf.

Liam ging zu den Fellen hinüber, die auf ihre Holzrahmen gespannt dalagen. Er konnte es kaum glauben. Aye, auch Damen gingen auf die Jagd, aber es kam nicht allzu oft vor, dass sie ihre Beute auch selbst ausnahmen oder häuteten, noch dass sie die Felle gerbten. Dafür hatten sie einen Gerber im Clan. Er schüttelte den Kopf. »Es ist unverkennbar, dass sie weiß, was sie tut, auch wenn ich nicht verstehe, zu welchem Zweck. Sie müsste doch nur um die Dinge bitten, die sie braucht.«

»Würdest du das tun?«, gab Galen zu bedenken.

»Was?«

Galen rieb sich den Nacken, bevor er weitersprach. »Hätte man dich aus Scotia fortgerissen und in ein fremdes Land weit hinter dem Ozean verfrachtet, wo dich ein Volk aufgenommen hätte, das dir fremd ist – würdest du um die Dinge bitten, die du brauchst?«

»Hmpf. Nein. Ich würde mich als Bereicherung beweisen wollen.« Liam ging hinüber zu dem Unterstand und berührte den blassblauen Stoff ihrer seltsamen Hose. Etwas Vergleichbares hatte er noch nie gefühlt, schwer und rau. Ihre Lady True hütete Geheimnisse und versteckte Tiefen, die er nur erahnen konnte. »Glaubst du, unsere Lady True versucht hier, etwas zu beweisen?«

»Mag sein.« Galen zuckte die Achseln. »Sie ist eine Frau. Was weiß ich schon, wie eine Frau denkt?«

Liam machte einen unbestimmten Laut. »Was weiß schon irgendwer darüber, wie eine Frau denkt.« Ihm war der Auftrag erteilt worden, über sie zu wachen, und das würde er tun. Wie, das blieb ihm überlassen. »Galen, vielleicht wäre es das Beste, wenn wir sie weiterhin jagen lassen. Malcolm will, dass sie auf der Insel bleibt, innerhalb der Burgmauern, aber ich sehe nicht, wie das hier Schaden anrichten sollte. Solange sie auf diese Weise beschäftigt ist, kann sie sich nicht so viele Gedanken um Malcolm machen.«

»Das wird ihm gar nicht gefallen.«

»Aye.« Liam grinste. »Das wird es nicht. Trotzdem wird es ihm sicher lieber sein, wenn sie jagen geht, statt sich in ihrer Kammer seinetwegen die Augen auszuweinen.« Davon abgesehen bewunderte Liam ihr Können, und Kanincheneintopf hatte ihm schon immer geschmeckt. Es war gut, dass sie sich mit etwas beschäftigte. Als sie für zwei Tage und Nächte in ihrer Kammer verschwunden war, hatte er sich Sorgen gemacht. Dies schien die perfekte Lösung zu sein.

Da die Hügel um das Dorf herum unter ständiger Bewachung standen, wären sie weit im Voraus gewarnt, sollte der Feind anmarschieren. Es wäre ein Leichtes, True auf ihr Boot und zurück auf die Insel zu schaffen, jetzt, wo sie ihren genauen Aufenthaltsort kannten. Ihn erfüllte Neugier. »Was meinst du, was jagt sie als Nächstes? Wildschweine?« Bei dieser Vorstellung musste er laut lachen.

»Ich hoffe, nicht.« Alarmiert blickte Galen ihn an. »Malcolm schneidet uns die Eier ab, wenn wir zulassen, dass sie ein solches Risiko eingeht.«

»Dir vielleicht.« Grinsend sah Liam den jungen Mann an. »Ich konnte schon immer schneller laufen als er. Wir stellen Wachen auf, nur Männer, denen wir bedingungslos vertrauen. Kümmere du dich darum, Galen, und sorg dafür, dass sie auf Abstand bleiben. Es darf auf keinen Fall jemand sehen, wie sie sich entkleidet. Postiere die Männer in einem unauffälligen Abstand im Umkreis. Mich kannst du auch einteilen, soweit ich mich von meinen Pflichten freimachen kann.« Ein letztes Mal blickte er sich in dem ordentlichen, effizient angelegten Jagdlager um, dann wies er Galen an, ihm zurück in die Schatten des Waldes zu folgen. Wieder schüttelte er den Kopf und fragte sich, wie Malcolm auf all dies reagieren würde. Liam freute sich bereits darauf, es herauszufinden.

Kapitel 13

In den vierzehn Tagen, seit er Trues Jagdlager entdeckt hatte, war Liam zu seiner Überraschung aufgegangen, dass jeder, der auf der Burg beschäftigt war, wusste, was sie trieb. Genauso wussten sie, dass Malcolm ihr verboten hatte, die Burgmauern zu verlassen. Trotzdem war niemand zu ihm gekommen, um ihm von ihren täglichen Ausflügen ans Festland zu berichten.

Die Menschen auf der Burg waren ihr treu ergeben.

Es ging sogar so weit, dass die Köchin Molly morgens Frühstück für True und Hunter bereitlegte. Noch erheiternder war, dass sie alle Malcolm die Schuld gaben, weil er das »arme Mädchen«, wie sie sagten, zurückgelassen hatte, ohne sie vorher mit allem auszustatten, was sie brauchte. Liam vervollständigte die letzte Strichliste in seiner Bestandsaufnahme der Lebensmittelvorräte auf der Burg, schüttelte lächelnd den Kopf und verließ die Speisekammer. Mittlerweile hatte das Ganze schon fast absurde Züge angenommen.

Als er aus dem hinteren Teil des Wohnturms den großen Saal betrat, hörte Liam, wie Trues Name fiel. Er erkannte die Stimme von Angus' Frau Alice und blieb stehen, um zuzuhören.

»Du weißt, was zu tun ist, Margaret«, sagte Alice gerade.

»Aye. Uns bleibt nichts anderes übrig, als unserer Lady True einen guten Ehemann aufzutreiben. Ich dachte ja, Malcolm würde sie für sich beanspruchen. Auch wenn sie keine Mitgift zu bieten hat – abgeneigt war er ihr ja nun wahrlich nicht.«

»Margaret«, tadelte Alice. »Er ist derjenige, der überhaupt erst schuld daran ist, dass sie so hart arbeitet. Nein, so wie ich das sehe, ist der junge Robley unser Mann. Mein Angus hat mir erzählt, dass er sich schon am ersten Tag um sie bemüht hat, als unser Clan sie gefunden hat.«

»Hmpf, das ist doch ein nichtsnutziger Schürzenjäger. Ich sage, für unsere Lady True ist Liam die beste Wahl. Er war immer der Verantwortungsvollere von Roberts Sprösslingen. Einen besseren Mann wirst du hier nicht finden. Und dabei so gut aussehend.«

»Das mag sein, aber Robley hat im Gegensatz zu ihm schon Interesse gezeigt.«

»Da hast du natürlich recht«, musste Margaret zugeben.

Liam rieb sich das Gesicht und wich leise zurück. Seine Erheiterung war in Verzweiflung umgeschlagen. Zweifellos würde sein kleiner Bruder diesem Plan voller Enthusiasmus begegnen. Selbst wenn es ihm nicht ernst damit war, würde er schon allein deshalb mitziehen, um Malcolm zur Weißglut zu treiben.

Damit steckte Liam definitiv in der Zwickmühle. Wenn *er* True mit Leder und Pelzen versorgte, damit sie nicht mehr auf die Jagd gehen musste, würde die Gerüchteküche auf der Burg nur so brodeln. Alle würden glauben, er würde selbst Ansprüche anmelden. Und wenn er behauptete, es an Malcolms Stelle zu tun, würde das auch nichts ändern. Sein Clan liebte Tratsch. In ihren Köpfen würde ein solches Szenario unausweichlich zu einer unterhaltsamen Auseinandersetzung zwischen Malcolm und ihm führen, wer Trues Hand für sich beanspruchen durfte – ein gefundenes Fressen für die Klatschmäuler.

Es setzte ihn gewaltig unter Druck, dass er vorgeben musste, nicht zu wissen, wohin True jeden Morgen verschwand. Niemand verlor ein Wort über das frische Wildfleisch, das sie jeden Abend vorgesetzt bekamen. Selbst seine Tante Lydia verschloss die Augen davor.

Liam verließ den Wohnturm durch die Küche, ohne den neugierigen Blicken zu begegnen, die Molly und ihre Gehilfinnen ihm zuwarfen. Hoffentlich würde Malcolm bald zurückkehren. Schon seit über einem Monat hatte Liam seine Lady Mairen nicht gesehen, und er sehnte sich danach, in ihre zärtliche Umarmung zu sinken.

Beim Gedanken an seine Liebste kam ihm automatisch auch der Comyn-Clan in den Sinn. Mehr denn je mussten Mairen und er nun dafür Sorge tragen, dass niemand von ihrer Liebe erfuhr. Sobald der Laird der Comyns von Malcolms Vergeltungsschlag auf Nairn hörte, würde er unwiderruflich wissen, dass es einen Spion in seinen Reihen gab.

Aus Sorge um Mairens Wohlergehen hatte Liam schon vor Monaten jemanden auf dem Wohnsitz der Comyns eingeschleust, dem er vertraute, um über sie zu wachen. Und auch wenn es nicht Mairen war, von der Liam seine Informationen bezog, würde der Laird der Comyns seinen Zorn an seiner einzigen Tochter auslassen. Genau wie er es mit Mairens Mutter getan hatte, bis zu dem Tag, an dem sie gestorben war. Einmal zu oft war er zu weit gegangen, hatte seine eigene Frau zu Tode geprügelt, und niemand hatte ihn dafür angeklagt.

* * *

Die untergehende Sonne sandte goldene Strahlen durch das Laub der Bäume um Alethias Lichtung und rief ihr in Erinnerung, dass es Zeit wurde, für heute zusammenzupacken und zurück zur Insel zu rudern. Gerade als sie gemeinsam mit Hunter das Boot belud, ertönte aus dem Dorf das Horn. Zwei Stöße.

Es *mussten* Malcolm und seine Männer sein!

Achtlos warf Alethia ihre Sachen auf den Boden des Boots, half Hunter hinein und stieß es eilig vom Ufer ab. Es waren nur zwei Hornstöße erklungen. Bedeutete das, es gab keine Verwundeten? Sie ruderte, so schnell sie konnte, und wie ein Torpedo raste das kleine Boot auf die Insel zu. Dort angekommen zog sie es ins Unterholz, griff sich, was sie tragen konnte, und lief los in Richtung Wohnturm – in der Gewissheit, dass Hunter ihr folgen würde, mit allem, was er mitnehmen konnte. Den Rest würde sie später holen.

Sobald sie die Küche betrat, richteten sich alle Augen auf sie. Die Sorge, die aus den Mienen sprach, riss ihr beinahe den Boden unter den Füßen weg. »Was ist los?«

»Es geht um Malcolm.« Molly kam herüber und nahm Alethia die mitgeschleppten Bündel aus der Hand.

»Wo ist er?« Hart hämmerte ihr das Herz gegen die Rippen, und ihr Mund wurde trocken. Sie hatte es gewusst. Die ganze Zeit hatte sie gewusst, dass etwas passieren würde, und jetzt war es geschehen. Sie versuchte, den Kloß in ihrem Hals hinunterzuschlucken, und konnte es nicht.

»Im großen Saal. Seine Männer kümmern sich um ihn. Er ist verletzt. Ich habe schon Wasser aufgesetzt, wie Ihr gesagt habt, falls es Verwundete gibt.« Molly deutete auf den Kessel in der Feuerstelle. »Was soll ich damit machen, Mylady?«

»Hol meinen Arzneikorb und bring ihn mir in den großen Saal. Du weißt, welchen ich meine?«, gebärdete Alethia an Hunter gerichtet. Er nickte und schoss davon wie der Blitz. Alethia rannte los. Als sie im Saal ankam, blieb sie wie angewurzelt stehen bei dem Anblick, der sich ihr bot. Soeben trat

Angus zu Malcolms blutüberströmtem Körper, der auf einem der behelfsmäßigen Behandlungstische lag. In der Hand hielt der Krieger ein Messer mit rotglühender Klinge. Entsetzt keuchte Alethia auf. »*Halt!* Wag es *ja nicht*, ihm mit diesem Ding zu nahe zu kommen!«

Angus erstarrte, überrumpelt von ihrem Ausruf, und Liam fasste sie bei den Oberarmen, um sie von Malcolm wegzudrehen. »True, wir müssen die Blutung stoppen. Die Wunde ist tief, und er hat ohnehin schon zu viel Blut verloren. Wenn wir das nicht ausbrennen, wird er mit Sicherheit Fieber bekommen. Das hätten wir schon im Feld getan, hätte er nicht darauf bestanden, vorher nach Hause gebracht zu werden.«

»Wir müssen schnell machen.« Angus setzte seinen Weg zum Tisch fort.

Alethia riss sich von Liam los und stellte sich zwischen Malcolm und die glühende Klinge. »Ich will ihn mir ansehen.« Vorsichtig näherte sie sich ihm. Malcolm war leichenblass, seine Kleider waren blutgetränkt, doch sein Blick fand den ihren. Mühsam schluckte sie ein Schluchzen hinunter und beugte sich vor, um ihn zu untersuchen. In diesem Moment verdrehte er die Augen, und sein Körper erschlaffte.

Um die Wunde auszubrennen, hatten sie den Verband von seiner Verletzung abgewickelt. Er war förmlich aufgeschlitzt, vom linken Schlüsselbein bis in die Ellbogenbeuge. An seiner Schulter sah Alethia Knochen hervorblitzen, und aus dem tiefen Schnitt durch seinen Bizeps sickerte stetig Blut. »Wenn ihr ihn mit dieser Klinge versengt, wird sein Arm für immer versehrt sein.«

»Und wenn nicht, stirbt er womöglich am Blutverlust oder durchs Fieber. Geht aus dem Weg.« Angus fasste sie beim Unterarm, um sie beiseitezuschieben. Zum ersten Mal bemerkte sie die anderen Anwesenden. Wie erstarrt standen Lydia und Elaine da, während Alethia sich Angus widersetzte.

»Lydia?« Alethia suchte ihren Blick. »Es ist Euer Sohn. Lasst Ihr mich versuchen, ihm zu helfen?« Lydia nickte, und Erleichterung durchströmte Alethia.

»Beth, hol mir aus der Küche heißes Wasser.« Hunter kam zu ihr gerannt, den Arzneikorb in der Hand. »Ich brauche Licht.«

Augenblicklich reagierte Elaine, brachte brennende Kerzen und platzierte sie auf dem Tisch. Alethia zitterten die Hände, als sie sich die Ärmel hochkrempelte. Was wusste sie schon über chirurgische Nähte? Nichts. Sie wusste nur, dass die Wunde gereinigt und desinfiziert werden musste, um ein Fieber – oder, schlimmer noch, Wundbrand – zu vermeiden. Hier ging es um Malcolm. Sie durfte nicht versagen. Dieser Moment musste es sein, weshalb sie an diesen Ort und in diese Zeit versetzt worden war.

Beth kehrte mit dem heißen Wasser zurück, und Alethia wusch sich die bebenden Hände und Arme mit der Seife, die sie aufbewahrt hatte. Als sie mit der beängstigenden Aufgabe begann, Malcolms Wunde zu reinigen, huschte ihr der Gedanke an Tetanus durch eine rostige Klinge durch den Kopf. Grundgütiger, so vieles konnte schiefgehen. Sie musste einen Würgereiz unterdrücken. Mehrmals atmete sie tief durch und verbannte die Angst aus ihren Gedanken. Haut zu vernähen konnte nicht so schwierig sein. Sicher nicht schwieriger als dasselbe mit Tierfellen.

Bloß dass es sich um den Mann handelte, den sie liebte, der hier so blass und reglos vor ihr lag.

Wenn sie bei ihm gewesen wäre, hätte sie seine Verwundung verhindern können? Flutartig brachen Zorn und Frustration über Alethia herein, dass sie zurückgelassen worden war – und das Zittern ihrer Finger ließ nach. Sie spülte seine Verletzung mit Whiskey aus und war froh, dass er für den Augenblick bewusstlos war.

Alethia zögerte, Nadel und Faden in der Hand, und war sich nicht sicher, wie sie weiter verfahren sollte. Welche Art Naht sollte sie verwenden? Mit angehaltenem Atem setzte sie kurz über seinem Ellbogen den ersten Stich, um als Erstes den tiefsten Teil des Schnitts zu schließen. Sie konzentrierte sich ganz auf ihre Aufgabe und arbeitete schweigend, gefühlt stundenlang. Ihr Rücken schmerzte von der Haltung, in der sie über ihn gebeugt dastand. Irgendwann spürte Alethia eine Hand auf der Schulter, und als sie kurz aufblickte, sah sie, dass Lydia neben ihr stand.

»Er wird überleben, True. Der Blutverlust ist beachtlich und wird ihn für mindestens eine Woche sehr schwächen, aber wenn ihn kein Fieber ereilt, ist das keine tödliche Verletzung.«

Alethia nickte und wandte sich wieder ihrer Aufgabe zu. Wann hatte sie angefangen zu weinen? Malcolms Atem wirkte viel zu flach, und seine Haut fühlte sich kalt und klamm an. »Beth«, rief sie.

»Aye, Lady True?« In Sekundenschnelle war das Mädchen bei ihr.

»Kannst du ein paar Decken holen, um ihn zu wärmen? Und bitte sag Molly, sie soll eine heiße Kraftbrühe mit Rind oder Damwild machen. Er braucht Flüssigkeit.«

»Außer dieser Wunde hat er auch noch einen schlimmen Schlag auf den Kopf bekommen«, bemerkte Robley an ihrer anderen Seite. »Wir sind in einen Hinterhalt geraten, keine Wegstunde vor Moigh Hall. Es waren Hugh und die verbliebenen Comyns, die wir aus Meikle Geddes verjagt hatten.«

»Und was ist mit Hugh?«, stellte Elaine die Frage, die Alethia auf der Seele brannte.

»Sobald ihm klar war, dass sie nicht gewinnen konnten, hat er die Flucht ergriffen, ganz der Feigling, der er schon immer war«, antwortete Robley mit ausdrucksloser Stimme.

»Und ihr habt ihn nicht verfolgt?«, wollte Lydia wissen.

»Nein. Wir mussten uns um Malcolm kümmern, und er wollte nach Hause.«

»Für Hugh wird der Tag der Abrechnung schon noch kommen«, fügte Angus grimmig hinzu. »Dieses Privileg wird Malcolm für sich beanspruchen.«

Nachdem Alethia ihn fertig zusammengeflickt hatte, übernahmen Liam und Angus und trugen ihn in seine Kammer. Angespannt folgte sie ihnen, wollte unbedingt an seiner Seite bleiben.

Lydia hielt sie auf. »Liebes, Ihr werdet im Saal gebraucht. Es gibt noch andere Verwundete, die Eurer Hilfe bedürfen. Malcolms Gemächer sind im Moment nicht der richtige Ort für Euch. Ihr könnt in Elaines Begleitung nach ihm sehen, wenn er versorgt ist.«

»Aber …«

»Liam und Angus werden sich darum kümmern, dass er gebadet und zur Ruhe gebettet wird.« Lydia drehte sie an den Schultern herum und versetzte ihr einen leichten Schubs von der Treppe weg.

Zaudernd blickte Alethia den beiden Männern hinterher, wie sie Malcolm von ihr forttrugen, bevor sie sich umwandte, um bei der Versorgung der anderen Verletzten zu helfen. Eindringlich bat sie Elaine und Lydia, die Wunden mit Wasser und Seife zu reinigen und mit Whiskey auszuspülen. Danach verteilte sie über jede Verletzung großzügig ihre antibiotische Salbe.

»Mylady, hier ist die Kraftbrühe, die Ihr wolltet.« Molly kam in den Saal, in den Händen ein Holztablett mit einer dampfenden Steingutschüssel darauf.

Dankbar nahm Alethia sie ihr ab. Endlich hatte sie einen Grund, zu Malcolm zu gehen. »Danke, Molly. Elaine, weißt du, wo Hunter steckt?«

»Aye, er hat die restlichen Sachen aus deinem … äh … Er hat eine Aufgabe für dich zu Ende gebracht. Danach habe ich ihn zum Abendessen in die Küche geschickt und ihm gesagt, er soll ins Bett gehen.«

Als ihre Blicke sich für einen Moment trafen, ging ein stummes Einverständnis zwischen ihnen hin und her. Alethia nickte. »Lydia, können wir jetzt nach Malcolm sehen?«

»Aye, geht nur. Ich mache hier weiter.«

* * *

Als Malcolm zu sich kam, vernahm er ein leises Schnarchen. Desorientiert versuchte er, sich ins Gedächtnis zu rufen, wo er sich befand und was geschehen war. Seine linke Körperhälfte brannte höllisch, und mit jedem Herzschlag dröhnte ihm der Kopf. Neben seinem Bett stand eine einzelne Kerze und erhellte die Umgebung. Er lag in seiner Kammer. Langsam kehrten einige vage Erinnerungen zurück. Er wusste noch, wie ihn jemand wachgerüttelt und aufgerichtet hatte, damit True ihm Kraftbrühe einflößen konnte. »Gottverflucht, bin ich durstig«, krächzte er.

Wer hielt da seine Hand umklammert?

Auf der Suche nach dem Urheber des leisen Schnarchens drehte er ein wenig den Kopf. Bei dem Anblick, der sich ihm bot, schmolz ihm das Herz. True saß auf einem Stuhl an seinem Bett und hielt mit beiden Händen seine fest. Sie war nach vorn gesunken und lag mit dem Kopf auf der Matratze, den Hals unbequem verdreht. Am Morgen würde sie einen steifen Nacken haben. Er lächelte. Seine Frau schnarchte.

Malcolm wusste, er hätte sie wecken und in ihre Kammer schicken sollen, damit sie sich ausruhte. Es ziemte sich nicht, dass sie mitten in der Nacht hier war, doch er brachte nicht den Willen auf, sich von ihr zu trennen.

Unter der Decke war er nackt, und er fragte sich, wer ihn ausgezogen hatte. Gebadet hatte man ihn ebenfalls. Hatte True sich um ihn gekümmert wie eine Ehefrau um ihren Mann? Er malte sich aus, wie sie mit zärtlicher Sorgfalt seinen malträtierten Leib wusch.

Eine weitere vage Erinnerung stieg in ihm auf. Er hatte darum gekämpft, wach zu bleiben, bis er im heimischen Wohnturm ihr besorgtes Gesicht über sich gesehen hatte. Erst als er gewusst hatte, dass True an seiner Seite war, hatte er sich der Finsternis ergeben. Erst in jenem Augenblick war er überzeugt gewesen, dass alles gut werden würde.

Malcolm hob den Kopf, um einen Blick auf seinen verletzten Arm zu werfen. Er konnte ein amüsiertes Schnauben nicht unterdrücken. Rasch vergewisserte er sich, dass sie von dem Laut nicht aufgewacht war, bevor er den Kopf wieder in die Kissen sinken ließ und ins Halbdunkel lächelte. Die vernähte Haut sah aus wie das jüngste Stickereiprojekt seiner Dame. In einem zierlichen Muster zogen sich rote, weiße und dunkelgrüne Fäden über die gesamte Länge der Wunde. MacKintosh-Farben. Gottverdammt, es tat gut, zu Hause zu sein.

Nein. Er würde sie nicht wecken. Vorsichtig löste er seine Hand aus ihrem Griff und richtete sich auf. Einen Moment hielt er inne, bis der Schwindel und die Übelkeit nachließen. Er schwang die Füße von seinem Bett und sah sich im Zimmer um. Als er auf dem Tisch neben sich zwei zugedeckte Schalen entdeckte, überfiel ihn der Durst von Neuem. Malcolm griff sich die nächstbeste Schale und stellte fest, dass darin noch mehr von der Brühe war, die True ihm vorhin eingeflößt hatte. Er trank sie leer und griff nach der nächsten. Tief atmete er ein. Es war ein Tee aus Hagebutten, Kamille und anderen Kräutern, die er nicht benennen konnte, gesüßt mit Honig. Er kippte die gesamte Schale hinunter. Für den

Augenblick war sein Durst gestillt, und so befasste er sich mit der Aufgabe, True in sein Bett zu bekommen.

Mühsam stand er auf und musste wieder gegen Schwindel und Schmerzen ankämpfen. Aufs Neue erfasste ihn Übelkeit. Auf das Bettgestell gestützt arbeitete er sich zu ihrer Seite des Bettes herum. Er hoffte bei Gott, dass sie ihn gut vernäht hatte, denn bei dem, was er vorhatte, war es gut möglich, dass die Wunde wieder aufriss. Bei Alethia angekommen ging er in die Hocke, schob einen Arm unter ihre Kniekehlen und richtete sie sachte auf, bis er mit dem anderen Arm ihren Nacken stützen konnte. Unter Zuhilfenahme seiner Beine und des Stuhls bugsierte er sie auf die Matratze. Vor Schmerz und Anstrengung stand ihm der Schweiß auf der Stirn, während er es ihr so bequem wie möglich machte.

Schwer atmend lehnte er sich gegen einen der Bettpfosten, um sich einen Moment zu erholen. Er deckte sie mit einigen Fellen zu, dann kämpfte er sich zurück zu seiner Seite der Matratze und glitt dankbar wieder unter die Decke. Mit dem unverletzten Arm zog er Alethia an seine Seite. Endlich erfüllte ihn Zufriedenheit, und sobald er den Kopf wieder aufs Kissen sinken ließ, trug der Schlaf ihn weit fort von jedem Schmerz.

* * *

Malcolm erwachte von dem Geräusch, mit dem seine Zimmertür sich öffnete. Er schlug die Augen auf und warf zuerst einen Blick auf die Frau, die neben ihm schlief, und dann zu Liam und Robley, die mit schockierten Gesichtern dastanden. Kurz über dem Knie lag Alethias eines Bein über seinem. Ihr Arm war um seine Taille gewandert, und ihr Kopf ruhte an seiner unverletzten Schulter. Besitzergreifend fasste er nach unten, um ihre entblößte Wade zu bedecken, und warf seinen Cousins einen missmutigen Blick zu. Was ihm im Dunkel der Nacht noch als gute Idee erschienen war, erwies sich bei Tageslicht betrachtet als Torheit.

Liam räusperte sich. Robley stand bloß mit offenem Mund da, und Malcolm deutete mit dem Kinn zur Tür. Dankenswerterweise begriff Liam, worauf er hinauswollte, und trat einen Schritt zurück, um sie zu schließen. Malcolm rüttelte sanft an der Schulter seiner schlafenden Liebsten. Gähnend streckte True die Glieder und öffnete dabei langsam die Augen.

Malcolm konnte ihr die Verwirrung am Blick ablesen, als sie sich aufsetzte und zu ihm herabsah. »Wie bin ich denn in dein Bett geraten?«

»Ach, Mädchen. Wie es aussieht, kannst du die Finger nicht von mir lassen.« Grinsend schaute er zu, wie ihre Augen sich weiteten. Robley hustete – zweifellos ein Versuch, sein Lachen zu verschleiern – und lenkte Trues Aufmerksamkeit auf die Tatsache, dass sie nicht allein waren. Malcolm sah eine entzückende Röte in ihre Wangen steigen. Ohne ein Wort streckte sie die Hand aus und fühlte ihm die Stirn. Dann nahm sie die Hand weg, erhob sich würdevoll vom Bett und stand mit gestrafften Schultern da.

»Kein Fieber«, verkündete sie. »Bitte teilt Malcolm mit, dass ich nicht mit ihm rede.« Sie schenkte ihm einen finsteren Blick. »Er ist verschwunden, ohne mir etwas davon zu sagen.« Hoch erhobenen Hauptes ging sie zur Tür, stieß den Riegel auf und marschierte hinaus, wobei sie das schwere Holz laut hinter sich zufallen ließ.

Stumm starrten Malcolm und seine Cousins ihr nach und zuckten zusammen, als sie zwei Sekunden später wieder hereingestürmt kam. Sie stapfte um das Bett herum zu der Seite, an der sie gesessen hatte, nahm den vergessenen Arzneikorb auf und verschwand wieder – ohne ein Wort oder einen Blick für einen von ihnen.

»True redet nicht mit dir, Malcolm«, unterrichtete Robley ihn lachend. »Das Bett teilt sie mit dir, aber erwarte keine Konversation.«

Wieder räusperte sich Liam. »Malcolm, ich muss das fragen. Was für Absichten hast du, was unsere Lady True betrifft?«

Malcolm schloss die Augen und ließ den schmerzenden Kopf ins Kissen sinken. »Ursprünglich hatte ich vor, sie im Frühling zu heiraten, wenn Vater zurückkehrt. Es ist unübersehbar, dass ich so lange nicht warten kann. Ich lasse einen Priester aus Edinburgh holen, auch wenn wir den wohl kaum vor dem Frühling hier sehen werden. Der Winter hat uns fest im Griff.«

»Versüß ihm das Angebot mit einer großzügigen Spende«, schlug Liam vor. »Robley, würdest du dich darum kümmern, das Sendschreiben abzuschicken? Ich muss mich unter vier Augen mit Malcolm unterhalten.«

Etwas an Liams Tonfall versetzte Malcolm in Alarmbereitschaft. »Bevor du dich mit dem Schreiben befasst, lass Molly ein Tablett mit Frühstück für mich heraufschicken«, bat er Robley. »Und Ale. Sie soll mir Ale schicken. Ich habe gewaltigen Durst.«

Robley schloss die Tür hinter sich, und Liam fuhr sich mit der Hand durchs Haar, sichtlich unentschlossen, wo er anfangen sollte.

»Vergeude deine Zeit nicht damit, mich zu maßregeln, Liam. In meinem Zustand war ich zu nichts außer Schlaf in der Lage. Trues Keuschheit ist ungefährdet, und ich vertraue darauf, dass weder du noch Robley irgendjemandem gegenüber ein Wort hierüber verlieren werdet.«

Liam schüttelte den Kopf. »Das ist meine geringste Sorge. Ich wusste schon seit dem Tag, als wir sie gefunden haben, dass ihr zwei heiraten werdet.«

»Was beunruhigt dich dann so?«

»Es hat im Wohnturm angefangen und sich seitdem im gesamten Clan ausgebreitet.«

»Was? Geht eine Krankheit unter unseren Leuten um?«

»Nein, keine Krankheit.« Für einen Moment sah Liam ihm in die Augen, dann senkte er den Blick. »Unser Clan ist entschlossen, True einen anständigen Ehemann zu finden.«

»Aye, mich.« Unbeeindruckt hob Malcolm seine unverletzte Schulter.

»Nein, Malcolm.« Liam schaute ihn verlegen an und schüttelte den Kopf. »Du stehst nicht auf der Liste, die unsere Ältesten zusammengestellt haben. Nicht einmal ganz am Ende.«

»Ich stehe nicht … Was für eine Liste? Sie gehört *mir*.« Malcolm machte Anstalten, aufzustehen, gab jedoch auf, während er sprachlos zuhörte, wie Liam von Trues Aktivitäten über die vergangenen Wochen berichtete. Die Schuld daran hatte man ihm gegeben, und zu Recht. Sie hatte ihn um Leder und Pelze gebeten, und er hatte es versäumt, sie ihr zu beschaffen, bevor er losgezogen war. In allen Einzelheiten beschrieb Liam, wie loyal sein Clan jener Fremden gegenüber war, die sie mittlerweile als eine der Ihren betrachteten.

»Wie ist es möglich, dass sie ohne dein Wissen die Insel verlassen konnte?«, verlangte er zu wissen, als Liam fertig war. »Ich hatte explizit Anweisung erteilt, dass sie innerhalb der Burgmauern bleiben soll.«

»Sie hatte Hilfe. Der Webersohn hat ihr ein kleines Fischerboot geborgt. Die Köchin hat ihr jeden Morgen Frühstück bereitgestellt. Die nötige Ausrüstung hat Elaine ihr beschafft, und Lydia hat darüber hinweggesehen und deine Anweisungen ebenfalls ignoriert. Als unsere Späher den Rauch von ihrem Feuer entdeckt haben, war sie schon eine Woche lang dabei. Ich fand, es könne nicht schaden, wenn sie etwas zu tun hat, solange du weg bist, und habe Wachen postiert, um ihre Sicherheit zu gewährleisten. Ich konnte nicht ahnen … Das heißt … Ich hätte mir niemals träumen lassen, dass die Dinge sich so entwickeln würden, wie es geschehen ist.«

»Denkst du, sie setzt auch heute zum Festland über?« Malcolms Frustration über seine körperliche Schwäche machte ihn äußerst gereizt.

»Ich weiß es nicht. Aber ich halte es für eher unwahrscheinlich. Nach dieser Nacht muss sie völlig erschöpft sein.«

»Liam …«

»Ich meine von der Versorgung der Verletzten«, fiel Liam ihm grinsend ins Wort.

Es klopfte an der Tür. »Herein.« Malcolms Mutter trat ein, ein Tablett mit Essen in den Händen. Beim Duft von frisch gebackenem Brot und Fleisch lief ihm das Wasser im Mund zusammen, und sein Magen knurrte hörbar. Vielleicht würde er sich kräftiger fühlen, wenn er etwas gegessen hatte.

»True hat die Nacht in deinem Zimmer verbracht, mein Junge.«

Er stöhnte. Als Liam lachte, warf Malcolm ihm einen strafenden Blick zu. »Hast du nicht irgendetwas zu tun?« Immer noch prustend überließ sein Cousin ihn den Vorwürfen seiner Mutter.

Malcolm rieb sich die Schläfen, ihm dröhnte der Schädel. »True ist eingeschlafen. Ich habe nur dafür gesorgt, dass sie es bequem hat.«

»Statt sie zu wecken und in ihr eigenes Gemach zu schicken, wo sie hingehört hätte, meinst du?« Lydia hob eine Augenbraue. »Hier, trink das.« Sie reichte ihm einen Becher von dem Tablett, das sie auf seinem Schoß abgestellt hatte. »Das lässt True dir schicken, gegen deine Kopfschmerzen.« Sie sah zu, wie er einen Schluck von dem bitteren Gebräu nahm.

»Ich weiß, dass nichts passiert ist. Wir alle haben mitbekommen, in welchem Zustand du warst. Als nicht mehr zu übersehen war, dass True über kurz oder lang vor Erschöpfung zusammenbrechen würde, haben wir sie ins Bett geschickt. Ich hatte ohnehin den Verdacht, dass sie sich wieder in deine Kammer schleichen würde. Ich habe sie beobachtet, als wir die Verletzten versorgt haben.«

»Sie hat etwas im Schilde geführt?« Malcolm würgte noch etwas von dem bitteren Sud hinunter und blickte seine Mutter über den Becherrand hinweg an.

»Ach, aye. Sie hat uns eingebläut, alle Wunden mit Seife auszuwaschen, und dann darauf bestanden, sie auch noch mit unserem guten *uisge beatha* zu spülen. Immer wenn sie dachte, niemand sieht hin, hat sie etwas aus ihrem Korb genommen, eine Art Salbe, und über die Wunden verteilt. Heute Morgen habe ich nach den Männern gesehen. Nicht eine der Verletzungen, die sie so behandelt hat, ist entzündet.«

»Hmpf.«

»Verstehst du denn nicht? Aus irgendeinem unerfindlichen Grund hält sie diese Arznei geheim. Spät in der Nacht ist True noch einmal in dein Zimmer geschlichen, als du geschlafen hast, um deinen Arm damit zu bestreichen.«

Malcolm strich mit dem Finger über die Haut an der Naht. Er spürte einen öligen Film. Neugierig rieb er Daumen und Zeigefinger aneinander und schnupperte daran. Es war kein Geruch auszumachen. »Sie redet nicht mit mir.«

»Das wundert mich nicht. Sie war sehr aufgebracht, als sie entdeckt hat, dass du ohne ein Wort losgezogen bist. Liam hat sie erwischt, als sie gerade eins der Boote nehmen wollte, um dir zu folgen. Zwei Tage lang ist True danach im Bett geblieben, und es war einige Überzeugungskraft nötig, um sie dazu zu bewegen, wieder hervorzukommen. Ich bin überzeugt, dass diese Verzweiflung der Grund war, aus dem Liam zugelassen hat, dass sie ihre …äh … Aktivitäten auf dem Festland fortsetzt.«

»Sie hat mir gefehlt.« Malcolm musste mehrfach schwer schlucken.

»Davon bin ich überzeugt, Malcolm. Iss jetzt. Du musst rasch wieder zu Kräften kommen.«

»Rasch?«

»Hast du es noch nicht gehört? Auf der Liste von angemessenen Ehemännern für unsere True bist du nicht einmal *aufgeführt.*« Angesichts seiner säuerlichen Miene lachte sie.

»Ich habe bereits nach einem Priester schicken lassen.«

»Vor dem Frühling werden wir wohl kaum einen hier sehen, und wenn es nach dem Clan geht, kann es gut sein, dass sie in nicht allzu ferner Zukunft nach alter Sitte vermählt wird. Manche Schätze haben nichts mit Geld, Juwelen oder Ländereien zu tun.« Seine Mutter bedachte ihn mit einem schalkhaften Blick. »Verstehst du, worauf ich hinauswill?«

»Natürlich verstehe ich, worauf du hinauswillst, Mutter. Bin ich etwa nicht dein Sohn? Was denkst du? Wird sie kommen, um nach mir zu sehen?«

»Aye. Während du schläfst. Und nur, um deine Wunde mit der Salbe zu behandeln.«

»Schick mir Beth.« Hungrig stürzte er sich auf das Mahl auf seinem Schoß.

»Wie du wünschst.« Seine Mutter tätschelte ihm das Knie und erhob sich vom Bett. »Aber zieh dir doch bitte etwas über, bevor sie eintrifft.« Sie nahm sein Gewand von dem Haken an der Wand und legte es aufs Bett.

Als Malcolm satt und angekleidet war, bettete er den Kopf aufs Kissen und dachte über alles nach, was er an diesem Morgen erfahren hatte. Das Pochen in seinem Schädel war verschwunden, zweifellos dank des Tees, den seine Liebste ihm geschickt hatte. Er lächelte. Reden wollte sie nicht mit ihm, aber sie sorgte trotzdem noch für sein Wohlergehen.

Sobald Beth sie für ihn geholt hätte, würde er sie um Vergebung anflehen. Er würde sie im Arm halten und ihre süßen Lippen küssen, bis sie in seinen Mund stöhnte. Zufrieden machte er die Augen zu und ließ die Fantasie vor seinem inneren Auge Gestalt annehmen.

»Mylord, Ihr habt mich rufen lassen?« Beth öffnete seine Tür einen Spaltbreit und spähte herein.

»Aye. Geh zu deiner Herrin und bitte sie, so schnell wie möglich zu mir zu kommen. Ich möchte mit ihr sprechen.«

»Aye, Mylord.«

Sie knickste und schloss die Tür, und er senkte die Lider, um sich wieder seiner Fantasie zu widmen. Bald würde alles in Ordnung sein.

Trues Reaktion auf seine Bitte ließ deutlich zu lange auf sich warten. Malcolm wurde ungeduldig und frustriert, er wollte nicht länger ans Bett gefesselt sein. Endlich klopfte es an der Tür. »Herein.«

Beth kam ins Zimmer und sah aus, als befürchte sie das Schlimmste. »Meine Herrin hat gesagt, ich soll sie *wörtlich zitieren.*« Unruhig knetete sie den Stoff ihres Rocks zwischen den Fingern. »Aber ich weiß nicht, was das heißt, versteht Ihr?«

Malcolm ließ den Kopf aufs Kissen fallen. »Das bedeutet, du sollst ihre Worte genau so wiederholen, wie sie sie gesagt hat.«

»Oh.« Beths Züge glätteten sich. »Also gut.« Sie holte Luft. »Lady True hat gesagt, ich soll Euch ausrichten: *›Er ist nicht Maimboss.‹*« Sie nickte. »Wisst Ihr, was das bedeuten soll?«

»Aye.« Er schloss die Augen und massierte sich die pochenden Schläfen. »Das weiß ich allerdings.«

Kapitel 14

Unter Zuhilfenahme der Wände, seines Bettes und von allem anderen in Reichweite ging Malcolm langsam in seinem Zimmer auf und ab, um wieder zu Kräften zu kommen. Schon vor drei Tagen war er mit seinen Männern zurückgekehrt, und er hatte genug davon, im Bett zu liegen. Seit jener Nacht, als True in seinen Armen geschlafen hatte, war sie ihm nicht ein einziges Mal unter die Augen gekommen. Nagende Frustration über seine Schwäche machte sich in ihm breit. Noch wütender machte ihn ihre Weigerung, seinem Ruf zu folgen, und die über allem liegende Rastlosigkeit sorgte dafür, dass er sich fühlte wie ein Tier im Käfig.

An sich hätte es einfach sein sollen – die Nacht über wach bleiben und sie erwischen, wenn sie mit ihrer Arznei zu ihm kam. Aber sein Körper ließ ihn im Stich, und jedes Mal verschlief er ihre fürsorgliche Behandlung und erwachte erst im Morgengrauen mit dem Wissen, dass sie dort gewesen war. Ihr blumiger Duft hing in der Luft – hatte sie seine Verletzung versorgt? Hatte sie für einen Augenblick seine Hand gehalten, ihm über die Stirn gestrichen?

Sein Arm juckte höllisch. Er wusste, dass es ein Zeichen für eine gute Wundheilung war, doch letztendlich war es nur ein weiterer Punkt auf der wachsenden Liste der Dinge, die ihn quälten. Malcolm pflückte sein Gewand vom Haken und kämpfte sich hinein. Er wollte ein Bad und eine anständige Mahlzeit. Beides würde Wunder wirken für seine Lebensgeister. Dann würde er True aufspüren und sie zwingen, Vernunft anzunehmen.

Ein Klopfen an der Zimmertür ließ sein Herz rasen. »Herein.« Elaine trat ein, in den Händen ein Tablett. Mit einem hörbaren Seufzen machte er seiner Enttäuschung Luft und ließ sich an der Feuerstelle auf einen Stuhl sinken.

»Ich bin nicht die, auf die du gehofft hattest.« Lächelnd baute Elaine sein Frühstück auf dem Tisch auf. »Aber ich würde trotzdem gern über etwas mit dir reden.«

»Aye? Was für Enthüllungen hast du heute früh zu verkünden, Schwesterherz? In letzter Zeit habe ich eine ganze Menge dergleichen gehört, und so langsam fällt es mir schwer, noch mehr zu verdauen.«

»Es geht um True.« Sie reichte ihm einen Becher mit bitterem Tee gegen seine Schmerzen. »Einige Dinge, von denen ich dir schon früher hätte erzählen sollen.«

»Wenn du mir jetzt ihre Jagdausflüge beichten willst oder dass der Clan vorhat, sie mit Robley oder Liam zu verheiraten, kommst du zu spät.« Missmutig schaute er sie an. »Das hat man mir bereits berichtet.«

»Nein, Malcolm. Es ist etwas, das True mir bei der Ernte erzählt hat. Sie hat erwähnt, du und Vater würdet glauben, Giselle hätte sie betäubt und auf dem Seeweg hier nach Scotia geschickt.«

»Aye?« Er machte sich über sein Frühstück her, neugierig, worauf Elaine hinauswollte.

»Mir hat sie erzählt, was bei Madame Giselle wirklich geschehen ist. Sie wurde nicht betäubt, noch ist sie mit dem Schiff hergekommen. Es war Magie, die sie hierher versetzt hat. Sie hat keinen Bissen gegessen, keinen Schluck getrunken, solange sie bei dieser Frau war.«

»Elaine …«

»Sieh mich nicht so an.« Mit ärgerlichem Blick straffte sie die Schultern und stemmte die Hände in die Hüften. »Wie oft haben wir schon Geschichten von Leuten gehört, die einfach verschwunden sind. Monate später tauchten sie wieder auf und erzählten Geschichten von fremden Ländern, in denen sie sich unverhofft wiedergefunden hätten?« In ihren Augen lag eine Herausforderung. »Die Geschichten sind immer gleich. Niemand hat eine Ahnung, wie er dorthin geraten oder wieder zurückgekehrt ist. Vielleicht gehört diese Madame Giselle zum Volk der Feen. Ich habe keinen Anlass, an Trues Worten zu zweifeln. Es gibt keinen Grund, warum sie sich eine solche Fabel zusammenspinnen sollte, und es schien ihr sehr zu widerstreben, sie überhaupt preiszugeben. Wesentlich einfacher wäre es für sie, sich einfach an die Variante zu halten, die du und Vater euch zurechtgelegt habt.«

Kopfschüttelnd dachte Malcolm über das Gesagte nach. »Da kann ich dir nicht widersprechen. Die Geschichten, die du erwähnst, habe ich ebenso gehört.«

»Sie fürchtet, dass Madame Giselle sie auf dieselbe Weise wieder aus unserer Mitte reißt. True liebt dich, Malcolm. Sie hat Angst davor, dir ihr Herz zu schenken, wenn sie jeden Moment von dir fortgeholt werden könnte.«

»Das hat sie dir gesagt?« Angesichts dieser ersten guten Nachricht seit seiner Rückkehr richtete er sich auf.

»Aye. Außerdem hat sie mir erzählt, dass sie vorhat, sich im Frühjahr einer Gruppe fahrender Musikanten anzuschließen, sollte Giselle sie bis dahin nicht wieder in ihre Heimat versetzt haben.«

»Aus dir spricht doch der Teufel.« Er hob die Augenbrauen. »Warum sollte sie so etwas tun?«

»Sie hat Angst davor, von uns fortgerissen zu werden, und ebenso vor einer ungewissen Zukunft. Versetz dich einmal in ihre Lage. True fühlt sich hier nur als Gast. Sie hat Sorge, unsere Gastfreundschaft könnte irgendwann erschöpft sein. Zu mir hat sie gesagt, es sei an der Zeit, dass sie einen Weg findet, sich und Hunter selbst zu versorgen.«

»Daran bin ich schuld.«

»Aye, du bist an allem schuld.« Sie grinste ihn an. »Also bring das in Ordnung.«

»Lass Liam zu mir rufen. Er soll zur Sext im großen Saal auf mich warten.«

»Das werde ich. Es tut gut, dich auf den Beinen zu sehen, Malcolm. Ich bin froh, dass du wieder hier bist.«

Malcolm nahm Elaines Hand und drückte sie. »Es tut gut, zu Hause zu sein.«

* * *

Grinsend blickte Robley ihm entgegen, als Malcolm die Treppe zum großen Saal hinabstieg. »Wieder auf den Beinen, Cousin? Ich bin an Liams Stelle hier. Im Augenblick ist er auf dem Festland und schiebt Wache. Ich glaube, heute ist er bei deiner Lady True eingeteilt.«

»Kannst du mir sagen, wo sie ist?«

»Aye. Auch mir fällt regelmäßig der Posten an ihrem Lager zu. Wie uns allen, der Reihe nach.« Er lachte leise. »True hat keinen Schimmer, wie wohlbehütet sie ist. Es gibt keinen einzigen MacKintosh hier, der nicht wüsste, was sie Tag für Tag treibt, und doch verliert niemand ein Wort darüber.«

»Bring mich zu ihr.«

»Aber *ich* bin doch die erste Wahl des Clans als Ehemann für das Mädchen.«

»Robley, treib es nicht zu weit.« Malcolms Beherrschung erreichte ihre Grenze. Finster starrte er seinen Cousin nieder.

»Hmpf. Also gut, brechen wir auf.« Robley drehte sich auf dem Absatz um und marschierte zum Fähranleger.

Für die Jahreszeit war es ein ungewöhnlich schöner Tag, und Malcolm war dankbar für die wärmende Sonne, als die Fähre sie über den See brachte. Er musterte den mittlerweile blattlosen Wald und erspähte Trues dünne Rauchfahne. War sie denn von allen guten Geistern verlassen? Stirnrunzelnd schüttelte er den Kopf. Gut, dass Liam rundum Wachen aufgestellt hatte – ihr Lager wäre ein verlockendes Ziel für Straßenräuber und Schlimmeres. Beim Gedanken an den Schwarzen Hugh, der durch diese Hügel streifte, lief es Malcolm kalt den Rücken hinunter.

»Ich weiß, was du denkst, Malcolm.« Robley suchte mit ernster Miene seinen Blick. »Sie ist nicht in den Highlands aufgewachsen, ist nicht so erzogen worden wie wir. Es ist ihr nicht in den Sinn gekommen, dass der Rauch sie verrät. True hat es nicht leicht gehabt in letzter Zeit. Nimm ein wenig Rücksicht auf ihre Gefühle, bevor du ihr einen weiteren Tiefschlag versetzt.«

»Denkst du, ich wüsste nicht, dass ich für das alles verantwortlich bin?« Missmutig sah Malcolm seinen Cousin an. »Mach du dir keine Gedanken über ihre Gefühle.«

»Und wie ich das tue. Wenn sie dich abweist, dann *werde* ich um sie anhalten.«

Nie zuvor hatte er Robley so ernsthaft gesehen. »Sie wird mich nicht abweisen.«

Darauf gab sein Cousin keine Antwort, und die Fähre legte an.

Robley beschrieb, wo sich das Lager befand, und Malcolm wusste sofort, von welcher Stelle sein Cousin sprach. Es war gleich hinter der ersten Biegung des Wasserlaufs, der den See speiste. Auf leisen Sohlen folgte er dem Bach und hielt abrupt inne. Bei dem Anblick, der sich ihm bot, wurden seine Augen groß, und ihm fiel die Kinnlade herunter. Jeder Gedanke an ihre Gefühle löste sich in Luft auf. Er stapfte auf die Lichtung, jeder Muskel in seinem Körper verspannt. »Alethia«, grollte er. »Du wirst dich auf der Stelle anziehen.«

Mit erschrockenem Gesichtsausdruck fuhr sie herum. »Oh, Mist.«

»Das kannst du laut sagen. Was hast du da an?« Er konnte die Augen nicht von ihr lassen. Die blaue Hose, die sie trug, saß wie eine zweite Haut und enthüllte all ihre weiblichen Kurven bis hinauf zum Scheitelpunkt ihrer Beine. Ihr dünnes Hemd war auch nicht besser. So, wie es sich an ihre Gestalt schmiegte, konnte er die Kontur ihrer Brüste sehen, und die dunklere Haut ihrer Knospen schimmerte durch den Stoff. Bei der Vorstellung, andere Männer könnten sie in einem solchen Aufzug gesehen haben, packte ihn die Wut – und so ging das schon seit Wochen. »Du bist hier fertig«, presste er zwischen zusammengebissenen Zähnen hervor.

»Nein.« Sie drehte ihm den Rücken zu und drapierte ein Tierfell über ein aus Ästen gebundenes Dreibein.

»Du beleidigst meine Gastfreundschaft und wagst es noch, dich mir zu widersetzen?« Er machte einen Schritt auf sie zu. »Ich hatte dir gesagt, du sollst innerhalb der Burgmauern bleiben, bis ich zurückkehre.«

Jetzt wandte sie sich ihm wieder zu und begegnete seinem Blick mit gestrafften Schultern und empörter Miene. »Das hier hat nichts mit einer Beleidigung deiner Gastfreundschaft oder einer Missachtung deiner Anweisungen zu tun. Genauer gesagt hat es überhaupt nichts mit dir zu tun. Du hast mich allein gelassen.«

In ihrem Tonfall lag kein Groll, und doch trafen ihre Worte Malcolm wie ein Peitschenrieb, der einen schmerzhaften Striemen hinterließ. »Nein. Ich …«

»Doch, Malcolm. Du hast mich *verlassen.*« Sie legte noch etwas Holz auf das Feuer unter dem Dreibein mit dem Fell und drehte sich dabei wieder von ihm weg. »Dafür bin ich dankbar, denn so war ich gezwungen, meine Situation einmal genauer in Augenschein zu nehmen.«

Ihre Gelassenheit beunruhigte ihn, auch wenn er nicht genau sagen konnte, inwiefern. »Deine Situation?«

»Was wäre aus mir geworden, wärst du nicht zurückgekehrt? Wann höre ich auf, Gast zu sein, und fange an, selbst etwas beizutragen?« Sie hob das Kinn. »Es wird Zeit, dass ich meinen Platz finde, mir ein Leben aufbaue.«

»Alethia …« Der Striemen, den ihre Worte hinterlassen hatten, riss auf und wurde zu einer blutenden Wunde.

»In meiner Welt wusste ich, wo ich hingehöre. In deiner Welt gibt es keinen Platz für mich. Es ist gar kein so großer Unterschied zwischen deinem Land und meinem. Eine Frau muss versorgt werden, braucht einen Vater, einen Bruder, einen Onkel … einen männlichen Verwandten …« *Einen Ehemann.* Sie zuckte die Schultern. »Hier habe ich niemanden. Verstehst du das nicht? Ich muss auf eigene Faust mein Glück machen, mir meinen Unterhalt verdienen.«

Bei diesem Schulterzucken war es um ihn geschehen. Ihre Verwundbarkeit war wie Salz in den Wunden, die sie mit ihren Worten hinterlassen hatte. So ein zartes Ding, so völlig allein in einer unbekannten Welt. »Das alles ist meine Schuld.« Er trat auf sie zu und nahm ihre Hände. Sofort versuchte sie, sich loszumachen. Unbeirrt hielt er sie fest und musterte ihre Finger, ihre Handflächen, die Knöchel. Allesamt rau, gerötet und schwielig. Er schluckte schwer. »Erinnerst du dich noch an den Tag, an dem ich dich gefunden habe?«

»Natürlich.«

»Damals sind mir deine Hände aufgefallen. Sie waren so weich und glatt, kaum eine Schwiele hat diese Perfektion verunziert. Deshalb wusste ich, dass du aus hohem Hause stammst.«

Sie riss ihre Hände fort. »Gar nichts ist deine Schuld, Malcolm. Glaubst du, ich weiß nicht, wie glücklich ich mich schätzen kann, dass du mich aufgenommen hast?« Erschauernd rieb sie sich die Arme. »Was wäre passiert, wenn mich stattdessen jemand wie Hugh gefunden hätte?«

»Es *ist* meine Schuld. Ich bin für dich verantwortlich.« Die Worte kamen nur als heiseres Krächzen heraus.

»Wie bist du nur auf diese Idee gekommen?« Sie schnaubte. »Du hast mir gegenüber keinerlei Verpflichtungen. Ich bin nicht deine Verantwortung, bloß weil Giselle mich in dein Leben geworfen hat.« Wieder hob sie das Kinn, doch sie begegnete nicht seinem Blick. »Ich bin dankbar für das Dach über meinem Kopf und das Essen, das ich an eurem Tisch bekommen habe. Jetzt ist es an der Zeit, dass ich aufhöre, mich wie ein Gast zu verhalten, und anfange, meine Schuld zurückzuzahlen.«

Hier ging es überhaupt nicht um Widerstand gegen ihn, sondern allein um ihre Unsicherheit. Und ihren Stolz. Malcolm ließ den Blick durch das Lager schweifen und registrierte zum ersten Mal die ordentlich aufgestapelten Felle und Häute, das Dörrfleisch, das in Streifen über einem zweiten Feuer trocknete.

Er hatte sie enttäuscht. Hatte sie tatsächlich allein gelassen – allein, verängstigt und im Ungewissen über ihre Zukunft in einem fremden Land. Diese Erkenntnis traf ihn tief. Er war ein schrecklicher Rüpel. Als reichte es nicht, dass er es unterlassen hatte, sich um ihre Bedürfnisse zu kümmern, hatte er sie nicht einmal wissen lassen, welchen Platz sie in seinem Leben einnahm – und in seinem Herzen. Er hatte ihre Zukunft als selbstverständlich gesehen, während sie keinen Schimmer hatte, dass sie überhaupt eine gemeinsame

Zukunft hatten. Von Schuldgefühlen überwältigt wich er vor ihr zurück. Er brauchte Abstand, um seine wogenden Emotionen unter Kontrolle zu bringen.

Bedeutete er ihr überhaupt noch etwas? Verdient hatte er es definitiv nicht. Und doch, Nacht für Nacht kam sie zu ihm und versorgte seine Verletzung, und Tag für Tag linderte ihr Tee seine Schmerzen und half ihm, gesund zu werden. Er wusste, was er zu tun hatte. Was er von Anfang an hätte tun sollen.

Seine Schwester hatte gesagt, Alethia fürchte, sie könnte jeden Moment aus ihrer Mitte gerissen werden. Ihr Stolz und ihre Unabhängigkeit waren ihr wichtig. Es würde das Klügste sein, wenn er ihre Zukunft absicherte, ohne sie von seinem Vorhaben wissen zu lassen. Sonst würde sie Einwände erheben. Oder, schlimmer noch, die Flucht ergreifen.

»Würdest du dich besser fühlen, wenn du eine MacKintosh wärst, Alethia? Das würde dir eine gewisse Sicherheit geben, oder?« Er trat wieder zu ihr, während sie sich weiter um ihre Arbeit kümmerte. »Dann hättest du deinen Platz.«

»Du meinst wie eine Adoption durch den Clan?« Sie ließ sich aus der Hocke auf die Fersen sinken und sah zu ihm auf. »In meinem Volk gibt es eine Zeremonie in der Art. Wir nennen es ›Wahlverwandtschaft‹. Das ist ein sehr gewichtiges Versprechen. Meinst du so etwas?«

»Etwas in der Art, aye.« Er sah zu, wie sie den Daumennagel in den Mund nahm und über seine Worte nachdachte. Gottverdammt, sehnte er sich danach, sie in seine Arme zu ziehen und festzuhalten. Doch er musste vorsichtig vorgehen. Er wollte sie nicht so verschrecken, dass sie rebellierte.

»Es wäre mir eine Ehre, eine MacKintosh zu werden, aber ändern würde das nicht wirklich etwas. Ich würde mir trotzdem noch selbst meinen Lebensunterhalt verdienen.«

»Dann bist du einverstanden?«

»Ja, Malcolm.« Sie nickte, und ihre Augen waren groß und ernst.

Bei dem feierlichen Ausdruck auf ihrem Gesicht spürte er einen Stich in der Brust. »Zieh dich an. Ich will nicht, dass dich irgendwer von meinen Männern so sieht.« Er ging einige Schritte weg und wandte sich zum Wald, war sich ihrer Gegenwart jedoch äußerst bewusst. Als er Kleider rascheln hörte, spannte sich sein ganzer Körper an, und sein Blut erhitzte sich.

»Malcolm?«

»Aye.«

»Bloß weil ich eine MacKintosh werde, heißt das nicht …«

»Sag es nicht«, grollte er.

»Was?«

»Sag nicht, dass ich kein Maimboss bin.« Der Klang ihres Lachens heilte die Wunde, die ihre Worte vorhin hinterlassen hatten. Grinsend blickte er in den Wald. Es würde alles gut werden.

»Zwei Wörter, Malcolm. Mein. Boss. Ein Boss ist jemand, der Macht über jemand anderen hat.«

»Macht also? Und in deinen Augen habe ich keine Macht über dich?«

»Nein. Ich bin mein eigener Boss.«

Er grinste. »Hmmm. Wenn du erst eine MacKintosh bist, dann unterstehst du meiner Autorität. Wie alle im Clan.«

»Das ist etwas anderes. Ich meine persönliche Autorität, du sprichst von Autorität über den Clan.«

»Aye?« Aus dem Augenwinkel erspähte er, dass sie wieder angemessen gewandet war. Mit einem scharfen Pfiff rief er seine Männer herbei und wartete. Robley und Liam tauchten als Erste auf. Trues überraschte Miene erheiterte ihn. Als Nächstes erschien Galen, dicht gefolgt von seinem Bruder

Gareth. Angus bildete das Schlusslicht. Auf sein Nicken hin schnitt er mit seinem Messer einen Streifen vom Ende von Malcolms *feileadh breacan* ab. Der Rest der Männer bildete einen lockeren Kreis um die Lichtung.

»Alethia, komm zu mir.« Als sie neben ihm stand, umfasste er ihr rechtes Handgelenk mit seiner eigenen rechten Hand. Liam wickelte den Streifen Plaid mehrfach um ihre verbundenen Handgelenke und verknotete die Enden. »Wie lautet dein voller Name, *mo cridhe*?«

»Alethia Grace Goodsky.«

»*True Grace*. Wahre Anmut.« Lächelnd sah er ihr in die Augen, während seine Männer anerkennend murmelten. »Ich fange an. Dann sage ich dir, was du antworten musst. Wir sprechen den Eid auf *Gàidhlig*.« Mit großen, vertrauensvollen Augen sah sie zu ihm auf und nickte. Rasch legte er sein Gelöbnis ab.

»Jetzt sage ich dir deine Antwort vor, und du wiederholst sie.« Wieder nickte True, und er begann. Er wusste, dass sie versuchte, zu verstehen, was sie da versprach. Konzentriert runzelte sie die Stirn, den Kopf leicht geneigt, als würde ihr das helfen, die Worte deutlicher zu hören.

»*Mo colann* bedeutet ›mein Körper‹. Was soll ich mit meinem Körper machen, Malcolm?«

»Da finden wir schon etwas, Mädchen.« Seine Männer prusteten. Augenblicklich wandelte Alethias Miene sich von Neugier zu Argwohn. »Ach, du gelobst Treue, Alethia. Viele unserer Wörter haben verschiedene Bedeutungen, je nachdem, wie man sie benutzt.«

Einen Moment lang musterte sie ihn, dann nickte sie und ließ ihn fortfahren. Es war die Wahrheit, und er war überzeugt, dass sie das auch gespürt hatte. Als sie ihr Gelöbnis zu Ende gesprochen hatte, beugte er sich vor und gab ihr einen sanften Kuss.

»Galen, kümmere dich darum, dass die Sachen meiner Frau zusammengepackt und auf die Insel gebracht werden.«

* * *

»Moment. Was? *Frau*?« Ungläubig blickte Alethia in die Runde, zweimal, bevor sie Malcolms Blick begegnen konnte. »Was ist hier gerade passiert?«

»Wir haben einander nach alter Sitte die Treue gelobt.«

»Was bedeutet das?«

Er brachte den Mund dicht an ihr Ohr, und sein warmer Atem sandte einen Schauer bis hinab in ihre Zehen. »Es bedeutet, dass wir vor Gott und Zeugen das Ehegelöbnis abgelegt haben.« Er wiederholte das Gelöbnis, diesmal auf Englisch: »Ich, Malcolm William, Sohn des William aus dem Clan MacKintosh, schwöre dir, Alethia Grace Goodsky, ewige Treue. Mit meinen Händen werde ich für dich sorgen. Mit meinem Körper werde ich dich beschützen. Mit meinem Herzen werde ich dich und nur dich lieben und ehren, mein Leben lang. Vor Gott und meinem Clan als Zeugen sind wir von diesem Tag an Mann und Frau.«

Er grinste. »Du bist meine Frau. Ich bin dein Mann.«

»Ich sehe hier keinen Priester.« Alethia konnte kaum atmen, und ihr Herzschlag war ein hektisches Stakkato.

»Priester sind in den Highlands ein seltenes Gut, Cousine True.« Robley zog sie in eine rasche Umarmung, doch sein gewohntes Grinsen fehlte. »Unsere Trauungen finden ohne den Segen eines Priesters statt, weil wir so weit ab vom Hofe leben. Statt uns alle in Sünde leben zu lassen, hat die Kirche dieses Bündnis nach alter Sitte als rechtsgültig und bindend anerkannt. Im Frühling kommt ein Priester, um alle so getrauten Paare zu segnen und die Kinder zu taufen.«

Alethia sah Sterne, und alles schien sich zu drehen. »Nein.« Sie zog an ihren verbundenen Handgelenken und versuchte mit zitternden Fingern, den Knoten zu lösen. »Das hättest du mir sagen müssen. Ich kann nicht … Ich kann das nicht noch mal … Nein, nein, *nein!*« Sie stampfte auf.

»Lasst uns allein«, befahl Malcolm seinen Männern.

Sie bebte am ganzen Körper, und in ihrer Panik wollte sie fieberhaft ihr Handgelenk befreien. »Warum hast du das gemacht? Du hast mich nicht gefragt. Ich kann das nicht noch mal durchmachen. Ich kann einfach nicht.«

Malcolm nahm ein Ende des Knotens und hielt es so, dass sie das Band lösen konnte. Dann wickelte er den Stoffstreifen ab und verstaute ihn in seiner Kilttasche. »Was kannst du nicht noch einmal durchmachen, Alethia?«

Sie versuchte, Atem zu holen, und bekam einfach nicht genug Luft in ihre Lungen. Auf keinen Fall wollte sie diese Unterhaltung führen, aber dieser Teufel zog sie in seine Arme, und sie war verloren. Seine unerschütterliche Stärke fühlte sich so gut an, so warm, so sicher. Sie brach in Tränen aus.

»Schhh, Liebste.« Zärtlich strich er ihr über den Rücken. »Was kannst du nicht noch einmal durchmachen?«

»Ich kann nicht noch mal einen Monat lang dasitzen und auf die Nachricht warten, dass du … dass du …« Sie schlang ihm die Arme um die Taille und schluchzte an seiner Brust. »Ich dachte, du kommst nicht zurück. Ich dachte, ich hätte dich verloren. Ich kann dich nicht lieben und dich dann doch wieder verlieren.« Sie legte das Ohr an seine Brust und lauschte seinem Herzschlag. Gott, hatte sie ihn vermisst. »Ist es bei euch Männern hier nicht üblich, eine Frau zu *fragen*, bevor ihr sie heiratet?«

»Ich habe gefragt.«

»Nein, hast du nicht.«

»Doch, das habe ich. Ich habe gefragt, ob du dich besser fühlen würdest, wenn du eine MacKintosh wärst. Jetzt bist du eine MacKintosh.«

»Aber du hast mir nicht gesagt, dass dabei eine Heirat im Spiel sein würde!« Bei seinem selbstzufriedenen Ton riss ihr der ohnehin schon überstrapazierte Geduldsfaden. »Das zählt nicht. Ich muss wieder nach Hause. Ich habe eine Zukunft, eine Familie … und … und … Juilliard.«

»Wer ist dieser Juilliard, von dem du da sprichst?«

Malcolms Stimme war hart geworden, und ihr Schädel begann zu pochen. »Juilliard ist ein Ort, keine Person. Alles, was mir auch nur das Geringste bedeutet hat, wurde mir aus den Händen gerissen.« Sie massierte sich die Schläfen.

»Alles?«

Der verletzte Unterton in seiner Stimme drang durch den Nebel in ihrem Kopf, und plötzlich war das alles mehr, als sie ertragen konnte. »Dein Vater wird das niemals gutheißen. Ich habe nichts einzubringen in diese Ehe.« Angesichts der widersprüchlichen Emotionen, die sie zu überwältigen drohten, schloss sie die Augen. Sie liebte ihn. Sie liebte ihre Familie. »Soll ich meine Heimat und meine Familie denn niemals wiedersehen?«

»Du hast selbst gesagt, dass die Nordmänner schon einmal in deine Heimat vorgedrungen sind. Wenn sie es schaffen, dann können auch wir diese Reise überstehen. Was sagst du dazu?« Er beugte sich vor, um ihr in die Augen zu sehen. »Wenn ich dich nach Hause bringen würde, würde das deine Sorgen lindern? Würde es deine Familie nicht beruhigen, zu sehen, dass du gut versorgt bist?«

Durch ihre Tränen blickte sie zu ihm auf. »Das würdest du für mich tun?« Natürlich war das nicht möglich, aber bei dem Angebot schmolz sie trotzdem innerlich dahin. Ihr Herz machte einen Satz. Den Rest ihres Lebens mit Malcolm zu verbringen war verlockend. Sie könnte ihre Ängste ruhen lassen – ohne ihn zu sein erschien ihr weitaus schlimmer.

»Aye. Ich gedenke, alles in meiner Macht Stehende zu unternehmen, um dich glücklich zu machen. Um meinen Vater brauchst du dich nicht zu sorgen. Ich bin ein erwachsener Mann und treffe meine eigenen Entscheidungen. An zusätzlichen Ländereien liegt mir nichts. Du bringst dich selbst in unsere Ehe ein, und das ist für mich mehr als genug.«

Wieder legte Malcolm die Arme um sie, und Alethia schluckte gegen den Kloß in ihrer Kehle an.

»Du hast gesagt, du willst eine große Familie, richtig?« Er hob ihr Kinn und streifte ihre Lippen mit seinen. »Das will ich auch. Wir können gleich damit anfangen. Noch heute Nacht.«

Unter seiner Berührung erbebte ihr Körper, und in seinen Worten lag ein verführerisches Versprechen. »Was ist mit Giselle? Was sollen wir tun, wenn sie mich holen will?«

»Ich werde nicht zulassen, dass sie dich mitnimmt.« In seiner Stimme lag ein harter Unterton, scharf wie die Klinge seines Claymore.

»Du weißt nicht … Ich habe dir nicht alles erzählt.«

»Das spielt keine Rolle. Giselle wird dich mir nicht wegnehmen. Ich habe geschworen, dich zu beschützen, und das werde ich auch.« Er drückte sie fester an sich. »Vertrau mir, Mädchen.«

»Warum, Malcolm? Warum hast du das getan?« Sie sehnte sich danach, ihr Vertrauen in ihn zu setzen. Die Angst ruhen zu lassen, mit der sie Tag für Tag lebte.

»Ich lasse nicht zu, dass du dich noch einen einzigen Moment um die Zukunft sorgst. Als meine Frau ist dein Platz gesichert. Heute ist unser Hochzeitstag, Alethia. Schon seit dem Tag, als ich dich am Wegesrand aufgelesen habe, hatte ich vor, dich zu heiraten. Ursprünglich wollte ich bis zum Frühling warten, wenn mein Vater zurückgekehrt wäre.«

»Frühling?« Ihre Gedanken sprangen zurück zu jenem Tag im Wald. »Als du gesagt hast, du könntest nicht bis zum Frühling warten, an dem Tag, als wir …«

»Aye, *mo céile*, und ich habe schon nach einem Priester schicken lassen. Vielleicht dauert es gar nicht allzu lange, bis wir einen zu Gesicht bekommen. Wirst du zustimmen, meine Frau zu werden, wenn wir unsere Gelübde vor einem Priester ablegen?«

In seinem Gesichtsausdruck lagen eine solche Zärtlichkeit und so viel Hoffnung, dass ihr das Herz schmolz. Sie schmiegte sich enger an ihn. »Und das fragst du mich *jetzt*?« Sie schnaubte belustigt. »Was heißt *mo céile* überhaupt?«

»Meine Frau.«

»Und was ist das Wort für Ehemann?«

Er knabberte an ihrem Ohrläppchen und sandte ihr damit einen köstlichen Schauer über den Rücken, bevor er ihr ins Ohr flüsterte: »Boss.«

»Ha! Das hättest du wohl gerne.« Sie barg das Gesicht an seiner Schulter, um ihr Lächeln zu verstecken. »Ja, Malcolm. Ich werde zustimmen. Glaubst du …?«

»Das Wort für Ehemann ist dasselbe wie das für Ehefrau. Glaube ich was, Alethia?«

»Ist es das, wofür ich hergeschickt wurde?« Sie berührte seinen verwundeten Arm. »Ist die Gefahr vorüber?«

Er legte ihr einen Finger unters Kinn und hob ihr Gesicht, sodass ihre Blicke sich trafen. »Es wird immer Gefahr geben. So ist das Leben.«

Mit ihrem Nicken ließ sie auch den letzten Widerstand fahren. Heute war ihr Hochzeitstag, und Malcolm war ihr Ehemann. Und wenn sie in seinen Armen blieb, bis das Zittern aufhörte, würde vielleicht alles gut werden. Sie spürte es bis in die Knochen – ihre Zukunft lag hier in der Vergangenheit. Ihre Familie, Gran – sie würden wunderbar ohne Alethia zurechtkommen, und in ihrem Herzen würde sie diese Menschen immer bewahren. »Mach das *nie* wieder.«

»Darauf hast du mein Wort. Ich werde nicht verschwinden, ohne es dir vorher zu sagen, aber ich kann dir nicht versprechen, nie wieder unseren Clan zu verteidigen.« Er hielt ihren Blick fest, bis sie nickte. »Wo ist Hunter?«, wollte er wissen und entließ sie aus seiner Umarmung. »Es wird Zeit, dass wir zurück zur Insel fahren.«

True deutete auf die Eiche und ging zum Stamm. »Eigentlich soll er für mich Wache halten.« Sie spähte hinauf zur ersten Gabelung. »Der kleine Verräter ist eingeschlafen.« Sie lächelte. »Was Hunter betrifft …«

Malcolm griff nach oben und hob den Kleinen von seinem Ausguck. »Von heute an ist er unser Sohn.«

Verwirrt öffnete Hunter die Augen, als Malcolm ihn an seiner Brust zurechtrückte. Fragend blickte er Alethia an, die ihm erklärte: »*Malcolm und ich sind jetzt Mann und Frau. Er ist dein Ziehvater.*« Vor ihren Augen trat auf Hunters Miene so etwas wie Ehrfurcht. Für einen Moment lehnte er sich zurück und sah Malcolm ins Gesicht, dann schlang er seinem neuen Vater die Arme um den Hals, legte den Kopf an seine Schulter und lächelte Alethia an, als hätte er von vornherein gewusst, dass es darauf hinauslaufen würde.

»Auf uns wartet ein Hochzeitsmahl. Hast du dich weit genug gesammelt, dass ich meine Männer wieder herrufen kann?«

»Malcolm, was deine Männer angeht …«

»Sie haben dein Lager von dem Tag an bewacht, als du zum ersten Mal ein Feuer entzündet hast, True. Der Rauch hat dich verraten.«

»Oh.« Warum hatte sie das nicht bedacht? »Wieso hat Liam nichts gesagt?«

Malcolm schenkte ihr dieses Lächeln, bei dem sie immer weiche Knie bekam. »Nun … Er isst gern Kanincheneintopf.«

Kapitel 15

Von ihrem Platz in Elaines Zimmer aus hörte Alethia die Bodhran und den Dudelsack aus dem großen Saal heraufschallen. »Beth«, wandte sie sich an die junge Frau und blickte über ihre Schulter. »Du solltest unten sein und tanzen.«

»Aye, Lady True. Und das werd ich auch bald.« Beth lächelte. »Wenn ich Euch für Eure Hochzeitsnacht zurechtgemacht hab.«

Alethia spürte, wie ihr die Farbe in die Wangen schoss. Nicht dass sie nicht gewusst hätte, was sie erwartete – und es war auch keine mädchenhafte Scham, die sie erröten ließ. Aber jeder im Wohnturm – nein, jeder auf der gesamten Insel – würde wissen, dass Malcolm und sie heute Nacht ihre Ehe vollzogen. Die Vorstellung war ihr unendlich peinlich.

Alethia saß an der Feuerstelle, während Beth ihr das Haar bürstete. Ihre wenigen Habseligkeiten waren bereits in Malcolms Zimmer gebracht worden. Dabei hatte Alethia persönlich dafür gesorgt, dass niemand in ihrer Tasche herumwühlte. Während man sie gebadet, gehätschelt und geschmückt und im Anschluss zum eilig zusammengeschusterten Hochzeitsmahl gescheucht hatte, war sie nicht einen Moment für sich gewesen, in dem sie über das Geschehene hätte nachdenken können. Komisch, wie dramatisch das Leben sich innerhalb eines einzigen Tages ändern konnte.

Auch wenn die Hochzeitsfeier eine äußerst kurzfristige Angelegenheit gewesen war, hatte eine festliche und beschwingte Atmosphäre den Saal erfüllt, und der Clan hatte die Nachricht von ihrer Vermählung voller Freude aufgenommen. Es hatte sie mit Demut erfüllt, wie viele Menschen sie beglückwünscht hatten. Den Nachmittag über hatten sich allmählich Geschenke auf der Herrentafel gesammelt – Leinen, Wolle, Kerzen und kleine Ziergegenstände.

Morgen würden die Flüchtlinge aus Meikle Geddes in ihr Heim zurückkehren, angeführt von Robley. Er hatte versprochen, dort zu bleiben, um dafür zu sorgen, dass die Comyns keinen weiteren Belagerungsversuch unternahmen. Davon abgesehen musste jemand bei den Reparaturen helfen, und Robley behauptete, dazu werde er gebraucht. Doch heute Abend feierten sie alle gemeinsam, und das aus mehr als einem Grund.

Der Feind war vertrieben worden, von Malcolm und zwanzig anderen Clansleuten, ihre Besitztümer waren ohne weitere Todesopfer zurückgewonnen. Die Ernte war dieses Jahr reichlich ausgefallen, und es hatte genug gegeben, um in Inverness noch einige Luxusgüter einzutauschen. Und jetzt eine Hochzeit.

Ein Klopfen an der Tür unterbrach ihre Gedanken, und Lydia kam hereingefegt, gefolgt von einer strahlenden Elaine. »Danke, Beth. Du kannst gehen. Jetzt werden Elaine und ich uns um meine Schwiegertochter kümmern.«

Beth legte die Bürste auf den Tisch, machte einen Knicks und wandte sich zur Tür. Bevor sie das Zimmer verließ, zwinkerte sie Alethia noch ein letztes Mal zu.

Den ganzen Nachmittag über war es eine Wohltat für Alethia gewesen, wie warmherzig Lydia sie angelächelt hatte, während sie die Hochzeit ihres einzigen Sohnes feierten. Lydia und Elaine hatten sie auch während des Bades begleitet und ihr das bestickte Nachthemd samt Morgenmantel geschenkt, das sie trug.

»Jetzt sind wir wirklich Schwestern.« Zufrieden grinsend ließ Elaine sich am Fußende des Bettes nieder.

Erfreut erwiderte Alethia das Lächeln, war sich aber nicht sicher, was sie sagen sollte.

»Wie alt warst du, als du deine Mutter verloren hast, Liebes?«

»Ich habe meine Eltern verloren, als ich zehn war.«

»Dann werde ich heute Nacht die Rolle deiner Mutter einnehmen.« Lydia setzte sich Alethia gegenüber auf den zweiten Stuhl und tätschelte ihr das Knie, als sei sie immer noch zehn Jahre alt. »Dies ist deine Hochzeitsnacht, und es wäre ein großes Versäumnis, wenn ich dir nicht erklären würde, was dich erwartet … was zwischen einem Mann und einer Frau geschieht …«

»Oh. Über die Bienchen und Blümchen weiß ich schon Bescheid, Lydia.«

»Die Bienchen … und …« Verwirrt sah Lydia sie an. »Ich möchte nicht über Bienen und Blumen reden, True. Ich bin hergekommen, um über Eheleute zu sprechen … und das Ehelager.«

Jetzt fühlte Alethias Gesicht sich an, als würde es gleich in Flammen aufgehen. Hilfesuchend blickte sie zu Elaine, die sie nur schelmisch angrinste. »Oh.«

»Aye, ähem.« Lydia strich sich den Rock glatt, und jetzt waren auch ihre Wangen rosig. »Weißt du, ein Mann hat gewisse Bedürfnisse«, setzte sie an.

»Und was ist mit den Frauen?«, fiel Elaine ihr ins Wort. »Haben wir nicht auch Bedürfnisse?«

»Ähm, aye, aber wir reden nicht darüber«, stammelte Lydia.

»Lydia …« Alethia hätte alles getan, um dieser furchtbaren Unterhaltung zu entgehen.

»Männer *und* Frauen haben gewisse Bedürfnisse«, stieß Lydia hervor. Sie hob die Hand, wie um weitere Unterbrechungen zu unterbinden. »Wenn man das Glück hat, einen großzügigen Mann zu heiraten, kann das Ehelager herrliche Erfahrungen bereithalten. Und ich hoffe doch sehr, dass ich meinen Sohn zu einem großzügigen Mann erzogen habe.« Lydia fächelte sich Luft zu. »Sein Vater ist es jedenfalls. Ich habe mein Bestes getan, meinem Sohn beizubringen, für andere zu sorgen und auch die Gefühle seines Gegenübers zu bedenken. Meine Hoffnung ist, dass … dass …«

»Lydia, ich bin mir sicher, es wird alles wunderbar laufen«, murmelte Alethia.

»Nun ja, die meisten Mütter würden ihren Töchtern raten, still dazuliegen und einfach über sich ergehen zu lassen, was sie erwartet. Diese Mütter tun ihren Töchtern keinen Gefallen. Leidenschaft zwischen Eheleuten kann etwas Wundervolles sein. Es ist kein Geheimnis, dass Malcolm und du einander viel bedeutet.« Lydia nahm Alethias Hände. »Ich könnte mich nicht mehr für meinen Sohn freuen, Liebes. Du machst ihn glücklich, und letztendlich ist das alles, was wir uns für unsere Kinder erhoffen können. Willkommen in unserer Familie, Alethia.«

Sie erhob sich und küsste Alethia auf beide Wangen. Mit brennenden Augen drückte Alethia ihr die Hände. »Danke. Es ist mir eine große Ehre.«

»Komm, es wird Zeit, dass wir dich zu deinem Ehemann bringen.« Elaine verließ ihren Platz und ging zur Tür. »Mach dir um Hunter keine Sorgen. Ich passe schon auf ihn auf. Morgen kann er wieder in dein altes Zimmer einziehen, das wird von jetzt an seine Kammer sein.«

Alethia nickte und ließ sich von den beiden durch den langen Korridor führen. Sie holte tief Luft und atmete langsam wieder aus. Es war ja nicht so, als wäre sie noch nie mit

Malcolm allein gewesen. Sie waren kurz davor gewesen an jenem Tag an der Quelle, so kurz davor. Und trotzdem fühlte es sich jetzt anders an. Völlig anders. Vor Gott und seinem Clan hatten sie einander ein gemeinsames Leben versprochen. Ihr Herz hämmerte, erfüllt von Vorfreude und einem anderen, viel umfassenderen Gefühl. Sie liebte ihn. Sie würde ihn immer lieben.

Vor der schweren Eichentür zu Malcolms Zimmer blieben sie stehen. Sowohl Elaine als auch Lydia umarmten sie fest. Dann öffnete Lydia die Tür, schob Alethia sanft über die Schwelle und schloss die Tür hinter ihr.

Im Kamin loderte ein Feuer und warf ein weiches, warmes Licht, vor dem sich Malcolms Silhouette scharf abzeichnete. Er trug einen Morgenmantel aus mitternachtsblauem Samt. Golden schimmernd fiel ihm das Haar um die Schultern. Mit dem Feuer im Rücken sah es aus, als hätte er einen Heiligenschein. Sie lächelte bei der Erinnerung an ihre erste Begegnung. *Mein Liebster.*

»Alethia.«

Sie spürte seine Nervosität und wusste, dass sein Herz ebenso erwartungsvoll klopfte wie ihres. »Malcolm.« Lächelnd sah sie ihn von ihrem Platz an der Tür an, die Hände vor sich gefaltet. Die Sekunden vergingen, und noch immer stand sie da, als hätten ihre Füße in den Dielen unter ihr Wurzeln geschlagen.

Aus dem großen Saal schallte johlendes Gelächter empor. Lydia und Elaine mussten verkündet haben, dass Alethia für die Nacht in die Hände ihres Ehemanns übergeben worden war. Peinlich berührt spürte sie ihr Herz gegen die Rippen hämmern. All die Menschen, die sie so gut kennengelernt hatte, und selbst jene, die sie nicht kannte, wussten ganz genau, was heute Nacht in diesem Zimmer geschehen würde. Sie wollte etwas sagen, brachte jedoch kein Wort heraus.

»Komm und wärm dich am Feuer.« Malcolm grinste. »Du siehst aus wie eins von deinen Kaninchen – in Versuchung geführt vom Köder, aber misstrauisch wegen der Falle.«

»Tu ich nicht.« Sie grinste ebenfalls, und für einen Augenblick löste sich die Spannung. Sie ging zu dem Stuhl gegenüber von seinem, wobei sie sich sehr darauf konzentrierte, nicht über den langen Saum des wunderschönen Seidennachthemds zu stolpern.

»Darf ich dir ein Glas Wein anbieten?«

»Sehr gerne.« Sie nahm die Unmengen wallenden Stoffs zusammen und setzte sich, während Malcolm ihnen beiden einschenkte.

»Hm. Etwas näher hätte ich dich schon gern, *mo céile.*« Malcolm stellte die Weinkelche auf dem Kaminsims ab, zog ihren Stuhl näher zu seinem und ließ sich nieder. »Kein Grund, nervös zu sein. Ich bin noch derselbe wie vor unserer Heirat. Es hat sich nichts geändert.«

Sie nahm den Wein entgegen, den er ihr reichte, und trank einen Schluck. »*Alles* hat sich geändert.«

»Aye, zum Besseren.« Er nahm den Kelch, den er ihr gerade gegeben hatte, und stellte ihn zurück auf das Kaminsims. »Komm her, Frau. Ich beiße nicht.« Er zog sie auf seinen Schoß und legte die Füße auf den Platz, der jetzt frei war. »Entspann dich, *mo cridhe.*«

»Du bist genauso nervös wie ich, Malcolm.« Sie lehnte sich an ihn und ließ den Kopf an seine Schulter sinken. Aus seinem Morgenmantel blitzte gelocktes rötliches Haar hervor. Sie fuhr mit den Fingern hindurch und legte ihre Hand auf sein Brustbein. Unter ihren Fingerspitzen spürte sie sein Herz rasen. »Würdest du mir noch einmal unser Gelöbnis vorsagen, damit ich es mir einprägen kann?«

Malcolm hob ihre Hand von seiner Brust und küsste ihre Fingerspitzen, eine nach der anderen. Alethia seufzte genüsslich.

»Ich, Malcolm William, Sohn des William aus dem Clan MacKintosh, schwöre dir, Alethia Grace Goodsky …«

»Aus dem Clan des Kranichs«, flüsterte sie.

»Aye, wohl wahr, daran habe ich heute Vormittag nicht gedacht. Wir werden es sagen, wenn wir einander im Frühling noch einmal die Treue schwören.« Er strich ihr eine Haarsträhne hinters Ohr. »Mit meinen Händen werde ich für dich sorgen. Mit meinem Körper werde ich dich beschützen. Mit meinem Herzen werde ich dich und nur dich lieben und ehren, mein Leben lang. Vor Gott und meinem Clan als Zeugen sind wir von diesem Tag an Mann und Frau.«

Er senkte den Kopf und bedeckte ihren Mund mit seinem. Sie liebte seine Küsse. Tief, stark und voller Inbrunst. Einladend legte sie ihm die Arme um den Hals und öffnete den Mund. Als er stöhnte, durchlief sie ein lustvoller Schauer, und Wärme sammelte sich pulsierend zwischen ihren Beinen.

»Warte.« Sie richtete sich auf seinem Schoß auf. »Was ist mit meinem Gelöbnis? Was habe ich gesagt?« Leidenschaft hatte das Himmelblau von Malcolms Augen zu Mitternachtsblau verdunkelt.

»Ich, Alethia Grace Goodsky … aus dem Clan des Kranichs … schwöre dir, Malcolm aus dem Clan MacKintosh, ewige Treue. Mit meinen Händen werde ich für dich sorgen. Mit meinem Körper werde ich dir beistehen. Mit meinem Herzen werde ich dich und nur dich lieben und ehren, mein Leben lang«, rezitierte Malcolm.

Er wartete, während sie die Worte wiederholte. Sie sprach jede Zeile nach, bis sie zu der Stelle kam, an der sie ihm mit ihrem Körper Beistand schwor. »Mit meinem Körper werde ich dir beistehen, aber dich auch beschützen.« Entschlossen hob sie das Kinn.

»Nein. Es ist die Pflicht eines Mannes, seine Familie zu beschützen, und die Pflicht einer Frau, sich um die Bedürfnisse ihres Mannes zu kümmern und ihm die Freuden von Haus und Herd zu schenken.«

»Ich kann beides – dir beistehen *und* dich beschützen.«

»Gut möglich, dass du das kannst. Meine Hoffnung ist, dass niemals die Notwendigkeit bestehen wird. Jetzt sag den Rest.«

»Mit meinem Herzen werde ich dich lieben und ehren …«

»Und *nur* mich.«

Sie lachte leise. »Dich und *nur* dich lieben und ehren, mein Leben lang. Vor Gott und unserem Clan als Zeugen sind wir von diesem Tag an Frau und Mann.«

»Mann und Frau.«

»Hab ich doch gesagt.« Unter gesenkten Wimpern hervor blickte sie kurz zu ihm auf und lächelte, während sie wieder anfing, mit seinem Brusthaar zu spielen.

»Ich begehre dich, Alethia. Seit jenem Tag, als ich dich am Wegesrand aufgelesen habe, kann ich an kaum etwas anderes denken. Du verdrehst mir völlig den Kopf vor Sorge und Verlangen.«

»Sorge?« Sie legte ihm die Hände an die Wangen und drückte ihm einen Kuss auf die gerunzelte Stirn. »Warum bereite ich dir Sorgen, Malcolm?«

»Ich sorge mich um deine Sicherheit, um unsere Zukunft. Glaub nicht, es würde mir Freude machen, in den Kampf zu ziehen, denn das tut es nicht. Ich sehne mich nach Frieden, ich möchte einfach nur unsere Äcker bestellen und unser Vieh hüten, sodass niemand von meinen Leuten hungern muss. Ich will meine Kinder großziehen …«

»*Unsere* Kinder.« Sie hielt eine seiner Hände zwischen ihren.

Er schenkte ihr ein Grinsen, bei dem ihr das Herz stockte. »Aye, *unsere* Kinder. Reden wir nicht weiter über Sorgen. Ich habe eine Entjungferung hinter mich zu bringen.«

»Malcolm.« Sie schnappte nach Luft. »Ich kann nicht glauben, dass du das gesagt hast.«

Er hob sie auf die Arme und ging hinüber zum Bett, wo er sie sachte auf die Pelze bettete und sich über sie legte. Auf die Ellbogen gestützt blickte er auf sie herab. »Es sei denn, du möchtest nicht ...«

»Oh, und wie ich möchte.« Sie zog ihn für einen Kuss hinunter und schwelgte in dem Gefühl seines großen Körpers auf ihr. Er rollte sich auf seine unverletzte Seite und hielt sie dabei eng an sich gedrückt, während er ihren Mund erkundete und sich zugleich an dem Stoff zu schaffen machte, der ihre Haut bedeckte.

»Weib, wo steckst du unter all der Seide?« Es gelang ihm, ihr den Morgenrock abzustreifen, bevor er sich in ihrem Nachthemd verhedderte.

Sie lachte, und die Freude in ihrem Herzen war auch in ihrer Stimme zu hören. »Warte, lass mich das machen.« Sie enthedderte sich und stieg vom Bett. Langsam löste sie das Band, mit dem das Nachthemd vorn geschlossen war, und ließ den Stoff an ihrem Körper hinabgleiten. Während sie Malcolms Reaktion beobachtete, spürte sie, wie ihr erneut Röte in die Wangen stieg. Es gefiel ihr, wie er rasch Luft holte und sie voller Ehrfurcht betrachtete, und es erfüllte sie mit einer gewissen Kühnheit. »Jetzt du.«

Sie lächelte, als er vom Bett aufsprang, um ihrer Bitte Folge zu leisten. Er löste den Gürtel seines samtenen Morgenmantels und ließ ihn mit einem leisen Rascheln zu Boden fallen. Stolz stand er da, sein Körper straff und muskelbepackt, seine Männlichkeit prall aufgerichtet. *Beeindruckend.*

»Oh, Malcolm. Du bist so ...«

»Männlich?« Er grinste.

»So ...«

»Wohlgeformt? Gut aussehend?«

»Das alles bist du.« Sie streckte die Hand aus und berührte ihn an der Brust. »Aber nichts davon wollte ich sagen.« Zaudernd biss sie sich auf die Unterlippe.

»Was denn dann?« Verunsichert runzelte er die Stirn.

»Du bist so haarig«, flüsterte sie und schob die Finger in sein Brusthaar. »Ich liebe es.« Sie seufzte. Malcolm warf den Kopf in den Nacken und lachte, während er sie wieder in die Arme zog, und auch bei ihm hörte sie die Freude aus seinem Herzen in seiner Stimme.

»Aye, nun ja, denk an deine Worte, wenn es dich nachts kitzelt. Liebste Ehefrau, gib deinem Ehemann einen Kuss.«

Alethia hob das Kinn und genoss die Wärme seiner Haut auf ihrer. Mit der Zunge kostete er jeden Winkel ihres Mundes. Eine Flut von Liebe, Begehren und Zärtlichkeit durchströmte Alethias gesamten Körper. So eng an ihn geschmiegt, wie es nur ging, schob sie die Finger in sein goldenes Haar und ließ sich von ihrem Verlangen nach seinen Berührungen mitreißen. »Malcolm …«

Irgendwie brachte er es fertig, sie zurück aufs Bett zu befördern, sein Körper über ihrem. Alethia liebte das Gefühl, das sie dabei erfasste. In seinen Armen fühlte sie sich verehrt und beschützt. So groß, vernarbt und schwielig Malcolms Hände auch waren, ließ er sie doch mit unermesslicher Zärtlichkeit über Alethias Haut wandern. Sie verzehrte sich nach mehr.

Küssend und leckend zog er einen Pfad über ihren Hals hinab zu ihrer Schulter. »Ich will jede Stelle deines betörenden Körpers schmecken.« Mit den Lippen strich er über ihr Schlüsselbein, während er mit den Daumen so sanfte Kreise um ihre Brustspitzen zog, dass sie meinte, knisternde Elektrizität zu spüren, die ihr den Atem raubte.

Er senkte den Kopf und machte mit dem Mund weiter, wo eben noch seine Daumen gewesen waren. Mit der Zunge fuhr er um eine der Knospen, dann um die andere, während seine Hand zwischen ihre Beine glitt. Alethia bäumte sich auf.

Malcolm hielt inne und drehte sich wieder auf die Seite. Alethias Atem ging schwer und schnell. Auf einen Ellbogen gestützt ließ er langsam den Blick über ihren Körper gleiten, vom Scheitel bis zu ihren Zehen.

»Warum hast du aufgehört? Malcolm, tut deine Verletzung weh? Wir können …«

»Es ist nicht mein Arm, der mich quält.« Bei der Leidenschaft in seinem Blick verstärkte sich das Pochen zwischen ihren Beinen noch. Er nahm ihre Hand und legte sie auf seine Erektion. »Hier verzehre ich mich nach dir, *mo cridhe*. Ich will, dass du es genießt. Ich … Ich muss mich sehr zurückhalten, sonst verliere ich die Beherrschung.« Er holte tief Luft.

Als sie die Hand um ihn schloss, genoss sie die Hitze, die Härte und die samtige Beschaffenheit der Haut. Mit dem Daumen rieb sie über die Spitze, dann streichelte sie ihn bis zur Wurzel und tiefer. Stöhnend spannte Malcolm sich neben ihr an. Seine Hand kehrte zurück an jene Stelle, an der sie sich nach seiner Berührung sehnte. »Bitte, Malcolm. Ich halte es nicht länger aus.« Sie spreizte die Schenkel weiter. Verlangend hob sie ihm mit jeder köstlichen Bewegung seiner Finger das Becken entgegen.

Als sein dunkles Lachen dicht an ihrem Ohr erklang, war es beinahe um sie geschehen. »Bald«, flüsterte er. Von einer ihrer aufgerichteten Brustknospen küsste und leckte er abwärts, an ihrem Bauchnabel vorbei, und spreizte schließlich ihre Beine weiter, um sich an ihr sattzusehen. Dann senkte er den Kopf. Bei der ersten Berührung seiner Zunge dort war es um sie geschehen. Innerhalb von Sekunden erbebte sie unter lustvollen Schauern und rief Malcolms Namen, während alles rationale Denken erlosch.

Küssend wanderte er wieder zu ihrem Mund hinauf und schob sich zwischen ihre Beine. Bereit zum Eindringen umfasste er ihr Gesicht mit seinen großen Händen. »Ich möchte dir nicht wehtun, Alethia.« Die Spitze seines Glieds drückte sich gegen sie, nur um mit dem nächsten Atemzug wieder zurückzuweichen.

»Ist schon gut. Ich weiß, was mich erwartet. Bitte ...« Er drang in sie ein, füllte sie um einen weiteren Zentimeter aus. Sie bog den Rücken durch, um ihn tiefer in sich aufzunehmen, und spürte Frustration in sich aufsteigen, als er sich erneut zurückzog. »Malcolm«, stöhnte sie. Wieder stieß er in sie, diesmal bis zu der dünnen Barriere aus Haut, die ihm den Weg versperrte. Er wiegte sich leicht in ihr und stöhnte an ihrem Hals. Länger würde sie das nicht ertragen. Sie zog sein Gesicht zu ihrem und küsste ihn mit all dem Begehren, das in ihr loderte. »Jetzt«, forderte sie.

Noch einmal zog Malcolm sich zurück, und sie hätte schreien mögen, bis er mit einem einzigen machtvollen Stoß ganz in sie drang. Es schmerzte, als das Jungfernhäutchen riss, doch nur für einen flüchtigen Augenblick. Sie verlagerte sich unter ihm, drängte ihn, etwas zu tun, und war frustriert, als er reglos verharrte.

»Geht es dir gut?«, fragte er mit heiserer, brechender Stimme.

»O ja«, seufzte sie und zog ihn für einen weiteren Kuss an sich. Anfangs bewegte Malcolm sich langsam, als fürchtete er, ihr Schmerzen zu bereiten. Mit jedem Stoß kam sie ihm entgegen, und sie spürte genau, wann er die Beherrschung verlor. Ein dunkles Grollen entrang sich seiner Brust. Seine Stöße wurden tiefer und schneller, und wieder baute sich die Spannung in ihr auf und trieb sie in einen Rausch von Empfindungen. Sie kam mit überwältigender Macht, und im selben Moment spürte sie heiß seinen Höhepunkt in sich. Eine Flut von Gälisch brach aus ihm hervor, während er sich weiter in ihr bewegte, bis er auch den letzten Tropfen vergossen hatte.

Zärtlich liebkoste er ihr Gesicht, von der Stirn bis zum Kinn, bevor er ihren Mund mit einem süßen, langsamen Kuss in Besitz nahm, bei dem ihr Herz zu schmelzen drohte. »Du bist die Meine. Jetzt und allezeit. Ich lasse nicht zu, dass irgendjemand dich mir wegnimmt. Zweifle niemals daran«, flüsterte Malcolm. Er strich ihr das Haar aus der Stirn, fuhr mit der Fingerspitze ihre Brauen nach und schaute ihr tief in die Augen. »Vertrau mir.«

»Das tue ich.«

* * *

Malcolm lag wach, noch lange nachdem seine Frau in seinen Armen eingeschlafen war. Als er sicher war, dass sie nicht aufwachen würde, erhob er sich und holte eine Kerze, die er an der Glut im Kamin entzündete und in den Halter neben ihrem Bett steckte. Noch vor einem Augenblick hatte sich Alethia an seine Seite geschmiegt, jetzt lag sie quer auf dem Bett. Ihr herrliches Haar ergoss sich über das Laken, die Decke war ihr bis zu ihrer Taille hinuntergerutscht. Malcolm setzte sich auf die Bettkante und beobachte sie im Schlaf.

Ihm schwoll das Herz in der Brust. Er musste der größte Glückspilz in ganz Scotia sein, dass diese lieblichste aller Frauen ihm gehörte. Und als Geliebte war sie so wundervoll, wie er es sich in seinen kühnsten Träumen nicht hätte ausmalen können. Ihre Leidenschaft und ihre Hemmungslosigkeit standen der seinen in nichts nach.

Er nahm eine Strähne ihres Haars vom Kissen und ließ sie durch seine Finger gleiten. Beim Anblick ihrer perfekten Brüste, golden überhaucht vom Kerzenschein, spürte er erneut das Blut in seine Lenden strömen. Alethia zu lieben erfüllte ihn mit einem tiefen Gefühl der Zufriedenheit und Ruhe. Lächelnd rief er sich jedes Detail ihrer Hochzeitsnacht ins Gedächtnis und prägte sich alles ein, wie Alethia es mit ihrem Ehegelöbnis getan hatte. Wie sie ausgesehen hatte, als sie hereingekommen war, wie eine Märchengestalt, eine Erscheinung in einer Wolke aus feiner Seide, die wundervolle Haarpracht offen über ihre zierlichen Schultern und den Rücken fallend. Alethia war alles, was er sich erhofft hatte – und mehr. Er schluckte den Kloß in seiner Kehle hinunter und sandte ein Dankgebet gen Himmel.

Diese Nacht hatte eine Erinnerung werden sollen, in der sie schwelgen konnten, wenn sie gemeinsam alt wurden – und das war sie. Sie hatten einander geliebt, bis Alethia die Augen nicht mehr hatte offen halten können. Die Realität hatte seine Fantasien noch weit übertroffen.

Er wünschte sich ein langes, glückliches Leben, erfüllt vom Lachen ihrer Kinder und Enkel. Doch es waren gefährliche Zeiten, und es war unwahrscheinlich, dass ihre Feinde da mitspielen würden. Und was war mit Giselle?

Er hatte geschworen, er würde niemandem erlauben, ihm Alethia wegzunehmen. Doch was konnte er gegen Magie ausrichten? Während er sich das Hirn zermarterte auf der Suche nach einem Plan, schöpfte er einen gewissen Trost aus den Worten, mit denen die Alte ihn vor so vielen Jahren aus dem Zelt geschickt hatte. Giselle hatte ihn angewiesen, die Wahrheit sein Leben lang an seiner Seite zu behalten, sofern er glücklich und zufrieden sein wollte. Etwas Derartiges hätte die Frau doch sicher nicht gesagt, wenn sie vorhätte, ihm Alethia wieder wegzunehmen.

Für den Augenblick war sein Begehren befriedigt – doch die Sorge blieb.

Kapitel 16

Malcolm stampfte sich vor den Toren des großen Saals den Schlamm von den Stiefeln. Der März brachte das Versprechen auf Frühling, und mit dem Frühling kam der Schlamm. Er kam vom Turnierplatz, dicht gefolgt von seinen zwei Schatten Tevin und Hunter. Vor einigen Wochen hatte er beschlossen, die beiden persönlich in der Kunst des Rittertums auszubilden. Immerhin war Hunter sein Ziehsohn, und er konnte den einen nicht ohne den anderen unterrichten, denn die beiden waren unzertrennlich. Ebenso wenig konnte er Hunter für seine Ausbildung an den Hof eines anderen Edelmannes schicken, wie es der Brauch war. True wollte nichts davon hören.

Beim Gedanken an seine Frau lächelte er in sich hinein. Seit Ende November waren sie verheiratet, und noch immer konnte er sein Glück kaum fassen. Im Saal legte er den Überwurf ab, den True ihm zu Weihnachten gemacht hatte. Sie nannte das Kleidungsstück einen *Parka* – weiches Wildleder mit dickem Wollfutter und Kaninchenfellbesatz, überaus bequem und warm. Hunter trug eine kleinere Ausgabe davon, die beinahe identisch mit der seines Ziehvaters war. Malcolms Geschenk an True war ein mit Saphiren besetzter Goldring gewesen – ein Ehering.

Die Jungen, die jetzt als seine Pagen galten, beeilten sich, ihm einen Teller mit Frühstück zusammenzustellen, während er sich an den Tisch setzte. Vom Treppenaufgang wehte Gelächter von Frauenstimmen herüber. Wenn er Trues Lachen hörte, machte sein Herz noch immer jedes Mal einen Satz. Malcolm zauste Hunter das Haar und deutete zur Treppe, gerade als True und Elaine die letzten Stufen hinunterstiegen.

»Ich sterbe vor Hunger.« True ließ sich neben ihm nieder, während Hunter und Tevin sich förmlich überschlugen, den beiden Frauen aufzutischen.

»Das Wetter ist schön. Würdet ihr heute Nachmittag gern mit mir ausreiten, du und Elaine?« Mit jeder Woche wurden die Tage länger. Der Winter war schon immer Malcolms liebste Jahreszeit gewesen. Weniger Kämpfe, mehr freie Zeit, die er mit Freunden und Verwandten verbringen konnte – und vor allem diesen Winter hatte er deutlich mehr Zeit im Bett mit seiner warmen, willigen Frau verbracht.

»O ja.« True lächelte. »Und wenn wir schon unterwegs sind, kannst du mir auch gleich zeigen, wo hier Ahornbäume wachsen. Jetzt ist die Zeit, den Saft abzuzapfen, um Sirup daraus zu kochen. Thomas hat schon Bohrstifte und Eimer vorbereitet, wie ich ihn gebeten hatte.«

»Aye, das werde ich.«

»Gut. Molly hat einen Trupp von Leuten zusammengestellt, die bei der Ernte helfen. Warte nur, bis du erst diesen Sirup kostest, Malcolm.« Sie drückte seine Hand und wandte sich an Elaine. »Kommst du mit auf den Ausritt?«

»Ja, gerne. Ich habe genug davon, diese grauen Mauern von innen zu betrachten.« Elaine nippte an dem Tee, den Hunter ihr gebracht hatte. »Es wird guttun, etwas frische Luft zu schnappen.«

Ein einzelner Hornstoß aus dem Dorf unterbrach ihre Unterhaltung. Mit fragend hochgezogenen Augenbrauen suchte True Malcolms Blick. »Wahrscheinlich Nachricht von meinem Vater.« Malcolm nahm den Rest Brot und Käse, der noch vor ihm lag, und erhob sich. »Das Eis ist noch nicht ganz geschmolzen. Es wird eine Weile dauern, bis unser Gast hier ist.« Er beugte sich vor und gab seiner Frau einen raschen Kuss, bevor er sich verabschiedete, die Jungen wie stets dicht auf den Fersen. »Unseren Ausritt machen wir ein andermal, Mädchen.«

Auf dem Weg zum Fähranleger gesellte sich Liam zu ihm. »Sicher Nachricht von deinem Vater.«

»Aye. Es wird auch Zeit, dass wir von ihm hören. Ich will unbedingt wissen, was er bezüglich Meikle Geddes zu sagen hat, und wahrscheinlich teilt er uns auch mit, wann er zurückkehrt.« Für einen Augenblick legte er Liam eine Hand auf die Schulter. »Und Neuigkeiten von unserem König.«

»Glaubst du, sie versuchen es mit der Fähre?«

»Nein. Sie werden mit Sicherheit eins der Boote schicken.« Am Anleger hatte sich eine kleine Menge versammelt, um zuzusehen, wie das kleine Gefährt sich auf einem gewagten Zickzackkurs zwischen den Eisschollen hindurch in Richtung Insel bewegte. Am Bug saß ein einzelner Mann, und der Fährmeister schwang die Riemen. Malcolm trat näher ans Ufer, um das Boot auf den Sand zu ziehen, als es anlandete.

»Willkommen«, begrüßte Malcolm den jungen Mann in der Tracht eines Boten und streckte ihm die Hand hin. »Ich bin Malcolm, Sohn des William, Earl of Fife.«

Schlammbespritzt und mitgenommen von der Reise ergriff der Bote die dargereichte Hand und stieg aus dem Boot. »Ich danke Euch, Mylord. Edward of York ist mein Name. Ich bin ein Bote des Königs und bringe Kunde aus London.«

Malcolm verengte die Augen, und sein Herz raste. Seit der Abreise seines Vaters hatten sie nichts gehört, und er wusste nicht, was er erwarten sollte. »König James oder König Henry?«, fragte er milde.

»Henry, auch wenn es Neuigkeiten von James und Eurem Vater sind, die ich für Euch habe.«

Zufrieden deutete Malcolm zum Fallgatter. »Kommt mit in den Wohnturm. Erfrischt Euch und esst etwas, bevor Ihr uns Eure Kunde überbringt. Es war ein langer Winter ohne jede Nachricht von meinem Vater. Geht es ihm gut?«

»Ja. Jedenfalls war es so, als ich ihn zuletzt gesehen habe. Eure Burg ist nur eine von vielen, die ich in den vergangenen drei Monaten besucht habe. Ich bringe einen Erlass von Eurem König James an alle Clans.«

»Aye? Er erteilt Befehle.« Liam rieb sich die Hände. »Dann muss er dieses Frühjahr heimkehren«, schloss er, während er sich zu dem Boten gesellte.

»Liam«, bremste Malcolm ihn und nahm den Platz zur anderen Seite ihres Gastes ein. »Warten wir, bis Edward etwas zu Atem gekommen ist. Diese Neuigkeiten werden alle hören wollen. Sagt es weiter, heute Abend versammeln wir uns im großen Saal. Ich werde Molly anweisen, genug Essen für alle vorzubereiten. Vielleicht kann ich sogar meine Frau überreden, für uns zu musizieren.«

»Ihr seid verheiratet, Mylord?« Edward hob die Augenbrauen.

»Das bin ich. Warum fragt Ihr?«

»Äh … Euer Vater spricht oft von Euch. Ich hatte ihn so verstanden, dass Ihr bisher … noch nicht vergeben wärt.«

Liam lachte. »Aye, nun ja, das war er auch noch nicht, als sein Vater nach London aufgebrochen ist. Ursprünglich hatte Malcolm vor, auf seine Rückkehr zu warten, bevor er den Bund mit unserer Lady True eingeht, doch der Clan hatte andere Pläne, bei denen mein Cousin keine Rolle gespielt hätte. Ihm blieb keine andere Wahl, als die Sache selbst in die

Hand zu nehmen. Ihr werdet verstehen, weshalb, wenn Ihr die Dame erst kennenlernt.«

Liam verabschiedete sich, als Malcolm und sein Gast den Wohnturm betraten. Dort wies Malcolm einen Diener an, ein Zimmer und ein Bad für Edward bereitzumachen, und brachte den Boten zum Tisch. Eifrig beluden seine zwei Pagen dem Neuankömmling einen Teller mit Essen.

True erhob sich von ihrem Platz und kam zu ihm, gefolgt von seiner Schwester. »Edward, das ist meine Frau Lady Alethia. Wir nennen sie True. Und das ist meine Schwester, Lady Elaine. Das ist König Henrys Bote, Edward of York. Er bringt Neuigkeiten aus London.«

»Es ist mir ein Vergnügen.« Edward verbeugte sich vor den Damen und wandte sich an Malcolm. »Mylord, mir wurde aufgetragen, diese Sendschreiben nur in Eure Hände zu übergeben, und das würde ich gern tun, bevor ich mich zurückziehe.« Er griff in einen Lederbeutel, auf den das Siegel des Königs geprägt war, und holte mehrere Pergamentbündel hervor, die zu einem ordentlichen Stapel zusammengebunden waren.

Malcolm nahm die Briefe entgegen und sah sie durch, während er sich setzte. Zwei waren an seine Mutter adressiert, einer in der Handschrift seines Vaters und einer in der seiner Tante. Zwei waren an ihn gerichtet, einer von seinem Vater und einer von seinem Onkel. Malcolm brach das Wachssiegel des Briefs von seinem Vater und las. »Hm.«

»Was schreibt er, Malcolm?«, wollte Elaine wissen.

»Ende nächsten Monats kehrt er heim.« Stirnrunzelnd beugte er sich über das Schreiben.

»Was beunruhigt dich?« True legte ihm eine Hand auf den Arm.

»Ach, nichts. Geh doch mit Elaine zu Mutter und bring ihr die Briefe. Und lass Molly wissen, dass wir heute Abend den ganzen Clan verköstigen.« Er drückte ihre Hand und lächelte sie an. »Ich habe unserem Gast in Aussicht gestellt, du würdest nach dem Essen für uns spielen, wenn du magst.«

»Es wäre mir eine Freude, heute Abend zu spielen.«

»Komm, True.« Elaine zupfte sie am Ärmel. »Bringen wir Mutter ihre Briefe.«

True blickte von ihm zu seiner Schwester und erhob sich. Als die beiden in Richtung Küche gingen, die Köpfe flüsternd zusammengesteckt, sah Malcolm ihnen nach. Er wusste, dass Elaine seiner Frau versicherte, aus seiner Mutter würde sie die Neuigkeiten wesentlich leichter herausbekommen. Er brummte in sich hinein und las noch einmal den Brief seines Vaters.

»Eure Frau ist bezaubernd, Mylord.« Edward deutete mit dem Kinn in die Richtung, in die die Frauen verschwunden waren. »Ihr Akzent klingt fremdartig. Woher stammt sie?«

»Sie ist die Tochter eines Königs. Ihre Heimat liegt hinter dem Ozean und ist in unseren Gefilden wenig bekannt.«

»Wie kommt es, dass sie hier in den schottischen Highlands ist?«

»Ach, nun ja, das ist eine lange Geschichte, die ein andermal erzählt werden soll. Ich muss mich vor Einbruch der Nacht noch um vieles kümmern.« Malcolm winkte Tevin heran. »Junge, du wirst dich um unseren Gast kümmern und für den Rest des Tages als sein Page dienen.«

Ihm fielen die dreckverkrusteten Lederstiefel und das schlammbespritzte Wams des Boten ins Auge. Darüber trug der Mann eine Tunika, die ihn als Boten auswies und ihm bei der Ausübung seiner Pflicht sicheres Geleit garantierte. Während seines Aufenthalts hier würde Malcolm dafür sorgen, dass auch seine Kleider gereinigt wurden.

»Tevin«, fuhr er mit seinen Anweisungen fort. »Zeig ihm die Badekammer, wenn er mit dem Essen fertig ist, und dann bringst du ihn zu seinem Zimmer.« Er sprach Gälisch und dachte wieder einmal bei sich, dass es Zeit wurde, Tevin Englisch und vielleicht auch Französisch beizubringen. Er würde in dieser Welt Hunters Stimme sein und musste lernen, auch mit Menschen zu kommunizieren, die nicht zu ihrem Clan gehörten. »Der Junge wird Euch zeigen, wo Ihr baden könnt, und Euch dann zu Eurer Kammer führen. Fühlt Euch wie zu Hause, bis wir uns heute Abend wiedersehen.«

* * *

Elaine hakte sich bei Alethia unter, als sie zur Küche gingen, um mit Molly zu sprechen. »Was auch immer mein Vater meinem Bruder geschrieben hat, steht mit Sicherheit auch in seinem Brief an Mutter. Sie wird wesentlich eher bereit sein, uns die Neuigkeiten zu verraten. Sagen wir Molly Bescheid und bringen dann gleich die Briefe zu Mutter.«

»Du hast recht. In weniger als zwei Monaten ist dein Vater wieder hier.« Wie war Williams Reaktion auf die Nachricht von der Vermählung seines Sohnes ausgefallen? Hatte er etwas dazu geschrieben, das Malcolms Anspannung ausgelöst hatte?

»Du tust es schon wieder, True.« Grinsend beobachtete Elaine sie, als sie die Küche betraten.

»Was?«

»Dir Sorgen machen.«

»Ich mache mir keine Sorgen.« Sie runzelte die Stirn. »Ich denke nur nach.«

»Aye. Was dich betrifft, ist das ein und dasselbe.«

Nachdem sie sich mit Molly besprochen hatten, nahmen sie die Hintertreppe zu Lydias Kemenate, wo Elaines Mutter mit ihrem Stickzeug am Feuer saß.

»Mutter, ich habe einen Brief von Vater für dich und einen von Tante Rosemary.«

Lydia hob den Kopf und empfing sie mit einem warmherzigen Lächeln. »Aye? So etwas habe ich mir schon gedacht, als ich das Horn aus dem Dorf gehört habe.« Sie legte ihre Stickerei beiseite und nahm die Briefe von Elaine entgegen. Für einen Augenblick drückte sie die Pergamentpäckchen an ihr Herz. »Dein Vater wird bald wieder zu Hause sein.«

Gespannt ließ Elaine sich auf eine Stuhlkante sinken. »Aye, und True zerbricht sich den Kopf darüber.«

»William wird die Dinge schnell genau wie Malcolm sehen, Liebes. Und ihr zwei habt meine volle Unterstützung.« Lächelnd öffnete sie den Brief ihres Mannes, als könne sie es kaum erwarten. »Nun, es wird eine Auseinandersetzung geben, so viel ist sicher. Sie sind sich sehr ähnlich, beide stur wie Ochsen.«

Lydia richtete die Aufmerksamkeit auf das Schreiben, und Alethia ließ sich neben Elaine nieder und wartete, bis ihre Schwiegermutter fertig war. Beim Lesen entfuhren Lydia kleine Ausrufe und sie murmelte in sich hinein, was auch Alethia ein Lächeln aufs Gesicht zauberte. Wie musste es sich anfühlen, einen ganzen Winter lang von seinem Ehepartner getrennt zu sein? Sie hoffte, sie würde es nie erfahren.

»Und, was schreibt Vater?«, fragte Elaine, als Lydia das Pergament schließlich in ihren Schoß legte.

»Ende nächsten Monats wird er heimkommen.« Lydia bedachte ihre ungeduldige Tochter mit einem eindringlichen Blick. »Unser König und seine frisch angetraute Frau kehren zur selben Zeit zurück. James hat einen Erlass an alle Clans ausgegeben, die Kämpfe untereinander ruhen zu lassen. Er sagt, Schottland müsse ein geeintes Königreich werden, wenn wir wachsen und gedeihen wollen.«

»Das ist doch gut, oder?«, vergewisserte sich Alethia. Lydia verströmte dasselbe Unbehagen wie Malcolm, nachdem er den Brief seines Vaters gelesen hatte.

»Wenn sich alle Clans damit einverstanden erklären, aye, dann ist es eine äußerst gute Sache – doch das ist unwahrscheinlich, vor allem hier in den Highlands. Zwischen einigen der Clans bestehen jahrhundertealte Fehden«, erklärte Lydia.

»Wie zwischen den Comyns und den MacKintoshs?«, hakte Alethia nach.

»Aye, genau so.« Elaine nickte. »Wir werden dem Befehl unseres Königs Folge leisten. Doch das bedeutet nicht, dass auch die Comyns sich daran halten. Das war schon immer ein hinterlistiges Pack. Was schreibt er sonst noch, Mutter?«

»Manche Dinge sind nicht für deine Ohren bestimmt, meine Tochter.« Lydia grinste, während ihr eine leichte Röte in die Wangen stieg.

* * *

Für Alethia war nicht zu übersehen, dass die Aufmerksamkeit des Clans anderen Dingen galt, als sie ihr drittes Stück spielte. Alle brannten darauf, zu hören, was der Bote zu verkünden hatte, und wieder und wieder drifteten neugierige Blicke zu ihm. Lächelnd machte Alethia einen Knicks und legte ihre Geige beiseite. »Es ist so weit«, bemerkte sie, als sie sich mit einem übertriebenen Seufzen auf ihren Platz neben Malcolm sinken ließ.

»Was denn, True?« Malcolm legte seine Hand auf ihre.

»Unser Clan hat meine Musik satt.«

Er lachte leise und zog sie enger an sich, einen Arm um ihre Taille gelegt. Zufrieden schmiegte sie sich an ihn.

»Nein, unsere Leute werden deine Musik niemals satt haben, *mo cridhe*. Sie können es nur nicht erwarten, was Edward uns zu berichten hat.«

»Mylady, ich schwöre Euch, es stimmt«, fiel Edward von seinem Platz neben ihr ein. »Eure Musik ist wahrhaft hinreißend. Etwas Vergleichbares habe ich noch nie gehört.«

Alethia spürte Elaines Blick und wandte den Kopf, um ihre Freundin mit erhobener Augenbraue herüberspähen zu sehen. Sie grinste und entschied, dass sie für das mangelnde Interesse ihres Clans angemessen entschädigt worden war. »Vielen Dank, Edward.«

»Wir sollten es wohl hinter uns bringen«, sagte Malcolm. »Es wird Zeit, unseren Gast vorzustellen.« Er schob seinen Stuhl zurück und erhob sich, seinem Clan zugewandt. Mit dem Heft des Dolchs aus seinem Gürtel hämmerte er dreimal auf den Tisch, um die Aufmerksamkeit auf sich zu lenken. Im Saal wurde es still, und alle Augen waren erwartungsvoll auf das Podest gerichtet. »Wir haben Kunde von meinem Vater erhalten. Ende April wird er wieder bei uns sein.« Seine Stimme trug bis in die hintersten Winkel des Saals. »Das ist Edward, König Henrys Bote. Er bringt Neuigkeiten von unserem König James, und ich möchte euch alle bitten, ihm eure Aufmerksamkeit zu schenken.« Malcolm wartete, bis Edward sich erhoben hatte, bevor er sich wieder setzte.

»Mich schickt Euer Lehnsherr«, begann Edward. »Euer König lässt Euch grüßen und will, dass all seine Untertanen wissen: Er ist auf dem Weg in seine Heimat, um seinen rechtmäßigen Platz auf Schottlands Thron einzunehmen.«

Lauter Jubel und stampfende Füße unterbrachen seine Ansprache. »Lang lebe König James!«, rief jemand vom hinteren Ende des Saals, und vielstimmig wurde der Ausruf wiederholt, bis er dröhnend von allen Seiten erklang. Hilfesuchend wandte Edward sich an Malcolm, und erneut stand Alethias Ehemann auf und hämmerte auf den Tisch, bis der Aufruhr sich legte.

»Das ist noch nicht alles«, rief er. »Lasst ihn fortfahren.«

Aufs Neue wurde es still im Saal, abgesehen von einem erschrockenen Kleinkind, dessen Heulen von den Wänden widerhallte, während seine Mutter versuchte, es zum Verstummen zu bringen.

Edward sprach weiter. »James reist nach Scone Abbey in Perthshire, wo diesen Mai, im Jahre des Herrn 1424, seine Krönung stattfinden wird. Von dort wird er nach Castle Hill in Stirling weiterziehen. Ich bringe Euch den ersten Befehl Eures Königs als Eurem Lehnsherrn.« Er hielt vor aller Augen ein Pergament in die Höhe, an dessen unterem Ende das Siegel des Hauses Stuart prangte. »Er hat einen Befehl erlassen, den ich gemäß seinem Wunsch an seine Untertanen weitergebe. Eurem König ist zu Ohren gekommen, dass in seinem Land Chaos herrscht, dass Clan gegen Clan steht und Kämpfe an der Tagesordnung sind. Das bestürzt ihn, und er ist bestrebt, diesen Missstand zu beheben. Von diesem Tage an soll überall bekannt sein: Auf Anordnung Eures rechtmäßigen Königs James I., Sohn von Robert III., sind jegliche Kämpfe unter Scotias Clans mit sofortiger Wirkung verboten. Darüber hinaus wird jeglicher Verstoß mit der vollen Härte des Gesetzes geahndet werden.«

Auf seine Verkündung hin herrschte verblüfftes Schweigen, gefolgt von ungläubigen Ausrufen und skeptischem Murren. Edward setzte sich, während Malcolm ein weiteres Mal aufstand.

»So befiehlt es unser König«, verkündete er mit ruhiger Stimme, und schon bald verstummten alle Geräusche im Saal, als die Leute angestrengt lauschten, was er zu sagen hatte. »Die Treue der MacKintoshs gilt nach wie vor König und Vaterland. Endlich wird unser König wieder bei uns sein, wo sein Platz ist. Wenn König James begehrt, Schottland zu einen, dann soll dem so sein. Unter seiner Führung können wir nur stärker werden. Solange wir geeint sind, können wir keinem Feind von außen unterliegen. Lang lebe König James.« Er hob seinen Kelch, um auf den König zu trinken, und wieder erhob sich brüllender Jubel im gesamten Saal.

Alethia schwoll das Herz vor Liebe und Stolz. Sie hatte einen geborenen Anführer geheiratet, einen guten, ehrenhaften Mann – und ein Leben ohne ihn konnte sie sich nicht mehr vorstellen.

* * *

Das Kaminfeuer spendete in ihrem gemeinsamen Zimmer warmes Licht. Alethia saß dicht vor den Flammen und flocht sich vor dem Zubettgehen einen Zopf. Ihr gegenüber hockte Malcolm, und sie beobachtete ihn, wie er sein Schwert mit Wetzstein und Öl schärfte. Den ganzen Tag lang brannte sie schon darauf, ihn zu fragen, was sein Vater zu ihrer Vermählung zu sagen hatte. »Malcolm?«

»Hmmm?«

»Was hat dein Vater in seinem Brief zu unserer Vermählung geschrieben?«

»Darüber hat er nichts gesagt.«

Alethia hielt inne und richtete ihre volle Aufmerksamkeit auf ihn. Sie spürte … Unbehagen. »Findest du das nicht seltsam? Sein einziger Sohn und Erbe heiratet in seiner Abwesenheit, und er hat nichts dazu zu sagen?«

»Ich finde das ganz und gar nicht seltsam.«

In ihr keimte ein Verdacht auf, und plötzlich hatte sie Mühe, zu schlucken. »Du hast es ihm nicht gesagt!«

Mit einem resignierten Seufzen ließ er sein Schwert sinken und sah ihr in die Augen. »Ich habe es ihm nicht gesagt.«

»Warum nicht? Schämst du dich etwa meiner?« Entgeistert starrte sie ihn an, und in ihr wogten Gefühle, die sie nicht benennen konnte.

»Nein, ich schäme mich nicht für dich. Ich habe es ihm nicht gesagt, weil es im Augenblick andere Dinge gibt, die ihn beschäftigen, und das warten kann, bis er wieder hier ist.«

»Aber von Meikle Geddes hast du ihm geschrieben, nicht wahr?« Sie erhob sich und stellte sich vor ihn. »Gleich nach deiner Rückkehr haben wir unser Gelöbnis gesprochen. Ich wette, wir hatten es sogar schon getan, bevor du ihm geschrieben hast. Habe ich recht?«

»Aye.«

Wie benommen begann sie, im Zimmer auf und ab zu marschieren. »Du bereust es, oder? William wird es nicht akzeptieren. Er wird einen Anfall kriegen, wenn er es herausfindet.«

»Das reicht, Alethia. Ich bereue gar nichts. Ich bin ein erwachsener Mann. Wen ich heirate und wann, das lag immer in meiner Hand. Es spielt keine Rolle, wie mein Vater reagiert.«

»Wenn das wahr wäre, dann hättest du es ihm doch sofort berichtet.« Wütend funkelte sie ihn an. »Schreib ihm gleich morgen.«

»Das werde ich nicht tun.«

Ungläubig schnappte sie nach Luft. »Siehst du? Ich wusste es. Du schämst dich meinetwegen. Das, oder du bereust, was du getan hast.« Sie stemmte die Hände in die Hüften und starrte ihn nieder. »Schreib ihm.«

»Mäßige deinen Ton. Glaub nicht, du könntest mir sagen, was ich zu tun habe, Weib«, grollte er und stand ebenfalls auf. Einschüchternd ragte er vor ihr empor. »Zu diesem Zeitpunkt hätte das ohnehin wenig Sinn. Egal, wen wir ausschicken, höchstwahrscheinlich wird derjenige den Tross meines Vaters verfehlen. Er ist schon längst auf der Heimreise.«

Alethia blinzelte hektisch, um die Tränen der Kränkung zurückzudrängen, die sein Zorn ihr in die Augen trieb. Während sie zusah, wie er sein Schwert an seinen angestammten Platz neben ihrem Bett legte, musste sie den Drang niederkämpfen, laut zu schreien. Statt sie zu beruhigen, vergrößerte er ihre Unsicherheit mit seinen Worten nur noch. Sie schob die Füße in ihre Mokassins und ging in Richtung Tür.

»Was glaubst du, wo du hingehst?«

»Ich schlafe irgendwo anders.«

»Du wirst dieses Zimmer nicht verlassen, oder es gibt Konsequenzen.«

»*Konsequenzen?* Wie kannst du es wagen, mit mir zu reden wie mit einem Kind? Steck dir deine Konsequenzen sonst wohin.« Sie stapfte zur Tür und schaffte es auf den Korridor, gerade rechtzeitig, bevor Malcolm einen Satz machte, um sie zu packen.

Mit tränennassen Augen rannte sie durch die Gänge zu Hunters Zimmer und drückte sich neben der Tür an die Wand, um zu lauschen. Malcolm war ihr nicht gefolgt, und Elend schnürte ihr das Herz zusammen.

Sie schlüpfte in die Kammer und betrachtete das Bett mit Hunters schmaler Gestalt darin. Seufzend legte sie sich neben ihn und zog ihn an ihre Brust. Malcolm hatte ihr nicht die Sicherheit gegeben, nach der sie sich sehnte. Und wo sie so darüber nachdachte – wann hatte er je die Worte gesagt, die zu hören sie sich so verzweifelt wünschte? Er hatte nie gesagt, dass er sie liebte. Tränen liefen ihr über die Wangen, und ihr schmerzte das Herz. In der Hoffnung, er würde kommen und sich entschuldigen, wartete sie, bis die Erschöpfung sie übermannte und sie in einen unruhigen Schlaf fiel.

* * *

Malcolm lag auf dem Rücken im Bett und starrte wütend ins Dunkel. Trues Vorwürfe hatten ihn tief getroffen. Wie konnte sie es wagen, ihn herumzukommandieren wie einen Jüngling. Was er seinem Vater berichtete und was nicht, war ganz allein seine Entscheidung, und er konnte keinen Fehler an seinem Vorgehen entdecken. Sein Vater hatte im Augenblick Wichtigeres im Kopf als den Familienstand seines Sohnes.

Und doch, er hatte ihren verletzten Blick bemerkt, und sein Zorn wurde verdrängt von einem Stich der Schuld, gefolgt von Reue. Hätte er ihr hinterherlaufen sollen? Nein. Wenn er jetzt nachgab, würde sie ihn ihr gesamtes Eheleben lang nach ihrer Pfeife tanzen lassen. Es war besser, wenn sie gleich zu Anfang lernte, wer in ihrer Ehe das Sagen hatte. Im Umgang mit ihr war Bestimmtheit gefragt. Aye, Bestimmtheit – und ihr Ungehorsam würde Konsequenzen haben.

Lächelnd malte er sich unzählige Arten aus, wie sie Wiedergutmachung leisten könnte. Gedankenlos streckte er die Hand nach ihr aus, nur um daran erinnert zu werden, dass sie in einem anderen Bett schlief. Er knurrte. Sollte sie doch sonst wo schlafen. Er kam wunderbar ohne sie zurecht.

Die Nacht zog sich in die Länge, und noch immer konnte er nicht schlafen. Immer beharrlicher drängte sich ihm die Leere auf der anderen Seite des Bettes auf, während er sich hin und her wälzte. Schließlich war er völlig in die Decken verstrickt, und aufgebracht warf er das Bettzeug von sich und zündete die Kerze neben sich an. Es war hoffnungslos. Er streifte seinen Morgenmantel über und verließ das Zimmer. Leise schlüpfte er durch die Tür seines Ziehsohns, verfluchte seine Willensschwäche und schlich an Hunters Bett.

Wie erwartet schlief True neben dem Jungen tief und fest. Sie sah aus, als hätte ihr Streit ihr nicht das Geringste ausgemacht. Ihm schwoll das Herz vor Liebe und Stolz, als er auf seine kleine Familie hinabsah, wie sie Seite an Seite schliefen. Alethia und Hunter hatten die Leere in seinem Inneren gefüllt, und er würde alles in seiner Macht Stehende tun, um ihre Sicherheit und ihr Wohlergehen zu gewährleisten.

Seufzend hob er seine Frau hoch, ohne sie zu wecken, drückte sie an seine Brust und machte sich auf den Weg zurück in ihre gemeinsame Kammer. Ohne sie an seiner Seite fand er einfach keinen Frieden.

Kapitel 17

Eine Woge der Übelkeit zwang Alethia, sich zu setzen. Sie ließ sich auf den Stuhl an der Feuerstelle sinken und atmete tief und gleichmäßig, bis der Würgereiz nachließ. So erbärmlich es ihr auch ging, konnte sie doch nicht umhin, in stiller Freude zu lächeln, als sie die Symptome durchging. Erschöpfung, Übelkeit, empfindliche Brüste – und sie musste ständig den Abort aufsuchen. Sie rechnete zurück bis zu ihrer letzten Periode und kam auf etwa sieben Wochen, Ende Januar. Doch noch würde sie es Malcolm nicht sagen. Erst wenn das kritische erste Trimester überstanden war.

Seit ihrem Streit waren zwei Tage vergangen, und sie waren zu keiner Einigung gekommen. Auf seine gewohnte herrische Art hatte er ihr befohlen, nie wieder irgendwo anders zu schlafen. Sie hatte kapituliert. Teils, weil sie wusste, dass er recht hatte, was die Nachricht an seinen Vater anging – William wäre längst daheim, bevor ihn irgendein Bote erreichte –, und teils, weil sie sich an seinen warmen Körper in der Nacht gewöhnt hatte.

Ein knappes Klopfen unterbrach ihre Gedanken, und Hunter trat ein. »*Ich habe Hunger.*« Er kam zu ihr. An ihre Knie gelehnt zupfte er an ihrem Gewand.

»Ich auch. Hast du dich schon gewaschen?«, gebärdete sie.

Hunter verdrehte die Augen und hielt die Hände still.

»Komm mit in dein Zimmer.« Sie umwickelte das Ende ihres Zopfs mit einem Lederband. *»Du wäschst dich noch, bevor wir essen.«*

Mürrisch stapfte Hunter neben ihr her. *»Zwingst du Vater auch jeden Tag, sich zu waschen?«*

»Das muss ich nicht. Er macht das ganz von allein.« Bei seinem ungläubigen Gesichtsausdruck musste sie lachen. Heute Abend würde Hunter ein Bad nehmen. Ihr Magen knurrte. Sobald die Übelkeit vergangen war, nahm ein Bärenhunger ihren Platz ein. Ein weiteres Symptom. Letzte Woche war sie sogar vor Hunger mitten in der Nacht aufgewacht. Sie würde Molly fragen, ob sie ihr ein paar Kleinigkeiten geben konnte, die sie in ihrer Kammer aufbewahren konnte – etwas gegen den Heißhunger, das vielleicht auch die quälende Morgenübelkeit ein wenig lindern würde.

Hunter, gewaschen, gekämmt und angewidert von der ganzen unmännlichen Angelegenheit, rannte ihr voraus zur Treppe. Als sie im Saal ankam, saß er bereits am Tisch und aß. Er hatte ihr eine Schale Porridge hingestellt, übergossen mit reichlich frisch eingekochtem Sirup, genau wie sie es mochte. Dankbar nahm sie ihren Platz neben ihm ein. Mittlerweile war außer ihnen keine Menschenseele mehr im Saal. Tag für Tag blieb Alethia länger im Bett.

»Solltest du nicht mit Tevin auf dem Turnierplatz sein?«

»Da war ich schon«, gebärdete Hunter rasch, während er sein Frühstück löffelte. *»Vater hat mich hergeschickt, um nach dir zu sehen.«*

Das überraschte sie. Vermutete er bereits etwas? Wahrscheinlich machte er sich eher Gedanken um ihren seelischen Zustand. Seit ihrem Streit sorgte sie sich mehr denn je, er könnte ihrer Ehe mit zwiespältigen Gefühlen gegenüberstehen. Warum sonst hatte er seinem Vater nichts davon erzählt? Eine Woge trauriger Unsicherheit rollte über sie hinweg. Natürlich stritt er jegliche Zweifel ab und beharrte schlicht darauf, es sei allein seine Entscheidung. Er behauptete, die Reaktion seines Vaters bereite ihm kein Kopfzerbrechen. Wie sollte das überhaupt möglich sein? Sein Vater war immer noch der Earl.

Nach dem Frühstück würde sie ihr Nähzeug durchsehen. Bei der Vorstellung, winzige Kleider für ihr eigenes kleines Baby zu nähen, erfüllte sie ein kribbelndes Hochgefühl. Für einen Augenblick eilten ihre Gedanken zu ihrer Großmutter. Gran wäre außer sich vor Begeisterung gewesen angesichts der Neuigkeit, dass sie Urgroßmutter werden würde.

»True.« Im Durchgang zur Küche erschien Elaine. »Bist du auch endlich auf? Wir hatten schon Sorge, du würdest den ganzen Tag in deiner Kammer verbringen.«

»Wie spät ist es?«

»Der Vormittag ist schon fast vorüber. Malcolm hat Molly angewiesen, das Frühstück bis zur Mittagsstunde für dich stehen zu lassen. Für Hunter ist das heute schon die zweite Mahlzeit.« Elaine zauste dem Jungen das Haar, und grinsend blickte er zu ihr auf. »Geht … es dir gut, Schwester?«

Das Funkeln in Elaines Augen war nicht zu übersehen. Wusste sie es? »Mir geht es wunderbar. Ich bin bloß müde.«

Hunter schob seine leere Schüssel von sich und flitzte aus dem Wohnturm – vermutlich, um Malcolm und Tevin aufzuspüren, jetzt, wo seine Aufgabe erfüllt war.

Seufzend erhob Alethia sich. Prüfend blickte sie auch in die dunkelsten Ecken des Saals, bis sie sicher war, dass sie allein waren. Dann nahm sie Elaine beim Arm und brachte das Gesicht dicht an das ihrer Freundin. »Vor dir werde ich mein Geheimnis wohl nicht bewahren können, oder?«

Schallend klang Elaines Gelächter durch den großen Raum.

»Schh! Sei still!«

»Ach, True.« Elaine drückte Alethias Arm. »Es war nur ein Verdacht. Du bist es, die dieses Geheimnis nicht für sich behalten kann.«

»Sag es niemandem, vor allem Malcolm nicht. Vorher will ich sicher sein, dass alles in Ordnung ist.«

»Nicht einmal meiner Mutter?«

»Die wird es schon früh genug erfahren.«

»Wie lange liegt deine letzte Blutung zurück?«

Bevor Alethia antworten konnte, ertönte ein einzelner Hornstoß aus dem Dorf. »Meinst du, es ist noch eine Botschaft von deinem Vater?«

»Unwahrscheinlich. Komm, gehen wir zum Fähranleger. Draußen ist schönes Wetter, und die frische Luft wird dir guttun.«

Als sie am Strand ankamen, waren Malcolm, Liam und einige weitere MacKintosh-Krieger bereits dort. Malcolm nickte ihr lächelnd zu, bevor er sich der Fähre zuwandte. Er verspannte sich, und seine Miene wurde hart. Alethia folgte seinem Blick zu dem einzelnen Mann an Deck. Wer konnte dieser Besucher sein, dass er eine solche Anspannung auslöste? Normalerweise erwartete die versammelte Menge mit freudiger Spannung Neuigkeiten und das Vergnügen von Gesellschaft, wenn die Fähre übersetzte. Jetzt lagen Zorn und ein drückender Argwohn in der Luft.

Elaine schnappte nach Luft.

»Wer ist das?«, flüsterte Alethia ihrer Schwägerin ins Ohr.

»John aus dem Clan Comyn. Er ist der Sohn des Lairds.« Elaine umklammerte Alethias Arm. »Es waren die Comyns, die Meikle Geddes überfallen haben.«

»Was um alles in der Welt hat er hier zu suchen?« Alethia beobachtete die MacKintosh-Krieger, als die Fähre anlegte.

Niemand grüßte den Mann. Niemand reichte ihm eine helfende Hand, als er aus dem Boot stieg. Alle hatten die Finger dicht an ihren Gürteln, bereit, jeden Augenblick die Schwerter zu zücken.

Schließlich trat Malcolm vor. »Was führt dich her?« Aus seiner Stimme und seiner Haltung sprachen Autorität und Stärke. Er machte deutlich, dass jeder Feind es zuerst mit ihm würde aufnehmen müssen, bevor er den Menschen etwas anhaben konnte, die unter seinem Schutz standen. Alethias Herz weitete sich vor Stolz.

»Ich komme in Frieden und bringe eine Botschaft von meinem Vater. Zum Beweis übergebe ich Euch mein Schwert.« John zog es aus der Scheide und legte es auf den Boden.

»Um genau zu sein, werdet Ihr mir jede Waffe geben, die Ihr am Leib tragt, bevor ihr noch einen Schritt weiter auf unsere Insel kommt.« Von Malcolms Männern ertönte zustimmendes Gemurmel, während sie ihren Feind mit Adleraugen nach einem Anzeichen von Verrat absuchten.

»So soll es sein.« John holte einen Dolch nach dem anderen hervor, von seinem Gürtel und aus seinen Stiefeln, und legte auch diese Waffen zu Boden. Liam trat vor und sammelte alles ein. Umgeben von MacKintosh-Kriegern machte die Abordnung sich auf den Weg zum Wohnturm.

»True.« Malcolm nahm ihre Hand und zog sie an seine Seite. »Ich möchte, dass du uns in den großen Saal begleitest«, flüsterte er ihr ins Ohr.

Sie nickte, denn sie wusste, dass ihre Gabe, die Wahrheit zu erkennen, nun doch einmal gebraucht wurde, um die Sicherheit ihres Clans zu gewährleisten. Vor Nervosität drehte sich ihr der Magen um, und sie klammerte sich an Malcolms Hand, dankbar für seine solide Kraft.

Als alle ihre Plätze im großen Saal eingenommen hatten, trat Malcolm auf den Posten seines Vaters auf dem Podest, flankiert von Liam und Angus. Alethia stand hinter ihm, die Hand auf seine Schulter gelegt. Auf den restlichen Stühlen saßen MacKintosh-Krieger, und mit grimmigen Mienen starrten sie ihren ungebetenen Gast unerbittlich nieder. Durch ihre Positionierung war John gezwungen, ihnen allein und im Stehen gegenüberzutreten.

Der Neuankömmling griff in seine Kilttasche und holte eine mit Wachs versiegelte Pergamentrolle hervor. Er kam zum Podest und reichte sie Malcolm. »Unsere Clans sind schon seit den Tagen von Robert the Bruce verfeindet. König James kehrt zurück, um seinen Platz auf dem Thron einzunehmen, und es ist sein Wunsch, die Clans zu einen. Ich nehme an, Ihr habt von seinem Erlass gehört, der jegliche Kämpfe untereinander verbietet?«

»Das haben wir«, antwortete Malcolm. »Es sind nicht die MacKintoshs, die diese Fehde am Leben halten. Unsere Taten sind von jeher nur im Gegenzug zu den hinterlistigen Angriffen geschehen, die Euer Clan auf uns verübt hat. Welche Botschaft Euer Vater auch immer schickt, sie ist unserer Aufmerksamkeit nicht wert. Dem Wort eines Comyns kann man nicht trauen.«

John griff nach dem Schwert, das nicht länger an seinem Gürtel hing, und Alethia spürte den brodelnden Zorn, den er verströmte.

»Ein Großteil der Ländereien, die Euer Clan dieser Tage hält, gehörte einst uns«, presste er zwischen zusammengepressten Zähnen hervor. »Wagt es nicht, mir gegenüber von Verrat zu sprechen.«

»Es waren nicht die MacKintoshs, die Euch dieses Land genommen haben, sondern Robert the Bruce, und mit Recht. Euer Clan hat die unkluge Entscheidung getroffen, den Anspruch eines Fremden auf Scotias Thron zu unterstützen. Dem Sieger fällt die Beute zu.« Malcolm winkte ab. »Genug.

Für eine endlose Debatte über längst vergangene Zeiten fehlt mir die Geduld. Was wünscht Ihr uns mitzuteilen?«

Noch bevor John das Wort ergriff, fühlte Alethia, wie pure Bösartigkeit von ihm ausging. Lügen. Was auch immer er sagte, es würden Lügen sein. Warnend drückte sie Malcolms Schulter.

»In Übereinstimmung mit den Wünschen unseres Königs möchten wir der Fehde zwischen unseren Clans ein Ende machen. Das Sendschreiben in Eurer Hand ist eine Einladung meines Vaters. Zu Ehren unseres Versprechens laden wir Euch zu einem Versöhnungsfest ein.«

Sobald die Worte über Johns Lippen gekommen waren, erfüllte Alethia eine seltsame Empfindung von Kopf bis Fuß. Ihr Blickfeld verdunkelte sich von den Rändern her. Ihr traten Sterne vor die Augen, und ihre Knie gaben nach. Als die Finsternis sie völlig umschloss, spürte sie noch, wie starke Arme sie hochhoben. Dann ließ sie ihren Körper hinter sich und fand sich an einem ganz anderen Ort wieder, an dem sich vor ihren Augen eine Szene entfaltete. Es war, als stünde sie mitten in einem Hologramm oder einem 3D-Film.

In einem fremden Rittersaal saßen MacKintosh-Krieger neben Männern, die ihr fremd waren. Männern, deren Kilts dieselben Farben hatten wie der von John. Niemand gab irgendwie zu erkennen, dass er ihre Gegenwart bemerkt hätte. Wie ein Gespenst glitt sie durch den Raum und betrachtete jeden einzelnen Krieger, bis sie vor dem Podest stand. Die MacKintoshs wirkten betrunken, sprachen schleppend, bewegten sich unkoordiniert und langsam.

Malcolm saß zwischen John und einem großen, grausam wirkenden Mann mit kupferfarbenem Haar, durch das sich breite Silberstreifen zogen. Das konnte nur der Laird der Comyns sein, Ronald der Rote. Jetzt trugen Bedienstete den Kopf eines Wildschweins auf einem großen Tablett zu Tisch.

Als sie es vor ihrem Laird absetzten, gab er ein Signal, und die Diener beeilten sich, allen Wein nachzufüllen. Dann hob der Comyn-Laird den Kelch und wartete, bis alle Anwesenden dasselbe taten.

Ein Trinkspruch. Er wollte einen Trinkspruch ausbringen. Doch halt – warum hielt er den Kelch mit der linken Hand, wo er doch eindeutig mit der rechten gegessen hatte? Mit wachsendem Entsetzen blickte sie sich im Saal um. Es war bei fast allen Comyns dasselbe Bild.

»*Nein!*« Schreiend stürzte sie um den Tisch herum auf Malcolm zu. Doch aus ihrer Kehle kam kein Ton, als sie panisch versuchte, ihn zu warnen. »Malcolm, pass auf!«

Noch bevor er den Kelch gesenkt hatte, erhob sich das Oberhaupt der Comyns, in der Rechten einen Dolch. Alethia warf sich zwischen den Laird und ihren Ehemann. Der Arm des Mannes fuhr geradewegs durch sie hindurch, als er Malcolm die Kehle aufschlitzte. Hilflos musste sie zusehen, wie das Blut aus der klaffenden Wunde durch ihre gestaltlosen Finger strömte. Mit erstauntem Blick sah Malcolm zu seinem Feind auf. Sein Mund öffnete und schloss sich, als versuche er, etwas zu sagen.

Grauenerfüllt wich sie vom Tisch zurück, nur um rundherum dem gleichen furchtbaren Anblick zu begegnen. Sämtliche anwesenden MacKintosh verbluteten vor ihren Augen, und auf allen Gesichtern stand der gleiche ungläubige Ausdruck des Schocks. Dickes, klebriges Rot überzog den Boden, während die Comyns einander lachend zu ihrem leichten Sieg gratulierten.

»*Nein!*« Alethia schrie und schrie, und ihr Herz zerbrach in Millionen Scherben, die sich wie Glassplitter in ihre Seele bohrten.

* * *

Trues Hand rutschte von seiner Schulter. Malcolm blickte gerade rechtzeitig zu ihr auf, um sie schwanken zu sehen. Im gleichen Moment sprang er von seinem Stuhl auf und fing sie auf, bevor ihr Kopf gegen die Steine schlagen konnte.

»Entschuldigt mich.« Er hob Alethia auf seine Arme und drückte sie an sich. »Meiner Frau geht es in letzter Zeit nicht gut. Liam, kümmere dich darum, dass unserem Gast ein bequemes Zimmer bereitet wird.« Mit einem beredten Blick zu Liam vertraute er darauf, dass sein Cousin eine Wache vor der Tür des besagten Zimmers aufstellen würde. »Wir reden später weiter.«

»Natürlich«, antwortete John und verbeugte sich leicht. »Ihr müsst Euch um das Wohlergehen Eurer Lady kümmern.«

Malcolm stürmte die Treppe hinauf und begegnete im Korridor seiner Mutter und seiner Schwester. »Ihr wart auf der Empore?«

»Aye«, sagte Lydia. Über die Schulter wandte sie sich an seine Schwester. »Elaine, hol eine Schüssel kaltes Wasser und saubere Leintücher.«

»Sorge dich nicht, Malcolm. True ist nicht krank. Ich bin gleich bei euch in der Kammer.« Im Vorbeigehen tätschelte Elaine ihm den Arm.

Im Schlafzimmer schlug seine Mutter die Decken zurück, damit er True ablegen konnte. Sobald er sie losließ, begann sie, sich hin und her zu werfen. Er rüttelte sie vorsichtig an der Schulter, um sie zu wecken, und bekam es mit der Angst zu tun, als sie nicht reagierte. »Alethia«, sagte er dicht an ihrem Ohr. »Wach auf.« Noch einmal schüttelte er sie, während ihm das Blut vor Furcht in den Adern gefror. »Mutter, was soll ich tun? Ich kann sie nicht aufwecken.«

»*Nein!*«, stöhnte Alethia auf dem Bett und wand sich panisch, das Gesicht zu einer Maske des Entsetzens verzerrt. »Malcolm, pass auf!«

Malcolm sank aufs Bett, zog sie in seine Arme und drückte sie fest an sich. »Ich bin hier, Liebste. Es ist alles gut.« Verzweifelt wandte er sich an seine Mutter. »Was soll ich tun?«

»Ich glaube, du tust bereits alles, was in deiner Macht steht.« Lydia legte Alethia eine Hand auf die Stirn. »Fieber hat sie nicht. Ich weiß nicht, was mit ihr nicht stimmt.«

Endlich kam Elaine zurück, in der Hand eine Schüssel Wasser und über dem Arm ein ordentlich gefaltetes Leintuch. »Ist sie schon wieder zu sich gekommen?«

»Nein.« Malcolm betrachtete das Gesicht seiner Frau, und ihre Blässe jagte ihm Angst ein. »Alethia, wach auf.« Erneut schüttelte er sie, diesmal energischer – verzweifelt. Das Entsetzen hielt sie unerbittlich in seinem Griff, und gepeinigt stöhnend wand sie sich in seinen Armen. Sein Herz raste, er bekam nicht genug Luft. Noch nie hatte er sich so hilflos gefühlt.

»Leg sie hin. Überlass das uns, wir kümmern uns um sie. Wir rufen dich, sobald sie aufwacht.« Elaine stellte die Wasserschüssel auf den Tisch neben dem Bett.

»Nein, ich lasse sie nicht allein.« Er deckte sie zu und strich ihr das Haar aus dem Gesicht. Bildete er es sich ein oder beruhigte sie sich ein wenig? Elaine legte ihr den angefeuchteten Lappen auf die Stirn, während Malcolm nach Trues Hand griff. Endlich ging ihr Atem regelmäßiger, wurde langsamer.

»Sie schläft, Malcolm. Was auch immer das für ein Anfall war, er ist vorüber.« Lydia schob True eine Haarsträhne hinters Ohr. »Bleib bei ihr, wenn du willst. Unser Gast wird bleiben, bis du ihn wieder entlässt. Lass uns holen, wenn sie aufwacht.« Lydia nahm Elaine beim Arm und ging mit ihr zur Tür.

»Solltet ihr irgendetwas brauchen, schickt Hunter zu mir«, bat Elaine.

Hunter. An ihn hatte Malcolm keinen Gedanken verschwendet. Der Junge musste krank vor Sorge sein. Als Malcolm sich umsah, entdeckte er den Kleinen in einer Ecke zusammengekauert, die Augen groß und starr. »*Komm her, Junge.*« Hunter rannte durch das Zimmer und kletterte auf seinen Schoß. Malcolm konnte spüren, wie der kleine Körper des Jungen bebte. »*Sie schläft. Es wird alles gut.*«

Hunter legte eine Hand an Trues Wange. Für Malcolm sah es aus, als würde er völlig erstarren, als lausche er auf etwas. Schließlich fiel die Anspannung von dem Kleinen ab, das Zittern ebbte ab, und Hunter wischte sich verstohlen die Augen. »*Du wirst hier bleiben und unser Laufbursche sein. Wenn sie aufwacht, schicke ich dich los, damit du Lydia und Elaine holst.*«

Hunter nickte und wischte erneut die Tränen fort, die ihm noch immer über die Wangen rannen.

»*Es ist in Ordnung, zu weinen, mein Sohn. Selbst der stärkste Ritter vergießt ab und an Tränen.*« Mit einer Hand hielt Malcolm für einen Moment den Kopf des Jungen an seine Brust gedrückt. »*Wenn sie sich erst einmal vernünftig ausgeruht hat, wird sie wie neugeboren sein.*«

Er betete, dass das stimmte. Die Symptome der vergangenen Zeit waren ihm nicht entgangen – ihre Müdigkeit, die Übelkeit, und sie hatte schon seit Wochen nicht mehr geblutet. Auch wenn sie nichts gesagt hatte, ahnte er es bereits. Schließlich war es nur die natürliche Folge ihrer Liebesnächte.

Vielleicht hatte das Kind, das in ihr heranwuchs, die Ohnmacht verursacht. Ihm wurde die Kehle eng, und er hob Alethias Hand zu einem Kuss an seine Lippen. Würden sie einen Sohn oder eine Tochter bekommen? Er fragte sich, wann sie es ihm sagen würde.

* * *

Es war bereits Nacht, als True endlich zu sich kam. Den ganzen Tag über war Malcolm nie länger als ein paar Augenblicke von ihrer Seite gewichen. Als sie sich unter der Decke zu regen begann, flüsterte er ihr ins Ohr. »Wach auf, True.« Sie wandte sich seiner Stimme zu, ein gutes Zeichen. »Komm schon, Mädchen. Es wird Zeit, dass du aufwachst.«

»Malcolm?« Sie öffnete die Augen und versuchte, sich aufzusetzen.

Malcolm legte ihr einen Arm um die Schultern, um sie zu stützen. Erleichterung durchströmte ihn. »Ich bin hier, *mo cridhe.*«

»Ich sterbe vor Hunger.«

Er zog sie in seine Arme und musste sich zurückhalten, nicht laut zu lachen. »Ich lasse dir etwas bringen.«

Hunter war neben ihr eingeschlafen. Sanft stieß Malcolm den Kleinen an. Sobald der Junge die Augen öffnete, ging sein Blick zu seiner Ziehmutter. *»Hol Elaine und Lydia. Und sag ihnen, sie sollen etwas zu essen bringen lassen. True hat Hunger.«*

Hunters Lächeln erhellte den ganzen Raum. Eifrig nickend krabbelte er vom Bett und flitzte zur Tür. Malcolm richtete die Aufmerksamkeit wieder auf seine Frau. »Was ist passiert?«

Ihre Augen füllten sich mit Tränen, als sie zu ihm aufblickte. »Oh, Malcolm, es war grauenhaft. Lass die Männer herkommen, bevor ich davon erzähle. Das will ich nicht mehr als einmal aussprechen müssen. Ich hatte eine Vision.« Ihre Stimme bebte, und sie griff nach seiner Hand. »Das hatte ich noch nie, und ich hoffe, es kommt auch nie wieder vor.«

»Es wird alles gut, Liebste.« Malcolm streichelte ihr übers Haar und hielt sie an sich gedrückt. »Sobald Hunter wieder hier ist, lassen wir ihn die anderen holen. Sorge dich nicht.«

»John hat gelogen, Malcolm.«

Er schnaubte. »Natürlich hat er das. Er ist ein Comyn.«

Nach einem kurzen Anklopfen trug Beth ein Tablett zur Tür herein, Hunter dicht auf den Fersen. Vor Malcolm knickste sie rasch. »Wie geht es Euch, Mylady?« Sie stellte das Tablett auf den Tisch am Kamin und bückte sich, um die Glut anzufachen und etwas Torf nachzulegen. Sie stocherte, bis die Brocken Feuer fingen. »Wir sind alle krank vor Sorge um Euch. Kommt, Lady True. Setzt Euch ans Feuer und esst.«

»Mir geht es gut, Beth. Danke für das Essen. Ich habe solchen Hunger, dass ich einen ganzen Ochsen verdrücken könnte.«

Mit erhobenen Augenbrauen warf die Dienstmagd Malcolm einen Blick zu. Über Trues Kopf hinweg lächelte er ihr zu, bevor er seiner Frau aus dem Bett an den Tisch half. Um es ihr so bequem wie möglich zu machen, hatte er sie schon vor Stunden ausgezogen und es geschafft, ihr ein Nachthemd überzustreifen. Jetzt holte er Trues Morgenmantel, dann wies er Hunter in Gebärdensprache an, seine Männer zusammenzurufen. Wieder rannte der Kleine aus der Kammer.

»Ich habe genug Essen für zwei mitgebracht«, bemerkte Beth grinsend. »Oder vielleicht auch drei. Ich weiß, dass Ihr auch noch nicht Euer Abendmahl hattet, Mylord.«

»Vielen Dank.« Malcolm half True in ihren Morgenmantel, dann sank sie auf einen Stuhl. Er setzte sich neben sie und beobachtete amüsiert, wie sie sich mit äußerst gesundem Appetit auf das Essen stürzte. »Vielleicht brauchen wir noch etwas mehr.«

True hielt inne und blickte mit leicht gerunzelter Stirn zu ihm auf, während ihr die Röte in die Wangen stieg. Sie schluckte den Bissen hinunter, den sie im Mund hatte. »Ich bin mir sicher, wir haben genug.«

Während er noch lachte, kamen seine Mutter und seine Schwester herein und setzten sich zu True an den Tisch. Kurz darauf erschienen auch Liam, Angus, Galen und Gareth, und damit waren in der Kammer jene Menschen versammelt, denen er von allen auf der Welt am meisten vertraute. Für einen Moment bedauerte er es sehr, dass Robley fehlte. Gleich morgen würde er ihn wieder nach Moigh Hall holen lassen.

»Meine Frau hatte eine Vision.«

Mit großen Augen wandten sich alle zu True.

Die schob das Essenstablett von sich. »John hat gelogen. Diese Einladung ist eine Falle.«

Rundum brachen empörte Ausrufe aus.

»Haltet euch zurück«, befahl Malcolm. »Lasst uns hören, was True zu berichten hat. Heben wir uns unsere Entrüstung für den Gegenschlag auf.«

»Ihr dürft diese Einladung nicht annehmen.« Mit angstgeweiteten Augen blickte sie ihn an. »Sie haben vor, alle abzuschlachten, die dort erscheinen. Wenn sie einen Keilerkopf auftischen, wird sich der Laird der Comyns erheben, um einen Toast auf die Toten auszubringen. Sobald er zu Ende gesprochen hat, werden alle mit gezogenen Dolchen aufspringen und euch die Kehlen aufschlitzen.«

Schaudernd rieb sie sich die Arme. »Viele von euch waren betrunken. Es gehört zu ihrem Plan, dafür zu sorgen, dass ihr alle übermäßig trinkt.« Flehend schaute sie zu Malcolm. »Nimm diese Einladung nicht an. Die Comyns werden euch zahlenmäßig weit überlegen sein. Ihr dürft da nicht hingehen. Ich verbiete es. In meiner Vision bist du vor meinen Augen gestorben, Malcolm. Das kann ich nicht zulassen.«

Stirnrunzelnd neigte sie den Kopf zur Seite, als versuchte sie, sich an etwas zu erinnern.

»Was ist denn, True?« Er nahm ihre Hand und erschrak, wie kalt sie sich anfühlte.

»Ich weiß nicht. Ich habe das Gefühl, ich habe etwas Wichtiges vergessen.« Sie entzog ihm ihre Hand und rieb sich die Schläfen. In ihren Augen stand ein machtloser, gequälter Ausdruck, und hilfesuchend sah sie ihn an.

Sie so zu sehen, war schrecklich für ihn. All seine Beschützerinstinkte wallten in ihm auf. »Für heute hattest du genug Aufregung.« Abrupt erhob er sich und nickte Liam zu. »Verlagern wir das in die Gemächer meines Vaters. Wir sehen uns dort, wenn meine Frau zur Ruhe gekommen ist.«

»Wir kümmern uns um sie.« Lydia legte True einen Arm um die Schultern. »Geh schon mit deinen Männern.«

Hin- und hergerissen stand Malcolm da, die Hand auf dem Heft seines Dolchs.

»Geh«, sagte auch True. »Nicht zu fassen, dass ich den kompletten Nachmittag verschlafen habe und trotzdem noch müde bin.« Sie lächelte. »Ich lege mich wieder ins Bett. Mir geht es gut, wirklich.«

Malcolm ging zur Tür. »Ihr bleibt bei ihr, bis ich wieder da bin?« Sein Blick wanderte von seiner Mutter zu seiner Schwester.

»Natürlich«, versicherte ihm Elaine.

Mit finsterer Laune machte Malcolm sich auf den Weg zu den Gemächern seines Vaters. Dort angekommen fand er seine Männer bereits mitten in einer hitzigen Diskussion vor. Alle Augen richteten sich auf ihn, als er eintrat.

»Also«, begann Angus. »Wir lehnen diese Einladung ab, richtig?«

»Nein, Angus.« Malcolm setzte sich. »Wir nehmen sie an.«

Kapitel 18

Die Matratze bewegte sich, und Alethia versuchte, die Augen zu öffnen und Malcolm zu ertasten. Seit sie am Abend zuvor von ihrer Vision berichtet hatte, waren sie nicht dazu gekommen, miteinander zu reden, und sie brauchte die beruhigende Gewissheit seiner Umarmung. Sie wollte den Mund öffnen, wollte ihn ansprechen, bevor er das Zimmer verließ. Es kam kein Ton heraus.

Je angestrengter sie darum kämpfte, aufzuwachen, desto seltsamer fühlte sie sich. Die merkwürdige Empfindung vom Vortag legte sich über sie, und aufs Neue verließ ihr Geist ihren Körper, um sich auf der Comyn-Burg inmitten derselben makabren Szene wiederzufinden. Nur dass die MacKintoshs diesmal vor dem drohenden Verrat gewarnt waren. Als Ronald der Rote das Zeichen gab, fuhren Malcolm und seine Männer von ihren Plätzen hoch und zogen die Schwerter.

Das Drama entfaltete sich, während Alethia durch das Kampfgetümmel wanderte. Malcolm focht mit John, dem Sohn des Lairds. Obwohl ihr Ehemann die Oberhand zu haben schien, ahnte sie instinktiv, dass sie nicht ohne Grund wieder hergeschickt worden war. Aufmerksam beobachtete sie die beiden.

Mit einem Hagel von Schlägen zwang der Sohn des Lairds Malcolm zum Rückzug. Noch immer bereitete es Malcolm keine Probleme, sich zu verteidigen. Alethia fluchte, als hinter ihm Johns Vater auftauchte und ihm ein Bein stellte. Malcolm ging schwer zu Boden und versuchte auf allen Vieren, außer Reichweite zu gelangen, stieß jedoch mit dem Rücken an eine Wand. In tiefem Entsetzen musste sie erneut zusehen, wie ihr Gatte vor ihren Augen getötet wurde.

Eine Bewegung am Rand ihres Blickfelds erregte ihre Aufmerksamkeit. Mit raschen Schritten nahm der Rote Comyn die Treppenstufen und überließ es seinen Männern, den Kampf ohne ihn auszufechten. Hastig rannte Alethia hinterher und folgte ihm zu einer Kammer am Ende des Korridors. Sie schlüpfte nach ihm durch die Tür und erstarrte angesichts der grausigen Szene, die sich in dem Zimmer abspielte.

Eine junge Frau mit panisch geweiteten Augen versuchte, durchs Fenster zu entkommen. Brüllend packte der Laird ihre Röcke, um sie an der Flucht zu hindern. Er war so außer sich, dass ihm der Speichel um den Mund flog, während er dem Mädchen vorwarf, es hätte ihn verraten. Im nächsten Augenblick zog er sein Schwert, und abwehrend schüttelte die junge Frau den Kopf, während es ihr gelang, ihr Gewand aus seinem Griff zu befreien. Sie umklammerte das Fenstersims und versuchte, hinauszuklettern. Ungläubig sah Alethia, wie der Laird das Schwert hob. Das Mädchen nannte ihn Vater, während es um sein Leben flehte.

Als Ronald der Rote seine eigene Tochter in den Tod stieß, auf dass sie unten auf den Steinen zerschmetterte, dämmerte es Alethia. Sie wusste wieder, was sie vergessen hatte, und endlich fügte sich alles zusammen.

»Liam!« Alethia fuhr hoch und warf die Decke beiseite. Hastig kleidete sie sich an, ohne die Übelkeit zu beachten, die sie außer Gefecht zu setzen drohte.

»Mylady?« Beth war auf dem Weg zur Treppe, ein Bündel frisch gewaschener Kleider in den Armen, als Alethia beinahe mit ihr zusammenstieß bei ihrem Lauf durch den Saal und zu den Toren nach draußen in den Burghof.

»Ich kann jetzt nicht, Beth«, rief sie über die Schulter und zerrte die schweren Türflügel auf.

»Wo …«

Sie wartete Beths Frage nicht ab. Zielstrebig rannte sie über den Hof zum hinteren Teil der Burg, wo die MacKintosh-Krieger ihre Kampfkünste perfektionierten. Atemlos kam sie um die Ecke und hielt inne. Mit einem Blick über den Turnierplatz machte sie Malcolm aus, umringt von seinen Männern. Sie hockten um ihn versammelt am Boden, während er mit seinem Dolch etwas in den Sand zeichnete.

Als sie Liam entdeckte, fing sie seinen Blick auf und machte sich auf den Weg zu der Gruppe. Ihr entging nicht, wie Liam ihren Ehemann verstohlen anstieß, sodass auch Malcolm hochschaute und sie ansah. Sofort begann er, seine Zeichnung fortzuwischen.

»Gib dir keine Mühe. Ich kenne euren Plan in- und auswendig.« Als sie bei ihm ankam, zerstreuten die Männer sich, bis nur noch Malcolm und Liam vor ihr standen.

»Du hattest noch eine Vision?« Malcolm blieb, wo er war, in der Hocke neben Liam vor dem unverkennbaren Grundriss von Castle Rait.

»Liam, wir *müssen* etwas unternehmen. Ihr Vater wird ihr die Schuld geben. Während ihr alle im Saal kämpft, wird er sich an ihr rächen.« Forschend sah Alethia ihm in die Augen, und die Traurigkeit, die sie dort entdeckte, überwältigte sie. Liam wandte den Blick ab.

»Von wem spricht sie?« Eindringlich schaute Malcolm seinen Cousin an.

Alethia ignorierte die Unterbrechung. »Sie wird versuchen, durchs Fenster zu entkommen, aber scheitern.« Ungeduldig wischte sie sich die Tränen von den Wangen. »Er wird ihr beide Hände abhacken, und sie wird in den Tod stürzen, während du bloß einen Treppenabsatz weiter unten um dein Leben kämpfst.« Sie wandte sich an Malcolm. »Wir müssen sie retten. Sie ist absolut unschuldig. Sag es ihm, Liam.«

»Wovon redest du da? Wen meint sie, Liam?«

»Mairen. Sie spricht von der Tochter des Roten Comyn, Mairen.« Liam hielt den Blick zu Boden gerichtet und sprach mit leiser, angespannter Stimme. »Ihr Vater misshandelt sie. Er lässt all seine Erbitterung an seiner Tochter aus, weil sie sich nicht gegen ihn zur Wehr setzen kann.« Liam stieß seinen Dolch in den Sand zu seinen Füßen. »Genau wie er es mit seiner Frau gemacht hat – bis sie durch seine Hand gestorben ist.«

»Aye? Und was hast du mit Mairen zu schaffen?« Finster starrte Malcolm ihn an.

»Sie ist … Ich liebe sie.« In Liams Augen trat Verzweiflung. »Sie hat sich ihren Vater nicht ausgesucht. Aye, sie ist eine Comyn, aber in ihr ist kein Funke Bosheit oder Heimtücke.« Sein Blick wanderte zu Alethia. »Ich weiß, dass sie in Gefahr ist. Ich kann an nichts anderes mehr denken, seit dieser Bastard mit seiner verfluchten Einladung aufgetaucht ist. Gottverdammt, ich weiß nicht, was ich tun soll.« Er rieb sich mit beiden Händen das Gesicht. »Sie und ich hatten keinen Kontakt mehr, seit wir Meikle Geddes zurückerobert haben. Man hat mir berichtet, dass ihr Vater sie in ihrem Zimmer eingesperrt hat. Er verdächtigt sie des Verrats.«

»Du liebst die Tochter unseres schlimmsten Feindes?« Ungnädig starrte Malcolm seinen Cousin an. »Wie konnte das passieren? Wann?«

Liam schluckte mehrmals schwer. »Ich liebe sie mehr als mein Leben.« Mit dem Ende dieser Aussage wurde seine

Stimme entschlossen. »Wir sind einander vor zwei Jahren auf dem Markt in Inverness begegnet. Du weißt besser als jeder andere, dass wir keine Wahl haben, an wen wir unser Herz verlieren. Ich …«

»Augenblick.« Alethia war an dem Punkt mit den verlorenen Herzen hängengeblieben. Innerlich sah sie die vergangenen Monate noch einmal ablaufen. »Wie hast du das gemeint, er wüsste das besser als jeder andere?« Forschend sah sie Liam an, bevor sie sich Malcolm zuwandte. »Was meint er damit?«

Hatte Malcolm sie geheiratet, obwohl sein Herz einer anderen gehörte? Gut, sie hatten nach alter Sitte geheiratet, aber auf ihre Frage nach dem Grund hatte er nur gesagt, er wolle nicht, dass sie sich um ihren »Platz« hier sorgte. Wenn sie so darüber nachdachte, hatte er mehr als einmal angemerkt, er sei für sie verantwortlich. Und aufs Neue führte diese Erkenntnis ihr eine Tatsache vor Augen: Er hatte nie gesagt, dass er sie liebte.

Kein Wunder, dass er es seinem Vater nicht erzählt hatte. Sie hatte die ganze Zeit recht gehabt – auch wenn er liebevoll mit ihr umging und sie wusste, dass sie ihm etwas bedeutete: Liebe war es nicht. Sie bekam keine Luft, und laut rauschte ihr Puls in ihren Ohren.

An wen hatte er sein Herz verloren? Wo war diese Frau jetzt? Bitter schnitt die Eifersucht in ihr Herz. »Nicht zu fassen, dass du mich geheiratet hast, obwohl dein Herz einer anderen gehört.«

»Alethia …«

»Jetzt komm mir nicht mit ›Alethia‹. Und noch etwas: Du wolltest diesen kleinen Plan hier durchziehen, ohne mir auch nur ein Wort davon zu sagen.« Als sie an ihm vorbeistapfte, versetzte sie ihm einen Stoß gegen die Schulter, dass er rücklings im Dreck landete.

Fieberhaft blinzelte sie gegen die Zornestränen an, die ihr über die Wangen rannen, und wusste nicht, wohin sie sich wenden sollte. Malcolm liebte sie nicht, hatte sie nie geliebt. Lust. Das war alles, was sie ihm bedeutete – eine praktische Möglichkeit, seine Gelüste zu befriedigen. Im Augenblick wollte sie niemanden sehen, also schlug sie den Plankenweg zum Ufer ein.

* * *

»Ach, Malcolm … Du hast deiner Frau nicht gesagt, was in deinem Herzen vorgeht?« Ungläubig starrte Liam ihn an.

»Nein.« Malcolm rappelte sich auf und klopfte sich den Sand vom Plaid. »Ich habe sie geheiratet, oder etwa nicht? Reicht das nicht?«

»Du bist ein Idiot, Mann.« Liam schüttelte den Kopf.

»Nein, Liam. Ich bin ein Oxy-Moron.« Malcolm warf seinem Cousin ein trockenes Lächeln zu und verfolgte Trues Weg mit seinem Blick.

»Was haben denn Ochsen damit zu tun?«, wollte Liam wissen und zog verwirrt die Brauen zusammen.

»Ich weiß es nicht. Das hat True gesagt, als wir uns wegen der Waffen in den Haaren hatten.« Malcolm zuckte die Achseln. »Deshalb muss es wohl so sein.«

»Nun ja, du bist behaart wie ein Tier, und manche Leute würden vielleicht behaupten, du riechst auch manchmal wie ein Ochse.« Liam grinste. »Was denkst du, wie lange braucht sie, um zu begreifen, dass sie diejenige ist, an die du dein Herz verloren hast?«

»Ich nehme mal an, da wird sie etwas Hilfe brauchen.« Malcolm erwiderte das Grinsen, dann wurde er ernst. »Liam, warum bist du wegen Mairen nicht zu mir gekommen?«

»Mir ist kein Ausweg eingefallen, der kein Blutvergießen nach sich gezogen hätte. Ich sehe noch immer keinen, auch wenn sie uns mittlerweile einen triftigen Grund geliefert haben.«

»Wir werden dafür sorgen, dass Mairen außer Gefahr gebracht wird. Niemand kann einer Frau die Taten ihres Vaters vorwerfen.« Liams Züge verhärteten sich vor unterdrückten Emotionen, und Malcolm drückte ihn kurz, bevor er seiner Frau hinterherging.

Es war allgemein bekannt, dass schwangere Frauen dazu neigten, launisch zu reagieren. Vielleicht würde sie es ihm heute verraten. So niedergeschmettert, wie sie gewesen war, schien es unwahrscheinlich, dass sie zurück zum Wohnturm gegangen war. Instinktiv schlug er den Weg zum See ein, zu ihrem gemeinsamen Fleck – der Stelle am Ufer, an der sie so viel erlebt hatten. Als er durch den Burghof marschierte, lief ihm Angus über den Weg.

»Hast du meine Frau gesehen?«

»Aye«, erwiderte der Mann. »Sie hat ausgesehen, als hätte sie eine Menge zu verdauen.« Er deutete in Richtung Ufer. »Sie ist da lang. Ich würde es mir gut überlegen, ob du ihr nachläufst, Junge. Glaub mir, ich bin schon eine ganze Weile verheiratet. Warte, bis sie etwas Zeit hatte, sich zu beruhigen.«

»Danke.« Malcolm nickte. Als er in ein kleines Pappelwäldchen kam, entdeckte er sie und rief: »Alethia, bleib stehen.«

»Mit dir rede ich nicht«, rief sie zurück. Ohne ihm einen Blick zu gönnen, wich sie vom Weg ab und rannte zwischen die Bäume.

Malcolms Herz schlug schneller, als er sich an die Verfolgung machte. Diagonal zu ihrem Kurs lief er durch den Wald und kam direkt vor ihr heraus. Ihr entfuhr ein erschrockener Laut, und sie schlug einen Haken. Diese Taktik kannte er gut von ihr. Ohne viel Federlesens fing er sie um die Taille ein, drehte sie herum und warf sie sich über die Schulter.

»Lass … mich … runter.«

»Nein.«

»Ich bin doch kein Sack Getreide, den du einfach so durch die Gegend schleppen kannst, wie es dir gefällt.«

Mit ihren kleinen Fäusten hieb sie auf seinen Rücken ein und versuchte, sich aufzurichten. Er schob sie weiter über seine Schulter, sodass ihr Kopf tiefer hing.

»Oh … Das ist … gar nicht … gut. Wohin … bringst du … mich?«

Sie sprach im Rhythmus seiner Schritte, was er äußerst erheiternd fand. »In unser Schlafgemach. Wir müssen uns unterhalten.«

»Mir … wird … schlecht!«

Malcolm erstarrte. Vorsichtig ließ er sie auf die Füße gleiten und musterte ihr Gesicht. Wenn er ihr körperliches Unbehagen bereitet hatte, könnte er sich das nie verzeihen.

»Atme tief durch.« Er legte ihr die Hände an die Wangen und beobachtete sie aufmerksam. »Gibst du gleich dein Frühstück wieder von dir, Mädchen?«

»Nein.« Sie wischte seine Hände fort. »Ich hab noch gar nichts gegessen. Ich wollte bloß, dass du mich runterlässt, und das hast du.« Sie flitzte davon. »Du bist *so was* von leicht zu manipulieren.«

Er knurrte und folgte ihr erneut. Wieder packte er sie bei der Taille, hob sie von den Füßen und machte sich auf dem Weg zum Wohnturm. »Was soll das heißen, du hast noch nichts gegessen? Du wirst jetzt frühstücken, und dann geht es wieder ab ins Bett mit dir.«

Entrüstet schnappte sie nach Luft. »Ich bin kein Kind, also rede gefälligst nicht so mit mir.«

»Ich kann mich nicht entsinnen, dich als Kind bezeichnet zu haben. Diese Visionen sind für dich erschöpfend. Ich werde nicht zulassen, dass du dir selbst Schaden zufügst.«

Sie bedachte ihn mit einem wütenden Blick, gefolgt von einem resignierten Seufzen. Davon abgesehen blieb sie stumm, während er sie durch den Burghof, die Treppe hinauf und in den großen Saal trug.

Am Tisch vor der Feuerstelle saßen seine Mutter und seine Schwester. »Mutter, würdest du bitte dafür sorgen, dass jemand True etwas zu essen bringt? Sie hat noch nicht gefrühstückt. Elaine, hol doch bitte frischen Tee.«

Sobald er True auf seinen Schoß setzte, dunkles Brot und saftigen Schinken vor ihr ausgebreitet, brach sie in Tränen aus. Er murmelte belanglose Worte des Trostes und fütterte sie mit kleinen Stückchen der Mahlzeit.

»Was ist denn nur, Liebes?«, erkundigte sich Lydia mit besorgt gerunzelter Stirn. »Was hast du angestellt, Malcolm?«

»Nichts«, gab er zurück. »Sie hatte wieder eine Vision, ihr Magen ist leer, und sie hat zu wenig geschlafen.« Mit wütendem Blick öffnete True den Mund, um zu einer Antwort anzusetzen. Er schob ihr den nächsten Bissen hinein.

»Irgendetwas musst du angestellt haben.« Lydia nahm Trues Hände und streichelte sie mitfühlend.

Seine liebreizende Ehefrau nickte nachdrücklich. Jetzt kehrte auch Elaine mit dem Tee aus der Küche zurück. Schon von Weitem roch er die Mischung aus Kamille und Hagebutte, die sie aufgegossen hatte, um Trues Nerven zu beruhigen. Geduldig fütterte er seine weinende Frau weiter, die unter Tränen kaute und schluckte – und ihm immer wieder zornige Blicke zuwarf.

»Elaine, ich glaube, den Tee servieren wir am besten, wenn True wieder im Bett liegt. Lässt du ihn bitte nach oben bringen?«

»Ich nehme ihn selbst mit, Malcolm. Kann es sein, dass du Besseres zu tun hast? Ich kann mich genauso gut um sie kümmern.« Elaine bedachte ihn mit einem spitzen Blick, der mehr als deutlich machte, dass die Schuld am erschütterten Zustand seiner Frau ganz allein auf seinen Schultern lastete. Aye, diese Schuld würde er auf sich nehmen, und zwar mit stolzgeschwellter Brust. Er würde Vater werden.

Grinsend sah er seine Schwester an. »Nein. Ich werde meine Frau selbst versorgen. Bring den Tee nach oben oder schick jemand anderen, mir ist es gleich.«

Er hob True auf die Arme und machte sich auf in Richtung Treppe. Endlich waren ihre Tränen versiegt, und schon gähnte sie wieder. Sie legte den Kopf an seine Schulter und schlang ihm die Arme um den Hals. Alles, was er auf dieser Welt zu seinem Glück brauchte, hielt er hier an sich gepresst. Er senkte den Kopf und drückte ihr einen Kuss auf die Stirn.

»Ich rede nicht mit dir«, flüsterte sie und gähnte erneut.

»Mhm.« Es war bestimmt am besten, sich jeden Kommentar zu verkneifen.

Im Schlafzimmer ließ Malcolm sie aufs Bett sinken. Er ging zur Feuerstelle, fachte die dürftige Glut an und legte noch etwas Torf nach. Schon kam Beth zur Tür herein und brachte den Tee und ein paar Scheiben geröstetes Brot.

»Ich danke dir, Beth.«

Zögernd blieb sie stehen, spähte zu True und rang die Hände.

Malcolm bedeutete ihr zu gehen. »Das wäre dann alles. Schließ bitte die Tür hinter dir.«

Malcolm lehnte sich an die Wand und betrachtete seine unglückliche Ehefrau. Er hätte ihr schon längst sagen sollen, was er für sie empfand – genau wie er seinem Vater hätte mitteilen sollen, dass er die Einzige erwählt hatte, die er jemals heiraten würde. Mit seinen Versäumnissen hatte er der Frau Kummer bereitet, die er liebte. Seinetwegen litt sie unnötig.

Warum hatte er es ihr nicht gesagt? Wie oft schob er Dinge vor sich her? Das war ein Charakterfehler von ihm. Einer, an dem er arbeiten würde.

»Was bedrückt dich so, Alethia?«

»Wenn du das nicht selbst weißt, sage ich es dir ganz bestimmt nicht.«

»Du bist hier diejenige, der niemandem etwas vormachen kann, *mo anam*. Ich bin bloß ein einfacher Mann, und dazu noch ein Oxy-Moron.«

Mit geröteten, geschwollenen Augen sah seine Frau zu ihm auf und schnaubte. Malcolm nahm sich ein Stück Leinen und wischte ihre Tränen fort, dann drückte er es ihr in die Hand und ging zum Tisch, um ihr einen Becher Tee einzugießen.

»Alethia, wenn du mir nicht sagst, was dich so aufwühlt, wie soll ich es dann in Ordnung bringen?«

»Du hast mich *geheiratet*.«

»Aye?« Er reichte ihr den Tee und nahm neben ihr Platz.

»Du liebst mich nicht.«

»Wer hat das behauptet?«

»Liam. Er hat gesagt, du solltest besser als jeder andere wissen, dass man keine Wahl hat, wenn man sein Herz einmal vergeben hat …«

»Aye. Mein Herz ist vergeben.« Er nickte feierlich.

Sie brach in Tränen aus. »Warum hast du mich denn geheiratet, wenn du eine andere liebst?«

»So etwas würde ich niemals tun.«

»Du hast nie gesagt, du würdest *mich* lieben. Also muss es doch …« Blinzelnd schaute sie zu ihm auf und wirkte restlos verwirrt.

Er legte ihr einen Arm um die Schultern. »Trink deinen Tee, Mädchen.«

Sie nahm einen Schluck, öffnete den Mund, um etwas zu sagen, und schloss ihn dann wieder.

»Weißt du nicht, was *mo anam* heißt?«

»Nein.« Sie zuckte die Achseln. »Ich hab angenommen, es bedeutet so was wie ›meine Bürde‹ oder … oder … ›meine Verantwortung‹.«

»Nein. Es bedeutet ›meine Seele‹ oder ›meine Luft zum Atmen‹.«

»Oh.« Unsicher huschte ihr Blick zu ihm und wieder fort.

»Und *mo cridhe* bedeutet ›mein Herz‹.«

»Wirklich?«

»Alethia, mit deinen Fähigkeiten, die Absichten eines Mannes zu durchschauen – hast du da etwa nicht auf das gelauscht, was mein Herz und meine Seele dir Tag für Tag zurufen?«

»Ich hab's doch *versucht*«, heulte sie. »Aber was ich empfange, ist ein einziges Chaos. Ich habe keine Ahnung, was das bedeuten soll.«

»Nun ja, was ich für dich empfinde, ist auch kompliziert. Es reicht tief und ist verstrickt – mit Sorgen und Begehren. Und dann sind da mein Beschützer- und Besitzerinstinkt, und manchmal gehst du mir auch gehörig auf die Nerven, Weib.«

Bei seinen Worten wurden ihre Augen groß.

»Mein Herz schlägt nur für dich, Alethia. Du bist der Mittelpunkt meiner Welt.« Er nahm sie bei der Hand und verschränkte seine Finger mit ihren. »Jetzt und für alle Zeit.« Zärtlich küsste er ihre Knöchel. »Du bist es, die ich liebe. Und Liam hat die Wahrheit gesagt. Ich hatte nicht die geringste Wahl. Ich habe mein Herz schon an dem Tag verloren, als ich dich am Wegesrand aufgelesen habe.«

»Oh.«

Sie brach in Tränen aus. Schon wieder. Er nahm ihr den Tee ab und stellte den Becher auf den Nachttisch. »Hast du mir nicht auch etwas zu sagen?«

»Ich … liebe dich auch«, schluchzte sie und warf ihm die Arme um den Hals.

Malcolm ließ sich aufs Bett sinken und zog sie mit sich, während er versuchte, sein Lächeln zu verbergen. Zärtlich hielt er sie in den Armen und streichelte ihr den Rücken, bis sie an seiner Brust gähnte.

»Gibt es vielleicht noch etwas, das du mir erzählen möchtest?« Er hielt den Atem an.

»Ja, Malcolm. Ich …«

Er wartete. »Aye?«

»Ich bin so unglaublich müde«, flüsterte sie.

»Hm. Ab ins Bett mit dir, Weib.« Er half ihr, das Gewand abzulegen, und deckte sie zu, bevor er sich neben ihr ausstreckte.

»Oh, Malcolm. Da kommt … noch eine … Vision.« Sie drehte sich zu ihm und schmiegte sich enger an ihn. »So langsam geht mir das echt auf den Wecker.« Und damit entglitt sie ihm und sah aus, als würde sie schlafen.

Auf seinem Platz an ihrer Seite dachte Malcolm über ihre Visionen nach. War es möglich, dass das Kind dafür verantwortlich war? Sie hatte gesagt, sie hätte nie zuvor Visionen gehabt. Warum gerade jetzt? Vielleicht kamen sie nur über True, wenn Menschen in Gefahr waren, die sie liebte. Wenn dem so war, dann war sie für das Wohlergehen seines Clans von unschätzbarem Wert.

Armes Mädchen. Er würde zusätzliche Vorkehrungen treffen müssen, um dafür zu sorgen, dass sie sich auch um ihr eigenes Wohlergehen kümmerte. Er drückte sie fester an sich, schmiegte das Gesicht in ihr Haar und träumte von seinem Sohn, rechnete aus, wann der Kleine in etwa zur Welt kommen würde.

»Es ist ein Mädchen«, murmelte Alethia.

Überrascht löste er sich ein Stück von ihr und blickte auf sie hinab. Nichts deutete darauf hin, dass sie wusste, was sie da gesagt hatte. Und doch zweifelte er ihre Worte nicht eine Sekunde lang an. Ach, nun ja. Für Söhne würden sie noch genug Zeit haben.

Seine Gedanken drifteten zu dem kleinen Mädchen, das sie im Herbst bekommen würden. Lächelnd spielte er mit einer Strähne des seidigen Haars seiner Frau, während er sich seine winzige Tochter vorstellte, mit kastanienbraunem Haar und meergrauen Augen.

* * *

»Malcolm, ich sage doch bloß, dass ich mehr über die Comyn-Burg weiß als du.« Eilig versuchte Alethia, mit ihm Schritt zu halten, während er den Gang zu den Gemächern seines Vaters entlangmarschierte. »Ich muss dabei sein, wenn du mit deinen Männern planst. Es gibt Dinge, die ihr nicht bedacht habt. Ich kann euch einen Grundriss zeichnen.«

»Du wirst nicht mit uns nach Rait kommen, True.«

»Davon rede ich doch auch überhaupt nicht.« Aufgebracht warf sie die Hände in die Luft.

Er blieb stehen und drehte sich zu ihr um. »Willst du damit sagen, du erklärst dich einverstanden, hier in Sicherheit zu bleiben, solange ich weg bin?« Eindringlich starrte er sie an und packte sie bei den Oberarmen.

»Ich hab doch gar nicht drum gebeten, mitkommen zu dürfen. Ich weiß, dass das keinen Zweck hätte.« Geradeheraus blickte sie ihm in die Augen. Technisch gesehen war das keine Lüge; sie wusste es wirklich besser, als darum zu bitten. Davon abgesehen kannte sie die Pläne der Männer in- und auswendig, inklusive sämtlicher Schwachpunkte. Und wie sie dabei sein würde. Sie würde sich der Schwachpunkte annehmen und dafür sorgen, dass sie siegreich aus der Falle hervorgingen.

Mehrere angespannte Augenblicke lang musterte Malcolm ihr Gesicht, dann brummte er schließlich. »Vielleicht kannst du uns tatsächlich von Nutzen sein. Du kennst dich aus auf der Burg, sagst du?«

»Bei meiner letzten Vision habe ich es bewusst darauf angelegt, die Burg zu erkunden. Weißt du noch, wie ich deinem Vater gesagt habe, ich kann mir alles einprägen, womit ich mich auseinandersetze? Tja, jetzt ist es an der Zeit, dieses Talent einmal zu nutzen.« Als die Worte ihren Mund verließen, schoss ihr unvermittelt Madame Giselles Prophezeiung wieder in den Kopf. Hatte die Wahrsagerin gewusst, dass sie diese Gabe benötigen würden? Alethia holte scharf Luft. Hatte die Alte auch gewusst, dass Alethia Visionen bekommen würde?

»Was ist los?«

»Giselle hat behauptet, ich hätte versteckte Talente, und dass ich sie alle brauchen würde. Malcolm, das ist es, wofür sie mich hergeschickt hat. Verstehst du denn nicht? Ich kann dich mit Informationen versorgen, die dir das Leben retten werden. Deins, das von Mairen und das eines jeden MacKintosh-Kriegers in deinem Gefolge.«

»Dann komm mit.«

Sobald sie alle um den großen rechteckigen Tisch versammelt saßen, begann Alethia, den Grundriss der Comyn-Burg auf ein großes Stück Pergament zu zeichnen. »Die Küche ist nicht angebaut. Sie ist in einem separaten Gebäude, hier.« Sie skizzierte das Gebäude an der richtigen Stelle hinter der Burg. »Das ist die Tür, durch die das Essen in den großen Saal gebracht wird. Mairens Zimmer ist hier, am östlichen Ende dieses Korridors.« Sie deutete auf die Stelle. »Die Tür wird verschlossen sein, aber unbewacht. Liam.« Sie hielt inne, um seinen aufmerksamen Blick festzuhalten. »Kannst du ihr eine Nachricht schicken?«

»Ich finde einen Weg.«

»Sag ihr, sie soll die Tür von innen verbarrikadieren. Irgendwie musst du ihr eine Strickleiter organisieren – und schärf ihr ein, sie gut zu verstecken. Ihr einziger Fluchtweg wird der durchs Fenster sein. Das kleine Ausfalltor in der Burgmauer ist nicht weit von dort, wo sie unten ankommen wird.«

Alethia blickte in die Runde und sah, wie alle Männer förmlich an ihren Lippen hingen. Dass sie ihnen gegen den mörderischen Hinterhalt der Comyns zur Seite stehen konnte, gab ihr das Gefühl, eine Bestimmung zu haben – es erfüllte sie zu gleichen Teilen mit Demut und Angst. Diese Menschen bedeuteten ihr etwas, und mehr als ein Leben stand auf dem Spiel. Mittlerweile war dies ihre Familie. Sie alle hatten einen Platz in ihrem Herz.

»Eins müsst ihr im Hinterkopf behalten: Die Leute aus dem Dorf, die Bäcker, der Schmied, die Handwerker und Viehhirten – niemand von ihnen weiß von diesem hinterhältigen Plan. Sie glauben, die Versöhnung sei echt, und sie sind überglücklich, dass das Blutvergießen ein Ende haben soll. Ihnen darf kein Leid geschehen.«

»Das sehe ich ebenso.« Malcolm nickte.

Lächelnd sah sie ihn an, dann fuhr sie fort. »Sobald das Signal kommt, muss einer von euch dafür sorgen, dass sowohl die Eingangstore als auch der Durchgang zur Küche verriegelt werden. Nur die Männer, die mit dem Roten Comyn im Saal sind, wissen, was er vorhat. Auf diese Weise können sie im Nachhinein behaupten, du und deine Leute hätten sie zuerst angegriffen.«

In dem kleinen Raum erhob sich empörtes Geschrei.

»Hören wir uns den Rest an«, mahnte Malcolm, und der Lärm verstummte.

»An dieser Stelle kommt auch Mairen ins Spiel«, erklärte Alethia, während sie Liam ansah.

»Ich weiß nicht, worauf du hinaus willst«, entgegnete Liam.

»Mairen kennt die Pläne ihres Vaters«, sagte sie. »Deshalb hat er sie in ihrem Zimmer eingesperrt. Er hat sie beim Lauschen erwischt, als er mit seinen Männern darüber gesprochen hat, kurz nachdem ihnen der Erlass von König James zugestellt wurde. Schon jetzt hegt er den Verdacht, dass sie einen Liebhaber in unseren Reihen hat. Und auch wenn er sich nicht sicher ist, glaubt er, Mairen hätte uns verraten, wo wir nach der Rückeroberung von Meikle Geddes die Comyns finden würden, die nach Nairn weitergezogen waren.«

»Aye, aber das erklärt noch nicht ...«, setzte Liam an.

Sie warf ihm einen gereizten Blick zu. »Liam, euer König hat einen Befehl erlassen, der jegliche Kämpfe unter den Clans verbietet. Der Plan des Roten Comyn ist äußerst gerissen. Damit bringt er euch nicht nur alle um, sondern stellt auch noch den gesamten Clan als treuebrüchig dar.« Kurz sah sie zu Malcolm hinüber. »Und bei seiner Rückkehr müsste dein Vater erfahren, dass sein einziger Sohn und seine Neffen tot und sein Clan entehrt sind.«

»Ah, ich verstehe, was du meinst. Mairen wird das Gegenteil bezeugen.« Jetzt wandte auch Malcolm sich an Liam. »Indem sie das tut, wird sie ihre Loyalität dir gegenüber unter Beweis stellen und sich damit die Akzeptanz unserer Leute sichern. Wie bist du an diese Informationen gekommen, True? Sind sie vertrauenswürdig oder reine Spekulation deinerseits?«

»Wenn ich eine Vision habe, dann ist es, als wäre ich ein Geist.« Sie lächelte angesichts des plötzlichen Geraschels im Raum, als viele der Männer sich bekreuzigten. »Anscheinend je nach Bedarf lande ich in der Zukunft oder der Vergangenheit. Ich kann überall hingehen, Gespräche belauschen und die Umgebung erkunden. Genau wie Mairen habe ich diese Informationen gesammelt, indem ich ihnen zugehört habe, während sie ihre Pläne geschmiedet haben.« Reihum hielt Alethia die Blicke der Männer fest. Niemand stellte ihre Worte infrage. Zufrieden wandte sie sich wieder ihrer Zeichnung zu.

»Die meisten von euch werden hier durch den Haupteingang in den Saal kommen. Liam und Galen, ihr müsst hier entlang. Liam, lass deinen Spitzel …«

»Seinen Spitzel?« Malcolm runzelte die Stirn.

»Ja. Liam hat schon vor langer Zeit jemanden dort eingeschleust, dem er vertraut, um über Mairen zu wachen und Botschaften zwischen ihnen zu überbringen.« Für die Unterbrechung bedachte sie Malcolm mit einem strafenden Blick. »Liam, sag ihm, er soll dafür sorgen, dass das Ausfalltor unverschlossen ist. Und natürlich wird er mit uns nach Moigh Hall zurückkehren.«

»Du kommst nicht mit, Mädchen.« Finster sah Malcolm sie an.

»Natürlich nicht. Ich war bloß so vertieft in die Planung.« Angesichts des Ausrutschers spürte sie Hitze in ihre Wangen steigen. »Mit euch, wollte ich sagen«, murmelte sie.

Kapitel 19

»Wach auf, *mo céile.*« Sachte stupste Malcolm sie an.

Alethia streckte sich und drehte sich zu ihm. »Ist es schon so weit?«

»Aye.«

Sie schob die warmen Felle beiseite und setzte sich auf. Langsam schwang sie die Beine aus dem Bett und benötigte einen Moment, um sich zurechtzufinden. Sie hatte Malcolm das Versprechen abgenommen, sie zu wecken, bevor er mit seinen Männern zur Burg der Comyns aufbrach, die einen Tagesritt östlich von Loch Moigh lag.

»Leg dich wieder schlafen, True. Es dämmert noch nicht einmal.«

»Nein. Ich will dich verabschieden.« Sie stand auf und nahm den Morgenmantel, den er ihr hinhielt. Malcolm war bereits angezogen. Sie trat in seine wartenden Arme. Auf dem Rücken trug er sein Breitschwert, und überall am Körper hatte er eine Unzahl von Dolchen versteckt. »Bitte sei vorsichtig.«

»Immer.«

»Denk an alles, worüber wir bei unseren Planungen gesprochen haben.«

»Das werde ich.«

»Ich liebe dich, Malcolm. Denk immer daran.« Sie spürte das Vibrieren tief in seiner Brust, als er leise lachte.

»Wie könnte ich das vergessen?« Zärtlich hob er ihr Kinn an und fand ihren Mund zu einem langen Kuss. Schließlich trat er zurück und streichelte ihr mit den Fingerknöcheln über die Wange. »Ich gehe jetzt wohl besser, solange ich noch dazu in der Lage bin.«

Alethia wickelte sich fest in den wärmenden Stoff und sah zu, wie er zur Tür hinausging. Mehrere Sekunden lang wartete sie noch, um sicher zu sein, dass er wirklich fort war, dann hastete sie zu ihrer Kleidertruhe. Sie kramte eine Jeans und eine Ledertunika heraus und schlüpfte in ihre Mokassins. Als Nächstes nahm sie ihren Bogen und den Köcher auf und holte den Proviantbeutel hervor, den sie unter der Matratze versteckt hatte.

In ihren Wollmantel gehüllt ging Alethia zur Tür und streckte vorsichtig den Kopf hindurch. Sie trat auf den menschenleeren Korridor, rannte zum Abort und fluchte leise über die ständige Notwendigkeit, dieses Örtchen zu besuchen.

Als sie die Küche erreicht hatte, verbarg sie sich für einen Moment in den Schatten, spähte hinein und wartete, bis alle mit dem Rücken zu ihr standen, um an ihnen vorbei zur Hintertür hinauszuschlüpfen. Auf dem Weg zum Ufer blieb sie so weit wie möglich in Deckung.

Es war ein Kinderspiel gewesen, sich erneut Ians Boot zu sichern. Sie hatte behauptet, sie wolle auf dem Festland Arzneipflanzen sammeln und auch ein wenig den See erkunden. Niemand hatte das angezweifelt oder ihre Bitte hinterfragt. Selbst vor Hunter hatte sie ihre Pläne geheim gehalten. Hätte auch nur eine Menschenseele davon erfahren, hätten sie versucht, Alethia aufzuhalten. Es versetzte ihr einen schuldbewussten Stich, als sie daran dachte, was für Sorgen sich alle ihretwegen machen würden.

Es war *ihre* Aufgabe, Malcolm das Leben zu retten, selbst wenn sie dafür sich und ihr ungeborenes Kind in Gefahr bringen musste. Mit dem Wissen, das sie besaß, konnte sie nicht tatenlos zu Hause bleiben. Und die Aufgabe jemand anderem zu überlassen, kam nicht infrage. *Du bist das Zünglein an der Waage, Alethia.* Mit diesen Worten hatte Giselle ihr Schicksal besiegelt, und jetzt war es so weit. Alethia schluckte ihre Furcht hinunter und betete um Mut.

Als sie die Stelle am Ufer erreichte, wo das Boot versteckt lag, atmete sie tief durch, um ihr rasendes Herz zu beruhigen, und beobachtete die mit Männern voll besetzte Fähre beim Übersetzen. Sie wusste, wo Liam und Galen sich vom Rest der Truppe trennen würden. Die beiden würden sich Burg Rait von hinten nähern. Alethia hatte vor, weit genug hinter ihnen zu bleiben, um nicht entdeckt zu werden. Sobald es zu spät war, sie noch zurückzuschicken, würde sie sich ihnen anschließen.

Malcolm würde außer sich sein, aber dafür würde er überleben. Seinen Zorn konnte sie ertragen – nicht aber seinen Tod.

Die Fähre legte an, und in einem Wirbel von Aktivität verließen die Männer das Dorf. Sobald sie die Hügelkuppe überquert hatten, schob Alethia das Boot ins Wasser und warf ihre Sachen hinein.

Abgesehen von einigen kritischen Augenblicken, in denen sie beinahe der Stallmeister entdeckt hätte, lief alles nach Plan. Alethia führte Ikwe an einen Aufsitzblock und stieg auf ihren Rücken. Solange sie nur im Verborgenen blieb, würde alles gut werden. Sie lenkte ihre Stute dicht am Waldrand entlang, hielt sich abseits des Hauptwegs im Schatten, weit hinter den Kriegern.

Gegen Mittag trennten Liam und Galen sich von den anderen. Alethia blieb noch eine gute Stunde auf Abstand, dann trieb sie ihre Stute zum Galopp, um die beiden einzuholen. Sie erklomm eine Hügelkuppe und zügelte Ikwe erschrocken. Die Männer waren verschwunden.

Panisch suchte sie die Landschaft und den Horizont nach einem Zeichen von ihnen ab. Ihr hämmerte das Herz in der Brust, und Tränen brannten ihr in den Augen. Egal. Wenn nötig, würde sie es auch allein nach Rait schaffen.

»Alethia Grace!«

Alethia zuckte im Sattel zusammen, als hinter ihr eine Stimme erklang, und erschreckt machte Ikwe einen Satz zur Seite. Mühsam brachte Alethia ihr Pferd wieder unter Kontrolle und drehte sich in die Richtung, aus der Liam zu Fuß über die Hügelkuppe kam.

»Was zum Teufel glaubst du, was du hier tust?«

Sein Tonfall, eine Mischung aus Wut und Gereiztheit, zerrte an ihren ohnehin schon strapazierten Nerven. »Ich glaube, ich rette meinem Ehemann das Leben«, antwortete sie scharf.

Auf der anderen Seite des Weges tauchte Galen auf und schnappte sich die Zügel ihrer Stute.

Mit zorniger Miene blieb Liam neben ihr stehen. »Gottverdammt, True, du musst verrückt sein.« Er schob sein Schwert zurück in die Scheide. »Dreh um. Auf der Stelle.«

»Nein. Ihr könnt mich nicht aufhalten, was ihr auch sagt oder tut. Ich reite nach Burg Rait – ob mit oder ohne eure Hilfe.«

»Ich könnte dich da vorn an den Baum fesseln.« Mit dem Kinn wies er auf eine junge Eiche in der Nähe.

»Du würdest das Risiko eingehen, dass mir etwas zustößt, während ich da so gefesselt stehe? Ich wäre wehrlos gegen jeden Angreifer, ob Mensch oder Tier«, gab sie zu bedenken. »Wir haben keine Zeit, groß darüber zu diskutieren. Ich komme mit euch, anderenfalls reite ich allein.«

»Mylady«, flehte Galen. »Malcolm wird meine Eingeweide an die Krähen verfüttern, wenn wir Euch nicht aufhalten. Bitte, dreht um.«

»Nein. Ich muss vor Ort sein.«

»Galen, bring du sie zurück. Ich reite weiter.« Liam holte sein Pferd hinter der Erhebung hervor.

»Nein, Liam. Du weißt genauso gut wie ich, dass wir beide dort sein müssen, um dein Mädchen zu retten. Außerdem ist es unser Brauch, nie einen der Unseren ohne Rückendeckung zu lassen.« Ärgerlich starrte Galen seinen Freund an. »Wir bleiben zusammen.«

»Aye, aber hier können wir True nicht lassen, und mitnehmen können wir sie auch nicht. Du musst sie zurück nach Moigh Hall bringen«, befahl Liam und funkelte sie zornig an. »Allein wird sie nicht zurückreiten.«

Unvermittelt riss Alethia den Kopf ihrer Stute herum, sodass Galens Griff abfiel, und trieb sie in einen leichten Galopp. Sollten die beiden sich zanken, sie hatte keine Zeit zu verlieren.

Mit grimmigen Mienen schlossen die Männer zu ihr auf. Keiner der beiden versuchte weiter, sie aufzuhalten. Sie mussten beschlossen haben, dass Alethia in ihrer Begleitung sicherer war als allein. Gut. Genau darauf hatte sie gezählt.

Am späten Nachmittag kam die Burg in Sicht. Im Vergleich zu den imposanten Ausmaßen von Moigh Hall ließ das kleine Gebäude einiges zu wünschen übrig.

»Burg Rait ist kein besonders großer Besitz. Eine Zeit lang hat es den MacKintoshs gehört. Aber das war lange vor meiner oder Malcolms Geburt.« Liam griff ins Halfter ihrer Stute und brachte sie zum Stehen. »Von hier an unterhalten wir uns nur noch in Gebärdensprache. Du wirst bei mir und Galen bleiben, bis wir wieder zu Hause sind, True.«

»Liam, ich muss auf die Musiker-Empore in der Burg. Ich bleibe dort, bis der Kampf vorüber ist.« Als er protestieren wollte, legte sie ihm eine Hand auf den Arm. »Ich hatte diese Visionen nicht ohne Grund. Ich weiß, wie es ausgeht. Ich garantiere dir, wenn ich an der Stelle bin, die für mich vorgesehen ist, dann wird alles gut. Wenn nicht, dann stirbt Malcolm heute.« In seinen Augen sah sie den innerlichen Kampf, den er ausfocht. »Soll ich dir erzählen, was geschehen wird? Reicht das, um dich zu überzeugen?«

Sie wartete auf seine Antwort und sah, als er eine Entscheidung traf.

»Nein, du musst mir nichts sagen.« Er drückte seinem Pferd die Fersen in die Flanken und trieb es in einen leichten Galopp.

Unmittelbar darauf schlossen Alethia und Galen sich ihm an, und schweigend ritten sie weiter.

»*Ich bringe dich sicher auf die Empore*«, gebärdete Liam.

»*Sie muss bei uns bleiben*«, protestierte Galen.

»*Das werde ich ohnehin nicht tun, ganz egal, was geschieht. Und ihr zwei müsst euch um Mairen kümmern.*« Sie beobachtete, wie er sich mit ihren Worten auseinandersetzte und schließlich akzeptierte, was ihr längst als unausweichlich bekannt war.

Sie hielten sich so lange wie möglich im Unterholz des Waldes bei der Burg und arbeiteten sich zur Rückseite vor. Dort versteckten sie sich und beobachteten den Rhythmus des einzelnen Wachmanns, der auf den Zinnen der Burgmauer seine Runden drehte.

»*Die Ausfallpforte liegt gleich hinter den Felsen da.*« Alethia deutete auf die Stelle und die beiden Männer nickten.

»*Wir sollen warten, bis die Sonne den Horizont berührt*«, gebärdete Liam.

Alethia holte Dörrfleisch aus ihrem Proviantbeutel hervor und teilte ihren Vorrat mit den Männern. Im Gegenzug reichte Liam ihr einen Trinkschlauch mit kühlem Wasser, an dem sie sich satttrank. Galen hatte Haferfladen dabei, und schweigend verzehrten sie ihr Mahl.

Als die Sonne schließlich den Horizont berührte, wandte Liam sich an Alethia. »*Ich muss mich um den Wachmann kümmern. Galen, du begleitest True durch die Ausfallpforte, wir sehen uns drinnen. Ich gebe euch ein Signal, wenn es sicher ist.*« Galen nickte, und Liam verschwand. Vor Angst krampfte sich Alethia der Magen zusammen. Sie holte tief Luft und versuchte, sich zu beruhigen. Sie wusste, was sie zu tun hatte.

Galen zupfte sie am Ärmel und deutete mit dem Kopf in Richtung Mauerzinnen. Dort erspähte sie Liam, kurz bevor er hinter den Steinen verschwand. Gemeinsam mit Galen schlich sie sich an die Burg heran, immer im Schatten, bis sie die Felsformation vor der Ausfallpforte umrunden konnten. Ohne weitere Vorkommnisse erreichten sie die kleine Tür und schlüpften hindurch wie Schatten in der Dämmerung.

* * *

Malcolms Haut begann unangenehm zu prickeln, als er mit seinen Männern durch das Fallgatter in den Burghof ihrer Feinde ritt. Seine Frau hatte gesagt, die Dorfbewohner wüssten nichts von dem Plan ihres Lairds. Als er sich unter den im Hof versammelten Menschen umsah, erblickte er in ihren Augen nur vorsichtige Neugier.

Malcolm fing den Blick eines breitschultrigen Mannes in der Lederschürze eines Schmieds auf und versuchte es mit einem Lächeln. War das Hoffnung, die da in den Augen des Mannes aufblitzte? Der Schmied nickte, und auch sein Gesicht erhellte ein kurzes Lächeln. Er hob einen kleinen Jungen auf seine Schultern, damit er den Einzug der Besucher ebenfalls verfolgen konnte. Ermutigt grüßte Malcolm jeden mit einem Lächeln, dessen Blick er auffing, und bedeutete seinen Männern in Gebärdensprache, dasselbe zu tun.

Was er hinsichtlich dieser Menschen unternehmen sollte, hatte ihm von Anfang an Kopfzerbrechen bereitet. Genau wie er wollten die meisten von ihnen nichts anderes, als ihr Leben in Frieden zu führen.

Ronald der Rote, der Laird des Comyn-Clans, und sein Sohn John kamen ihnen vom Wohnturm her entgegen, umgeben von ihren Männern. Mit selbstgefälliger Miene stolzierten die beiden auf sie zu. Vater wie Sohn gaben sich keine Mühe, aus ihrer Verachtung für Malcolm und seine Männer einen Hehl zu machen.

»Willkommen, Malcolm vom Clan der MacKintosh.« Der Laird sprach laut, sodass ihn die versammelte Menge hören konnte. »Heute beenden wir die Fehde zwischen unseren Clans.«

Aus den Reihen der Dorfbewohner erhob sich Jubel. Mit listigem Blick verfolgten die Comyns, wie die Neuankömmlinge absaßen, und mehrere Stallburschen näherten sich, um ihnen die Pferde abzunehmen. Malcolm hob eine Hand, um sie aufzuhalten. »Wir werden unsere Pferde selbst versorgen. Eure Burschen können uns gern den Weg zu den Stallungen weisen«, erklärte er.

Zu diesem Zweck hatten sich einige jüngere Krieger bereiterklärt, mitzukommen, die noch keine Schlacht gesehen hatten. Noch während er sprach, griffen die jungen Burschen nach den Zügeln. Sie würden dafür sorgen, dass die Tiere Futter und Wasser bekamen und gepflegt wurden, bevor sie sie zur verabredeten Stelle außerhalb der Burgmauern brachten. »Dafür habt Ihr sicher Verständnis.« Herausfordernd wandte Malcolm sich an den Laird. »Es wird einige Zeit dauern, bis zwischen uns wieder Vertrauen wächst.«

Der andere schnaubte abfällig. »Wie Ihr meint. Kommt, gehen wir hinein. Wir haben ein Festmahl vorbereiten lassen. Euch soll unsere uneingeschränkte Gastfreundschaft zuteilwerden.«

Beim Lächeln des Lairds musste Malcolm an den Ausdruck einer Schlange denken, kurz bevor sie ihre Beute mit Haut und Haar verschlang. Ihm stellten sich die Nackenhaare auf. Flankiert von Angus und Robley folgte er der Schlange in ihr Nest. Trues Beschreibung des großen Saals erwies sich als äußerst detailgetreu. Am einen Ende wartete eine ausladende Tafel, auf der bereits alles für das Festmahl bereitstand. Zur Linken der großen Feuerstelle führte eine Treppe zu einer Musiker-Empore und dem Korridor zu den Wohnräumen hinauf.

»Wie Ihr seht, sind wir unbewaffnet.« Der Laird breitete die Arme aus, die Hände leer. »Wollt Ihr nicht als Vertrauensbeweis ebenfalls Eure Waffen ablegen?«

Bei diesem Vorschlag des Comyns war Malcolm augenblicklich hellwach. »Wenn Ihr, wie Ihr sagt, die Fehde zwischen unseren Clans wahrhaft beenden wollt, dann brauchen wir unsere Waffen nicht.« Im Saal erhob sich Gemurmel. »Von daher wird es keinen Unterschied machen, ob wir bewaffnet sind oder nicht.« Malcolm trat auf das Podest zu und beobachtete sorgfältig die Reaktion des Lairds auf seine Worte. »Wir behalten sie.«

»Das ist eine Beleidigung unserer Gastfreundschaft und unserer Ehre«, rief John, und schon flogen wütende Beschuldigungen durch die Luft. Zwei Lager bildeten sich.

»Ihr werdet ja wohl nicht erwarten, dass wir blind auf das Wort eines Comyn vertrauen«, wandte Malcolm sich herausfordernd an Ronald. »Wir sind seit vielen Generationen verfeindet. Wenn Ihr Euch als ehrenhaft erweist, spielt es keine Rolle, ob ich mein Claymore bei mir habe.

Solange niemand die Hand gegen mich oder die Meinen erhebt, bleibt mein Schwert in der Scheide. Darauf habt Ihr mein Wort.«

Wieder sah er, wie der Comyn ihn mit listigem Blick einzuschätzen versuchte. Malcolm behielt eine ausdruckslose Miene bei.

»Dadurch ändert sich nichts«, verkündete Ronald und bedeutete seinen Männern, ihre Plätze an der Tafel einzunehmen. Die Comyns besetzten jeden zweiten Stuhl, sodass Malcolm und seine Männer voneinander getrennt waren. Malcolm lief es kalt über den Rücken, als er versuchte, sich vorzustellen, wie es für seine Frau gewesen sein musste, zuzusehen, wie jeder MacKintosh im Saal verblutete. Wieder und wieder hatte sie eine innere Stärke und einen Erfindungsreichtum bewiesen, die ihn mit Demut und Stolz zugleich erfüllten.

Sobald er seinen Platz an der Tafel zwischen dem Laird und seinem Sohn eingenommen hatte, traten Bedienstete vor und füllten ihre Kelche mit *Uisge Beatha*. Ein weiterer Punkt, vor dem True sie gewarnt hatte. Mit hoch erhobenem Kelch forderte der Comyn alle auf, auf den Waffenstillstand zu trinken. Wie vereinbart berührte er die Flüssigkeit bloß mit den Lippen, und seine Männer machten es ebenso. Eilig wurden schwer beladene Servierplatten mit reichhaltigen Speisen aufgetragen, während die Comyns sie in belanglose Unterhaltungen verwickelten und ermunterten, sich den vorzüglichen Branntwein zu Gemüte zu führen, von dem es reichlich gab. Angeblich war es ihr bester Tropfen, zu Ehren der Versöhnungsfeierlichkeiten. Malcolm zwang die Anspannung aus seinen Schultern und wartete.

* * *

»*Wartet.*« Liam drückte sich an die Wand und beobachtete sowohl die Küchentür als auch die zum Wohnturm. Sobald die Luft rein war, packte er Alethia bei der Hand, zog sie in die Burg und rannte zu der Treppe, die vor ihnen lag.

Oben angekommen übernahm Alethia die Führung. »*Ich kenne den Weg. Im Augenblick sind hier keine Wachen. Du musst zurück, um Mairen zu helfen.*«

»*Ich habe gesagt, ich bringe dich sicher auf die Empore, und das werde ich tun.*«

Mit ihm zu streiten würde sie nur wertvolle Zeit kosten. Stattdessen ging sie das kurze Stück durch den dunklen Korridor voran, bis sie die kleine Tür zur Empore erreichten. »*Hier ist es. Mairen wartet auf dein Signal.*«

Sie sah ihm hinterher, wie er genauso lautlos verschwand, wie sie gekommen waren. Mit angehaltenem Atem drückte sie gegen die Tür und betete, dass die Scharniere gut geölt waren. Die Tür rührte sich nicht. Frustriert und angespannt wartete Alethia darauf, dass der Lärm aus dem Saal laut genug heraufschallte, um jegliche Geräusche zu übertönen, die die Scharniere womöglich machen würden. Es dauerte nicht lange, bis unten eine Auseinandersetzung ausbrach. Mit einem stillen Dank an die Streithähne drückte sie mit aller Kraft gegen die Tür. Ächzend schwang sie auf, und Alethia schlüpfte hindurch.

Auf der schmalen Empore war schon eine ganze Weile niemand mehr gewesen. Alethia hielt sich beide Hände vors Gesicht, um ein Niesen zu unterdrücken, denn bei jedem Schritt von ihr wirbelte eine Staubwolke auf. Gebückt schlich sie sich zu der gemauerten Brüstung, hinter der sich der Blick in den Saal öffnete. Mit flinken Fingern löste sie ihren Mantel, ließ ihn fallen und zog ihren Bogen aus dem Köcher, den sie auf dem Rücken trug. Sie erreichte die Brüstung und drückte sich so dicht an die Wand, dass niemand sie sehen würde, auch wenn jemand zufällig in ihre Richtung blickte.

Als Nächstes ertastete sie das gefaltete Stück Leder, in dem ihre Bogensehne lag, und holte es aus dem Köcher. Mit zitternden Fingern befestigte sie eine Schlaufe in der Kerbe am unteren Ende des Bogens, trat hindurch und bog das Holz über ihr Bein, um die zweite Schlaufe am oberen Ende einzuhängen. Ihr stand Schweiß auf der Stirn.

Vorsichtig spähte sie über die Brüstung auf das Schauspiel unter ihr. Noch war die Zeit für den Trinkspruch nicht gekommen. Sie legte einen Pfeil auf die Sehne und lauschte. Anspannung und Grauen pulsierten durch ihren Körper. Alethia zwang sich, tief durchzuatmen. Niemandem wäre geholfen, wenn sie vor Aufregung nicht vernünftig schießen konnte. Sie schloss die Augen und lehnte den Kopf gegen die Wand. Erneut betete sie um Mut – Mut und Treffsicherheit.

Der Laird gab das Signal für das geplante Blutvergießen. Laut dröhnte seine Stimme durch den Saal, und Alethia schlug das Herz bis zum Hals.

»Von diesem Tage an soll Frieden zwischen unseren Clans herrschen. Kommt, erhebt die Kelche, trinken wir gemeinsam auf die Toten.«

Auf dieses Stichwort hin sprangen sämtliche MacKintosh-Krieger von ihren Stühlen auf. Mann für Mann standen sie hinter den gegnerischen Comyns, als wäre die Bewegung einstudiert. Mit einem metallischen Sirren fuhren die Schwerter aus ihren Scheiden, dass Alethia die Ohren sausten.

Angus stürmte zu den Saaltüren und legte den Holzbalken vor, der Unschuldige von dem bevorstehenden Gemetzel fernhalten würde.

Malcolm drückte seine Schwertspitze an die Kehle des heimtückischen Lairds, während er sorgsam außer Reichweite des Mannes blieb. Es wurde mucksmäuschenstill, und im Saal baute sich eine gefährliche Spannung auf. Alethia hielt den Atem an.

»Bevor wir trinken, hebt die rechte Hand, damit wir Zeugen Eurer Ehrlichkeit werden«, rief Malcolm.

Mit einem wütenden Brüllen hob der Laird besagte Hand, mit der er einen Dolch umklammerte. Jeder einzelne Comyn tat es ihm gleich.

»So viel zum Wort und zur Ehrenhaftigkeit eines Comyn. Eine Bewegung, und er stirbt«, warnte Malcolm. »Anders als Ihr, die Ihr einen Kampf durch feigen Verrat zu gewinnen trachtet, kämpfen die MacKintoshs fair. Beenden wir das, ein für alle Mal.« Er trat zurück, blieb jedoch kampfbereit. »Holt Euch Eure Waffen.«

Hastig rannten die Comyns zu ihren Schwertern und Keulen, die an der gegenüberliegenden Wand lehnten. Die MacKintoshs traten den Tisch um, sodass der Inhalt ihrer Becher und die Reste ihres Essens sich über die Binsen am Boden ergossen. In den Geruch des verschmähten Festmahls mischte sich der Gestank von Angst und Schweiß, den die Männer verströmten. An beiden Enden der Halle standen die Krieger einander gegenüber und warteten darauf, dass jemand den ersten Schritt machte. Dann brach die Hölle los, Metall klirrte auf Metall, und die angestrengten Laute von Männern, die auf Leben und Tod miteinander kämpften, füllten den Saal.

Alethia machte ihren Bogen bereit und fixierte ihren Ehemann. Im Augenblick kämpfte er gegen John – wie sie es in ihrer Vision gesehen hatte. Ohne auch nur einen Blick an die anderen zu verschwenden, beobachtete sie Malcolm und den Sohn des Lairds. Ihr Ehemann hatte die Oberhand, doch sie hatte diesen Kampf schon einmal gesehen und wusste, wie er enden würde.

John zwang Malcolm mit einem Hagel von Schlägen zum Rückzug. Ohne besondere Mühe wehrte Malcolm die Hiebe ab und wich einen Schritt zurück, dann noch einen. Alethia spannte die Bogensehne und hielt sie in Position, bis ihre Muskeln unter der Anstrengung zitterten.

Noch ein Schritt, und der Laird selbst erschien hinter Malcolm und stellte ihm ein Bein. Es dauerte nur einen winzigen Moment, und Malcolm ging zu Boden und versuchte, sich wegzurollen. John ergriff die Gelegenheit und traf ihren Ehemann am Oberschenkel, wo sein Schwert einen tiefen Schnitt hinterließ. Wutentbrannt brüllte Malcolm auf, als John das Schwert hob, um den am Boden Liegenden anzugreifen. Mit beiden Beinen schob er sich zurück, stieß jedoch mit dem Rücken gegen die Wand. Er hob sein Schwert, um den Schlag abzuwehren, und mit einem bösartigen Tritt traf John seine Handgelenke, sodass die Klinge zu Boden schepperte, außer Reichweite.

Hoch aufgerichtet stand John da und holte zu dem Schlag aus, der das Leben ihres Mannes beenden würde.

Alethia zielte auf die verwundbarste Stelle an Johns Körper. Sie holte tief Luft, hielt den Atem an und ließ den Pfeil fliegen. Die Zeit schien sich zu verlangsamen. Ohne zu atmen, verfolgte sie, wie das Geschoss auf sein Ziel zuflog und den Hals des Mannes durchbohrte. John ließ sein Schwert fallen. Mit beiden Händen zerrte er an dem Holzschaft, der aus seiner Kehle ragte. Stumm öffnete und schloss er den Mund, und Blut strömte ihm über die Brust. Er fiel auf die Knie und kippte um. Zuckend lag er da, während sein Blut in den Binsen unter ihm eine tiefrote Lache bildete.

Wie erstarrt wandte sie ihren Blick Malcolm zu. Er hatte die Flugbahn des Pfeils bis zu ihrem Ursprung verfolgt. Ihre Blicke trafen sich – und brannten sich ineinander. Über sein Gesicht huschte Ungläubigkeit, gefolgt von einem Zorn, wie sie ihn noch nie gesehen hatte.

Keuchend wich sie zurück. Ihre Feuerprobe war noch nicht vorbei. Rasch legte sie einen neuen Pfeil auf und wandte sich der Tür zur Empore zu. Auch Ronald der Rote hatte den Pfeil zu ihr zurückverfolgt. Sie hatte seinen Sohn getötet. Schon in diesem Augenblick musste er auf dem Weg zu ihr sein, Mord im Sinn – und diesmal hatte sie keine Vision, die sie leitete.

Kapitel 20

Der gesamte Saal war erfüllt vom kupfrigen Gestank von Blut. Bis zur Empore stieg er hinauf, wo Alethia ihr Schicksal erwartete. In der Luft lag das Stöhnen der Sterbenden, hier und da unterbrochen vom Klirren der Schwerter der Wenigen, die noch immer kämpften. Über allem lag das Geräusch ihres eigenen unregelmäßigen Atems und ihres hämmernden Herzens. Ein Schweißtropfen rann ihr die Schläfe hinab. Alethia holte tief Luft – und hielt sie an.

Mit einem lauten Krachen prallte die Tür zur Empore gegen die Wand und wirbelte eine dicke Staubwolke auf, als der Laird hindurchstürmte. »Du Metze. Ich bringe dich um«, grollte er.

Alethia bekam eine Gänsehaut, und ihr drehte sich der Magen um angesichts der mörderischen Rage, die ihr galt. Nur der Pfeil, mit dem sie auf sein Herz zielte, hielt diesen Wahnsinnigen noch zurück. »Keine Bewegung. Nicht einen Muskel. *Hilfe!*«, schrie sie, ohne Ronald den Roten aus den Augen zu lassen. »Ich brauche Hilfe, oben auf der Empore!«, rief sie hinterher, während sie am ganzen Körper zu beben begann. Würden ihre Muskeln, geschwächt von der ermüdenden Reise und dem nachlassenden Adrenalinrausch in ihren Adern, ihr überhaupt gehorchen?

Jemanden zu töten, der das Leben eines geliebten Menschen bedrohte, war eine Sache. Dem eigenen Tod ins Auge zu sehen – oder einen Mann zu töten, der einem voller Mordlust Auge in Auge gegenüberstand –, war etwas ganz anderes.

Gott, lass einen der MacKintosh-Krieger rechtzeitig hier sein. Sie bemerkte eine Bewegung, der Laird machte etwas mit der rechten Hand. Als Metall aufblitzte, hatte sie ein Ziel, und ihr Instinkt übernahm das Ruder. Der Pfeil schnellte von ihrer Bogensehne und durchbohrte die Hand des Lairds.

Mit einem dumpfen Klirren fiel sein Dolch zu Boden. Ronald grollte vor Schmerz, das Gesicht zu einer hasserfüllten Maske verzerrt. Alethia legte einen weiteren Pfeil auf und sah, wie ihrem Feind der Schweiß auf die Stirn trat. Mit den Zähnen hielt er den Pfeilschaft, um ihn hinter der Stahlspitze abzubrechen, und zog ihn dann aus seiner Hand, ohne sie auch nur eine Sekunde aus den Augen zu lassen.

Aus seinem Ärmel kam ein weiterer Dolch zum Vorschein, während er langsam auf sie zukam. Alethia wusste, er wollte dicht genug herankommen, dass ihre Waffe nutzlos wäre. Er wollte ihr die Kehle aufschlitzen.

»Rühr dich nicht vom Fleck«, krächzte sie und wich einen Schritt zurück. »Oder der nächste Pfeil geht direkt in dein Auge.« Warum war keiner ihrer Clansmänner ihr zu Hilfe geeilt? Hatten sie den Kampf etwa trotz allem verloren? Mittlerweile waren Alethias Arme und Beine wie Gummi. Viel länger würde sie nicht stehen bleiben, geschweige denn ausreichend Kraft in einen Bogenschuss legen können. Und wenn sie hinfiel, wäre sie wehrlos, leichte Beute. Sie spannte die Bogensehne so straff, wie sie konnte, fest entschlossen, ihn zu töten, wenn sie konnte. Ronald marschierte auf sie zu und sie ließ den Pfeil fliegen. Harmlos streifte er den Laird an der Schulter, prallte gegen die Wand und fiel hinter ihm zu Boden. »Nein«, schluchzte sie.

Vom Korridor her ertönten Schritte und lenkten den Roten Comyn ab. Alethia wich alle Luft aus den Lungen, als Malcolm zur Tür hereingestürmt kam und sich auf Ronald den Roten stürzte. Bis in die hinterste Ecke wich sie zurück, außer Reichweite der miteinander ringenden Männer, und brach in die Knie. Vorgebeugt übergab sie sich in den Staub und musste mit tränenverschleiertem Blick zusehen, wie ihr Ehemann um ihrer beider Leben kämpfte.

Als Malcolm sie schließlich auf die Füße zog, war alles still. Schützend legte er seine starken Arme um sie. Sie ließ sich gegen ihn sinken und schluchzte.

»Wir müssen verschwinden«, flüsterte er ihr ins Ohr.

Es gelang ihr zu nicken. Sie fühlte sich, als bestünde sie nur noch aus Wackelpudding, und es kostete sie unheimliche Kraft, einen Fuß vor den anderen zu setzen. Malcolm hob sie über den reglosen Körper des Lairds. Auf dem Gang warteten dicht an dicht die MacKintosh-Krieger. Einige bluteten, doch alle standen noch aufrecht. Jeder Einzelne legte sich die Hand an die Brust und neigte ehrerbietig den Kopf, als Malcolm sie wieder absetzte.

Bei dieser Geste der Lehnstreue kamen ihr wieder die Tränen. Malcolm drückte ihre Hand, damit sie sich in Bewegung setzte. Routiniert nahmen seine Männer Formation an, einige vor ihnen, andere als Rückendeckung.

»Du bist verletzt«, flüsterte sie.

»Nur ein Kratzer.«

»Ich habe aber mehr als einen Kratzer gesehen.« Sie kämpfte gegen die aufsteigende Panik an und schluckte den Drang hinunter, zu lachen. Benebelt vom Schock starrte sie auf ihre leeren Hände hinab und blieb stehen. »Mein Bogen … Ich … Ich … hab ihn fallen lassen.«

»Wir lassen dir einen neuen machen.«

Malcolm versuchte erneut, sie zum Weitergehen zu bewegen. Sie stemmte die Fersen in den Boden. »Ich will aber *den.* Ich will meinen Bogen.« Sie wusste, dass sie sich albern benahm, aber sie konnte nicht anders.

»Gottverdammt, Weib.« Er rieb sich das Gesicht. »Angus«, rief er über die Schulter. »Hol den Bogen meiner Frau.«

In Sekundenschnelle war Angus wieder da, in den Händen ihren abgespannten Bogen. Statt ihn ihr zu reichen, schob er ihn in den Köcher und legte ihr sanft den Mantel um die Schultern. »Oh. Danke, Angus. Den Mantel hatte ich ganz vergessen.« Sie ließ den dicken Stoff durch ihre Finger gleiten. Ihre Gedanken zerfaserten, als wäre ihr Kopf mit Wolle vollgestopft und sie könnte nur noch zusammenhangloses Zeug denken.

»Können wir *jetzt* verschwinden?« In Malcolms Ton lag eine leise Ungeduld – und Wut.

»Natürlich.« Sie straffte die Schultern und trat einen Schritt vor. Dann gaben ihre Knie nach, und sie sank zu Boden. Malcolm hob sie wieder auf seine Arme. »Tut mir leid«, flüsterte sie an den angespannten Muskeln an seinem Hals. »Tut mir leid. Irgendwie … kann ich nicht … laufen.«

Draußen auf dem Burghof peilten sie die kleine Ausfallpforte an, durch die Alethia vor Stunden mit Liam und Galen hereingekommen war. Mittlerweile war die Nacht hereingebrochen, und sie machten sich nicht die Mühe, sich zu verbergen, als sie mit dem Rest ihrer Leute zusammentrafen, die auf der anderen Seite zum Aufbruch bereitstanden.

Sobald Malcolm sie absetzte, stürzte sich eine zierliche Frau auf Alethia und warf sich ihr in die Arme. Mairen bebte am ganzen Körper, und ihre Tränen durchnässten Alethias Tunika an der Schulter.

»Danke. Oh, vielen, vielen Dank«, murmelte Mairen.

»Gern geschehen«, flüsterte Alethia und tätschelte ihr den Rücken.

Liam löste seine Liebste von ihr. »Wir müssen aufbrechen.« Er half Mairen auf Alethias Stute.

Alethia blinzelte verwirrt. »Und wie soll ich …«

»Du reitest mit mir«, ordnete Malcolm an und zügelte neben ihr sein Pferd. Von hinten hob Robley sie in die wartenden Arme ihres Ehemanns. Mit einer Geste gab Malcolm das Kommando zum Aufbruch, und eilig setzte sich der Tross in Bewegung.

Sie waren schon ein gutes Stück geritten, als Alethia es schließlich wagte, sich auf Malcolm einzustimmen. Seine Emotionen wechselten in einer solchen Geschwindigkeit, dass sich in ihrem Kopf alles drehte. Zorn, Erleichterung, Frustration, Sorge – dann wieder Zorn. Viel mehr würden ihre überstrapazierten Nerven nicht aushalten.

»Du hast dich in Gefahr gebracht«, zischte Malcolm ihr ins Ohr.

»*Gern geschehen*«, fauchte sie zurück.

Er schüttelte sie kurz. »Du hast mir schon wieder nicht gehorcht.«

»Ha! Du hast mir nie ausdrücklich befohlen, euch nicht zu folgen – ich wusste es nämlich besser, als danach zu fragen.«

»Du hättest sterben können.«

»Ich weiß.« Finster sah sie ihn über die Schulter hinweg an. »Außerdem weiß ich, dass du *mit Sicherheit* gestorben wärst, wäre ich nicht da gewesen. In meinen Visionen habe ich es genau gesehen.«

»Verflucht noch mal, Weib. Glaubst du, du bist die Einzige hier, die einen Bogen spannen und einen Pfeil abschießen kann? Du hättest mir nur sagen müssen, was uns bevorsteht, und ich hätte einen Mann dort postiert, wo du gestanden hast.«

»Nein.« Sie schüttelte den Kopf. »Dafür wurde ich hergeschickt. Ich weiß, du verstehst das nicht, aber ich *musste* diejenige sein, die dich rettet. Wäre es irgendjemand sonst gewesen …« Ihr brach die Stimme. »Das konnte ich nicht dem Zufall überlassen.«

Mit flehentlicher Miene drehte sie sich zu ihm um. »Hör mal, ich weiß, wie gerne du mir eine Standpauke hältst. Aber können wir das auf morgen verschieben? Im Augenblick habe ich andere Sorgen, und dir das Leben zu retten war ganz schön anstrengend.« Wäre sie nicht so erschöpft gewesen, hätte sie Malcolms perplexe Miene erheiternd gefunden. Stattdessen sank sie nur an seine Brust und schloss die Augen. Mehrere Augenblicke verstrichen in herrlicher Stille.

»Worüber machst du dir denn bitte schön jetzt noch Sorgen?«, wollte er wissen.

Seine Worte und der Tonfall, in dem er sie ausgesprochen hatte, schmerzten. Dafür hatte sie jetzt einfach nicht die Energie. In ihrem Hals formte sich ein schmerzhafter Kloß.

»Verrat es mir.« Wieder schüttelte er sie ein wenig.

»Giselle hat gesagt, ich hätte verborgene Talente. Daher die Visionen. Sie hat gesagt, ich hätte die Aufgabe, etwas in Ordnung zu bringen. Daher der hinterlistige Plan des Comyn-Lairds, euch alle abzumurksen. Das musste definitiv in Ordnung gebracht werden. Ich habe meine Aufgabe erfüllt, und jetzt wird Giselle mich holen. Sie wird mich dahin zurückschicken, wo ich hergekommen bin, und du wirst nichts dagegen tun können.« Ihre Stimme brach. »Niemand wird etwas dagegen tun können.«

Verbittert presste sie die Lippen zusammen und kochte innerlich vor Wut. Sie hatte ihm das Leben gerettet, und ihm ging das gegen den Strich. Statt ihr zu danken, hielt er ihr Vorträge und schalt sie. Ihre Tat war ein Tiefschlag gegen seine Männlichkeit gewesen, und es war offensichtlich, dass er nicht weiter sehen konnte als bis zu seinem getroffenen Ego. *Dämlicher, dämlicher Mann mit seinem dämlichen mittelalterlichen männlichen Stolz.*

»Soll sie nur kommen. Sie wird dich mir nicht wegnehmen.« Sein Griff um ihre Taille wurde fester. »Du hast kein Vertrauen in mich«, warf er ihr vor.

»Dito.«

»Schlaf, Alethia. Es ist noch ein langer Ritt bis nach Hause.«

* * *

Malcolm betete, er würde nie wieder eine derartige Angst durchstehen müssen, solange er lebte. Er konnte es nicht ertragen, wenn seine Frau sich in Gefahr brachte. Als er gesehen hatte, wie sie mit dem Bogen in der Hand über die Brüstung der Empore gespäht hatte, war ihm das Herz stehen geblieben. Bei ihrem Hilferuf hatte er schon gefürchtet, er würde zu spät kommen. In den Sekunden, bevor er sie erreicht hatte, war er um Jahre gealtert.

»Schläft sie?«, fragte Robley und lenkte sein Pferd dichter zu ihnen.

Malcolm betrachtete Alethia genauer. »Aye. Wahrscheinlich wird sie den gesamten Ritt über schlafen.«

»Es gibt da etwas, das du wissen solltest.« Robley hielt die Stimme gesenkt. »Giselle ist in Inverness. Sie hat sich in einem kleinen Cottage am Rand des Dorfs niedergelassen.«

»Woher weißt du das?« In Malcolm loderte wieder der Beschützerinstinkt auf. Er schloss seine Frau fester in die Arme.

»Ich habe sie mit eigenen Augen gesehen, als ich nach Inverness gereist bin, um Vorräte für Meikle Geddes zu holen. Ich sage dir, Malcolm, diese alte Hexe hat etwas Unheimliches an sich. Es ist zehn Jahre her, dass sie dir die Zukunft vorausgesagt hat, und seitdem ist sie kein Stück gealtert. Das ist doch unnatürlich.« Robley wies auf True. »Sie tut gut daran, die Alte zu fürchten. Und du tätest gut daran, auf sie zu hören. Hat True das nicht schon unzählige Male unter Beweis gestellt?« Er bedachte Malcolm mit einem mahnenden Blick. »Ich glaube, du gehst zu hart ins Gericht mit dem Mädchen. Sie hat deinen Dank verdient, nicht deinen Zorn.«

»Da werde ich nicht mit dir streiten, Robley. Ich gestehe, ich hatte noch nie solche Angst wie in dem Moment, als ich meine Frau auf der Burg unserer ärgsten Feinde entdeckt habe. Meine scharfen Worte sind meiner Sorge um sie entsprungen.« Um ehrlich zu sein, fühlte er sich furchtbar. Es ärgerte ihn maßlos. Er sollte sie beschützen, nicht andersherum. »Ich schwöre dir, diese Frau wird noch mein Tod sein. Das war unvorstellbar töricht von ihr.« Er beugte sich zu Robley vor, damit niemand sonst ihn hörte. »Ich kann die Vorstellung nicht ertragen, sie zu verlieren.«

Robley grinste. »Und genau das musst du ihr sagen, Malcolm. Ich bete, dass ich eines Tages eine Frau finde, die so schön und klug ist wie True. Mittlerweile überlege ich bereits, eine Reise in ihre Heimat zu unternehmen, um herauszufinden, ob es dort noch mehr Frauen wie sie gibt. Eine Sorge, wie du sie in den Armen hältst, würde ich bereitwillig annehmen.« Er legte Malcolm eine Hand auf die Schulter und rüttelte leicht daran. »Nimm sie in die Arme. Lass deinen Stolz fahren, Mann, und bedank dich bei ihr.«

»Hmpf.« An seinem Stolz würde er noch arbeiten müssen. Wenigstens ein einziges Mal wollte *er* es sein, der zu ihrer Rettung eilte.

Lachend ließ Robley sich zurückfallen. Malcolms Gedanken wanderten zu dem Schicksal der Dorfbewohner, die sie zurückgelassen hatten. Er spürte einen Stich des Bedauerns. Kurzentschlossen drückte er seinem Pferd die Hacken in die

Flanke und trieb es nach vorn zu Liam und seiner Liebsten. »Liam, würdest du uns vorstellen?«

Malcolm sah, wie die junge Frau beim Klang seiner Stimme zusammenzuckte, als rechnete sie mit Vorwürfen oder Schlimmerem. Selbst im schwachen Licht des Halbmonds konnte er die verblassenden Blutergüsse auf ihren Wangen und an ihrem Hals sehen, ihre aufgeplatzte Lippe. Sie tat ihm schrecklich leid. Jener eine Mann, der sie vor allen anderen hätte beschützen und lieben sollen, hatte sie brutal misshandelt. Selbst jetzt bebten ihre Hände an den Zügeln.

»Aye. Es tut mir leid, dass wir nicht schon früher Gelegenheit dazu hatten.« Für einen Augenblick legte Liam eine Hand auf Mairens Finger. »Mairen, das ist mein Cousin Malcolm. Malcolm, darf ich dir meine Verlobte vorstellen: Mairen.«

Mairens Stimme bebte vor Emotionen. »Ich verdanke Euch mein Leben, Mylord. Euch und Eurer Frau gilt mein tiefster Dank. Möge Gott Euch segnen.«

»Meine Frau sagt, Eure Leute haben Euch sehr gern. Was wird nun aus ihnen?«, erkundigte Malcolm sich.

»Ich weiß nicht, welches Schicksal ihnen bevorsteht. Das sind gute Menschen, sie hatten keine Ahnung von den Ränken meines Vaters.«

»Aber Ihr schon?«, hakte Malcolm nach.

»Aye, ich wusste davon. Und wäre er sich seines Sieges am heutigen Abend nicht so sicher gewesen, dann wäre ich jetzt tot. Nur um mich zu seinem eigenen Vorteil zu benutzen, hat er mich am Leben gelassen. Sucht die Schuld für seine Bösartigkeit nicht bei meinem Clan, diese Leute hatten damit nichts zu tun.«

»Ich trage ihnen nichts nach. Im Moment mache ich mir hauptsächlich um ihre Zukunft Gedanken. Morgen früh werden sie den Tod ihres Lairds entdecken. Eure Krieger sind mit den Schwertern in der Hand gefallen. Es war ein fairer Kampf, auch wenn sie keine Fairness verdient hatten.« Malcolm beobachtete Mairen aufmerksam, um zu sehen, wie sie auf seine harschen Worte reagierte. Nickend wandte sie den Blick ab. Er sah ihr an, dass sie sich für ihren Clan schämte.

Malcolm wandte sich an seinen Cousin. »Ich habe nachgedacht, Liam. Was hältst du davon, wenn wir die in Burg Rait verbleibenden Comyns mit unserem Clan vereinen? Einige wären vielleicht dazu bereit.«

»Anbieten können wir es ihnen, Malcolm. Auch wenn ich es für unwahrscheinlich halte, dass sie zustimmen. Unsere Clans sind schon zu lange verfeindet.«

»Aye, aber wenn du und Mairen heiratet, wird es durchaus einige geben, die ihr die Treue halten. Ich schlage vor, ihr treibt eure Verbindung voran, vermählt euch so bald als möglich nach alter Sitte, und lasst die Nachricht gleich nach Rait überbringen. Sofern ihr dazu bereit seid, natürlich.«

Suchend blickte Liam zu Mairen. »Was meinst du, Liebste? Wir können noch morgen früh unser Gelöbnis sprechen und die Ehe einsegnen lassen, wenn in zwei Wochen der Priester nach Moigh Hall kommt.«

»Ich sollte um meinen Vater und meinen Bruder trauern, aber in mir ist nichts als Erleichterung. Ist das Sünde, Liam?« Ihre Augen, weit vor Sorge und Schmerz, füllten sich mit Tränen. »Du weißt, dass ich mehr als alles andere auf der Welt deine Frau werden will«, weinte sie. »Ich …«

»Es ist keine Sünde, Mädchen. Ich weiß, es wird einige Zeit dauern, bis du dich erholt hast, aber es gibt nichts, was gegen eine Vermählung nach alter Sitte sprechen würde.« Wieder nahm Liam ihre Hände.

Mit tränenverschleiertem Blick nickte sie.

»Gibt es auf Rait jemanden, dem Ihr vertraut, Mairen?«, fragte Malcolm.

»Aye, der Befehlshaber unserer Garnison ist ein ehrenhafter Mann. Für das Festmahl hat Vater ihn woandershin abkommandiert. Er wusste, dass Wallace Einwände erheben würde, und hatte Angst vor einem Aufstand.«

»Kann er lesen?«, wollte Liam wissen.

»Ja.« Wieder nickte sie.

»Bist du willens?« Malcolm betete, sie würde sich Liams würdig erweisen. »Wirst du Zeugnis ablegen über den Verrat deines Vaters an seinem Volk?«

»Aye, ich werde allen die Wahrheit sagen, auch unserem König. Denn das, was heute geschehen ist, wird mit Sicherheit ein Nachspiel haben.« Mairen straffte die Schultern.

»Liam, diese Menschen werden einen Anführer brauchen. Wenn du und Mairen erst verheiratet seid, ist es nur sinnvoll, dich zum Laird von Castle Rait zu machen. Wenn König James das gutheißt, sobald er alles gehört hat, würdest du dich dazu bereiterklären?«

»Ich weiß nicht, ob die Menschen dort einen MacKintosh als ihren Laird akzeptieren würden.«

»Das ist brillant«, flüsterte Mairen. »Ich kann mir keinen Besseren vorstellen, um uns anzuführen. Bitte, Liam, für mich und meine Leute, sag Ja.«

* * *

Als Alethia erwachte, stellte sie fest, dass sie in ihrem eigenen Bett und in den Armen eines nackten Schotten lag. Rasch hob sie die Lider und begegnete dem strahlenden Blau der Augen ihres Ehemanns, der sie intensiv ansah. Letzte Nacht hatte ihr Gespräch im Zorn geendet. Argwöhnisch musterte sie ihn und bemerkte dann etwas anderes. »Ich bin nackt.«

Das entlockte Malcolm ein amüsiertes Brummen. »Aye, das bist du. Ich habe dich letzte Nacht ins Bett gebracht und war nicht bereit, dich anzukleiden.«

Er drückte sich gegen sie, und sie spürte seinen harten Schaft an ihrem Oberschenkel. Augenblicklich breitete sich eine Welle des Verlangens in ihr aus. »Malcolm …« Sie stemmte die Hände gegen seine Brust. »Damit kommt das zwischen uns auch nicht wieder in Ordnung.«

»Ich erbitte demütigst deine Vergebung«, flüsterte er ihr ins Ohr und hauchte zarte Küsse auf ihren Hals. Liebevoll nahm er ihr Gesicht zwischen seine großen Hände und schaute ihr tief in die Augen. »Ich kann den Gedanken nicht ertragen, dir könnte etwas zustoßen. Ich schwöre dir, das halte ich nicht aus. Mir ist fast das Herz stehengeblieben, als ich dich auf der Empore gesehen habe. Wenn ich eine derartige Angst noch öfter durchstehen muss, lebe ich nicht lange. Ich sage dir, Alethia, ich ertrage das nicht.« Er legte die Stirn an ihre. »Meine Worte sind nur meiner Angst um dich entsprungen.«

Eng umschlungen schwiegen sie für einige Augenblicke. Noch nie war sie so dankbar gewesen. Er fühlte sich so warm und solide an, so lebendig. »Ich hätte alles getan, um deine Sicherheit zu gewährleisten, Malcolm.« Ihre Gefühle schnürten ihr die Kehle zu, und sie brachte nur ein heiseres Flüstern heraus: »Bitte verzeih mir, dass du meinetwegen so viel durchmachen musstest. Und es tut mir leid, aber ich würde immer das Gleiche tun, wenn ich dich dafür wieder in den Armen halten darf.«

Sie zog ihn an sich. »Verstehst du denn nicht? Begreifst du nicht, dass ich genau dasselbe empfinde wie du? Ich ertrage die Vorstellung nicht, dir könnte etwas zustoßen. Mein Gott, hast du auch nur die geringste Ahnung, was ich in den letzten Wochen durchgemacht habe? In meinen Visionen habe ich dich wieder und wieder sterben sehen, ohne auch nur das Geringste dagegen unternehmen zu können.«

Mit einem Knie drängte Malcolm ihr die Beine auseinander und schob sich dazwischen. Sanft wiegte er sich vor und zurück, bis die Spitze seiner Erektion zwischen ihre längst vor Erregung feuchten Lippen drang. Mit langen, langsamen Bewegungen neckte er sie, glitt aufreizend über ihre empfindsame Knospe, die mittlerweile vor Begehren pulsierte.

Sie fand seinen Mund und legte all ihre Gefühle in ihren Kuss, alles, was sie im Herzen trug. Leidenschaftlich drängte Malcolm sich an sie, drückte sie in die Matratze. Alethia empfing ihn bereitwillig, nahm ihn in sich auf und begab sich mit ihm an einen Ort, der ihnen Zuflucht vor den rauen Gefahren und Ungewissheiten dieser Welt bot.

Später, noch immer eng umschlungen, hielt er ihr die Standpauke, von der Alethia wusste, dass sie sie verdiente. Die ganze Zeit über lächelte sie ihn an und übersäte sein Gesicht mit Küssen, während er sich weitschweifig über ihre Sicherheit ausließ und ihr erklärte, Frauen sollten ihren Ehemännern gehorchen. »Mhmm. Okay. Ich fühle mich angemessen zurechtgewiesen. Aber ich verhungere. Außerdem werden Hunter, Lydia und Elaine auch noch ein Wörtchen mit mir zu reden haben, dass ich ihnen solche Sorgen bereitet habe.«

Malcolm stand als Erster auf, und prüfend betrachtete sie seinen Oberschenkel. Er hatte die Wahrheit gesagt. Bei Tageslicht sah die Verletzung eher nach einem tiefen Kratzer aus – und heilte bereits.

Langsam setzte Alethia sich auf und hielt einen Moment inne, um zu sehen, ob sie ohne Übelkeit würde aufstehen können. Malcolm reichte ihr ein Stück trockenes Brot, das er sich vom Tisch an der Feuerstelle geschnappt hatte. Überrascht sah sie zu ihm auf. »Du weißt es, oder?«

Selbstzufrieden lächelte er sie an. »Wir teilen jede Nacht das Lager miteinander, Alethia. Glaubst du etwa, ich bekomme nichts von deinem Monatsfluss mit? Oder wenn er ausbleibt? Denkst du, ich sehe die Veränderungen nicht, die schon jetzt an deinem Körper vor sich gehen?«

»Was für Veränderungen?« Verwirrt blickte sie an sich hinab. Sie konnte keinen Unterschied feststellen.

»Deine Brüste sind größer geworden.« Bewundernd glitt sein Blick über sie und verweilte an ihrem Busen. »Deine Haut strahlt förmlich – wenn sie nicht gerade vor Übelkeit grünlich verfärbt ist. Du schläfst den ganzen Tag und hast ständig Hunger.«

»Oh.«

»Und während einer deiner Visionen hast du darüber gesprochen«, eröffnete er ihr, während sie sich wusch.

Sie schnappte nach Luft. »Wirklich?«

»Aye. Du hast gesagt, wir bekommen ein kleines Mädchen. Ich sehe keinerlei Grund, das zu bezweifeln.«

Sie knabberte an ihrem Brot und streifte sich ihr Gewand über. »Cool.« Lächelnd ließ sie eine Hand auf ihrem Bauch ruhen. »Ein kleines Mädchen mit goldenem Haar und blauen Augen.« Erfüllt von einer plötzlichen Schüchternheit fragte sie: »Freust du dich?«

»Aye.« Sein Lächeln raubte ihr den Atem. »Ich freue mich.« Er durchquerte das Zimmer und nahm sie in die Arme. »Wie könnte ich das nicht, Liebste. Ich sehne mich danach, diese Burg mit unseren Kindern zu bevölkern, ihr Lachen zu hören und sie zu gesunden, starken Menschen heranwachsen zu sehen. Du hast gesagt, du willst eine große Familie. Weißt du noch?« Er strich ihr das Haar aus dem Gesicht und küsste sie auf die Stirn.

»Ich erinnere mich an alles«, flüsterte sie.

»Ich will dir all deine Herzenswünsche erfüllen, *mo anam*. Dein Glück schenkt mir Freude. Aber um es ein letztes Mal zu klären«, setzte er hinzu und gab ihr einen festen Klaps auf den Hintern: »Du bist schwanger. Wenn du dein Leben in Gefahr bringst wie gestern auf Burg Rait, dann riskierst du ebenso das Leben unseres Kindes. In Zukunft wirst du besser auf dich aufpassen, oder das wird Konsequenzen haben. Und jetzt mach dich fertig, Liebste. Heute soll die Vermählung von Liam und Mairen stattfinden.«

»Du hast recht, Malcolm. Von jetzt an halte ich mich von jeglichem Ärger fern. Versprochen. Ich freue mich so sehr für die beiden – der arme Liam trägt diese Bürde schon viel zu lange. Er hat nicht daran geglaubt, dass es für sie ein glückliches Ende geben könnte. Wenn wir jetzt nur auch für Elaine etwas tun könnten.« Sie hielt inne, als die Ereignisse des vergangenen Tages sie überfluteten. »Malcolm, wann können wir auf Moigh Hall mit einem Priester rechnen?«

»Mitte Mai. Wieso?«

»Ich … Ich … habe jemanden getötet.« Ihre Gefühlswelt war völlig aus dem Gleichgewicht, im einen Moment himmelhoch jauchzend, im nächsten zu Tode betrübt. Das gefiel ihr überhaupt nicht. »Das ist eine Todsünde. Ich muss mit einem Priester sprechen.«

»Denk nicht zu viel darüber nach. Die Seinen zu beschützen ist keine Sünde. Du hast nichts falsch gemacht, Alethia.« Noch einmal zog er sie in seine Arme und wiegte sie sanft hin und her. »Ich würde es dir von der Seele nehmen, wenn ich könnte, *mo céile*. Doch nun komm, auf uns wartet eine Vermählung, und dann ein Festmahl. Würdest du heute Abend gern deine Musik für uns spielen?«

Eng an ihn geschmiegt nickte sie und fragte sich, ob sie erwähnen sollte, dass sie nicht wirklich geschlafen hatte, als Robley ihm verraten hatte, wo Giselle steckte.

* * *

Alethia beobachtete, wie Mairen mit Elaine und Lydia umging, während sie gemeinsam in den Frauengemächern saßen. Acht Tage waren vergangen, seit sie die Tochter des Lairds der Comyns gerettet hatten, und eine Woche seit ihrer Vermählung mit Liam. Alethia wollte Liams frischgebackener Ehefrau so nah sein wie den beiden anderen Frauen, doch eine Sache machte es ihr schwer, sich zu entspannen.

In Mairens sanften braunen Augen war nicht zu erkennen, ob sie wusste, dass es Alethia gewesen war, von deren Bogensehne der Pfeil gekommen war, der ihren Bruder getötet hatte. Alethia musterte die Frau. Mittlerweile waren die Spuren der Misshandlungen durch ihren Vater verblasst. Ihre Lippe war verheilt, und wenn sie jemand ansprach, zuckte sie nicht länger zusammen. Auch ihre Blutergüsse waren zu gelblichen Flecken verblasst, die schon bald ganz verschwunden sein würden.

Alles an Mairen wirkte zart und weich – von ihrem hellen goldbraunen Haar bis hin zu ihren großen braunen Augen. Sie verströmte Herzensgüte. Wie hatte ein so kalter, grausamer Vater einen so warmherzigen, fürsorglichen Menschen hervorbringen können? Alethia fragte sich, wie Mairens Mutter gewesen war. Hatte sie den Roten Comyn bereitwillig geheiratet oder war sie von einem gleichgültigen Vater an ihn verscherbelt worden?

Liam und Mairen würden hierbleiben, bis die Verhandlungen mit den auf Rait verbliebenen Comyns abgeschlossen waren. Zudem wollte Liam warten, bis seine Eltern gemeinsam mit William wohlbehalten wieder zurück waren. Alethia nahm allen Mut zusammen und machte sich bereit, das Thema anzusprechen, das sie bis in ihre Träume verfolgte. »Mairen, ich muss mit dir reden.«

»Nein, True. Du musst nichts sagen. Ich weiß, was dich quält.« Mairen legte ihre Handarbeit nieder und wandte ihre

Aufmerksamkeit Alethia zu. »Liam hat mir erzählt, was im großen Saal auf Rait geschehen ist.«

»Ich habe deinen Bruder getötet.«

»Du hast deinem Ehemann das Leben gerettet, und auch Liam und mir.« Mairen nahm Alethias Hände zwischen ihre. »Mein Vater und mein Bruder waren aus demselben Holz geschnitzt. John und ich haben einander nie nahgestanden. Was die beiden vorhatten, erfüllt mich mit tiefer Scham. Verstehst du nicht, dass ich es bin, die sich sorgt, was du von mir halten musst?«

»Oh, Mairen.« In Alethia wallte Erleichterung auf. »Niemand gibt dir die Schuld für die Taten deines Vaters, noch für die deines Bruders. Lassen wir das ein für alle Mal hinter uns, ich bitte dich.«

»Aye, nur zu gern. Es gibt so vieles, worauf wir uns freuen können. Bald kehrt Laird William zurück, und dann steht schließlich auch noch die Geburt deines Kindes bevor. Wir sind jetzt eine Familie.«

»Weiß eigentlich jeder hier auf der Insel, dass ich schwanger bin?« Fragend blickte Alethia von Elaine zu Lydia.

»Natürlich, Liebes.« Lydia strahlte.

Aus dem Dorf war ein einzelner Hornstoß zu hören. »O verflixt, so langsam kann ich dieses Geräusch wirklich nicht mehr hören.« Alethia faltete den kleinen Schlafsack zusammen, den sie gerade nähte, und erhob sich von ihrem Platz.

»Jetzt weißt du, warum ich hier bleibe, wenn ich es höre.« Lächelnd setzte Lydia ihre Arbeit fort. »Die Neuigkeiten erreichen mich ohnehin immer früh genug.«

»Elaine, Mairen, begleitet ihr mich?«, fragte Alethia. »Vielleicht werde ich gebraucht.«

»Ich bleibe bei Lydia.« Mairen lächelte.

* * *

Malcolm suchte den Burghof nach True ab. Es schien schon so lange her zu sein, dass er darauf bestanden hatte, sie solle innerhalb der Burgmauern bleiben, wann immer das Horn aus dem Dorf ertönte. Natürlich hatte sie sich nie daran gehalten, und mittlerweile hatte er sich daran gewöhnt, sie an seiner Seite zu haben, wenn er am Fähranleger die Neuankömmlinge erwartete. Als ihm dieser Sinneswandel bewusst wurde, musste er lächeln. True hatte sich für das Wohlergehen ihres Clans als unentbehrlich erwiesen. Robley hatte recht behalten – sein Clan liebte sie.

Gemeinsam kamen True und seine Schwester aus dem Wohnturm, wie so oft Arm in Arm, und steckten die Köpfe zusammen, um sich über ihre intimsten Geheimnisse auszutauschen – oder etwas, das sie erheiternd fanden. Irgendwann in nicht allzu weiter Ferne würde der Tag kommen, an dem Elaine verheiratet werden würde. Auch für seine Frau würde das eine schwere Zeit werden. Er trat den beiden entgegen. »True, Elaine.« Mit einem Nicken begrüßte er seine Schwester. »Kommt, gehen wir zusammen zum Fähranleger.

Er nahm Trues Hand, legte sie in seine Ellbogenbeuge und musterte seine Frau aufmerksam. Die Besorgnis, die sie seit ihrer Rückkehr von Rait erfüllt hatte, schien sich etwas gelegt zu haben. Sie strahlte förmlich vor Gesundheit, und ihm war aufgefallen, dass auch die Morgenübelkeit nachzulassen schien. »Wie geht es dir heute Morgen, *mo céile*?«

»Mir geht es wunderbar.« Sie lächelte. »Vorhin habe ich mit Mairen über ihren Bruder gesprochen, und zwischen uns ist alles gut, Malcolm.«

Bei diesen Worten schwankte ihre Stimme etwas, und ihm wurde klar, warum ihre Sorge sich gelegt hatte. Die vergangene Woche über war sie oft von Albträumen geplagt worden, in denen sie Mairens Bruder wieder und wieder das

Leben nahm. Jedes Mal hatte Malcolm sie getröstet und im Arm gehalten, bis sie wieder eingeschlafen war. Auch wenn sie es nie ausgesprochen hatte, war ihm bereits der Verdacht gekommen, dass ihr Unbehagen mit Mairen zu tun haben könnte. Das Thema war geklärt, und er hoffte, dass damit auch die nächtlichen Heimsuchungen aufhören würden. Solche Träume konnten nicht gut für ihr Kind sein.

»Was denkst du, wer kommt da?« True zupfte ihn am Ärmel.

»Höchstwahrscheinlich Nachrichten vom Tross meines Vaters.« Er drückte ihre Hand. »Er wird schon bald heimkehren.«

»Aye, True«, fügte Elaine hinzu. »Vater lässt seine Rückkehr immer ankündigen, wenn er für längere Zeit fort war. Er mag es, wenn um seine Ankunft ein wenig Trara veranstaltet wird.« Grinsend wechselte sie einen Blick mit Malcolm.

»Hauptsache, es ist nicht wieder ein Clan mit einem Versöhnungsangebot«, murmelte True.

Leise lachend zog Malcolm sie in eine schützende Umarmung. Sie kamen genau zum rechten Zeitpunkt am Ufer an, als die Fähre gerade anlegte. Es war wieder ein Mann in der Tracht eines Königsboten, der darauf wartete, aussteigen zu können.

»Ich bin Malcolm, Sohn des William, Earl of Fife. Willkommen«, begrüßte Malcolm ihren Gast.

Der Bote machte eine leichte Verbeugung, sobald seine Füße sicher auf dem Ufersand landeten. »Mylord, ich bin Brian of York, ein Bote unseres Königs Henry. Ich bringe Kunde von Eurem Vater.« Brian holte eine Pergamentrolle aus seinem Beutel hervor und reichte sie Malcolm. »Er bat mich, Euch auszurichten, dass er in einem Tag eintreffen wird«, erklärte Brian. »Er hat vor, pünktlich zum Abendmahl hier zu sein.«

»Oh, er will ein Festmahl.« Begeistert klatschte Elaine in die Hände. »Komm, True. Wir erzählen es Mutter und Molly. Und natürlich wird es auch Musik und Tanz geben.«

»Brauchst du mich?«, erkundigte sich True bei Malcolm.

»Nein, Mädchen. Geh ruhig mit Elaine. Ich kümmere mich darum, dass unser Gast gut untergebracht wird.« Während er seiner Frau auf ihrem Weg zur Burg nachsah, schwor er sich, dass er seinem Vater gleich bei dessen Ankunft von der Heirat erzählen würde. Und dann würde er auch Mairens Anwesenheit erklären müssen – und den Kampf auf Rait. »Kommt mein Vater in Begleitung unseres Königs?«

»Nein, Mylord. Der König wird nach Stirling weiterreisen«, antwortete Brian, als Malcolm ihn durch das Fallgatter geleitete. »Ich selbst bin bis gestern mit Eurem Vater geritten, und nach seiner Ankunft mache ich mich auf, die Botschaft von der Wiederkehr Eures Königs im ganzen Land zu verbreiten.«

Gut, dann konnte die Reisegruppe noch nicht von der Schlacht auf Burg Rait gehört haben.

* * *

Die Hand seiner Mutter in seiner Armbeuge, True und Elaine an seiner Seite, sah Malcolm zu, wie die Fähre seinen Vater, seinen Onkel, seine Tante und ihre Leibwache über den See brachte. Der Tag hätte nicht schöner sein können, selbst wenn er es persönlich befohlen hätte. Über den außergewöhnlich blauen Himmel trieben einige dicke weiße Wolken, und in der Luft war das Versprechen auf den kommenden Sommer zu riechen. Über der Insel lag der schwere Duft der Erde, die darauf wartete, umgepflügt und bepflanzt zu werden.

Die Fähre legte an, und Williams volltönendes Lachen erfüllte die Luft. Sofort ging Malcolm zu ihm und übergab seine Mutter in die wartenden Arme ihres Mannes. Wann immer der Earl zurückkehrte, es war jedes Mal dasselbe. Das Erste, was er suchte, war die lang entbehrte Zuneigung seiner Frau. Malcolm ging weiter und ergriff seinen Onkel beim Unterarm. »Schön, dass ihr heil angekommen seid, Onkel Robert. Tante Rosemary, willkommen.«

Schon bald waren die zurückgekehrten MacKintoshs von ihrem Clan umringt, und Malcolm wartete darauf, den Platz neben seinem Vater einzunehmen, sodass sie zur Burg hinaufziehen konnten.

Grüßend reckte William die Arme in die Höhe und erhob die Stimme, damit alle ihn hören konnten. »Es tut gut, wieder daheim zu sein. Heute Abend gibt es viel zu berichten, und ich freue mich schon darauf, endlich wieder in der Behaglichkeit meiner eigenen Burg im Kreis meiner Clansleute zu speisen.« Ringsum ertönte Jubel, und die Menge teilte sich, um den Weg für den Laird und seine Familie freizugeben.

Malcolm trat an die Seite seines Vaters und sprach ihn leise an. »Vater, wenn du vor dem Abendmahl einen Moment für mich erübrigen kannst, gibt es da einige Dinge, über die wir reden müssen.«

»Kann das nicht bis morgen warten? Im Augenblick will ich nichts dringender als ein Bad, eine warme Mahlzeit und ein wenig Zeit allein mit meiner geliebten Ehefrau.«

»Es wäre mir lieber, wenn …«

William blieb stehen und legte Malcolm eine Hand auf die Schulter. »Junge, wenn das, was du mir sagen willst, so dringlich ist, warum hast du mir dann nicht längst eine Nachricht geschickt?« Er klopfte ihm auf den Rücken. »Komm, einen Tag wird es doch wohl noch warten können, oder?«

Und warum auch nicht? Vielleicht konnte es tatsächlich warten. Was konnte ein weiterer Tag schon schaden? Er suchte True in der Menge und sah, dass sie ihn anschaute.

Mit einem herzlichen Lächeln versuchte er, sie zu beruhigen. Sie hatte sich gemeinsam mit Elaine und Mairen hinter den zurückgekehrten Kriegern eingereiht. Den Platz auf der anderen Seite seines Vaters hatte seine Mutter eingenommen. Vielleicht würde sie daran denken, irgendwann vor dem Festmahl die Eheschließung zu erwähnen. Es spielte keine Rolle. Sein Vater würde noch früh genug davon erfahren.

* * *

Der große Saal war zum Bersten voll mit MacKintoshs, und auf dem Innenhof waren zusätzliche Tische aufgestellt worden. Schließlich sollten alle an dem Festmahl zu Ehren der wohlbehaltenen Rückkehr ihres Lairds teilhaben können. Unter dem Tisch griff Malcolm nach der Hand seiner Frau. Liebevoll drückte er sie und lächelte in Alethias große Augen. »Ein schöner Abend, nicht wahr? Nach dem Essen werden wir die Tische und Bänke hier im Saal beiseiteräumen, um Platz für Musik und Tanz zu machen.«

»True«, wandte Robley sich an sie und lehnte sich herüber. »Wenn dir heute Abend nicht danach ist, zu spielen, können Liam und ich das auch ohne dich übernehmen.«

»Mir geht es gut. Ich würde gerne spielen.« Ihr Blick fiel auf den leeren Platz zu Robleys Rechter. »Wo sind Liam und Mairen?«

»Sie sind bei meinen Eltern und werden sich bald zu uns gesellen, da bin ich mir sicher. Solange nicht alle auf dem Podest versammelt sind, kann das Mahl nicht beginnen.« Robley zwinkerte ihr zu.

Malcolm fragte sich, wie es Liam wohl mit seinen Eltern ergehen mochte. Aus dem Augenwinkel nahm er eine Bewegung auf der Treppe wahr und sah Liam und Mairen mit Onkel Robert und Tante Rosemary in den Saal herabsteigen.

Die Miene seines Onkels war düster, und Malcolm fragte sich, welcher Teil der Neuigkeiten dafür verantwortlich war – der Verrat durch die Comyns oder die Vermählung seines Sohns mit der Tochter ihres schlimmsten Feindes? True zupfte ihn am Ärmel.

»Was ist los? Ich kann fühlen, wie angespannt du bist.«

Mit dem Kinn deutete er auf das Grüppchen, das die Treppe herunterkam. »Mein Onkel sieht nicht gerade glücklich aus. Ich nehme an, die Stimmung wird heute Abend etwas angespannt sein.« Noch während er sprach, blieb Robert am Fuß der Treppe stehen und winkte William, sich zu ihnen zu gesellen. Dann flüsterte er seinem Bruder ins Ohr. Malcolm sah, wie seinem Vater die Zornesröte ins Gesicht stieg und auch sein Gesichtsausdruck sich verhärtete. Rosemary redete rasch auf ihn ein, und Malcolms Vater nickte und zwang sich sichtlich, sich zu beruhigen. Auch Lydia flüsterte ihm ins Ohr. William nahm Mairens Hand und verneigte sich darüber.

Malcolm beneidete seinen Cousin nicht. Schützend hatte Liam den Arm um Mairen gelegt, die blass und angespannt aussah.

Schließlich nahmen alle ihre Plätze ein und das Festmahl wurde eröffnet. Langsam ließ Malcolm den angehaltenen Atem entweichen. Alles würde gut werden. Morgen würde er seinem Vater die ganze Geschichte erzählen. Für den Augenblick würde er das gute Essen und die Gesellschaft seiner Familie genießen, die endlich wohlbehalten wieder vereint war.

Als die Tische abgeräumt und alle Kelche mit Ale und Wein gefüllt waren, richtete die allgemeine Aufmerksamkeit sich auf Malcolms Vater. Wie ein Mann hielt der Clan den Atem an und wartete, was es von der Reise zu berichten gab. William erhob sich von seinem Platz und klopfte mit dem

Heft seines Dolchs auf den Tisch, um deutlich zu machen, dass er das Wort ergreifen wollte.

»Lang lebe König James.« William hob seinen Kelch. Tosender Jubel erschallte im Saal. Mit erhobener Hand bat William um Ruhe und ließ den Blick durch den Saal schweifen, sah jeden Einzelnen an. »Es tut gut, wieder zu Hause zu sein«, erklärte er, gefolgt von zustimmendem Gemurmel seines Clans. »Es gibt viel zu erzählen, doch bevor ich beginne, habe ich eine Überraschung, die meinen Sohn und die Zukunft unseres Clans betrifft.«

Sein Vater wandte sich ihm zu, und Malcolm rieselte ein unangenehmes Prickeln über den Rücken, sodass sich ihm die Nackenhaare aufstellten. Aufs Neue hob William seinen Kelch wie zu einem Trinkspruch. Die Zeit schien stehenzubleiben, als Malcolm hörte, wie sein Vater für alle vernehmlich die schicksalhaften Worte sprach.

»Wie ihr alle wisst, ist es schon lange an der Zeit, dass Malcolm sich eine Frau nimmt und uns einen Erben schenkt. Zu meiner Freude kann ich verkünden, dass ich eine Heirat mit der Tochter des Earl of Mar für ihn arrangiert habe, unseres Nachbarn im Norden.« Zufrieden ließ er den Blick ein weiteres Mal durch den Saal schweifen. »Es ist eine hervorragende Verbindung, die unseren Clan stärken wird. Das Mädchen hat große Ländereien dicht bei unseren Verbündeten, den Sutherlands. Und sie ist ein ansehnliches Geschöpf«, bemerkte er lächelnd. »In einer Woche wird sie mit ihren Eltern auf Moigh Hall eintreffen.«

Nicht ein Laut war im Saal zu hören. Wie erstarrt saßen alle da, die Münder aufgesperrt, die Augen gebannt auf das Drama gerichtet, das sich vor ihren Augen auf dem Podest abspielte.

Malcolm sah, wie seiner Frau die Farbe aus den Wangen wich. In einer schützenden Geste legte sie die Hand über ihr gemeinsames Kind und richtete den Blick starr auf den Tisch vor sich. Er brauchte keine übernatürlichen Fähigkeiten, um zu spüren, wie gekränkt und erniedrigt sie sich fühlte. Seine Brust schnürte sich zu. Für das hier war er verantwortlich. Niemals wieder würde er etwas dem Zufall überlassen, das einen solchen Einfluss auf die Gefühle der Menschen hatte, die ihm am Herzen lagen.

»Es tut mir leid, Vater, aber das ist nicht möglich.«

Kapitel 21

»Wie bitte, Malcolm? Widersetzt du dich mir etwa?« Ungläubig wandte sein Vater sich ihm zu.

»Ich bin bereits verheiratet.« Malcolm legte True einen Arm um die steifen Schultern. »Lady Alethia und ich haben einander im November vor Gott und unseren Clansleuten die Treue gelobt, vor beinahe sechs Monaten. Wir sind nach alter Sitte vermählt.«

Malcolm sah, wie sich der Kiefer seines Vaters verkrampfte. Seine Mutter warf ihm einen vorwurfsvollen Blick zu, und True hielt die Augen unverwandt auf das Essen vor sich gerichtet. In diesem Moment wünschte er sich, er könnte die Zeit zurückdrehen.

»Komm, Malcolm.« Abrupt verließ sein Vater das Podest. »In mein Privatgemach.«

Malcolm folgte seinem Vater und versuchte, sich zu sammeln. Es würde ihn nicht weiterbringen, wenn er die Beherrschung verlor. Sobald die Tür hinter ihnen ins Schloss fiel, setzte William sich und wandte sich ihm mit ernster Miene zu.

»Wann *genau* hat diese Vermählung stattgefunden?«, presste William zwischen zusammengebissenen Zähnen hervor.

»Kurz nachdem wir Meikle Geddes wieder eingenommen hatten.« In diesem Raum waren bereits so viele Entscheidungen gefallen, die ihren Clan betrafen, während sein Vater auf ebenjenem Stuhl gesessen hatte. Wie oft hatte Malcolm von dem Tag geträumt, an dem er selbst auf diesem Stuhl sitzen und die Entscheidungen treffen würde? Er holte tief Luft. »Und du hast auch noch nicht gehört, was seither zwischen unserem Clan und den Comyns vorgefallen ist.«

»Liam hat es Robert erzählt, der mir kurz davon berichtet hat. Wechsle nicht das Thema. Hast du den Brief, in dem du von Meikle Geddes berichtet hast, vor oder nach deiner Heirat abgeschickt?«

»Danach.«

William schlug mit der Faust auf den Tisch, dass ein Tintenfass umfiel und seinen Inhalt vergoss. »Und es ist dir nicht in den Sinn gekommen, diese spezielle Neuigkeit zu erwähnen? Du hast nicht daran gedacht, mich davon zu unterrichten? Gottverdammt, du hast mich in eine äußerst unangenehme Situation gebracht.«

»Nein, Vater. Das hast du ganz allein getan. Ich habe dich weder gebeten, eine Ehe für mich zu arrangieren, noch habe ich meine Zustimmung dazu gegeben. Ich bin ein erwachsener Mann …«

»Eure Verbindung ist noch nicht von einem Priester gesegnet.« William erhob sich von seinem Stuhl und begann, auf und ab zu schreiten. »Eine Vermählung nach alter Sitte kann gelöst werden, wenn das Paar es so entscheidet.«

Unter dem durchdringenden Blick seines Vaters fühlte Malcolm sich wie ein Achtjähriger, der bei einer Missetat erwischt worden war. »Das spielt keine Rolle.« Er stellte sich breitbeiniger hin und verschränkte die Arme vor der Brust, denn er wusste, worauf sein Vater hinauswollte. Das würde er ihm gleich austreiben. »Noch innerhalb der nächsten zwei Wochen wird unsere Ehe Gottes Segen erhalten.«

Finster starrte sein Vater ihn an. »Oder du behältst das Weib als deine Buhlin und heiratest die Tochter des Earl of Mar, wie dein Laird und Vater es dir befiehlt.«

Malcolm verlor die Beherrschung. »*Das Weib* hat einen Namen. Sie heißt Lady Alethia Goodsky und ist die Tochter eines Königs – und meine Frau. Ich werde keine andere heiraten.«

William wischte seinen Einwand beiseite, als würde er eine Fliege verscheuchen. »Hast du den Verstand verloren? Du hast das Mädchen am Wegesrand aufgelesen. Sie hat nichts in diese Verbindung einzubringen und ist nicht einmal Schottin. Dass du dir deine Braut selbst wählst, habe ich nur unter der Voraussetzung gestattet, dass es eine vorteilhafte Verbindung ist.« William lehnte sich über den Tisch. »Als mein Erbe hast du sowohl dem Clan als auch unserem Titel gegenüber eine Verpflichtung. Von mir aus behalte Alethia, aber schenke Schottland Erben, die zwei mächtige Clans vereinen – und eines Tages vielleicht sogar die Grafschaften Fife und Mar. Es ist eine vernünftige Lösung. Heirate eine Schottin, Junge. Die Verbindung, die ich arrangiert habe, gefällt James, und sie gefällt auch mir.«

»Aber mir gefällt sie nicht. Ich lasse nicht zu, dass du meine Frau entehrst.« Schwer lastete die Schuld auf Malcolms Schultern. Hätte er seinem Vater schon im November von seiner Heirat berichtet, lägen sie jetzt nicht miteinander im Streit. Und doch traf seinen Vater ebenso große Schuld. Auch er hatte seine Pläne mit keinem Wort erwähnt.

»Verflucht, Junge. Der Earl of Mar und seine Tochter sind bereits auf dem Weg hierher.« William ließ sich auf seinen Stuhl fallen und rieb sich das Gesicht. »Das verheißt nichts Gutes. Wir können nicht von dem Vertrag zurücktreten. Das wird böses Blut zwischen unseren Clans geben, und das zum schlechtestmöglichen Zeitpunkt. König James wird vom Tod des Roten Comyn und seines Erben hören. Ich weiß nicht, was er davon halten wird.«

»Mairen wird Zeugnis ablegen über die Heimtücke ihres Vaters. Schick einen Boten, der den Tross des Earls abfängt. Du wusstest nicht, dass ich bereits verheiratet bin. Ich bin mir sicher, es gibt viele, die das Mädchen mit Freuden heiraten würden. Noch ist kein Schaden angerichtet.«

»Nein. Es wird alles stattfinden wie geplant. Wie stehen wir denn sonst vor König James da? Unsere Nachbarn im Osten haben wir vernichtet, und jetzt werden wir unseren Nachbarn im Norden gegenüber wortbrüchig? Rede mit Alethia, Malcolm. Sie ist ein kluges Mädchen. Sie wird sich schon mit den Tatsachen arrangieren. So ist es für alle das Beste.«

»Es tut mir leid, Vater.« Malcolm fiel nur eine Lösung ein. Er richtete sich zu seiner vollen Größe auf und hielt Williams Blick entschlossen stand. »So werden wir keine Lösung finden, denn ich werde mein Gelübde Alethia gegenüber nicht brechen. Lieber gebe ich mein Erbe auf. Ich reise mit meiner Frau über den Ozean in ihre Heimat, wo wir bei ihrem Volk leben werden. Ich werde sie nicht im Stich lassen. Sie ist meine Frau.« Wütend starrte er seinen Vater an. »Eine andere wird es für mich niemals geben.«

* * *

Alethia war Malcolm und seinem Vater gefolgt, fest entschlossen, das Gespräch zu belauschen. Mit einer Hand vor dem Mund unterdrückte sie das Schluchzen, das aus ihr hervorzubrechen drohte, als sie hörte, wie Malcolm erklärte, er wolle ihretwegen seine Zukunft aufgeben. Sie hörte ein Keuchen von der anderen Seite des Korridors. Als sie um die Ecke zur Treppe spähte, fand sie sich Elaine gegenüber wieder. Ihre Freundin bedeutete ihr, leise zu sein, und hielt ihr die Hand hin. Sofort ergriff Alethia sie. Elaine zog sie durch den Korridor zu ihrem Gemach und schob sie durch die Tür, die krachend hinter ihnen ins Schloss fiel.

Wie betäubt stand Alethia da, während ihre Freundin auf und ab lief.

»Mein Bruder ist bereit, für die Liebe alles zu opfern.«

»Ich kann das nicht zulassen, Elaine.«

»Ich wünschte, ich hätte so viel Mut.« Elaine hielt in ihrem fieberhaften Lauf inne und wandte sich Alethia zu. »Er bringt dich nach Hause. Ihr zwei werdet bei deinem Volk leben.« Kurz ergriff sie Alethias Hände, wirkte aber, als würde sie geradewegs durch sie hindurchsehen.

»Ich werde nicht zulassen, dass er seine Zukunft wegwirft, Elaine. Wir können nicht in meine Heimat zurückkehren. Das ist unmöglich.«

»Mittlerweile muss dir klar sein, welche Antwort ich Dylan auf seine Bitte gegeben habe, mit ihm durchzubrennen.« Elaine nahm ihre Wanderung wieder auf und rang die Hände. »Ich werde nie einen anderen lieben. Ich … Ich habe einen furchtbaren Fehler begangen.« Mit leerem Blick ließ sie sich auf die Bettkante sinken. »Nichts ist wichtiger als die Liebe. Weder Ländereien noch Titel – noch die Zustimmung oder Erlaubnis meines Vaters. Und jetzt ist Dylan für immer aus meinem Leben verschwunden.« Sie barg das Gesicht in den Händen und schluchzte auf. »Mein Bruder macht es richtig, True. Er lässt dich nicht so im Stich, wie ich es mit Dylan getan habe. Ich war seiner nicht würdig, und jetzt habe ich ihn auf ewig verloren.«

»Ach, Elaine.« Alethia fehlten die Worte. Ihr brach selbst gerade der Boden unter den Füßen weg. Dies war weder ihre Zeit noch ihr Ort. Dass sie hier gelandet war, hatte sich als

Segen und Fluch zugleich erwiesen. Und heute Abend hatte sie recht behalten. Wie es auch enden würde, Herzen würden brechen – mit Sicherheit jedenfalls das ihre.

Von der Tür ertönte ein Klopfen, und Malcolm kam herein. Nach einem kurzen Nicken zu seiner Schwester wandte er sich an Alethia. »Komm, *mo céile*. Ich brauche dringend deine Gesellschaft.«

Alethia umarmte ihre Freundin und flüsterte ihr ins Ohr: »Gib nicht auf. Auch du hast es verdient, glücklich zu sein.«

Ungeduldig fasste Malcolm sie am Arm und schob sie zur Tür hinaus. »Komm, Mädchen. Wir müssen reden.«

»Woher wusstest du, dass ich hier bin?«

»Es war ein äußerst aufwühlender Abend. Ich wusste, dass du bei meiner Schwester Trost suchen würdest. Ihr seid Freundinnen.«

»Wollen wir zum See spazieren?«, fragte sie.

»Nein, zu viele Clansleute feiern heute Abend die Rückkehr meines Vaters, und Ale und Wein fließen in Strömen. Wir gehen in unser Gemach.«

Im Schutz ihrer eigenen vier Wände legte Malcolm seine Waffen ab und begann, sich auszukleiden.

»Du hast gesagt, du willst reden, Malcolm.«

»Das will ich auch. Später. Im Augenblick will ich dich in meinen Armen halten.« Er machte sich an der Verschnürung ihres Gewands zu schaffen. »Ich will deine Haut auf meiner spüren.«

Auch Alethia wollte nicht reden – oder auch nur denken. Sie trat aus ihren Kleidern in Malcolms Umarmung. Was ihm vorschwebte, war genau das Richtige. Versunken in seine Küsse und im Taumel seiner Berührungen konnte sie die Entscheidungen vergessen, die sie treffen musste.

Sie schmiegte sich in Malcolms Wärme und hieß die Empfindung willkommen. Mit beiden Händen fuhr sie über seinen muskulösen Leib und prägte sich alles ein, jedes Detail. Sein männlicher Duft, mit einem Hauch Natur und Torfrauch, hüllte sie ein. Sie atmete ihn tief ein, kostete ihn aus. »Malcolm, hast du dich mit deinem Vater ausgesprochen?«

»Du musst dir um nichts Sorgen machen.«

Ein Schauer lief ihr über die Haut, als Malcolm sich über die Mitte ihres Oberkörpers abwärts küsste. Sachte strich er seitlich an ihren Rippen hinab und umfasste ihre Hüften. »Ja, aber habt ihr euren Streit beigelegt?« Sie hielt den Atem an. Würde er ihr von seinem Entschluss erzählen, sein Geburtsrecht aufzugeben?

»Alethia.« Er hob den Kopf und sah ihr in die Augen. »Im Augenblick verspüre ich nicht den Wunsch, über meinen Vater zu reden.« Er drückte Küsse auf die Stelle, wo ihr Kind in Alethia heranwuchs. »Siehst du nicht, dass ich beschäftigt bin?«

So schlimm die Dinge auch standen, sie konnte nicht anders, als zu lächeln. Zärtlich schob sie ihm die Finger ins Haar. »Doch, das sehe ich durchaus«, flüsterte sie und ließ sich vom Zauber seiner Berührung weit von ihren Problemen forttragen.

Später lag sie an seine Seite geschmiegt da, die Hand auf seiner Brust, um seinen stetigen Herzschlag zu spüren. Welche Möglichkeiten standen ihr offen? Wenn sie blieb und seine Geliebte wurde, würde seine Frau sie mit Sicherheit hassen und als Bedrohung sehen. Ihre Tochter wäre ein Bastard. Im fünfzehnten Jahrhundert waren das keine rosigen Aussichten – die Kleine hätte keinerlei nennenswerte Zukunft. Und wenn Malcolm etwas zustieße, was würde dann aus ihnen werden? All das war ohnehin müßig. Alethia würde es nicht ertragen, wäre er mit einer anderen verheiratet.

»Alethia, in zwei Wochen ist der Priester hier. Er wird unsere Ehe segnen, und gleich im Anschluss werden wir Vorbereitungen treffen, um in deine Heimat zu reisen.«

»Zu Besuch, meinst du?« Sie richtete sich auf, um ihn anzusehen, und hielt den Atem an. Würde er ihr jetzt von dem Streit mit seinem Vater erzählen?

»Vielleicht bleiben wir für eine Weile. Das würde dich glücklich machen, oder?«

Sie nickte. Auf keinen Fall durfte sie zulassen, dass er seine Zukunft oder sein Geburtsrecht wegwarf. Da gab es nichts zu überlegen. »Ich liebe dich, Malcolm. Vergiss niemals, dass ich dich liebe.«

Er rollte sie herum und hielt sie mit seinem Gewicht gefangen. Mit den Knien schob er ihre Beine auseinander, um noch einmal in sie einzudringen. Er legte die Stirn an ihre, und warm strich sein Atem über ihr Gesicht. Liebe und Trauer wallten in Alethia auf, und sie schloss die Augen, um die drohenden Tränen zurückzuhalten.

»Und ich liebe dich, *mo anam*. Zweifle niemals daran.«

Noch einmal führte er sie zum Gipfel der Leidenschaft, doch diesmal war es ein bittersüßes Geschenk. Es war das letzte Mal, dass sie ihn in den Armen halten würde. Und sobald er neben ihr eingeschlafen war, ließ sie den Tränen freien Lauf. Sie musste verschwinden, und je früher, desto besser. Malcolm würde schon zurechtkommen. Er würde sein Leben weiterleben, würde heiraten und sein Schicksal ohne sie erfüllen.

Aber was war mit Hunter? Konnte sie ihn mitnehmen? Und überhaupt war sie nicht einmal sicher, ob Giselle sie in ihre eigene Zeit zurückschicken würde oder auch nur konnte. Nach dem Kampf auf Burg Rait war sie nicht wie erwartet gekommen, um Alethia zu holen. Alethia wusste nur, dass sie die alte Hexe zur Rede stellen musste. Und wenn sie Hunter mitnahm, würde das Weib vielleicht sogar etwas gegen seine Taubheit unternehmen können. Er war jung genug, um sich noch umzugewöhnen, und ein so aufgewecktes Kind. Alethia hegte keinerlei Zweifel, dass er sich im einundzwanzigsten Jahrhundert blendend entwickeln würde.

Bedeutete Giselles Anwesenheit in Inverness nicht, dass es Zeit für Alethia wurde, heimzukehren? Sicher wusste die Alte, dass Alethia die Aufgabe erfüllt hatte, die ihr zugeteilt worden war. Sie hatte Malcolm mehr als einmal das Leben gerettet, und dazu auch Mairen. Ihre versteckte Gabe, die Visionen, war genau zur rechten Zeit erwacht, und seitdem hatte sie keine einzige mehr gehabt. War das nicht Beweis genug?

Alethia legte beide Hände über ihren Unterleib und spürte bedingungslose Liebe zu ihrem Kind in sich aufsteigen. Niemals konnte sie zulassen, dass das Mädchen als geächteter Bastard aufwuchs. Ihre Tochter hatte mehr verdient, und Alethia würde dafür sorgen, dass sie es auch bekam. Dieses kleine Mädchen wäre alles, was ihr von Malcolm bliebe, wenn sie erst zurück im einundzwanzigsten Jahrhundert wäre. Alethia war sich sicher, dass ihre Onkel und Tanten, ihre Cousins, Cousinen und Gran ihr Kind mit offenen Armen willkommen heißen würden.

Sie konnte nicht schlafen, und so schlüpfte sie aus dem Bett und ging auf Zehenspitzen zum Fenster. Behutsam löste sie den Haken am Rahmen der welligen Glasscheibe und schwang das Fenster auf, um die kühle Nachtluft einzuatmen. Sie wandte den Blick zum Himmel. So wie hier in Schottland hatte sie die Sterne noch nie gesehen – wie Diamanten auf schwarzem Samt. Wenn sie sich nur genug anstrengte, würde es ihr vielleicht gelingen, in dieser Blaupause des Universums die Antworten zu finden, die sie suchte.

Für das Zerwürfnis zwischen Malcolm und seinem Vater war sie verantwortlich. Sie war in eine Zeit und an einen Ort versetzt worden, wo sie nichts zu suchen hatte, und sie hatte kein Anrecht darauf, länger hier zu bleiben. Sie betete, dass sie mit ihrem Verschwinden alles wieder in Ordnung bringen würde – abgesehen von ihrem Herzen. Das würde nie mehr dasselbe sein. Morgen würde sie gehen, und sie würde Hunter mitnehmen.

* * *

»*Wohin reiten wir?*«, fragte Hunter vom Rücken seines robusten kleinen Ponys.

Alethia hatte ihre Tasche hinten an seinem Sattel befestigt, und den Geigenkasten an ihrem eigenen. »*Wir gehen nach Inverness.*«

»*Ohne Vater?*«

»*Ja, ohne ihn.*« Bei diesen Gebärden tat ihr das Herz weh.

»*Ich glaube, das sollten wir nicht tun.*« Gerade hatten sie die erste Hügelkuppe hinter sich gelassen, da hielt Hunter sein Pony an. Auf seinem Gesicht lag ein Ausdruck, als hätte man ihn mit der Hand im Honigtopf erwischt.

»*Es geht nicht anders. Es ist jemand dort, mit dem ich reden muss.*«

»*Frag Vater. Er kommt bestimmt mit.*«

»*Hunter, wenn du nicht mit mir reiten willst, dann kehr um. Ich werde dich zu nichts zwingen.*«

Mehrere Augenblicke lang betrachtete er sie, dann schüttelte er den Kopf und griff über die Schulter nach dem Köcher, in dem er seinen Bogen und seine Pfeile bei sich trug. Er spannte den Bogen und hängte ihn sich über die Schulter. Dann setzte er sich aufrechter hin und reckte das zarte Kinn. »*Ich reite mit dir. Aber das Ganze ist töricht.*«

So sehr ihr Herz auch schmerzte, sie konnte nicht anders, als zu lächeln. Der Kleine sah sich als ihr Beschützer. Ihren eigenen Bogen hatte sie sich über den Rücken geschlungen, und den Dolch trug sie griffbereit an ihre Wade geschnallt. Sie hatte ihr einfachstes braunes Gewand angelegt und auf jeglichen Schmuck verzichtet. Es war unwahrscheinlich, dass sie anderen Reisenden begegnen würden, bevor sie näher bei Inverness waren.

Obwohl sie erst eine kurze Strecke zurückgelegt hatten, plagten Alethia schon rasende Kopfschmerzen. Unablässig hatte Hunter sie mit einem Strom von Ermahnungen bedacht – sie sollte umdrehen, das sei keine gute Idee, Vater würde das gar nicht gefallen. Vielleicht war es ein Fehler gewesen, ihn mitzunehmen. Alethia brachte Ikwe zum Stehen und rieb sich die Schläfen. Sie hatten den Wald erreicht, in dem sich auch die heilige Quelle befand. Die Straße ging in einen überschatteten Pfad über. In Alethia machte sich ein neues Gefühl breit. Unbehagen.

Sie gab ihrer Stute die Sporen und beobachtete aufmerksam die Schatten am Wegesrand. Irgendetwas an diesem Wegabschnitt war nicht in Ordnung. Es gab zu viele Verstecke – der Pfad war zu schmal, Fluchtwege rar gesät. Auch Ikwe warf den Kopf hoch und tänzelte nervös.

»*Bitte lass uns umkehren. Ich mag diesen Ort nicht.*« Mittlerweile waren Hunters Augen groß vor Angst. Was auch immer dort vorn auf sie wartete, er spürte es ebenfalls.

Mit seiner steten Predigt hatte Hunter ihre Überzeugung ins Wanken gebracht, und an ihre Stelle waren Zweifel und Furcht getreten. Was ihr ursprünglich als das einzig Richtige erschienen war, wirkte jetzt töricht und gefährlich. Schwer lastete die Niederlage auf ihren Schultern. Sie würde sich neu aufstellen müssen. Sie würden nach Moigh Hall zurückreiten. Vielleicht konnte sie ein paar MacKintosh-Krieger bestechen, sie beim nächsten Mal zu begleiten. »*Also gut. Wir kehren um.*«

Gerade als sie ihre Pferde wendeten, tauchten zwei Reiter aus dem Unterholz auf und versperrten ihnen den Weg. Alethia spannte sich so plötzlich an, dass ihr sämtliche Luft aus den Lungen wich, und ihr Mund wurde staubtrocken.

Sie wendete ihre Stute in die entgegengesetzte Richtung. Da tauchten zwei weitere Männer auf und schnitten ihnen den Fluchtweg ab, und einer der beiden war ihr nur zu bekannt.

Das Herz schlug ihr bis zum Hals – vom Rücken seines Pferdes blickte der Schwarze Hugh auf sie herab. Ihn umgab eine derart durchdringende Bösartigkeit, dass Alethia übel wurde.

Kapitel 22

Hugh saß ab und kam auf sie zu. »Ich hatte nicht damit gerechnet, einen so dicken Fang zu machen, als ich heute mein Netz ausgeworfen habe.« Er grinste höhnisch. »Und wir wollten unseren Plan schon fallen lassen, wäre ein weiterer Tag vergangen, ohne dass unsere Beute sich blicken lässt. Welch glücklicher Zufall, dass du hier vorbeireitest.«

Bei der Bösartigkeit, die er ausstrahlte, bekam Alethia am ganzen Körper Gänsehaut. Sie griff nach dem Dolch, den sie an die Wade geschnallt trug. Brutal packte Hugh ihr Handgelenk und eine Handvoll ihres Haars und zerrte sie vom Pferd. Verzweifelt versuchte sie, sich aus seinem Griff zu befreien. Er drehte ihr schmerzhaft den Arm auf den Rücken. Mit Tränen in den Augen gab sie den Kampf auf und bemühte sich stattdessen, nicht den Kopf zu verlieren.

Hunter war sein Entsetzen deutlich anzusehen, als er die Männer musterte, die sie eingekreist hatten. In Gedanken flehte sie ihn an, zu ihr herüberzuschauen. Sie verdrängte alles andere aus ihrem Bewusstsein und sandte ihre Energie zu ihm aus. Gott sei Dank spürte er es und wandte sich ihr zu. Sie schickte ihm ein Bild von Moigh Hall und davon, wie sie in Gebärdensprache mit ihm redete. »*Geh. Hol Hilfe. Nimm den Weg, auf dem wir gekommen sind. Beeil dich.*«

Hunter nickte unmerklich, und die Angst auf seiner Miene wich Entschlossenheit. Er gab seinem Pony die Sporen und galoppierte ins Unterholz, bevor die Männer ihn aufhalten konnten.

»Verflucht noch mal. Hinterher, Fergus«, fuhr Hugh einen seine Kumpanen an. »Was aus dem Jungen wird, ist mir egal, aber in der Tasche sind vielleicht Sachen von Wert.«

Der Angesprochene sprengte Hunter hinterher, und Alethia drohte eine Woge von Furcht und Trauer zu überrollen. Hatte sie Hunter in den Tod geschickt? Noch immer hielt Hugh sie so fest an den Haaren, dass ihr die Tränen in die Augen stiegen. Er ließ ihren Arm los und griff nach unten, um den Dolch aus der Scheide an ihrer Wade zu zerren und ihr damit den Köcher vom Rücken zu schneiden.

»Binde ihr die Hände hinter dem Rücken zusammen, Rupert«, befahl er einem seiner Männer.

Grob wurden ihr die Arme hinter den Rücken gerissen und so fest verschnürt, dass es ihr vor Schmerzen die Tränen in die Augen trieb.

»Diesen Leckerbissen teilst du aber mit uns, Hugh. Jedem seinen Anteil, wie du gesagt hast.«

»Natürlich. Wenn ich mit ihr fertig bin, könnt ihr gerne haben, was noch von ihr übrig ist.« Wieder lachte Hugh.

»Weißt du noch, was Malcolm zu dir gesagt hat?«, zischte Alethia. »Er hat gesagt, wenn du mich jemals anrührst, dann ist es das Letzte, was du tust. Du bist auf dem Land der MacKintoshs. Malcolm ist mein Ehemann, und er ist gleich hinter mir auf dem Weg hierher.«

»Das wollen wir doch hoffen«, entgegnete Hugh mit einem selbstgefälligen Grinsen.

Das gepeinigte Wiehern eines Pferdes zerriss die Luft, und für einen Moment wirkte Hugh verunsichert. Alethia biss sich auf die Lippe, um nicht aufzuschreien, und betete, dass es Hunter gut ging. Knurrend warf Hugh die Zügel ihrer Stute seinem Gefolgsmann zu und zerrte Alethia in den Wald.

»Wir gehen ins Lager«, befahl er.

Während sie einen schmalen Pfad entlangstolperten, schüttelte Hugh sie. »Wenn das, was du sagst, wahr ist, würde er dich nicht aus den Augen lassen. Du bist der perfekte Köder für meine kleine Falle.«

Alethia schluckte schwer. Nach allem, was geschehen war, konnte es nun gut sein, dass sie der Grund für Malcolms Tod sein würde. Das würde sie nicht ertragen.

Es dauerte nicht lange, bis sie eine Lichtung erreichten, auf der ein unordentliches Lager aufgeschlagen worden war. Grob stieß Hugh sie nach vorn. Da sie ihren Fall nicht mit den Händen abfangen konnte, landete sie auf der Seite und schlitterte über die Erde. Ihr Gesicht schrammte über hervorstehende Wurzeln und Steine. Es brannte, und wo sie aufgeprallt war, tat ihr die Hüfte weh.

* * *

Die Männer lachten. Hugh genoss es, sich drohend über seiner unerwarteten Beute aufzubauen, wie sie dort ausgestreckt auf dem Boden lag. Vielleicht wandte sich die Lage endlich zu seinem Vorteil. Er hatte gehofft, Malcolm auf einem unbewachten Ausritt zu erwischen. Malcolms Frau einzufangen war sogar noch besser.

»Ich bin Malcolm einiges schuldig für die vielen Beleidigungen.« Er stieß das Weib mit der Stiefelspitze an. »Deshalb habe ich schon vor zwei Wochen mein Lager dicht bei Loch Moigh aufgeschlagen. Auch wenn ich eigentlich ihn kriegen wollte, werde ich nun meinen Rachedurst eben an dir stillen.« Lüstern starrte er sie an. »Mir scheint, das wird wesentlich unterhaltsamer. Und wenn er dann kommt, sieht er, was du durch meine Hand erleiden musstest, bevor ich ihm das Herz durchbohre.«

In diesem Augenblick brach der vierte Mann durchs Unterholz, schwer atmend, als wäre er gerannt. »Der kleine Rotzbengel hat meinen Gaul abgeschossen und ist entwischt. Gib mir dein Pferd Hugh, dann hol ich ihn mir.«

»Nein«, antwortete Hugh. »Unsere Pläne haben sich geändert. Soll er Malcolm zu uns führen. Der Bengel hat bloß vier von uns gesehen, und Malcolm ist arrogant. Er wird nur wenige Männer mitbringen und überzeugt sein, dass er es mit uns aufnehmen kann. Sieh zu, dass du zu den anderen kommst, und hol alle her. Stellt Wachen auf und gebt mir Nachricht, sobald ihr Malcolm und seine Männer anrücken seht.« Hugh schleifte die Frau zu einem Baum und band sie daran fest. »In der Zwischenzeit will ich nicht gestört werden.« Drohend schaute er seine Männer an. »Nicht mal von euch.«

Er griff sich ans Gemächt und musterte die kleine Metze vom Scheitel bis zur Sohle. In ihren Augen sah er Ekel aufsteigen, aber keine Angst. Das erzürnte ihn. Er streckte die Hand nach ihren Brüsten aus, quetschte das zarte Fleisch brutal und wartete darauf, dass sie ihre Angst zeigte. Wurde hart, während er darauf wartete. Er brauchte diese Angst und trat erwartungsvoll näher.

Das Weib spuckte ihm ins Auge. »Metze!« Er wischte sich den Speichel fort, und ihr Knie schnellte schmerzhaft in seine Lenden. Mit dem ersten Schlag traf er sie am linken Auge. Sie drehte den Kopf, um den Aufprall abzumildern, und Zorn kochte in ihm hoch. Der zweite Fausthieb ging aufs Kinn, sodass ihr Kopf mit einem befriedigend lauten Krachen gegen den Baumstamm geschleudert wurde.

Bewusstlos sackte sie in ihren Fesseln zusammen.

»Verflucht.« Hugh krümmte sich vor Schmerzen.

»Dürfen wir jetzt, Hugh?«

»Nein, Rupert«, grollte er. »Ich will, dass die Metze bei vollem Bewusstsein ist, wenn ich sie nehme, und ich will sie als Erster.« Er richtete sich auf und wandte sich seinen Männern zu. »Waren meine Befehle so schwer zu verstehen? Ich will zwei Männer hier bei mir, der Rest soll sich im Wald verstecken. Verschwindet.«

* * *

Als Malcolm vom Turnierplatz in den Wohnturm zurückkehrte, plagte ihn eine hartnäckige Unruhe. Hunter war nicht zum Training erschienen, und der große Saal fühlte sich verflucht leer an, als Malcolm ihn durchquerte und die Treppe nach oben zwei Stufen auf einmal nahm. Er klopfte an die Tür zur Kemenate seiner Mutter und trat ein. Im Zimmer herrschte gähnende Leere. Leise fluchend lief er auf direktem Wege zu seiner Kammer. Unsanft riss er die Tür auf und suchte den Raum mit Blicken ab. Alethias Kleider hingen an ihren Wandhaken wie immer. Er ließ den angehaltenen Atem entweichen.

Dann bemerkte er, dass der Köcher mit ihrem Bogen und den dazugehörigen Pfeilen nicht an seinem angestammten Platz war. Als er näher hinschaute, lief ihm ein kalter Schauer über den Rücken. Wo war ihre Violine? Mit wenigen Schritten war er bei ihrer Truhe, klappte den Deckel hoch und erblickte Leere.

Sie hatte sich davongemacht. Verflucht noch mal. Damit hätte er rechnen sollen. Er wusste, wie seine Frau dachte. Weit konnte sie nicht sein. Es war noch früh, und als er aufgestanden war, hatte sie im Bett gelegen.

Er rannte zum Fähranleger, und je näher er kam, desto stärker wurde das unbehagliche Gefühl in seiner Magengegend. Die Fähre setzte gerade über, und an Bord sah er Hunter – ohne True. Der Junge wirkte angespannt und konnte nicht stillstehen. Das warnende Prickeln in Malcolms Nacken verschlimmerte sich.

Sobald Hunter ihn erspähte, begann der Junge mit wilden Gebärden. Malcolm konnte nicht entschlüsseln, was der Kleine ihm mitzuteilen versuchte. Hunter lehnte sich vor, als wolle er die Fähre damit antreiben. Sobald das Boot in Reichweite war, wich Hunter zurück, nahm Anlauf und sprang das letzte Stück bis ans Ufer.

Malcolm stürzte ihm entgegen, und das Herz schlug ihm bis zum Hals. Er fing Hunter im Sprung auf, setzte ihn im Abschwung ans Ufer und kniete sich vor ihn. »*Was ist passiert, Junge?*«

Hunter verzog das Gesicht, und Tränen standen in seinen Augen. Fiebrig gebärdete er erneut. »*Böse Männer haben Mutter. Ich habe ihr gesagt, wir müssen umkehren. Ich hab's ihr gesagt, Vater!*«

»*Wer? Was für böse Männer haben sie?*«

Schwer atmend dachte Hunter angestrengt nach. »*Der Mann.*« Mit seinem Blick schien er Malcolm anzuflehen, ihn zu verstehen. »*Der Große, der hier gewohnt hat. Mutter hat ihm die Nase gebrochen.*« Hunter wirkte verzweifelt – flehentlich schien er von Malcolm zu erwarten, alles wieder gut zu machen.

Malcolm gefror das Blut in den Adern. Der Schwarze Hugh hatte Alethia in seiner Gewalt. Abrupt sprang er auf und brüllte aus vollem Hals, ein Ruf zu den Waffen. Der Kampfschrei hallte über die gesamte Insel. Aus allen Richtungen kamen Krieger herbeigestürmt, mit gezogenen Waffen. Malcolm hielt Ausschau nach seinen engsten Vertrauten, Galen, Gareth, Robley und Liam.

»Was ist los?« Robley war als Erster bei ihm.

»Hugh hat Alethia.« Um Malcolm herum brach empörtes Gebrüll aus, während er wieder seine ganze Aufmerksamkeit auf Hunter richtete. »*Weißt du, in welche Richtung sie gegangen sind? Kannst du uns zu ihnen führen?*«

Hunter nickte. »*Richtung Inverness.*«

»*Wie viele Männer waren es?*«

Der Kleine hielt vier Finger in die Höhe. Schon wandte Malcolm sich wieder den Männern um ihn herum zu und erteilte Befehle. »Wir haben keine Zeit zu verlieren. Wir reiten sofort los. Robley, Galen, Gareth, ihr kommt mit mir. Der Rest stellt in den Hügeln Wachen auf. Liam, berichte meinem Vater, was vorgefallen ist, und sag ihm, dass wir auf der Straße Richtung Inverness sind.«

Gott, bitte lass mich rechtzeitig bei ihr sein. Gemeinsam mit seinen Männern bestieg er die Fähre, Hunter im Schlepptau. Wie konnte sie es wagen, sich und ihr ungeborenes Kind so in Gefahr zu bringen. »Arlen«, drängte Malcolm den Fährmeister, »beeil dich.«

»Aye, Mylord. Schickt die Männer zur Unterstützung an die Staken.«

Malcolm nickte seinen Kriegern zu, die sich sofort an die Arbeit machten und das Gefährt gen Ufer trieben. Er hob Hunter hoch und umarmte ihn fest, dann stellte er den Jungen auf Armeslänge vor sich. »*Es war sehr tapfer von dir, diesen Männern zu entwischen, Sohn. Ich zähle darauf, dass du uns wieder zu ihnen führen kannst.*«

Nickend wischte sich Hunter die Tränen vom Gesicht. Die Überfahrt dauerte unendlich lange. Als sie schließlich am anderen Ufer waren, hob Malcolm den Jungen auf seine Schultern und rannte zum Stall.

Als er Ikwes leere Box sah, blieb er wie angewurzelt stehen. Hunters schweißüberströmtes Pony wurde bereits von einem der Stallburschen trockengerieben, und in einer Ecke lag die Tasche seiner Frau. »*Wie weit?*« Fragend sah er Hunter an.

»*Nicht weit. Auf dem Hinweg bin ich langsam geritten.*« Der Kleine zuckte die Achseln. »*Ich wollte nicht nach Inverness, aber Mutter hat gesagt, dort ist jemand, mit dem sie reden muss.*«

»Giselle.« Mit zitternder Hand fuhr Malcolm sich durchs Haar. Er wandte sich an einen der Stallburschen. »Sorg dafür, dass die Sachen meiner Frau zurück in den Wohnturm gebracht werden, Junge.«

»Aye, Mylord.«

»Sie muss doch wach gewesen sein, als wir über Giselle gesprochen haben, Malcolm. Da fragt man sich, was sie wohl sonst noch gehört hat, oder?« Robley gab ihm einen Schubs, damit er sich in Bewegung setzte. »Komm, wir haben keine Zeit zu verlieren.«

* * *

Sie ritten wie der Teufel. Malcolms Pferd hatte Schaum an den Flanken und atmete schwer, als Hunter am Ärmel seines Ziehvaters zupfte. Malcolm zügelte den Wallach und gab seinen Männern ein Zeichen, es ihm gleichzutun. Dann drehte er seinen Sohn auf dem Sattel zu sich herum und wartete.

»*In dem Wald hinter der nächsten Biegung wurden wir aufgehalten*«, erklärte Hunter. »*Die Männer halten sicher Ausschau.*«

Malcolm nickte und saß ab. »*Von hier aus gehen wir zu Fuß weiter. Gareth, du behältst hinter dem Hügel dort die Pferde im Auge.*« Er deutete auf eine Anhöhe im Osten. »*Von jetzt an benutzen wir nur noch Gebärdensprache. Hunter, bleib bei Gareth und hilf ihm.*« Tröstend drückte er dem Kleinen die Schulter.

Malcolm hob die Nase in den Wind und erschnupperte den Hauch eines kalten Lagerfeuers. Er deutete nach links in den Wald. »*Hugh wird Wachen um sein Lager herum aufgestellt haben. Spürt sie auf. Hugh gehört mir. Sobald die drei anderen erledigt sind, treffen wir uns in ihrem Lager.*«

»*Warte*«, gebärdete Robley. »*Das könnte eine Falle sein. Vielleicht sind es mehr als die vier, die Hunter gesehen hat.*«

»Aye«, flüsterte Malcolm. »Warum sonst sollte Hugh auf unserem Land sein Lager aufschlagen? Er wird erwarten, dass wir geradewegs hineinreiten. Bewegt euch unauffällig und passt auf.« Wieder kniete er sich vor seinen Ziehsohn. »*Schaffst du es, allein auf die Pferde aufzupassen? Das ist eine große Verantwortung.*«

In Hunters Augen trat ein entschlossener Ausdruck. Er nickte. Malcolm und seine Männer brachten die Pferde über die Anhöhe und banden sie fest. Nur Hunter blieb bei den Tieren, den Bogen gespannt und einen Pfeil auf der Sehne.

»*Gareth, du gehst mit den anderen*«, wies Malcolm ihn an. Und schon verschwanden Galen, Robley und Gareth ins Unterholz und schwärmten aus, um den Feind aufzuspüren.

Hugh und seine Männer hatten eine klare Fährte aus zerknicktem Buschwerk hinterlassen. Vorsichtig schlich Malcolm sich an und hielt sich sorgsam in den Schatten, achtete darauf, keinen Zweig zu zertreten, während er nach irgendeinem Hinweis auf Hughs Männer Ausschau hielt. Schon bald bemerkte er vor sich Bewegung. Stück für Stück arbeitete er sich im Verborgenen heran – bis er beim Geräusch von reißendem Stoff die Beherrschung verlor.

Mit gezogener Klinge brach er durchs Unterholz. Bei dem Anblick, der sich ihm bot, sah er rot vor Wut. Alethia war mit ausgestreckten Armen und Beinen am Boden angepflockt worden. Über ihr stand Hugh, mit dem Rücken zu

Malcolm, und war dabei, ihr die Kleider vom Mieder bis zum Rocksaum aufzutrennen.

Malcolm packte den Kerl beim Kragen und schleuderte ihn über die Lichtung. »Dein Leben ist verwirkt, Hugh. Nimm dein Schwert.« Jetzt sprangen zwei Männer auf die Lichtung und griffen ihn an. Fluchend bemerkte Malcolm, dass sie die Farben der Comyns trugen. Hugh hielt sich zurück – der feige Hund zählte darauf, dass andere die Drecksarbeit für ihn erledigten. Die Männer, denen Malcolm gegenüberstand, waren zerlumpt und verhärmt, von Verzweiflung getrieben.

Aus dem Augenwinkel sah er, wie Hugh um die Lichtung schlich, näher und näher zu True – mit gezogenem Schwert und einem Dolch in der anderen Hand. Mit einem schrillen Pfiff rief Malcolm Hilfe herbei, wer auch immer gerade in der Nähe sein mochte. Das Geräusch brachte seine Gegner weit genug aus dem Konzept, dass er die Oberhand gewann.

Einen Mann durchbohrte er mit dem Schwert, dem anderen versetzte er einen Tritt vor die Brust, um etwas Zeit zu gewinnen. Er zog den Dolch, den er am Gürtel trug, warf ihn in die Luft und fing ihn wieder auf, um ihn direkt auf Hughs Herz zu schleudern. Nur eine Sekunde lang hielt er inne und betrachtete den erstaunten Ausdruck, der sich über Hughs Gesicht legte, bevor der Mann zu Boden ging.

Malcolm zog sein Schwert aus der Leiche am Boden und fuhr gerade rechtzeitig herum, um zwei weitere Comyns heranstürmen zu sehen, dicht gefolgt von Robley.

»Malcolm, da sind zwanzig oder mehr Männer«, keuchte Robley, während er einen Axthieb seines Gegners mit dem Schwert abfing.

»Heute wirst du nicht so viel Glück haben, MacKintosh«, spie ihm der Mann entgegen, mit dem er kämpfte.

»Aye, zwanzig oder mehr, sagst du?« Malcolm spürte, wie ihn Erschöpfung überkam. Er hatte sich in Trues Nähe manövriert und stand schützend über ihr. Ebenso hatte es Robley gemacht, der sie von der anderen Seite bewachte. »Hier sind vier gefallen«, bemerkte Malcolm, als er einen weiteren Hieb abwehrte. »Wie viele haben unsere Jungs schon erledigt, Robley?«

Robley hatte bereits unzählige Male an seiner Seite gekämpft und wusste, was er im Sinn hatte. Sie würden diese führerlosen Männer so einschüchtern, dass sie die Flucht ergriffen. Aus dem Wald erschien ein weiterer Mann. Langsam machte Malcolm sich Sorgen. Er versetzte dem Feind vor seiner Nase den Todesstoß und fuhr herum, um sich seines nächsten Gegners anzunehmen.

»Ich habe drei niedergestreckt, bevor ich hier angekommen bin, und Galen und Gareth haben jeder mindestens genauso viele getötet.«

»Sieht nicht gerade gut aus für dieses Pack, was?«, warf Malcolm Robley zu und betete, dass seine Strategie aufgehen würde. Sein jüngster Gegner kam mit einer Keule und einem Schwert auf ihn zu. Aus dem Schatten des Waldes drangen die Geräusche weiterer Kämpfe an sein Ohr. Voller Sorge um seine Männer und um True fürchtete Malcolm, er würde nicht viel länger durchhalten können.

Vom Weg her ertönte das Donnern von Hufen, und sein Herz setzte einen Schlag aus. Sie würden den heutigen Tag nicht überleben. Er hatte versagt, True war verloren.

Ein vertrauter Kampfschrei hallte durch den Wald, ein MacKintosh-Versprechen auf den Sieg. Sein Vater war gekommen, und der Geräuschkulisse nach zu urteilen hatte er die halbe Burgbesatzung mitgebracht. Mit einem schrillen Pfiff wies Malcolm ihnen den Weg auf die Lichtung, und als die Comyns die Neuankömmlinge durchs Unterholz preschen hörten, ergriffen sie die Flucht – gerade rechtzeitig, bevor Malcolm in die Knie brach.

»Du musst True bedecken«, zischte Robley. »Die Männer sind jeden Augenblick hier.«

Unter Zuhilfenahme seines Schwerts stemmte Malcolm sich hoch und griff sich ihren Mantel, der am Fuß eines Baums lag. Er hatte es gerade zu ihr zurück geschafft, als sein Vater auf die Lichtung stürmte. Zuerst verhüllte Malcolm Alethias nackten Leib, dann beugte er sich vor und schnitt ihre Fesseln durch.

»Gottverflucht.« Wie erstarrt stand William am Waldrand und musterte das Bild, das sich ihm bot. »Das ist alles meine Schuld.«

»Nein, Vater. Die Schuld liegt bei mir.« Malcolm brach die Stimme, während er True die Arme unter die Kniekehlen und den Nacken schob, um sie hochzuheben.

»Hat sie … Ist sie …?«

»Sie lebt.« Malcolm stellte fest, dass er sie nicht hochheben konnte, und so beließ er es dabei, sie an seine Brust zu ziehen und sitzen zu bleiben, um zu Atem zu kommen. Blinzelnd versuchte er, seinen verschwommenen Blick zu klären, und schluckte mehrmals schwer. Irgendwie musste ihm während des Kampfs Schweiß in die Augen gekommen sein.

»Onkel William, in deinem Wald hat sich eine regelrechte Ungezieferplage festgesetzt.« Robley wischte sein Schwert am Plaid seines letzten Gegners ab. »Ich schlage vor, wir machen uns daran, uns dieses Gesindel vom Hals zu schaffen.«

»Aye, machen wir uns an die Arbeit.«

Malcolm verfolgte, wie sein Vater ihre Männer in alle Richtungen ausschwärmen ließ, um eventuell verbliebene Comyns aufzuspüren, und plötzlich war er allein auf der Lichtung, hielt seine Frau in den Armen und spürte sein Herz brechen.

* * *

Alethia kam zu sich und nahm zwei Dinge wahr. Malcolms Geruch – und Schmerz, allumfassend und anhaltend. Ihre Hände und Arme fühlten sich an, als wären Feuerameisen über sie hergefallen, während langsam das Blut in ihre Gliedmaßen zurückkehrte. Ihr dröhnte der Kopf, und ihr Gesicht brannte. Ihr eines Auge war zugeschwollen, und in ihrer Hüfte machte sich unangenehm ein dumpfes Pochen bemerkbar. Angestrengt versuchte sie sich zu entsinnen, wo sie sich befand und wieso sie in einem solchen Zustand war.

Mit dem unverletzten Auge bemühte sie sich, ihre Umgebung zu erkennen, und erhaschte einen Blick auf Malcolms Gesicht. Sie bekam kaum Luft und bebte am ganzen Körper. O Gott, Malcolm war sauer. Sie starrte in die blauen Augen ihres Mannes, in denen eisige Wut funkelte, und machte Anstalten, sich aufzusetzen. »Malcolm, ich …«

»Sag kein Wort, Weib.«

Sie schloss den Mund und schaute in die Runde, sah das Schlachtfeld aus Tod und Zerstörung überall. Ihr Blick blieb an etwas hängen, das nicht weit von der Stelle lag, an der sie festgebunden gewesen war. »Oh! O nein.« Von Malcolms Schoß kroch sie auf den Baum zu. Dort zwischen den Wurzeln lag ihre Geige – in Einzelteile zersplittert.

Benommen nahm sie ein Bruchstück nach dem anderen auf, die kümmerlichen Überreste des geliebten Geschenks von ihrem Vater. »Nein.« Tränen strömten ihr über die Wangen, vor Zorn und Trauer zu gleichen Teilen. Hilflose Tränen, Tränen der Reue.

Sanfte Hände hoben sie hoch, und Malcolm legte ihr wieder den Mantel um die Schultern und zog ihn vorne zu, um ihre Blöße zu bedecken. »W-warum wollte er mir wehtun? W-was hab ich ihm denn je g-getan?«, schluchzte sie.

»Er wollte nicht dir wehtun, sondern mir.«

»Ach ja? Also, in *deinem* Gesicht sehe ich keine Blutergüsse.«

Malcolm legte ihr die großen Hände an die zerschundenen Wangen – und in seinen Augen stand trostlose Verzweiflung. »Du wolltest mich verlassen. Du hast gesagt, du liebst mich, Alethia. Warum wolltest du mich verlassen?«

»Ich liebe dich wirklich, Malcolm, mehr als mein Leben.« Es zerriss ihr das Herz. »Ich habe dich mit deinem Vater streiten hören. Ich habe gehört, wie du ihm gesagt hast, du würdest dich eher von deinem Erbe und deiner Zukunft lossagen, als dein Gelübde mir gegenüber zu brechen.«

»Aye. In deiner Heimat können wir neu beginnen. Ich freue mich schon darauf. Ich dachte, es würde dich glücklich machen, deine Familie wiederzusehen. Habe ich dir nicht gesagt, dass Rang und Namen mir nichts bedeuten?«

»Du hast mich nie gefragt, wann ich geboren bin!« Sie packte ihn beim Plaid und schüttelte ihn. Zumindest versuchte sie es. Unverrückbar saß er da, wie eine Mauer unter ihren Fäusten. Sie liebte ihn – liebte ihn genug, um ihn zu verlassen, wenn das bedeutete, dass sein Leben den vorgesehenen Verlauf nehmen würde.

»Ach, du redest wirr, Alethia. Willst du behaupten, du würdest mich verlassen, nur weil ich dein Geburtsdatum nicht kenne?« Malcolm schüttelte sie leicht.

»Ich bin im zwanzigsten Jahrhundert zur Welt gekommen, Malcolm. Giselle hat mich nicht bloß aus meiner Heimat hierher versetzt. Sie hat mich fast sechshundert Jahre in die Vergangenheit geschickt, aus dem einundzwanzigsten Jahrhundert. Wir können nicht in meine Heimat zurückkehren und bei meinem Volk leben.« Wieder versuchte sie, ihn zu schütteln. »Die sind noch nicht mal geboren!«, rief sie. »Ich kann nicht zulassen, dass du meinetwegen dein Leben wegwirfst.« Sie ließ die Stirn an seine Brust sinken.

»Das … Das kann ich nicht zulassen. Dafür liebe ich dich zu sehr.«

Er legte die Arme um sie und wiegte sie sanft. »Ach, Mädchen. Du hast Furchtbares durchgemacht. Du weißt nicht, was du sprichst.«

»O Malcolm. Du glaubst mir nicht? Ich kann es dir beweisen. Warum sollte ich mir so etwas ausdenken?« Sie löste sich von ihm, um mit einer ausladenden Geste die mit Toten übersäte Lichtung einzuschließen. »Mein Gott. Das Leben im einundzwanzigsten Jahrhundert ist nicht annähernd mit dem hier zu vergleichen. Sachen wie das hier gibt es nur im Film. Wir haben Waschmaschinen und Trockner … und Tampons. Und … und … Strom. Ich muss nur einen Schalter umlegen, und schon habe ich Licht und Wärme. Es sind Menschen zum Mond geflogen. Astronauten leben über Monate auf einer internationalen Raumstation.« Sie schlang sich die Arme um den Oberkörper und versuchte, das Zittern zu unterdrücken. »Und ich habe Neuigkeiten für dich – die Erde ist *rund*. Rund, verdammt – wie ein *Ball*!«

Alethia holte tief Luft. »In den vergangenen acht Monaten bin ich öfter durch die Hölle gegangen als in den gesamten zweiundzwanzig Jahren meines Lebens davor. Ich kann das nicht mehr. Ich halte das nicht mehr aus. Ich hab die Nase voll.« Wütend wischte sie die Tränen fort. »Ich brauch eine Pause, verdammt. Und weißt du, was mich richtig sauer macht?« Aufgebracht funkelte sie ihn an. »Als dein Leben in Gefahr war, habe ich eine verfluchte Vision nach der anderen gehabt. Aber wenn es um mich selbst geht – gar nichts, null, nada, niente.« Sie schniefte. »Was zum Teufel soll das?«

»Verschwinden wir hier und machen uns auf den Heimweg. Das alles klären wir morgen.«

»Heimweg?« Wieder brach sie in Tränen aus. »Dein Vater will mich nicht dort haben. Er will, dass ich deine Hure werde, während er dich an irgendeine Schlampe mit dicker Mitgift verheiratet. Diesen Mann will ich nie wieder sehen.« Sie wandte sich ab. Beim Anblick all der Leichen musste sie würgen.

Leise trat Robley auf die Lichtung. »Ich hatte ja keine Ahnung, dass du ein so farbenfrohes Vokabular besitzt, True.« Er lachte in sich hinein. »Du siehst nicht besonders gut aus, Cousine.«

»Ich weiß.« Ihre Knie gaben unter ihr nach, und sie landete in einem kläglichen Häuflein am Boden, den Mantel um ihre Schultern geschlungen. »Ich fühle mich auch nicht besonders gut.«

* * *

Als Malcolm seine Frau auf seine Arme hob, kam auch Galen zu ihnen in das Lager. Malcolm kannte seine Männer gut und hegte keinen Zweifel daran, dass sie erledigt hatten, wozu sie ausgezogen waren. »Kommt, gehen wir zurück zu den Pferden. Hunter ist sicher schon krank vor Sorge, und wir müssen nach Hause.«

»Geht es deiner Frau gut genug, dass sie reiten kann?« Zweifelnd beäugte Galen Alethias geschwollenes, zerschundenes Gesicht. »Vielleicht wäre es besser, wir schlagen hier unser Lager auf und reiten erst morgen zurück. Dein Vater hat die halbe Truppe von der Burg mitgebracht, wir wären in Sicherheit. Es wäre sicher das Beste, sie etwas ausruhen zu lassen.«

»Nein, Galen. Ich habe keinerlei Arzneien oder Heiltees bei mir, um ihre Schmerzen zu lindern. Je eher wir daheim sind, desto besser.« Wortlos versuchte Malcolm, Galen seine Gedanken zu übermitteln. Zwar hatte True die Augen geschlossen, aber diese List von ihr kannte er mittlerweile. Mit dem Kinn deutete er auf die Überreste ihrer Geige und bedachte Galen mit einem langen Blick. Zum Glück begriff der Junge, was er wollte, und sammelte die Bruchstücke ein. Vorsichtig legte er sie in den Geigenkoffer. Malcolm würde sich erkundigen, ob einer ihrer Handwerker sie reparieren könnte – oder die Überreste als Modell für einen Neubau brauchbar waren.

»Ich glaube ihr, Malcolm.« Noch einmal wischte Robley sein Schwert an einem Comyn-Plaid ab und schob es zurück in die Scheide.

»Du hast unser Gespräch mitgehört?« Durchdringend sah Malcolm ihn an.

»Aye. Ich hielt es für klug, in der Nähe zu bleiben – nur für den Fall, dass unsere Feinde beschlossen hätten, sich von hinten wieder anzuschleichen, um noch einmal was zu versuchen.«

Malcolm schnaubte. »Sie behauptet, es wären Menschen zum Mond gereist, Robley. Das ist unmöglich. Sie hat einen Schlag auf den Kopf bekommen und weiß nicht, was sie redet.«

»Hmm, ich bin mir da nicht so sicher. Wenn Gottes Sohn von einer Jungfrau geboren werden, am Kreuz sterben und drei Tage später von den Toten auferstehen konnte, dann ist zwischen Himmel und Erde so gut wie alles möglich.« Grinsend sah sein Cousin ihn an.

»Hmm. Ich glaube nicht …«

»Denk nach, Mann. Ihren Visionen hast du doch auch Glauben geschenkt, oder etwa nicht?«

»Aye.« Malcolm bedachte ihn mit einem skeptischen Blick.

»Sie ist in der Zeit zurückgereist, um Dinge zu sehen, die bereits geschehen waren, und in die Zukunft, um Dinge zu sehen, die noch nicht stattgefunden hatten. Da ist es nur ein kleiner Schritt, auch den Rest zu glauben. Ich frage mich, was das für ein Strom ist, von dem sie gesprochen hat – oder Astronauten.« Robleys Blick wanderte zu True.

»Ich weiß es nicht. Ich habe nur einen Bruchteil von dem mitbekommen, was sie gesagt hat.«

»Und Tampons – ich hoffe wirklich, davon kann sie uns welche zeigen … Vielleicht in diesem Film, den sie erwähnt hat«, fuhr Robley fort. »Wunder aus der Zukunft, was sagst du dazu, Malcolm?«

»Sie sagt, sie hat Beweise. Die sehe ich mir an, bevor ich das entscheide.«

»Ich hab wirklich Beweise«, murmelte sie mit immer noch geschlossenen Augen. »Und danke, Robley. Malcolm sollte öfter auf dich hören.«

»Dagegen hätte ich nichts einzuwenden.« Robley hob eine Augenbraue und wechselte zur Gebärdensprache. »*True ist gegangen, weil sie es nicht ertragen konnte, mitanzusehen, wie du deinen Platz im Clan aufgibst, Malcolm. In dieser Hinsicht werden ihre Ansichten sich nicht geändert haben.*« Grinsend sah sein Cousin ihn an. »*Da steht dir noch eine ordentliche Auseinandersetzung bevor, Mann.*«

Malcolm erwiderte das Lächeln. Mittlerweile waren die Angst um das Leben seiner Frau und seine Wut über ihren Versuch, ihn zu verlassen, verblasst. Sie hatte das Herz einer Löwin, und sie liebte ihn. Nichts sonst war von Bedeutung. Gemeinsam würden sie einen Weg finden. »Aye, so ist es wohl. Was mich betrifft, hat sich da nichts geändert. Sofern mein Vater weiter darauf besteht, meine Frau nicht zu ehren, werden wir gehen. Wenn Alethias Heimat und ihre Familie in der Zukunft liegen, dann werden wir Giselle gemeinsam entgegentreten. Ich werde meine Familie ins einundzwanzigste Jahrhundert bringen.«

Kapitel 23

Alethia hatte Schmerzen am ganzen Leib. Nacheinander reckte sie die Glieder, um das Ausmaß ihrer Verletzungen abzuschätzen, und ihr wurde klar, dass sie in ihrem eigenen Bett lag. Vorsichtig betastete sie ihr Gesicht. Die Haut an ihrem linken Auge war empfindlich und geschwollen. Auf den Schürfwunden an ihrer rechten Wange hatte sich bereits Schorf gebildet. Ihr Elend wurde zudem verschlimmert durch Hunger und Durst, doch sie spürte, dass noch andere bei ihr im Zimmer waren.

»Oh, Liebes«, rief Lydia aus. »Wir waren krank vor Sorge.«

Ein kühler feuchter Lappen wurde über ihr verletztes Auge gelegt. »Wo ist Malcolm?«

Als sie ein männliches Räuspern vernahm, öffnete sie das gesunde Auge. Am Fuß des Bettes stand William. Alethia wollte ihn nicht um sich haben und hatte Mühe, sich zu beherrschen.

»Mein Sohn ist gegangen, um dir etwas zu essen zu holen, Mädchen.« William trat neben Lydia.

Stumm wandte Alethia das Gesicht ab und presste die Lippen zusammen. Sie hörte Lydias Gewand rascheln und musste zu ihrer Bestürzung mit ansehen, wie ihre Schwiegermutter das Zimmer verließ. Am liebsten hätte sie sich unter der Decke verkrochen.

»Meine Frau schreibt mir an allem, was dir widerfahren ist, die alleinige Schuld zu«, sagte William. »Meine Leute berichten mir, dass dieser Clan ohne dich nicht mehr existieren würde. Sie sagen, ich hätte es nur dir zu verdanken, dass mein Sohn noch am Leben ist, und ebenso meine Neffen und mehrere unserer besten Männer.«

William nahm ihre Hand. Heftig entriss sie sie ihm.

»Meine Schwiegertochter, ich bin gekommen, um dich um Vergebung zu bitten.«

Damit überraschte er sie, und ihr Zorn weichte ihren Entschluss auf, nicht mit diesem Mann zu reden. »Ich habe gehört, wie Ihr mit meinem Ehemann gestritten habt. Malcolm hat gesagt, er würde um meinetwillen sein Erbe aufgeben. Das kann ich nicht zulassen.«

»Genauso wenig wie ich, Alethia.«

»Ich habe gehört, wie Ihr über mich geredet habt. Ihr kennt weder mich noch mein Volk. Ich weiß, wer ich bin, William – und auch, woher ich stamme. Das werde ich niemals vergessen.« Es gelang ihr nicht, die Fassung zu bewahren, und ihr brach die Stimme. »Wäre mein Vater noch am Leben, würdet Ihr es mit ihm zu tun bekommen für diesen Vorschlag, ich solle Malcolms Hure spielen, damit Ihr ihn an eine andere verheiraten könnt, die in Euren Augen würdiger ist.« Sie hatte sich aufgesetzt, um ihn eindrucksvoller mit einem bösen Blick bedenken zu können.

»Ich habe dir Unrecht getan.« William ließ sich auf dem Stuhl neben dem Bett nieder. »Mir scheint, ich kenne meine eigenen Kinder nicht.«

Erst jetzt fiel ihr auf, wie verhärmt er wirkte. »Ich weiß, dass Ihr nur das Beste für unseren Clan wollt. Ich könnte niemals zulassen, dass Malcolm seine Zukunft wegwirft. Deshalb bin ich gegangen.«

»Wie es scheint, bin ich in letzter Zeit nicht mehr in der Lage, zu erkennen, was das Beste für meine Familie oder meinen Clan ist. Ich fürchte, der Ehrgeiz hat meinen Blick getrübt. Vermutlich kannst du mir nicht sagen, wohin Elaine verschwunden ist?«

»Sie ist nicht hier?« Im Schnelldurchlauf ging sie alle Möglichkeiten durch und kam zum einzig logischen Ergebnis.

»Nein, sie ist am selben Tag verschwunden wie du, ohne eine Nachricht zu hinterlassen.«

»Möglicherweise weiß ich da etwas.« Alethia fingerte an ihrer Decke herum. »Sie hat erzählt, dass Dylan vom Clan Sutherland vor einiger Zeit um ihre Hand angehalten hat, Ihr die Heirat aber nicht gestattet habt. Die zwei lieben einander sehr, William. Ihre Gefühle sind so stark wie eh und je, obwohl sie einander kaum sehen konnten. Letzten Herbst sind wir Dylan auf dem Markt in Inverness begegnet. Er hat Elaine gebeten, mit ihm durchzubrennen.« Wieder bedachte sie ihren Schwiegervater mit einem finsteren Blick. »Sie hat ihn abgewiesen, aus Angst, Ihr könntet sie enterben. Ich vermute, sie hat es sich anders überlegt.«

»Ich bete, dass es so ist und ihr kein Leid widerfahren ist. Ich könnte es mir nie verzeihen, würde meiner Kleinen etwas zustoßen.«

»Sicher hört Ihr bald von ihr.« Die Unterhaltung hatte Alethia erschöpft. Sie ließ sich in die Kissen sinken und legte sich einen Arm über die Augen. »Ich bin müde.«

In diesem Moment öffnete sich die Zimmertür, und Malcolm trat mit einem Tablett ein. Als ihr der Essensduft in die Nase stieg, knurrte ihr Magen. Hinter Malcolm kam Hunter hereingestürzt und kletterte zu ihr aufs Bett.

»*Ich hab gemacht, was du gesagt hast.*« Stolz strahlte er sie an. »*Ich hab das Pferd von dem bösen Mann erschossen und bin dann hergekommen, um Vater zu holen. Und dann hab ich ganz allein auf die Pferde aufgepasst.*«

»*Wirklich? Da bin ich aber stolz auf dich. Hunter, du hast mir das Leben gerettet.*«

Unvermittelt wurde sein kleines Gesicht ernst. »*Ich hab dir doch gesagt, wir hätten nicht ohne Vater nach Inverness reiten sollen.*«

»*Und du hattest recht.*« Sie drückte ihn an sich und warf einen Blick zu Malcolm. Im Augenblick stand er mit dem Rücken zu ihr und goss ihr am Tisch bei der Feuerstelle einen Tee ein. »Ich habe dir noch nicht gedankt, Malcolm. Du hast mir das Leben gerettet. Das ist schon das vierte Mal, und ich weiß das wirklich zu schätzen.«

Er richtete sich auf und neigte den Kopf zur Seite, als ginge er die vergangenen acht Monate in Gedanken noch einmal durch. Mit einem Lächeln, das ihr den Atem raubte, kam er mit dem dampfenden Tee zu ihr.

»Habe ich dir tatsächlich so oft das Leben gerettet?« Er beugte sich vor und küsste sie auf die Stirn, dann drückte er ihr den Becher in die Hände.

»Ja, das hast du. Das erste Mal, als du mich gefunden hast, dann als du mich zum ersten Mal vor Hugh gerettet hast. Dann war da der Tag, als Hugh mich im See in der Falle hatte, danach wollte mich Ronald der Rote auf Burg Rait umbringen, und schließlich gestern.«

»Mit gestern sind es fünfmal, *mo céile*. Und ich dachte, du bist es, die mich ständig rettet.« Noch einmal drückte Malcolm ihr einen züchtigen Kuss auf die Stirn.

»Verzeihst du mir, Alethia? Und du, Malcolm?« William erhob sich von seinem Platz neben dem Bett. »Ich werde keinen Frieden finden, bis ich das alles wieder in Ordnung gebracht habe.«

»Aye, solange nie mehr die Rede davon ist, dass ich irgendeine andere als meine eigene liebreizende Frau heiraten soll.« Mit zwei Fingern hob Malcolm ihr Kinn an, um ihr zerschlagenes Gesicht zu begutachten, und Zärtlichkeit und Besorgnis standen in seinen Augen. »Hat Mutter dir gesagt, dass Alethia unser gemeinsames Kind unter dem Herzen trägt?«

»Aye. Eine wahrlich frohe Botschaft.« William legte seinem Sohn eine Hand auf die Schulter. »Ich lasse euch allein. Ihr habt sicher viel miteinander zu bereden.«

Während die Tür hinter William ins Schloss fiel, wartete Alethia auf die Standpauke, die ihr bevorstand.

»Alethia, du glaubst nicht an mich.«

»Malcolm, ich …«

»Nein. Hör mir zu. Heute wirst du mich ausreden lassen. Es ist dir leichter gefallen, dich wie ein Dieb in der Nacht mit meinem Herzen davonzustehlen, als dein Vertrauen in mich zu setzen und unsere Zukunft in meine Hände zu legen. Und was ist mit meiner Tochter? Du hattest kein Recht, sie mir wegzunehmen, und ebenso wenig, euer beider Leben in Gefahr zu bringen.«

Erst jetzt ging ihr auf, wie furchtbar sie ihn verletzt hatte, und innerlich wand sie sich. Schon wollte sie antworten, doch sein durchdringender Blick ließ sie innehalten.

»Nicht ein einziges Mal hast du dich mit deinen Sorgen an mich gewandt. Nicht ein einziges Mal! Warum hast du mir nicht von vornherein erzählt, dass Giselle dich aus der Zukunft hierher versetzt hat? Weder Liams Geheimnis noch das von Elaine hast du mir anvertraut. Und du hast mir Dinge über den Kampf auf Rait verschwiegen und lieber dein Leben und das unseres Kindes riskiert, statt an mich zu glauben. Du hast beschlossen, mich zu verlassen, statt mir zu erzählen, was du mit anhören musstest.« Er rieb sich mit beiden Händen das Gesicht. »Das muss sich ändern. So können wir nicht weitermachen. Das lasse ich nicht zu.«

Er sah sie so traurig und verletzt an, dass es ihr das Herz brach. Hunter blickte auf ihrem Schoß ängstlich zwischen den Erwachsenen hin und her. Tröstend drückte sie ihn an sich. Sie konnte die Wahrheit nicht abstreiten. »Ich … Ich habe dir nicht gesagt, dass ich aus der Zukunft komme, weil ich nicht als Hexe auf dem Scheiterhaufen verbrannt werden wollte.«

»So etwas haben die MacKintoshs noch nie getan.«

»Na ja«, murmelte sie, »ich wollte jedenfalls nicht die Erste sein. Es tut mir leid, Malcolm. Was du sagst, stimmt. Seit ich hier gelandet bin, hatte ich vor allem Angst. Zuerst war ich nur darauf fixiert, zu erledigen, was Giselle mir aufgetragen hatte, sodass sie mich in meine eigene Zeit zurückschicken würde. Ich hatte nie vor, mich in dich zu verlieben, doch dann ist es einfach passiert. Ich glaube, vielleicht habe ich mich nur deshalb nicht auf dich verlassen, weil ich Angst hatte, dass sie mich von deiner Seite fortreißen würde.« Sie schluckte schwer. »Seit meine Eltern gestorben sind, habe ich mich auf niemanden außer mir selbst verlassen, nicht einmal auf meine Großmutter. Ich habe dir einen Teil von mir vorenthalten, weil …«

»Ich verstehe, was deine Gründe waren.« In seiner Stimme lag ein erschöpfter, frustrierter Unterton. Wieder hob er ihr Gesicht an, sodass sie ihm in die Augen sehen musste. »Von heute an wird sich das ändern.«

»Giselle …«

»Wird mir weder dich noch unser Kind entreißen. Das gelobe ich feierlich. Dass dein Herz mir gehört, weiß ich, *mo céile*, aber von jetzt an will ich auch dein Vertrauen.«

Alethia nickte nur unter Tränen. Seit jenem Tag, als sie in Giselles Zelt gegangen war, hatte sich in ihrem Herzen ein

Knoten der Angst festgesetzt, der sich jetzt endlich löste und von einem tiefen Gefühl des Vertrauens ersetzt wurde. Malcolm würde dafür sorgen, dass sie bei ihm blieb. Was auch kommen mochte.

»Giselle ist immer noch in Inverness. Wir werden gemeinsam zu ihr gehen. Nur auf diese Weise können wir ein für alle Mal die Bedrohung aus der Welt räumen, die sie für uns darstellt. Aber wir werden es zu meinen Bedingungen machen, und zwar dann, wenn ich es entscheide.« Er hauchte einen zärtlichen Kuss auf ihre Lippen. »Sind wir uns da einig?«

Wieder nickte sie nur, weil sie ihrer Stimme nicht traute, und ihr Herz schwoll an vor Liebe für diesen mittelalterlichen Edelmann, der es ihr gestohlen hatte.

»Und jetzt will ich diesen angeblichen Beweis für die Zukunft sehen, von dem du gesprochen hast.« Malcolm setzte sich auf die Bettkante. Liebevoll nahm er ihre Hand und führte sie an den Mund, um sanfte Küsse auf ihre Handfläche zu drücken.

»Zuerst möchte ich essen und baden. Lass uns das mit der ganzen Familie gemeinsam machen, Malcolm. Ich habe versucht, meinen Laptop nur einmal die Woche hochzufahren, damit der Akku geschont wird, aber selbst mit dem Solarladegerät weiß ich nicht, wie lange der Saft reichen wird.«

»Ich habe kein Wort von dem verstanden, was du gerade gesagt hast.« Er grinste. »Abgesehen von der Sache mit dem Baden und Essen. Es wäre mir eine Freude, mich um beides zu kümmern.«

* * *

William, Lydia, Malcolm, Robley, Liam, Mairen und Hunter saßen um den Tisch in den Privatgemächern des Lairds versammelt, und Alethia reichte ihren Führerschein und Geld aus dem einundzwanzigsten Jahrhundert herum. »Da steht das Geburtsdatum.« Sie deutete auf ihren Führerschein, den gerade William studierte. »Ich bin im zwanzigsten Jahrhundert geboren.« Sie musste unwillkürlich lachen. »Ich hab einen Mann geheiratet, der fast sechshundert Jahre älter ist als ich.«

Robley hielt die Banknoten in der Hand, die Alethia auf dem Mittelaltermarkt verdient hatte. »Und das gilt in deiner Zeit als Zahlungsmittel, True?«

Sie nickte.

»Und es war Giselle, die dich zu uns geschickt hat. Wir müssen uns über diese Zukunft unterhalten, Cousine. Vielleicht bitte ich Giselle eines Tages, mich dorthin zu schicken. Das wäre mit Sicherheit das Abenteuer meines Lebens.« Er grinste. »Sind die Mädchen aus deiner Zeit alle so klug und hübsch wie du?«

»Die Frauen im einundzwanzigsten Jahrhundert sind genauso verschieden wie die in dieser Zeit, Robley. Die meisten sind sehr eigenständig. Einige machen lieber Karriere, statt sich für die Ehe und eine Familie zu entscheiden. Wir haben mehr Möglichkeiten.« Als Nächstes klappte sie ihren Laptop auf und schaltete ihn ein. Das kurze Piepen des Geräts erschreckte die Umsitzenden. »Ist schon gut. Das ist nur eine Art Werkzeug, es kann niemandem Schaden zufügen. Hast du dir überlegt, was du sehen willst, Malcolm?« Sie öffnete ihren Bilderordner.

»Aye. Du hast gesagt, du kannst uns zeigen, wie unser Planet aussieht, wenn man von den Sternen aus darauf blickt. Das möchte ich mit eigenen Augen sehen, und die Raumstation, von der du gesprochen hast.« Malcolm trat hinter sie, um ihr über die Schulter zu sehen.

Sie klickte den Ordner mit Desktophintergründen an, die sie sich von der Website der NASA heruntergeladen hatte.

Auf dem Bildschirm erschienen die Bilder, um die er gebeten hatte. Alle schnappten nach Luft.

Zaghaft streckte Lydia einen Finger aus und berührte den Monitor. »Oh … Und du sagst, das ist wirklich unsere Welt?«, vergewisserte sie sich in ehrfürchtigem Ton. »Sie ist so wunderschön.«

»Hm«, machte William. »Du hast gesagt, du kannst uns Bilder von deinen Eltern zeigen, True. Ich würde jetzt gern einmal deinen Vater zu Gesicht bekommen.«

Alethia rief ihr Lieblingsbild von der Hochzeit ihrer Eltern auf. Ihre Mutter hatte sich für ein traditionelles, ausladendes Hochzeitskleid mit langer Schleppe entschieden. Über und über mit winzigen Perlen und Strasssteinen bestickt funkelte es im Licht. In den goldenen Locken, die sich über ihre Schultern ergossen, saß eine Tiara, an der ein Schleier befestigt war. Lächelnd blickte Alethias Mutter ihr entgegen, während ihr Vater unverwandt seine Braut ansah. Die tiefe Liebe, die er seiner Frau entgegenbrachte, war nicht zu übersehen.

Ihr Vater hatte einen Frack an. Auf der Brust trug er einen perlenbesetzten Medizinbeutel, als Zeichen seiner Ehrerbietung für seine Herkunft. Zusätzlich trug er den traditionellen mit Perlen verzierten schwarzen Hut aus Filz und Biberfell. Alethia konnte nicht umhin, einen gewissen Stolz zu empfinden. Die beiden sahen wahrhaft wie ein Königspaar aus.

»Oh, Liebes. Deine Eltern waren wirklich schöne Menschen. Deine Mutter sieht aus, als könnte sie aus Schottland stammen. Sie ist so hellhäutig und hübsch.« Lydia seufzte.

»Sie war tatsächlich Schottin, eine MacConnell. Im einundzwanzigsten Jahrhundert gibt es in Nordamerika mehr Schotten als in Schottland selbst«, erzählte Alethia grinsend.

»Wirklich?« Fasziniert beugte William sich näher zum Bildschirm.

»Ich weiß nicht, was ich mit all den Sachen anfangen soll. Sie kommen aus einer anderen Zeit, und es wäre gut, wenn …«

»Das sehe ich ebenso.« Malcolm legte ihr beide Hände auf die Schultern. »Das bleibt unter uns, ja?« Er wartete, bis alle genickt hatten. »Vielleicht sollten wir diese Sachen vernichten – oder sie an einem Ort vergraben, wo sie niemals jemand finden kann.«

»Aber später.« Alethia blickte zu ihm auf. »Ich bin noch nicht so weit, mich davon zu trennen.« Sie bekam einen Kloß im Hals. »Das ist alles, was mir von meinem Leben und meiner Familie noch bleibt. Ich habe keine Möglichkeit, die Bilder auszudrucken, die noch auf meiner Festplatte sind.«

»Festplatte?« Robley beugte sich vor. »Ich sehe das wie True. Lassen wir diese Wunder nicht voreilig verschwinden.«

»Denk nicht einmal daran, Junge.« William lachte auf. »Mein Bruder würde es mir nie verzeihen, wenn du in die Zukunft verschwindest.«

Alethia fing Robleys Blick auf, und er zwinkerte ihr zu.

»Natürlich nicht, Onkel William.«

Kopfschüttelnd gab Alethia sich geschlagen. Es lag nicht in ihren Händen, was die Zukunft bringen würde – genau wie sie keinerlei Einfluss darauf gehabt hatte, wie sie hierhergelangt war. Sie ließ den Blick in die Runde schweifen und sah ihre neue Familie an. Ihr wurde das Herz weit vor Liebe, und zärtlich legte sie die Hand auf ihren wachsenden Babybauch. »Wartet, ich zeige euch die Raumstation.«

* * *

Juni 1424

»Ich verstehe noch immer nicht, warum meine Tochter und ihr Ehemann darauf bestehen mussten, dass wir nach Inverness reisen, um sie zu sehen«, beschwerte Lydia sich von ihrem Platz in dem Tross auf dem Weg zum Frühjahrsmarkt.

»Ich glaube, sie sind nervös. Auch wenn William ihnen schriftlich seinen Segen gegeben hat, wollen sie die erste Begegnung vielleicht lieber auf neutralem Boden stattfinden lassen«, antwortete Alethia, die auf Ikwe gleich neben ihrer Schwiegermutter ritt. »Elaine weiß doch, wie ungern du auf Reisen gehst, Lydia. Es wird ihr unendlich viel bedeuten, dass du das auf dich nimmst.«

»Das will ich auch hoffen«, murrte die Ältere. »Und in deinem Zustand solltest du eine solche Reise genauso wenig auf dich nehmen, Alethia.«

»Mir geht es wunderbar.« Alethia legte die Hand auf die Stelle, wo ihr Kind in ihr heranwuchs. »Uns beiden geht es gut. Außerdem hätte nichts mich davon abhalten können, Elaine wiederzusehen.« Sie warf einen Blick an die Spitze des Trosses. Ganz vorn ritten William und Malcolm, mit Hunter auf seinem Ehrenplatz auf Malcolms Schoß. Alethia seufzte zufrieden. Sie hatte mit Malcolm darüber gesprochen, dass Giselle sich möglicherweise noch immer in Inverness aufhielt. Gemeinsam hatten sie entschieden, sie zur Rede zu stellen, sollten sie Gelegenheit dazu haben. Sie wussten beide, dass das notwendig war, wenn sie ihre Angst vor dieser Frau je loswerden wollten.

* * *

Argwöhnisch musterte Alethia das grün-weiß gestreifte Zelt der Wahrsagerin und umklammerte den Arm ihres Mannes.

»Malcolm«, flüsterte sie und deutete mit dem Kinn auf das gefürchtete Zelt.

»Ich sehe es, *mo anam.*« Beruhigend tätschelte er ihr die Hand.

Hunter spürte ihre plötzliche Anspannung und klammerte sich mit einer Hand in Alethias Röcke und mit der anderen in Malcolms Plaid. Mit einem tiefen Atemzug hob Alethia das Kinn. »Bringen wir es hinter uns.«

Je näher sie kamen, desto deutlicher spürte Alethia jenes Prickeln im Nacken, das sie auch bei ihrem ersten Besuch bei der Wahrsagerin erlebt hatte. Giselle erschien am Eingang, als hätte sie auf sie gewartet. Im selben Moment schreckte Hunter zurück und blieb wie angewurzelt stehen.

»Willkommen, Alethia.« Giselle winkte sie herein. »Malcolm.«

»Madame Giselle, wir haben einige Fragen an Sie.« Alethia schlug das Herz bis zum Hals, als sie sich zwang, weiterzugehen. Bei dem amüsierten Kichern der Frau bekam sie eine Gänsehaut. Unauffällig stieß sie Malcolm an, der noch keinen Ton gesagt hatte.

»Aye, wir haben Fragen. Ich möchte, dass Ihr mir versichert, dass meiner Familie in diesem Zelt keinerlei Gefahr droht.«

Malcolms Hand lag auf dem Heft seines Dolchs, und Alethia hielt den Atem an.

»Von mir habt ihr nichts zu befürchten, Junge. Kommt herein. Ich werde euch eure Fragen beantworten, so gut ich kann.«

Hunter rührte sich nicht vom Fleck. Mit einem hilfesuchenden Blick wandte Alethia sich an Malcolm, der seinen Sohn hochhob und den Kopf senkte, als er durch die Zeltklappe eintrat. Sie folgte ihm. Um Giselles Tisch waren drei Stühle aufgestellt. Die Wahrsagerin hatte sie tatsächlich erwartet. Sorgsam strich Alethia ihre Röcke glatt und setzte sich. Malcolm nahm neben ihr Platz, und Hunter klammerte sich an ihn und barg das Gesicht am Hals seines Ziehvaters.

»Als Erstes wüsste ich gern, warum Sie mich nie holen gekommen sind, nachdem ich Malcolm das Leben gerettet hatte«, ergriff Alethia das Wort. »Hatten Sie von vornherein vorgesehen, dass ich hierbleibe?«

Giselle schnaubte amüsiert. »Malcolm? Hm. Nicht er war es, zu dessen Rettung ich dich hergeschickt habe, Kind.«

»Wer dann?« Alethia packte eine plötzliche Angst, dass ihre Prüfungen noch nicht vorüber waren.

»Da sitzt der Junge, dessen Leben am seidenen Faden hing.« Giselle deutete auf Hunter.

Über die Schulter spähte der Junge zu der alten Frau, und seine Augen waren angstgeweitet.

»Das verstehe ich nicht.« Alethia runzelte die Stirn. »Warum haben Sie mir denn dann diese Kette gegeben? Sie haben gesagt, wenn ich das Gegenstück dazu finde, würde ich mein Schicksal erkennen.« Verwirrt sah sie zu ihrem Mann hinüber. »Er hatte den Ring.«

»Aye, ich habe Malcolm den Ring gegeben, damit du weißt, dass du am richtigen Ort bist.« Die Alte kicherte vergnügt. »Manchmal spiele ich durchaus gern die Kupplerin. Hast du die Halskette noch?«

An Giselles Blick war abzulesen, dass sie sehr gut wusste, was mit der Kette geschehen war.

»Nein.«

Da griff Malcolm neben ihr in seine Kilttasche und holte das Schmuckstück hervor, an dem auch sein Ring baumelte. Alethia sprang auf. »Du hattest das verdammte Ding die ganze Zeit über und hast mir nie etwas davon gesagt?«

»Sei unbesorgt. Keinem von beiden wohnt auch nur die geringste Magie inne«, wies Giselle sie zurecht. Ihre Stimme hatte sich verändert. Plötzlich klang sie nicht mehr wie die alte Frau, die sie zu sein schien. »Diese Stücke sind ein Geschenk an euch beide. Mein Ehemann hat sie vor Äonen als Hochzeitsgeschenk für mich anfertigen lassen.«

»Wer seid Ihr, Giselle? Stellt Ihr eine Bedrohung für mich und die Meinen dar?«, verlangte Malcolm zu wissen und erhob sich ebenfalls von seinem Stuhl.

»Nein, du und die Deinen haben von mir nichts zu befürchten. Setzt euch, ihr beide.«

Vor Alethias Augen begann Giselle, sich zu verwandeln. Unter der Maske der alten Wahrsagerin erschien für einen kurzen Moment das Antlitz eines so überirdisch schönen Wesens, dass es schmerzte, sie anzusehen. Über ihre Schultern ergoss sich mondhelles Haar, das ihr bis zu den Knöcheln fiel, und aus einem perfekten ovalen Gesicht blickten riesige Augen in einem unmöglich changierenden Blau. Den Ausdruck darin konnte Alethia nicht deuten.

Sie setzte sich wie befohlen. Auch Malcolm gehorchte.

Im nächsten Augenblick war die Vision auch schon wieder verschwunden, und sie saßen wieder Giselle gegenüber. »Hast du gesehen, was ich gesehen habe, Malcolm?«, flüsterte Alethia ihm zu.

»Aye, ich habe es gesehen.«

»Mein Name ist Áine. Ich gehöre zum Volk der *Tuatha Dé Danann*. Manche nennen uns das Feenvolk, auch wenn wir selbst uns nicht so bezeichnen. Nur ein einziges Mal in meinem langen Leben war ich verheiratet, und mein Mann war ein Sterblicher – ein tapferer Krieger und der Gründer des Clans MacConnell. Ich habe ihm sieben Söhne und eine Tochter geschenkt. Hunter ist über viele Generationen hinweg mein Nachkomme. Auch durch deine Adern fließt das Blut der *Tuatha Dé Danann*, Alethia. Daher stammen deine Gaben. Es hat einige Zeit gekostet, jemanden mit deinen Fähigkeiten zu finden. Der Clan meines Mannes hat sich frei mit meinem Volk vermischt. Die Gaben, die daraus entstanden, waren immer hochangesehen. Ihr seid beide MacConnells.«

»Augenblick mal, kurze Pause!«, rief Alethia. »Ich habe Feen unter meinen Vorfahren?«

»Aye.« Giselle lachte, und es klang wie das Plätschern eines Wasserlaufs. »Ich bin eine Zeitreisende. Von Zeit zu Zeit statte ich meinen Sprösslingen gern einen Besuch ab, das bereitet mir Freude. Kurz nach Hunters Geburt bin ich zu ihm gereist, um ihn kennenzulernen. Als ich wieder gegangen bin, ist sein Vater in den Sog meiner Magie geraten und wurde mit mir in die Zukunft gerissen. Er ist gestorben, bevor ich ihn in seine angestammte Zeit zurückversetzen konnte. Wisst ihr, Zeitreisen sind keine exakte Wissenschaft. Man kann nie mit Sicherheit voraussagen …«

»Jedenfalls hat das dazu geführt, dass Hunter keinen Vater mehr hatte, weshalb seine Mutter zu uns ins Dorf zurückgekehrt ist, was wiederum zu dem Fieber geführt hat, das die arme Frau das Leben und Hunter sein Gehör gekostet hat«, schloss Malcolm.

»So ist es.« Giselle nickte. »Hätte ich Alethia nicht hergeschickt, wäre mein Enkel noch im vergangenen Winter gestorben.«

»Hm. Ihr habt meine Frau auserwählt, weil Ihr wusstet, dass die beiden sich zueinander hingezogen fühlen würden?«

»Ja. Hunter hat sie gebraucht, und nur sie konnte ihn retten.«

»Was hat es mit meinen Visionen auf sich, Giselle? Als die Comyns die MacKintoshs bedroht haben, hatte ich Visionen. Ist das ein Teil meiner verborgenen Talente?«, fragte Alethia.

»Ja und nein. Das kann ich nicht mit Sicherheit sagen. Du trägst eine Tochter in dir, die ihre eigenen Gaben hat. Vielleicht mischen ihre Fähigkeiten sich mit deinen, und das ist es, was die Visionen ermöglicht hat. Es kann aber auch sein, dass du in schweren Zeiten immer wieder Visionen hast, die dich leiten.« Giselle lächelte. »Solche Dinge unterliegen nicht meiner Kontrolle.«

»Ich habe noch eine Frage, wenn es Euch nichts ausmacht.« Malcolm sah zu Alethia, während er sprach.

»Was möchtest du wissen, Krieger?«

»Meine Frau hat mir von den Wundern ihres Zeitalters erzählt. Sie hat mir von vielen Dingen berichtet, zu denen die Heiler in ihrem Jahrhundert fähig sind. Ich fürchte um ihr Leben, wenn die Zeit gekommen ist, unser Baby zur Welt zu bringen. So viele Frauen sterben im Kindbett …«

»Malcolm, davon hast du mir gegenüber nie etwas erwähnt.« Alethia nahm seine Hand, denn sie spürte, was er als Nächstes fragen würde, und wollte ihn davon abhalten. »Es wird alles gut werden.«

»Ich kann den Gedanken nicht ertragen, dich zu verlieren, True.«

»Wie lautet deine Frage, Malcolm?«, unterbrach Giselle das Zwiegespräch.

»Ist es möglich, dass Ihr uns in die Zukunft schickt, wenn die Zeit für die Niederkunft gekommen ist? Und könnte man im einundzwanzigsten Jahrhundert vielleicht etwas gegen Hunters Taubheit unternehmen?«

Erstaunt begriff Alethia, dass Malcolm sich intensiv damit auseinandergesetzt hatte. Schon seit er von ihrer wahren Herkunft erfahren hatte, musste er geplant haben, diese Fragen zu stellen.

»Hmm, wenn ihr euch wegen seines Gehörs sorgt, dann gebt mir den Jungen kurz.« Giselle streckte die Hand nach

Hunter aus, was der Junge zum Anlass nahm, wie ein Äffchen um seinen Vater herumzuklettern und sich von hinten an seinen Rücken zu klammern – so weit von Giselle entfernt, wie es nur möglich war, ohne sich von seinen Eltern zu trennen. Malcolm löste seinen Klammergriff und übergab ihn seiner Urahnin.

Flehentlich starrte Hunter seine Mutter an und gebärdete fieberhaft: »*Ich will das nicht. Bitte, Mutter, ich mag sie nicht. Sie macht mir Angst.*«

Alethia beugte sich vor, um ihn Giselle wieder abzunehmen, nur um von einem Stoß purer Energie zurückgeworfen zu werden.

»Ich will ihm nichts Böses, Kind. Es wird nur einen Moment dauern.« Giselle hauchte in sein eines Ohr, dann in das andere. Schließlich legte sie ihm die Hände über die Ohrmuscheln und schloss für einen Moment die Augen. Als sie zufrieden war, reichte sie den Jungen an Alethia zurück.

»Was haben Sie gemacht?«, wollte Alethia wissen.

Beim Klang ihrer Stimme hielt sich Hunter mit den Händen die Ohren zu und gab einen ängstlichen Laut von sich. Hastig krabbelte er Alethia auf den Schoß, die ihn fest an sich drückte.

»Er kann jetzt hören. Es wird eine Weile dauern, bis er sich daran gewöhnt hat«, antwortete Giselle. »Was deine andere Frage betrifft, Malcolm: Nein, ich kann euch nicht in die Zukunft schicken. Das ist nicht gestattet. Ich musste die Dinge wieder in Ordnung bringen, nachdem ich Hunter den Vater genommen hatte. So lautet unser Gesetz, und nur das war der Grund, weshalb ich Alethia hier zu euch bringen konnte.«

Mit einem Kopfschütteln schnitt Giselle Malcolm das Wort ab, als er protestieren wollte. »Sorge dich nicht. Auch wenn ich euch nicht in die Zukunft schicken kann, ist es mir doch möglich, einen Segen über euch zu legen. Die kleine Familie, die du so inbrünstig beschützt, bedeutet mir viel, Krieger. Folgendes Geschenk mache ich euch: Seid gewiss, dass ihr zwei ein langes, glückliches Leben miteinander verbringen werdet. Ihr werdet sechs starke, gesunde Kinder zeugen, und jedes einzelne wird überleben. Wann immer ihr am dringendsten Hilfe benötigt, wird sie euch zuteilwerden.« Giselle erhob sich von ihrem Stuhl und ging in den hinteren Teil des Zelts, wo sie etwas aus einer alten Truhe hervorholte.

Mit großen Augen ließ Alethia sich gegen die Stuhllehne sinken. *Sechs Kinder?* Und alle kerngesund. Sie würde tatsächlich die Großfamilie haben, von der sie immer geträumt hatte – eine Familie, die ihre Gran, ihre Cousins und Cousinen und ihre Onkel und Tanten niemals kennenlernen würden. Bedauern schnürte ihr die Kehle zu, und sie schaute zu ihrem Ehemann hinüber, schöpfte Kraft aus seiner Gegenwart.

Mit stolzgeschwellter Brust saß er hoch aufgerichtet auf seinem Stuhl. Über seine Züge hatte sich ein vor Glück beinahe trunkener Ausdruck gelegt. Sein unverkennbarer Stolz angesichts Giselles Eröffnung entlockte Alethia ein Lächeln. Ihre Zukunft lag hier bei ihm. Das Leben des einundzwanzigsten Jahrhunderts würde auch ohne sie weitergehen.

»Das hier ist für dich, Alethia.«

Giselles Stimme holte sie zurück in die Gegenwart. Die Frau reichte ihr eine kleine Schoßharfe wie jene, die von den Barden dieser Ära verwendet wurden.

»Der Verlust deiner Violine tut mir leid. Ich weiß, wie wichtig die Musik für dich ist. Du musst unbedingt damit weitermachen.«

Alethia strich über das polierte Holz. »Die ist wunderschön, vielen Dank. Ähm … Hat sie … Ist sie …?«

Ein weiteres Mal verschwamm Giselle, um ihre wahre Identität zu enthüllen. Leise lachend stand Áine vor ihnen. »Dieser Harfe wohnt keine Magie inne, Kind. Und jetzt geht, lebt euer Leben in Frieden.« Mit diesen Worten löste sie sich in Luft auf.

»Lass uns von hier verschwinden, Malcolm.«

»Ganz deine Meinung, Liebste.«

Epilog

Oktober 1424

Mit angehaltenem Atem wartete der gesamte Clan, während Malcolms Frau in den Wehen lag, um ihr kleines Mädchen zur Welt zu bringen. Überall auf der Insel und selbst aus dem Dorf am anderen Ufer des Sees war ein kollektives Seufzen zu vernehmen, als das Brüllen des Neugeborenen erklang. In Windeseile verbreitete sich die Nachricht, Mutter und Kind seien wohlauf, von der Insel bis aufs Festland.

Zumindest erschien es Malcolm so. Er wusste, dass er sich das vielleicht nur einbildete. Aber das spielte keine Rolle. Lächelnd sah er auf Hunter hinab, der Seite an Seite mit ihm auf und ab lief.

Gemeinsam warteten sie vor der Tür der Kammer, und Hunter ahmte in allen Einzelheiten das Verhalten seines Ziehvaters nach. Seine eigene Mutter hatte Malcolm aus dem Zimmer verbannt, und die Hebamme hatte ihn dafür gescholten, dass er True mit seiner Anspannung aus der Ruhe brachte. Als der erste Schrei seines Kindes ertönte, machte sein Herz vor Freude einen Satz. Zumindest besaß seine Mutter den Anstand, ihm mitzuteilen, dass es seiner Frau und seinem Kind gut ging.

»Dürfen wir schon hinein und das Kleine sehen, Junge?« Strahlend kam William auf ihn zu.

»Nein, noch nicht. Sie machen erst noch sauber. Ich glaube nicht, dass ich es noch lange aushalte.«

»Dad, Ma geht es gut.« Hunter drückte seine Hand.

Liebevoll wuschelte Malcolm ihm durchs Haar. Es erfüllte ihn immer noch jedes Mal mit Freude, wenn er Hunter sprechen hörte. »Das weiß ich doch. Aber willst du deine kleine Schwester etwa nicht sehen, Sohn?«

»Doch.« Grinsend blickte Hunter zu ihm auf.

In diesem Augenblick öffnete sich hinter ihnen die Tür. »Ihr könnt jetzt hereinkommen, aber seid leise«, wies Lydia sie an. »True ist sehr erschöpft.« Sie legte Malcolm eine Hand auf den Arm. »Euer kleines Mädchen ist eine Schönheit, Malcolm. In jeder Hinsicht perfekt.« Sie schob die Tür weit auf, um den MacKintosh-Männern Einlass zu gewähren.

Malcolm trat zu seiner Frau, die ihre Tochter in den Armen hielt. Nie hatte True für ihn schöner ausgesehen als in diesem Augenblick. Er musste gegen den Kloß in seinem Hals anschlucken. Andächtig ließ er sich neben sie aufs Bett sinken, während Hunter auf der anderen Seite hinaufkletterte. Malcolms Eltern standen gemeinsam am Fußende des Bettes.

»Lass mich sie ansehen«, bat Malcolm und streckte die Hände nach seiner Tochter aus. Die Kleine gab zarte Laute von sich, als er das Tuch beiseiteschlug, in das sie eingewickelt war, um zu sehen, was True und er mit ihrer Liebe erschaffen hatten. Zehn vollkommene Zehen, zehn winzige Finger und weiches dunkles Haar auf dem perfekten kleinen Kopf. Er konnte nicht genug bekommen, konnte sich nicht an ihr sattsehen. Vorsichtig hob er das kleine Mädchen hoch, küsste es auf den warmen, weichen Kopf und hielt es zärtlich an sein Herz gedrückt. Er lehnte sich zu seiner Frau hinüber und küsste auch sie. Aus ihrer Miene sprach erschöpfte Glückseligkeit. »Wie sollen wir sie nennen?«, fragte er.

»Ich möchte sie Sky nennen, nach meiner Familie. Den zweiten Vornamen darfst du aussuchen.«

»Was haltet ihr von Elizabeth, nach meiner Mutter?«, fragte Lydia. »Das ist doch ein klangvoller Name: Sky Elizabeth vom Clan der MacKintosh.«

Alethia lächelte. »Mir gefällt er.«

»Hunter, willst du sie auch einmal halten?«, fragte Malcolm.

»Aye, bitte.«

»Du musst ihren Kopf stützen, siehst du – so.« Malcolm machte es ihm vor, bevor er sie wieder einwickelte und in die wartenden Arme seines Ziehsohns legte. Zärtlich nahm er Trues Hand, und gemeinsam beobachteten sie, wie Hunter mit ehrfürchtigem Blick seine Ziehschwester betrachtete.

»Du kannst sie mir zurückgeben, Hunter«, sagte True, als Sky zu jammern begann. Sie streckte die Arme nach ihrer Tochter aus, doch Hunter rückte außer Reichweite und hielt die Kleine eng an sich gedrückt. »Eines Tages heirate ich sie«, erklärte er und wandte den Blick keine Sekunde von dem Baby auf seinem Schoß.

Leise lachend nahm Malcolm seinem Sohn das Baby ab. »Vielleicht wirst du das, aber nicht heute, mein Junge.« Er reichte seine winzige Tochter an True weiter. Zufriedenheit erfüllte ihn bis auf den Grund seiner Seele, und er hatte das Gefühl, seine Brust müsse bersten vor Glück beim Anblick der Menschen, die ihm auf dieser Welt am meisten bedeuteten.

14700765R00248

Printed in Poland
by Amazon Fulfillment
Poland Sp. z o.o., Wrocław